OS PORTÕES DO
INFERNO

ANDRÉ GORDIRRO

OS PORTÕES DO INFERNO

× LENDAS DE BALDÚRIA ×

FÁBRICA231

Copyright © 2015 *by* André Gordirro

FÁBRICA231
O selo de entretenimento da Editora Rocco Ltda.

Direitos desta edição reservados à
EDITORA ROCCO LTDA.
Av. Presidente Wilson, 231 – 8º andar
20030-021 – Rio de Janeiro, RJ
Tel.: (21) 3525-2000 – Fax: (21) 3525-2001
rocco@rocco.com.br
www.rocco.com.br

Printed in Brazil/Impresso no Brasil

Preparação de originais
ANA RESENDE

CIP-Brasil. Catalogação na fonte.
Sindicato Nacional dos Editores de Livros, RJ.

G67p   Gordirro, André
        Os portões do inferno / André Gordirro. – 1ª ed.
    – Rio de Janeiro: Fábrica231, 2015.
          (Lendas de Baldúria; 1)

      ISBN 978-85-68432-27-3

      1. Ficção brasileira. I. Título. II. Série.

15-22522   CDD-869.93
                                CDU-821.134.3(81)-3

*Para meu pai, Fernando, que me apresentou
a* Asterix *e* Mortadelo & Salaminho,
responsáveis pelo meu senso de humor

*Para minha mãe, Neumara, que me apresentou
a* Flash Gordon *e* Fantasma,
responsáveis pelo meu senso de aventura

*Para o Barão Oswaldo Chrispim,
o irmão que os dois acima não me deram*

KORANGAR
FAIXA DE HURANGAR
TOLGAR-E-KOL
GRANDE REINO DE KRISPÍNIA
CARAMÉSIA
MORADA DOS REIS
ZENIBAR
MAR DE BER-ANOR
PASSO DE SANTÁRIA
FNYAR-HOLL
ERMO DE BRAL-TOR
SANTÁRIA
PORTÕES DO INFERNO
RAGÚSIA
DALÍNIA
NERÔNIA

PRÓLOGO

ANO UM DO REINADO DO GRANDE REI KRISPINUS, O DEUS-REI

AERUM DO PALÁCIO REAL, MORADA DOS REIS

Morada dos Reis. Jamais houve um nome tão apropriado para uma cidade. Tudo nela era majestoso, magnífico, *real*. Mesmo parcialmente destruída há mais de quatro séculos e redescoberta há apenas doze anos, aquela mistura de ruínas ancestrais com reparos recentes — um choque do antigo com o novo — aumentava ainda mais a aura de lugar inigualável por toda Zândia. Apesar de ter feito parte do grupo que encontrara a cidade perdida e de viver ali desde então, Danyanna ainda fitava incrédula a arquitetura fora dos padrões tradicionais: os canais que entrecortavam as ruas, os gigantescos colossos que representavam os monarcas adamares de outras eras, a altura impossível da pirâmide que servia como Palácio Real, onde ela reinava ao lado do marido... reinado que começara oficialmente há poucas horas.

Ela não deixou de notar a ironia: há mais de uma década, Danyanna e Krispinus *efetivamente* reinavam na região, eram figuras influentes a quem todos recorriam em momentos de crise. Desde que os dois lideraram o êxodo dos humanos que sobreviveram ao levante dos elfos até a Morada dos Reis, ela e o marido eram informalmente considerados autoridades e venerados pela população com um fervor que beirava o fanatismo. Além de façanhas heroicas, milagres eram atribuídos a Krispinus, e já havia uma religião em torno de sua figura. Agora, naquela mesma tarde, ele fora de fato reconhecido como Grande Rei, após ter realizado mais um feito lendário:

o fechamento dos Portões do Inferno, na região devastada onde outrora ficavam os reinos mais prósperos de Zândia, Reddenheim e Blakenheim. Todos os monarcas e lordes locais finalmente cederam ao inevitável e se dobraram diante da voz de seus súditos: entre todos os governantes de Zândia, só havia um grande protetor, um grande salvador, e esse era Krispinus, o Deus-Rei.

No topo da pirâmide, havia um conjunto de torres que observava a cidade inteira. Do alto da maior delas, que Danyanna tomara para si como seu Aerum, ela admirava a Morada dos Reis, assim como admirava a jornada do casal até aquele momento. Um relincho tirou Danyanna dos devaneios, e ela viu a sombra de uma égua trovejante passar pela sacada onde estava.

— Caramir! Achei que você fosse ficar para a assinatura do tratado.

Montado no animal voador, o meio-elfo fez que não com a cabeça enquanto nivelava a égua trovejante com a sacada no pico da torre.

— Ah, não. Já fiz minha parte na coroação de vocês. Toda aquela pompa e circunstância... sem falar nos olhares tortos na minha direção. Não importa que sejam reis, eu sei que perderia a cabeça e responderia à altura.

— O Krispinus agradeceria se você insultasse uns dois ou três deles... — disse Danyanna com um sorriso.

O velho amigo retribuiu o sorriso, e os olhos de tom azul metálico reluziram.

— Por isso mesmo eu não ficarei para a assinatura. Estou voltando para o Oriente. A guerra com os elfos não para.

Ele fez uma pausa, como se quisesse continuar falando. Controlou a égua trovejante para disfarçar a hesitação, mas Danyanna percebeu a encenação.

— Diga o que está pensando, Caramir.

— Eu não concordo como as coisas aconteceram. Era você que devia ter sido sagrada Grande Rainha, Danyanna. Foi *você* que fechou os Portões do Inferno.

Ela dispensou a ideia com um gesto.

— Eu apenas fiz o feitiço, mas todos nós lutamos. E, sinceramente, Caramir? Eu prefiro ser a Suma Mageia. Meus talentos e interesses estão nos estudos de magia... Interrompi tudo isso por muitas guerras, muitas aventuras com você, com o Krispinus, o Dalgor e com tantos outros que deixamos pelo caminho. Interrompi pelas promessas e maquinações do Ambrosius. E, francamente, não tenho a propensão nem a sanha para violência que você e o Krispinus têm. Eu deixo para vocês dois, meninos, brincar de quem tem a espada maior para me impressionar.

O meio-elfo fez uma expressão contrariada.

— Ainda assim, para mim, você será sempre a Grande Rainha.

— Obrigada, mas eu já acho meu nome feio demais, imagine então o reino virar "Danyannia". Aí era melhor permitir que os elfos vencessem a guerra de vez. — Ela riu. — Deixe que vire Krispínia. O Krispinus não cabe em si, só fala nisso. Ele é o Grande Rei, eu sou a rainha e Suma Mageia; pronto, está bom assim. Falando nisso, eu tenho que descer para assinar o tratado. Você não vem mesmo?

Caramir puxou a crina da égua trovejante e fez que não com a cabeça.

— Despeça-se do Dalgor e do *Grande Rei* por mim. — Os olhos metálicos reluziram de novo. — Diga que eu mandarei o quanto antes um colar de orelhas de elfo para combinar com a coroa.

Danyanna riu e revirou os olhos ao ver o meio-elfo voar na direção do quartel-general de suas tropas, a Garra Vermelha.

SALA DO CONSELHO REAL, MORADA DOS REIS

Aquele imenso espaço que Krispinus usava há mais de uma década para confabular com os amigos e aliados mais próximos tinha sido batizado agora de "Sala do Conselho Real". Só podia ser coisa de Dalgor, obviamente; o bardo adorava dar nomes pomposos às coisas, e as autoridades presentes ali também adoravam a sensação de majestade e altivez. Todos tinham participado da cerimônia histórica que havia sagrado e reconhecido Krispinus como o Grande Rei da região Sul do continente, que a partir de agora era chamada de Krispínia, seguindo as antigas tradições. As figuras importantes na reunião eram os soberanos e a monarca de Santária, Ragúsia, Nerônia e Dalínia — cujos títulos variavam, dependendo da cultura local —, além do rei anão, o Dawar Bramok, vindo da Cordilheira dos Vizeus. Todos aqueles reinos faziam fronteira com Reddenheim e Blakenheim, a próspera região destruída pela invasão demoníaca que brotou dos Portões do Inferno.

E todos estavam ali para firmar um acordo de colaboração para que aquela tragédia jamais se repetisse.

Presente também estava o nobre Malek de Reddenheim, cujas terras abrigavam Bral-tor, a antiga ruína da civilização adamar, que manteve os Portões do Inferno fechados por séculos. Por ignorância dele, as obras para renovar aquele antigo fortim causaram a abertura da passagem dimensional — e a subsequente destruição de todo o reino de Reddenheim e da vizinha Blakenheim, justamente os primeiros reinos humanos independentes, fundados há mais de quatrocentos anos. Malek era a imagem da vergonha pelo que acidentalmente provocara em Bral-tor. Mas os soberanos de Santária, Ragúsia, Nerônia e Dalínia também deveriam sentir vergonha por não terem socorrido os vizinhos em seu pior momento. Apenas um homem respondeu ao chamado desesperado, o cavaleiro que havia liderado o êxodo de refugiados humanos da guerra com os elfos, o herói que descobrira a Morada dos Reis e a lendária espada Caliburnus.

O homem que agora presidia aquela reunião com a coroa de Grande Rei.

Krispinus acenou com a cabeça para Malek, que lutara a seu lado para selar os Portões do Inferno e perdera o uso do braço esquerdo no embate final com Bernikan, o líder dos demônios. Depois, passou o olhar firme para os rostos sérios do Rei-Mago de Ragúsia, do Baxá de Nerônia, do Rei de Santária e da Rainha Augusta de Dalínia. Todos tinham sua parcela de responsabilidade no desastre que reduziu Blakenheim e Reddenheim a uma terra de ninguém, que agora era chamada de Ermo de Bral-tor. Ironicamente, a inação de todos aqueles soberanos levou Krispinus, o simples nobre cavaleiro aventureiro, a uma posição de poder acima deles. O único ali que podia ser desculpado pela ausência de atitude era o dawar anão, uma vez que seu reino era isolado nas profundezas das montanhas e só se importava em fazer negócios com os humanos. Ainda assim, por mais óbvio que fosse o interesse mercantil que movia seu empenho e aproximação, o sujeito, apesar das pernas curtas, dera um passo com mais firmeza do que seus pares. Ao lado de Krispinus, a Rainha Danyanna e o Duque Dalgor completavam a mesa.

— Eu serei breve — anunciou o Grande Rei. — Todos viemos de uma grande comemoração, e sei que os senhores e a senhora têm uma longa viagem de volta aos seus tronos. O que aconteceu com Reddenheim e Blakenheim não pode se repetir. Perdemos dois reinos por causa de um desastre que poderia ter sido evitado se houvesse uma centralização de poder, uma força de proteção sob um único comando, capaz de responder ao perigo. Vossas Reais Presenças me deram esse poder como seu Grande Rei, e pretendo agir de acordo.

Ele deu uma rápida passada de olhos pelos presentes à mesa e continuou:

— Para que os Portões do Inferno jamais sejam abertos de novo, erigiremos sobre o antigo Fortim de Bral-tor aquele que será conhecido como o Fortim do Pentáculo, uma fortaleza com defesas místicas encantadas pela Suma Mageia — Krispinus indicou a esposa com a mão — e defendida por uma tropa rotativa, composta por homens cedidos pelos quatro reinos humanos ao redor, de agora em diante chamados de Quatro Protetorados, quando o assunto for o Ermo de Bral-tor e os Portões do Inferno. Dalínia, Nerônia, Ragúsia e Santária enviarão cavaleiros, que serão comandados por Sir Malek de Reddenheim, a partir de agora Grão-Mestre do Fortim do Pentáculo. De nossos amigos anões de Fnyar-Holl, que faz fronteira a leste com o Ermo de Bral-tor, contamos com a ajuda na construção da fortaleza e a eterna vigilância para que nada ameace os Portões do Inferno, vindo da Cordilheira dos Vizeus.

Só para garantir que não haveria mal-entendido, uma vez que o monarca anão falava o idioma comum com dificuldade, Dalgor traduziu as palavras de Krispinus para o Dawar Bramok, enquanto o Grande Rei ouviu ponderações, opiniões, dúvidas e congratulações dos outros presentes. De vez em quando, Krispinus lançava um olhar cúmplice para Danyanna, como se achasse uma colocação ridícula ou estapafúrdia, especialmente quando Osman, o obeso Baxá de Nerônia, abria a boca. O Deus-Rei perguntou baixinho sobre Caramir e recebeu em resposta um gesto que indicou que o meio-elfo tinha ido embora voando. Ele revirou os olhos e acatou uma sugestão de Nissíria, a Rainha Augusta de Dalínia. Ouviu a oferta do jovem Rei-Mago de Ragúsia, Beroldus, para ajudar a Suma Mageia no que fosse necessário e encaminhou o monarca para a esposa, que tentava se comunicar com o dawar anão sobre a necessidade de pedras com propriedades mágicas para fortalecer o selo dos Portões do Inferno.

Mal ou bem, aquela discussão não durou tanto tempo assim, e o espírito de colaboração pareceu ter tomado conta das autoridades. Ninguém queria ser a próxima vítima, como Reddenheim ou Blakenheim; ninguém queria que seus reinos virassem uma área sem vida, como o Ermo de Bral-tor. Finalmente, com pequenos detalhes acertados, o acordo foi assinado por todas as partes. O jovem Sir Malek de Reddenheim, visivelmente emocionado pela honra de comandar o Fortim do Pentáculo, naquele pedaço de terra que tinha sido de sua família, foi o último a sair, não antes de arrancar do Grande Rei a promessa de que, mesmo que a tropa de pentáculos fosse rotativa, ele poderia permanecer até o fim de seus dias na defesa dos Portões do Inferno — caso Krispinus aprovasse seu trabalho, naturalmente.

— Parabéns, senhor meu marido — disse Danyanna quando finalmente estava a sós com ele e Dalgor. — Seu primeiro ato como Grande Rei foi um sucesso, e todos saíram da reunião com vida. Achei que sacaria Caliburnus da bainha em algum momento.

— Teve uma hora que eu quis esganar aquele sujeitinho gordo de Nerônia — resmungou Krispinus. — Conseguir que esses turrões concordassem com alguma coisa foi mais difícil do que enfrentar os demônios dos Portões do Inferno. Se reinar for sempre essa conversa mole com um bando de frouxos, sinto que vou ter saudade de empunhar Caliburnus.

— Tende a piorar, Krispinus — falou Dalgor. — Se quiser, eu trago a obra de um colega bardo que versa sobre o peso da coroa sobre a cabeça de um rei. Prepare-se para o pior.

Dito isso, o Duque de Dalgória fez uma mesura ironicamente exagerada e saiu da sala após recolher a papelada que sacramentava o acordo. Sozinha com o marido, Danyanna deu um beijo no rosto de Krispinus.

— Bem, eu vou aproveitar a oferta do Rei-Mago Beroldus e trocar ideias sobre o fortalecimento das proteções mágicas que lancei nos Portões do Inferno — falou antes de sair.

Com a Sala do Conselho Real vazia, Krispinus deixou passar um instante e foi até uma enorme tapeçaria na parede. Ele empurrou a cena que mostrava um antigo imperador-deus adamar realizando uma feitiçaria e revelou a existência de uma passagem secreta atrás da peça. O corredor sombrio de poucos passos de comprimento levava a uma câmara ainda mais escura.

Krispinus falou para as trevas, sem se importar em acender uma fonte de luz.

— Satisfeito, Ambrosius?

— Por enquanto — respondeu o vulto negro, completamente invisível naquele breu. — Meu plano deve garantir que os Portões do Inferno jamais sejam abertos de novo, mas você deve permanecer vigilante para que todos cumpram o acordo. Os outros monarcas lhe devem obediência não por temor, mas porque eles, assim como seus súditos, *creem* na sua figura. Todas as vezes que Zândia esteve em perigo, você surgiu do nada para salvá-la. Você é um deus agora porque as pessoas acreditam nisso. É capaz de comandar grandes poderes, mas o maior deles é a *fé* depositada em você. Use-a a seu favor. Ela é muito mais poderosa do que sua espada mágica, seu cavalo de pedra ou sua imortalidade.

Krispinus não tinha muita paciência para conselhos e baboseira mística. De tudo que aconteceu com ele até então, a questão da divindade ainda era a mais difícil de aceitar. Ele preferia se ater aos problemas terrenos.

— Ainda assim, e se os Quatro Protetorados falharem em proteger os Portões do Inferno e eu estiver de mãos atadas com essas funções chatas de Grande Rei?

Do fundo da sala veio uma risada cacarejante.

— Aí, meu caro, eu tramarei um plano de contingência para isso.

OS PORTÕES DO INFERNO

ANO TRINTA DO REINADO DO GRANDE REI KRISPINUS, O DEUS-REI

CAPÍTULO 1

VALE DO RIO MANSO, FAIXA DE HURANGAR

O ruído da batalha ainda podia ser ouvido atrás da colina. Mas, para Baldur, o conflito já tinha terminado. Não havia motivo para continuar lutando quando o dia estava irremediavelmente perdido. "A honra faz fronteira com a estupidez", ele tinha ouvido uma vez de seu mentor na arte da cavalaria. Não havia honra alguma em morrer ali, naquele fim de mundo do território contestado de Hurangar, em mais uma disputa estúpida entre tiranos estúpidos.

Baldur tinha visto guerra quase todo dia desde o início da vida adulta, quando deixou de ser um reles pajem subnutrido ao ser descoberto por Sir Darius, o Cavalgante. Golpes e táticas que os cavaleiros treinados pelo nobre custavam a assimilar, o jovem Baldur dominava em questão de horas. Em pouco tempo, não havia cavalo que o rapazote não domasse, nem manobra que deixasse de executar em cima de uma sela. As lições do Cavalgante foram valiosas, mas nenhuma se mostrou mais importante do que aquela que Baldur aplicava agora: não havia vergonha em fugir quando a derrota era inevitável.

As antigas palavras voltaram à mente enquanto ele se arrastava pelo mato, com dois ferimentos na lateral do corpo que não paravam de sangrar. Baldur perdera o escudo e o cavalo que o acompanhava há duas campanhas, Roncinus II, em homenagem à lendária montaria do Deus-Rei Krispinus. Pobre animal. Se ele ainda estivesse em cima do cavalo, talvez conseguisse chegar ao rio Manso e dali procurar um vilarejo ribeirinho onde pudesse receber auxílio.

A pé e sangrando, teria sorte se conseguisse sair do mato e encontrar uma trilha ou estrada.

Era a segunda vez que Baldur executava uma fuga desse tipo na vida. Ele revirou os olhos ao pensar que esta tinha cara de ser a última. A primeira foi justamente quando Baldur escapou do Fortim de Vila Maior, então defendido pelos Dragões de Hurangar, a famosa companhia mercenária de cavaleiros de Sir Darius, o Cavalgante. Com uma força três vezes superior, o inimigo rompeu os portões e tomou a pequena fortaleza. Baldur jamais se esqueceria do velho mentor, abatido por flechas em plena fuga ao lado do pupilo. Antes de morrer, Sir Darius ainda conseguiu golpear o lombo do cavalo de Baldur no momento em que o jovem cavaleiro hesitou; Baldur não olhou para trás, apenas cavalgou a toda velocidade, para honrar a velha lição do mestre.

Aquele tinha sido o dia mais triste da vida do rapaz. Hoje, sem um cavalo para conduzi-lo e com o corpo sangrando, ele invejou aquele momento horrível do passado.

Pelo silêncio que vinha além da colina, o combate deveria ter acabado. Em breve, o lado vencedor — as forças leais a Lorde Woldar — mandaria batedores atrás de desertores. Sentindo uma dor profunda com os movimentos, Baldur arrancou a túnica ensanguentada que indicava seu serviço ao inimigo de Woldar na região, o General Margan Escudo-de-Chamas, e enfiou no buraco fundo da raiz de uma árvore. Ele sabia que seria identificado de qualquer maneira, mas se estivesse sem o brasão do escudo flamejante do General Margan, talvez a chance de sobreviver a um encontro com batedores aumentasse.

Não que Baldur achasse que sobreviveria dali a cem passos.

Subitamente, a floresta acabou em uma trilha. Baldur recostou-se em uma árvore, pressionou mais a lateral do corpo para estancar o sangue e renovou o fôlego. Não se ouvia nada do barulho do rio Manso, e qualquer direção da trilha poderia levá-lo de volta à colina que rodeava o vale de onde fugiu. Baldur fechou os olhos e fez uma breve prece ao Deus-Rei Krispinus, o patrono de todos os cavaleiros. Ele rogou por orientação, como um bom cavaleiro. Quando abriu os olhos, sentiu o brilho do sol vindo pela esquerda. O sol! Era óbvio; um dos símbolos no estandarte do Deus-Rei. A luz fora enviada por Krispinus para guiá-lo naquele momento de aflição. Após outra prece em agradecimento, Baldur seguiu pela esquerda, mancando dolorosamente.

A trilha era um caminho sinuoso, do tipo que fazia a alegria de bandoleiros, que poderiam estar à espreita em qualquer curva. Porém, Baldur desconfiava de que o combate recente na região disputada por Woldar e Margan tivesse afastado qualquer salteador de bom senso. Não importava de que lado estivesse, um cavaleiro profissional sentia prazer em abater ladrões de estrada; geralmente a pé, os salteadores eram presas fáceis para qualquer companhia montada e representavam uma ótima distração e oportunidade de treinamento. Ainda assim, Baldur deixou o espadão mais ao alcance da mão, agora vermelha e escorregadia de tanto sangue. Ele se imaginou tendo que sacá-lo às pressas e vendo a arma voar de sua mão.

De repente, além da dor, do sangramento e do cansaço, Baldur registrou uma fome maior do que o mundo. Tudo aquilo deixava a mente tonta, os olhos turvos — e agora esses mesmos olhos pareciam ter lhe pregado uma peça. Baldur pensou ter visto um homem na trilha, um pouco ao longe. Ele notou que o vulto vinha acompanhado por um burrico. Só podia ser um viajante, pois nem um soldado, um batedor ou um salteador usariam um burrico.

A imagem do homem ficou mais nítida a cada passo que ele e Baldur davam em direção um ao outro. Mesmo a distância, foi possível notar que o sujeito estava seminu; ele vestia apenas um saiote. O cavaleiro calculou que fosse um mendigo, uma vez que o tempo naquelas partes pedia, no mínimo, uma boa capa ou uma túnica, mas não um torso despido. Ainda assim, talvez o homem soubesse informar a localização do rio Manso. Mais empolgado e seguro, Baldur, já quase sem forças, finalmente parou para aguardar o mendigo. Pensou em erguer o braço para saudá-lo, quando notou uma espada presa ao alforje do burrico. Agora já era tarde: o homem tinha percebido sua presença e começava a se dirigir até ele. Baldur levou a mão ensanguentada ao espadão, mas o cabo escorregadio escapou. Ele firmou os pés no chão e...

Não viu mais nada.

Quando abriu os olhos novamente, Baldur deu de cara com um rosto bronzeado que devolvia seu olhar. Precisou de um tempo para se lembrar de onde estava e do que tinha acontecido antes de tudo escurecer em volta. Ele teve um sobressalto ao perceber que estava deitado e tateou bruscamente atrás do espadão.

— Calma, homem, só vim verificar suas bandagens — disse o estranho.

Assim de perto, Baldur notou como o sujeito era diferente de todo mundo que ele conhecia. Cabeça raspada, nariz adunco, corpo atlético, pele cor de cobre e com uma pintura em volta dos olhos; talvez fosse uma tintura de guerra, pensou o cavaleiro. O contraste com o próprio Baldur era enorme; ele tinha pele rosada, barba farta, vasta cabeleira castanha puxada para o ruivo e um corpanzil com, no mínimo, duas vezes o tamanho do estranho homem de saiote.

Mas o fato mais digno de atenção no momento era que seu espadão havia sumido. Sem arma, seria melhor falar grosso, mesmo que Baldur não tivesse forças para bancar a intimidação.

— Quem é você e por que me derrubou?

O sujeito desandou a rir. A figura era realmente esquisita. Baldur temeu pela vida.

— Eu derrubei você? Amigo, você é que caiu de maduro a poucos passos de mim. Só o acudi e cuidei de seus ferimentos. Não se agite ou voltará a sangrar. Eu costurei você com cordel de tripa de bode e passei um unguento de coroa-de-princesa, mas é bom não brincar com a sorte. Se os cortes se abrirem de novo, não terei cordel suficiente. — O estranho notou que não parava de falar e fez uma pausa. — Ah, sim. Meu nome é Od-lanor.

Od-lanor esperou que o jovem ferido respondesse à mão estendida. O barbudo grandalhão parecia meio desconfiado, mas finalmente o cumprimentou.

— Baldur — falou ele, sem dizer mais nada.

Como se tivesse encontrado um bicho arredio e ferido, Od-lanor apelou para o gesto mais diplomático que conhecia.

— Você perdeu muito sangue, deve estar fraco e faminto. Quer comida? Tenho algumas provisões no burrico. — O homem de saiote indicou o animal com a cabeça, sem tirar os olhos do rapaz sentado no chão, apoiado em um tronco de árvore à beira da trilha.

Diante do olhar ainda desconfiado de Baldur, ele bufou:

— Ora, vamos, se eu quisesse matá-lo, não teria me dado ao trabalho de gastar a pouca comida que tenho colocando veneno... E muito menos teria feito curativos. Você desmaiou por duas horas, pelo menos. Ainda bem que eu também precisava de um descanso, portanto não foi problema ficar de vigília na trilha. Agora, que tal recuperar as forças para sairmos daqui?

Vencido pelos bons argumentos e pelo estômago, Baldur concordou com a cabeça. Em pouco tempo, ele estava devorando algumas frutas e uma carne que, segundo o estranho homem seminu e pintado, tinha sido de um coelho caçado um pouco mais cedo, enquanto Baldur esteve inconsciente. Os restos de uma pequena fogueira, já apagada, confirmaram a história. A carne estava dura e era a pior parte do bicho — com certeza, as sobras guardadas para o momento em que o estranho ferido se recuperasse. Era justo, considerou o jovem cavaleiro.

Mas a gentileza do viajante de saiote ainda não justificava o sumiço de seu espadão. Baldur esqueceu a comida por um momento e passou a encarar o sujeito.

— Você está achando curiosa a minha aparência, não é? — perguntou Od-lanor.

Silêncio da parte de Baldur. Não era bem isso, mas, sim, de fato, ele também estava curioso. O viajante era muito esquisito, diferente de tudo que o cavaleiro já encontrara.

— Aqui tão ao norte de Zândia, nesta área contestada por tiranos que se multiplicam como kobolds, imagino que você nunca tenha saído por aí e visto o resto do mundo. — O silêncio de Baldur serviu como resposta positiva. — Muito bem, eu sou um adamar, a quem vocês, humanos, veneraram como deuses por mais de dois milênios, até nosso império ruir. Hoje somos poucos e estamos espalhados pelo mundo, em grande parte esquecidos, e certamente indignos de adoração, feliz ou infelizmente. Depois de quatro séculos de decadência e sumiço, os estudiosos humanos, por exemplo, dizem que nós, adamares, somos uma raça em extinção.

Od-lanor levou as mãos ao peito, sorriu e continuou:

— Mas eu não me considero em extinção e espero continuar assim!

Baldur terminou o último pedaço duro de carne e comentou:

— Realmente eu nunca vi alguém como você. É um deus de verdade? Só existe um, o Deus-Rei Krispinus.

Od-lanor baixou o olhar.

— Crenças à parte, sim, existem pouquíssimos de nós ainda espalhados pelo mundo. E o número de adamares que passa pela Faixa de Hurangar é ainda menor, imagino.

— O que você veio fazer aqui, então? — perguntou Baldur. — Esta região está em guerra há décadas. Os homens do Lorde Woldar e do General Margan Escudo-de-Chamas disputam todas essas terras até a fronteira de Aulúsia, bem no oeste. Se não quer ser extinto, aqui não é um bom lugar para andar à toa por uma trilha.

— Eu adquiro... raridades.

— Você é um ladrão?

Por instinto, a mão de Baldur foi novamente ao espadão... mas a bainha em sua cintura continuava vazia. O jovem cavaleiro ficou furioso consigo mesmo por ter se deixado distrair pela fome e pela conversa esquisita do estranho, a ponto de não ter exigido o retorno da arma assim que despertou. Era um erro que ele pretendia corrigir agora.

— Onde está meu espadão?

— Calma, amigo. Sua arma está no burrico.

Od-lanor ficou de pé e foi até o animal. O espadão estava enfiado atrás de um alforje, ao lado da própria espada do adamar, com uma estranha lâmina. Parecia meio curva, mas Baldur não conseguiu ver direito de onde estava e com o alforje por cima. O adamar pegou a arma do cavaleiro e a devolveu a ele, que agradeceu com a cabeça. Baldur aliviou a expressão fechada, mas não deixou de encarar o viajante.

— E não sou um ladrão — disse Od-lanor. — Como falei, eu adquiro raridades. Meu negócio são lendas e histórias... e como tirar proveito delas.

Baldur também ficou de pé, ainda com dores, e embainhou o espadão enquanto sustentava o olhar do outro homem.

— Lendas e histórias? Você é um bardo?

— Pode-se dizer que sim. Sei uma canção ou outra, e mais histórias do que você teria tempo para escutar. Porém, eu me sustento colocando meu conhecimento a serviço de pessoas poderosas e endinheiradas. Isso já me levou até a Morada dos Reis.

Ao ouvir o nome da capital de Krispínia, o grande reino ao Sul da Faixa de Hurangar que fora unificado pelo Deus-Rei Krispinus, Baldur arregalou os olhos. Ele passou uma vida inteira ouvindo lendas sobre o monarca, suas façanhas impossíveis e a capital inacreditavelmente imponente e luxuosa.

— Você conhece o Grande Rei?

— Bem, eu já fui à cidade, mas não entrei na Corte. Comprei isto aqui. — Od-lanor voltou ao burrico, retirou uma garrafa de cerâmica do alforje e exibiu o rótulo para Baldur. — O vinho que vamos beber agora tem a chancela da Coroa de Krispínia. Quem me vendeu disse que é o preferido da Rainha Danyanna... embora eu ache que o homem diga isso para todo mundo. Se for um vinho vagabundo, quem sabe um dia eu não volte lá para tirar satisfações... quem sabe eu não volte até acompanhado por *você*, um devoto declarado do Deus-Rei.

Baldur empertigou-se, ou, pelo menos, ajeitou o corpo até onde os ferimentos deixaram.

— Todo cavaleiro que se preze tem o Deus-Rei como seu patrono, todo cavaleiro quer conhecê-lo e ser sagrado pelo toque de Caliburnus. Eu gostaria muito de um dia poder ver o Grande Rei Krispinus cavalgando Roncinus, o cavalo de pedra, você sabe...

Od-lanor concordou com a cabeça. Como bardo, ele conhecia a história de Roncinus, a montaria de pedra achada em uma ruína adamar quando Krispinus e sua comitiva de heróis foram emboscados por orcs. No meio do combate, a estátua de um cavalo ganhou vida e galopou até o jovem guerreiro, que só seria sagrado Grande Rei anos depois. Em retrospecto, aquele foi considerado o primeiro sinal de sua divindade. Cercado por todos os lados, Krispinus montou no animal de pedra e, cavaleiro inigualável que era e continuava sendo até hoje, deu cabo de todos os oponentes para salvar os amigos.

Porém, como *bom* bardo, Od-lanor sabia a verdade por trás da lenda. Roncinus tinha sido encontrado acidentalmente por Krispinus em uma choça infecta que fora abandonada por orcs. As criaturas provavelmente deixaram o cavalo de pedra para trás ao fugirem de uma ameaça maior, sem noção do tesouro que a montaria encantada representava. A história patética apenas ganhou um verniz épico pela pena do então menestrel da comitiva de Krispinus, Dalgor, e era repetida à exaustão por todos os bardos até hoje. Inclusive por Od-lanor, apesar de ele saber a verdade

— Eu imaginei que um guerreiro sonhasse com uma espada mágica como a própria Caliburnus — comentou o adamar.

— Sou antes um cavaleiro do que um guerreiro, amigo.

Pela primeira vez, Baldur se sentiu à vontade ao lado do estranho. Od-lanor pegou uma caneca pendurada no alforje do burrico, encheu de vinho e passou para ele.

— Muito bem, você já sabe muito de mim, mas eu apenas sei que é um "cavaleiro, antes de um guerreiro"... e que foi encontrado ferido, à beira de uma trilha.

Talvez fosse o cansaço, ou então a oferta de comida e bebida, talvez fosse a conversa sobre a Morada dos Reis e Krispinus, ou quiçá aquele estranho tom de voz do adamar — uma voz com uma melodia esquisita, praticamente sobrenatural, que era envolvente e digna de confiança —, mas Baldur não teve receio em confessar que desertou de um combate para alguém que acabara de conhecer.

— Não tenho muita coisa interessante para contar. Eu faço, digo, *fazia* parte de uma companhia de mercenários a serviço do General Margan Escudo-de-Chamas, lotado na divisão de cavalaria. Como eu disse, toda essa área aqui ao sul do rio Manso e para lá do bosque do Cipoal está sendo disputada entre ele e o Lorde Woldar. O inimigo levou a melhor e fomos massacrados. — Baldur baixou os olhos, como se fosse verificar os ferimentos, e concluiu: — Eu resolvi fugir.

— *Sesmet neb iret xesmay*, ou "a honra faz fronteira com a estupidez". Se não tivesse fugido, você seria um homem honrado e morto... ou um estúpido morto, segundo o ditado.

— Isso era o que o meu falecido mentor, Sir Darius, o Cavalgante, sempre me dizia! — falou Baldur, com olhos arregalados. — Você o conheceu?

Od-lanor não conseguiu evitar o riso e tomou um gole do vinho, servido em outra caneca.

— Não, mas seu mentor deve ter sido um sujeito letrado. Isso está no Manuário de Guerra de Jo-lanor, um antigo general adamar. A tradução é difícil de conseguir. — Ele fez uma pausa e continuou: — E agora, o que você pretende fazer?

Baldur percebeu que não sabia como responder. Mal esperava ter sobrevivido ao combate e à fuga pela floresta, quanto mais ser socorrido por um estranho que era *literalmente* estranho, mas, ao mesmo tempo, tão amigável e genuinamente confiável. De fato, agora que havia desertado e perdido todos os colegas de armas no combate com as forças de Lorde Woldar, o cavaleiro se indagava o que lhe restava fazer.

Ele deu de ombros e olhou ao redor, meio perdido.

— Pois bem — falou Od-lanor. — Eu tenho que ir a Tolgar-e-Kol, que é um pouco longe daqui. Você conhece a cidade?

Baldur fez que não com a cabeça. Por dentro, o adamar ficou aliviado. Se o cavaleiro conhecesse Tolgar-e-Kol, provavelmente saberia que ela fazia fronteira com a Grande Sombra e o Império de Korangar, e não seria fácil convencê-lo a passar perto daquele lugar infestado de demônios e mortos-vivos. Quanto menos Baldur soubesse do destino final, melhor. Ele continuou explicando:

— Tolgar-e-Kol fica fora de Hurangar e longe de todos os conflitos pouco importantes dessa região. Lá, ninguém saberia que você saiu de um combate. — Od-lanor evitou dizer que ele *desertou*. — Uma companhia armada cairia bem, especialmente a de um sujeito do seu tamanho. Nós não teríamos problemas na viagem, eu lhe garanto.

Baldur riu.

— Não sei se você percebeu, mas estou ferido e sem cavalo. Eu não serviria para muita coisa.

Od-lanor devolveu a risada e serviu mais vinho para os dois.

— Os ferimentos cicatrizarão logo, antes mesmo que você perceba. O unguento de coroa-de-princesa é milagroso. Quanto à questão do cavalo, bem, eu acho que tive uma ideia de como conseguir uma montaria.

O sujeito piscou um olho pintado, abriu um sorrisão reluzente no rosto bronzeado e brindou com Baldur. Depois, desandou a explicar o tal plano.

CAPÍTULO 2

MASMORRAS DAS CIDADES LIVRES DE TOLGAR-E-KOL

Derek Blak já teve dias melhores do que o de hoje. Apreciador das boas coisas da vida, até ontem ele tinha muitas vantagens como chefe de segurança de Dom Mirren, um dos mais ricos mestres-mercadores de Tolgar-e-Kol, apesar dos riscos inerentes ao cargo. Elas incluíam um bom soldo, acesso a mercadorias finas — especialmente vinhos, peças de vestuário e armas — e a chance de circular na alta roda das Cidades Livres.

Havia outra vantagem, porém, da qual Derek não podia se vangloriar por aí, como costumava fazer nas tavernas e bordéis de Tolgar-e-Kol: ele era amante de Dona Mirren, a insaciável esposa do patrão, uma mulher avançada na idade e mais avançada ainda no assanhamento. Tinha um apetite sexual de deixar envergonhadas as moças da Vila Graciosa, a zona de prostituição das Cidades Livres. Ao voltar a Tolgar-e-Kol após proteger uma caravana e outra, Derek mal tinha tempo de frequentar os bordéis, pois Dona Mirren era exigente e sempre dava um jeito de chamar o "Capitão Blak" (uma patente inventada pelo próprio, pois ele nunca fizera parte de um corpo militar de verdade) para uma reunião sobre a segurança da vila dos Mirren. Foi uma dessas reuniões — geralmente na cama do casal, mas, às vezes, no chão do quarto de vestir, como a de ontem — que acabou interrompida por Dom Mirren, recém-chegado de uma frustrante sessão de acordos com a câmara de comércio de Tolgar-e-Kol, que acabara mais cedo.

A frustração que o mestre-mercador teve ao chegar à vila foi ainda maior.

O que começara com um golpe de sorte terminou naquele flagrante azarado. Há sete anos, Derek Blak havia sido contratado para acompanhar as caravanas de Dom Mirren como um simples guerreiro; era apenas mais um sujeito violento com talento para armas entre tantos outros a serviço do patrão. Então, aconteceu de ele estar no lugar certo, na hora certa: bem ao lado da carruagem do casal, quando os Mirren foram ao casamento de um parente, e o comboio sofreu um ataque de bandoleiros. Ao matar o sujeito que avançou contra a esposa do mestre-mercador — e por ter sido um dos poucos seguranças de pé quando o combate terminou —, Derek caiu nas graças de Dom Mirren.

E nas graças de Dona Mirren também. O caso durou muito bem, até ontem.

Hoje, o mundo de Derek Blak estava arruinado. Preso nas masmorras de Tolgar-e-Kol, ele esperava pela execução — que ao menos viria rapidamente, para impedir logo que corresse qualquer boato da traição. Quanto mais tempo se passasse, mais chances Dom Mirren tinha de se tornar conhecido como corno. Nas Cidades Livres, o acusador tinha o poder de comprar a velocidade e o grau de rigor da sentença, especialmente se fosse da aristocracia mercantil contra um réu plebeu. Ter vindo do outrora próspero reino de Blakenheim — ser um "Blak", como os antigos habitantes eram chamados pelo povo de Krispínia e dos territórios independentes, como a Faixa de Hurangar e Tolgar-e-Kol — não servia de nada depois que Blakenheim e a vizinha Reddenheim foram destruídas por uma invasão demoníaca.

A execução da moda nas Cidades Livres consistia em ter os testículos arrancados e jogados para cães que eram mantidos famintos há dias. Depois os animais avançavam e tratavam de dar cabo do resto do indivíduo. Derek de Blakenheim suspeitava que Dom Mirren usaria os cães da própria vila, os mesmos cachorros que Dona Mirren afirmava que o esposo preferia a ela. Os bichos eram meios velhos e tinham a dentição gasta — Derek sabia que teria uma morte lenta e muito dolorosa. E o pior era que, para falar a verdade, ele gostava daqueles cães, e sempre brincava com os animais quando entrava e saía da vila.

Derek Blak estava calculando quanto tempo levaria para ser devorado por cachorros senis quando as contas foram interrompidas por uma voz que veio do fundo da cela:

— Por que você está aqui?

Por enquanto a voz não tinha dono; ela veio de uma sombra e ecoou em meio ao pinga-pinga das goteiras. Era aguda, mas terminou grossa — a voz de um menino em processo de virar rapaz. Derek apertou os olhos e distinguiu uma silhueta em um canto escuro, um garoto em roupas grandes demais para o corpo franzino. Foi possível perceber que estavam puídas, mesmo naquele breu. Eram roupas bem diferentes do fino traje de segurança — quer dizer, de "capitão" — regiamente pago que Derek de Blakenheim ainda envergava. Pelo menos uma ou duas moças suspirariam no momento da execução, antes de virarem o rosto com repulsa diante da carnificina.

Quem espera ter os testículos arrancados e devorados encontra consolo em qualquer coisa, até mesmo em morrer alinhado e desejado pelas mulheres.

— Hein, diga, por que está aqui? — repetiu a voz um pouco esganiçada.

— Não lhe interessa, moleque — grunhiu Derek.

Veio um muxoxo do escuro:

— Eu só queria puxar papo...

Derek Blak levou a mão ao rosto, esfregou a cara e respondeu com outro muxoxo. Realmente qualquer coisa seria melhor do que ficar pensando no manjar dos cães de Dom Mirren. Conversar faria bem, mesmo que o diálogo fatalmente chegasse ao assunto, como ele tinha certeza de que aconteceria.

— Meti um chifre em um mercador podre de rico — respondeu Derek com um suspiro.

— Ih, vai virar comida de cachorro.

A mão de Derek Blak voltou ao rosto. Realmente não demorou *nada* para a conversa chegar ao assunto. O jeito agora era tentar contorná-lo.

— Ao que parece, é a execução preferida de dez entre dez mestres-mercadores em Tolgar-e-Kol. E você, moleque, por que está aqui?

O rapazote finalmente saiu da sombra. Ele se curvou um pouco, até onde as correntes que o mantinham preso à parede permitiam. Era realmente um menino prestes a virar homem. Ou não, dependendo da gravidade do crime.

— Eu sou um chaveiro.

Derek Blak bufou. "Chaveiro" era a gíria das ruas das Cidades Livres para ladrões de residências e lojas, mas que também era aplicável aos pivetes dos mercados lotados. Pelas roupas esfarrapadas e enormes do garoto, ele certamente não seguia o sentido literal da profissão.

O rapazote notou a reação de Derek e mostrou-se ofendido:

— É sério, eu sou um chaveiro! Eu trabalho atrás do empório do Dimas, perto da fonte na rua Torta.

Derek Blak perdeu a paciência com o que era claramente uma mentira. O verdadeiro chaveiro daquele endereço consertava as trancas dos baús de Dom Mirren. Não, era melhor não lembrar aquilo...

— Claro, você é um chaveiro, e eu sou um kobold — disparou Derek.

— O senhor é meio grande para um kobold, senhor...

Ele deu um sorriso desanimado diante da resposta sagaz do moleque.

— Derek de Blakenheim, ou simplesmente Derek Blak, como somos chamados por essas partes. E não precisa do "senhor".

— Meu nome é Kyle. Não sou um *Blok*-não-sei-das-quantas, mas sou mesmo um chaveiro.

Kyle notou pela expressão do guerreiro bem-vestido que seria inútil tentar convencê-lo de que ele era um chaveiro de verdade. Ou tinha sido. Órfão desde a última epidemia de tosse vermelha em Tolgar-e-Kol, Kyle fora aprendiz de Mestre Moranus, que lhe ensinou tudo sobre chaves, trancas e fechaduras, mas o velho jogava demais, perdia mais ainda e acabou pagando as dívidas com a vida recentemente. Sem família e sem um teto, o menino teve que se virar como a *outra* espécie de chaveiro, que era uma verdadeira praga pelas ruas das Cidades Livres. Pivetes em bandos aterrorizavam os mercados e disputavam com escravos kobolds as migalhas da sociedade de Tolgar-e-Kol. Kyle, pelo menos, tinha os conhecimentos de Mestre Moranus para garantir recompensas mais gordas do que um mero esbarrão na praça renderia.

Infelizmente, ele fora preso justamente ao arrombar o gabinete de um magistrado quando o homem abrira a porta, acompanhado por sua guarda pessoal. De nada adiantou o argumento de que aquilo era uma venda de "maravilhosas gazuas, uma oportunidade única"; Kyle acabou sendo capturado, ainda que somente a uns três quarteirões do local. Pelo menos ele dera uma canseira nos sujeitos.

Quem espera ser executado por roubo encontra consolo em qualquer coisa, até mesmo em morrer com orgulho da própria agilidade.

Antes que Kyle pudesse continuar a conversar com o tal Derek e seu pedante sobrenome, os ouvidos aguçados do rapazote captaram a aproximação do carcereiro. Ele voltou para as sombras.

— Vem gente aí — anunciou o chaveiro.

Derek virou o rosto com uma expressão intrigada e só percebeu que era verdade quando ouviu o tilintar de chaves do outro lado da porta maciça. O postigo se abriu, e o carcereiro examinou o interior da cela. Em seguida, a fechadura emitiu um clique, e a porta rangeu ao ser aberta. Com uma lamparina na mão, o carcereiro mais uma vez confirmou que Derek Blak estava devidamente acorrentado à parede e deu um passo para trás.

— Aqui está ele, milorde — falou o homem ao estender a mão para o corredor.

Derek e Kyle ficaram curiosos com o tratamento e fizeram a mesma expressão intrigada.

Um vulto negro surgiu diante da porta, ainda no corredor, e a manga de uma capa se estendeu até a mão do carcereiro. Novamente ecoou um tilintar, agora de moedas em uma bolsinha de couro. O homem rapidamente embolsou a quantia e deu outro passo para trás, a fim de ceder mais espaço para a figura misteriosa.

A silhueta escura entrou na cela, e o tênue luar que penetrava pela janela alta do cárcere não ajudou muito a definir os traços de quem quer que fosse a pessoa. Aliás, o vulto parecia diminuir a iluminação do ambiente, mesmo com a fonte de luz da lamparina do carcereiro na porta aberta. Era como se o luar tivesse se retraído com medo. Pelo menos foi isso que aconteceu com o carcereiro, que prontamente trancou a porta e foi ouvido se afastando dali, com passos apressados.

Após um curto silêncio, a figura de capa negra e rosto oculto pelo capuz se manifestou sem rodeios:

— Derek de Blakenheim, meu nome é Ambrosius.

A voz era rouca e áspera; a voz de um velho encarquilhado. O homem de preto fez uma pausa para esperar pelo efeito desejado, que sabia que aconteceria. Dito e feito. Derek Blak estava de olhos arregalados, enquanto Kyle conteve um suspiro de incredulidade. Ambos estavam diante de uma das figuras mais poderosas de Tolgar-e-Kol, que os rumores garantiam controlar metade da câmara de comércio, bem como a guarda municipal e outros elementos mais escusos da sociedade local. Ambrosius poucas vezes era visto fora do hábitat natural: uma mesa em um canto mal iluminado na Taverna da Lança Quebrada, de onde ele tecia uma teia que cobria as Cidades Livres — e que influenciava até mesmo Korangar e Krispínia, se era possível acreditar no que os bardos contavam.

E ali estava ele, em uma cela fétida das masmorras de Tolgar-e-Kol, apresentando-se a Derek Blak como se o ex-chefe de segurança de Dom Mirren não soubesse quem era o sujeito de capa negra.

Derek saiu do transe e respondeu ao cumprimento:

— Lorde Ambrosius, é uma honra.

Ambrosius foi seco e rápido na resposta:

— Eu não sou lorde de nada, sou apenas Ambrosius. Deixo os títulos para quem se importa com eles... *Capitão* Blak. — Ele fez outra pausa dramática e finalmente foi direto ao assunto: — Derek de Blakenheim, eu preciso que você participe de uma missão arriscada. Parto do princípio de que vai aceitá-la sem saber o que é, ou simplesmente me retirarei para deixá-lo à mercê do destino cruel que o aguarda. Eu soube que os cães de Dom Mirren têm grande dificuldade para mastigar.

Derek Blak sentiu uma breve pontada nos testículos, um irônico lembrete do que ocorreria caso não topasse seja lá o que fosse que o homem mais poderoso de Tolgar-e-Kol propusesse. Sempre oportunista e jamais disposto a olhar os dentes de um cavalo dado, ele aceitou a proposta imediatamente, com um aceno positivo de cabeça. Nem lhe passou pela cabeça como poderia participar de qualquer empreitada se estava preso nas masmorras; naquele momento, a mente foi tomada apenas pela onda de esperança. Não quis pensar — e nem se interessava em saber — como ficaria sua situação com Dom Mirren. Derek finalmente recuperou a voz:

— Estou a seu dispor, Lor... Ambrosius — falou o guerreiro com a sinceridade que só os condenados demonstravam.

— O carcereiro voltará então para soltá-lo — disse o vulto negro. — Quero que vá à Taverna da Lança Quebrada, onde há um aposento reservado em seu nome. Lá, você será posteriormente chamado por mim para acertarmos os detalhes da missão.

Ambrosius começou a se voltar para a porta quando uma voz surgiu do fundo da cela:

— Eu também posso ser muito útil, Seu Ambrosius.

Chateado com a interrupção, a figura encapuzada preferiu reagir com grosseria a simplesmente ignorá-la.

— Eu duvido que um chaveiro seja útil para alguma coisa.

Kyle, ao ver que o homem erguera a manga da capa preta para bater na porta e chamar o carcereiro, correu a responder e agir. A chance de liberdade estava prestes a ir embora.

— Sim, eu sou um chaveiro.

Em seguida, com um ímpeto que surpreendeu o próprio Ambrosius e o ainda atônito Derek Blak, Kyle gesticulou rápido com uma gazua escondida entre os dedos e fez as correntes saírem dos pulsos; então o rapazote subiu agilmente pela parede da cela, até se agarrar nas barras da pequena janela. Equilibrado precariamente com os dois pés e apenas a mão esquerda, ele usou a direita para soltar uma barra e jogá-la lá embaixo, no chão. O baque seco do objeto metálico assustou Ambrosius e Derek.

— Eu já tinha soltado esta barra, mas as outras duas precisam de uma força a mais. Eu esperava que alguém ficasse preso comigo para me ajudar a fugir.

Tudo aquilo saiu na velocidade de uma frase curta, e o fôlego de Kyle foi logo embora, esgotado pelo nervosismo e esforço físico. Ele se soltou da parede com uma pirueta e caiu meio desengonçado, mas ainda em pé, diante dos dois adultos espantados.

O silêncio perdurou, quebrado apenas pela respiração acelerada de Kyle. O olhar de Derek Blak ia do garoto em roupas enormes e puídas, que arfava no meio da cela, para o vulto negro e impassível ainda diante da porta, prestes a bater nela a qualquer momento.

Do fundo do capuz, que mais parecia a boca de uma caverna, veio de novo a voz rouca e áspera:

— Você consegue se enfiar em lugares apertados?

— Eu já... dormi em uma cesta de frutas do mercado... Seu Ambrosius — respondeu Kyle.

— Muito bem, rapaz, então talvez eu tenha utilidade para um... *chaveiro* com suas habilidades. — Ambrosius voltou-se para o guerreiro. — Ele é sua responsabilidade agora, Derek de Blakenheim. Esteja com o chaveiro na Lança Quebrada.

O vulto negro deu as costas para os dois e chamou o carcereiro, enquanto uma das mãos discretamente sondava o interior da capa, atrás de outra bolsinha com dinheiro.

CAPÍTULO 3

VILA DO MAGISTRADO TIRIUS, ARRABALDES DE TOLGAR-E-KOL

As histórias que os bardos contavam sobre os assassinatos de grandes líderes sempre se passavam em ambientes luxuosos. Geralmente eram ambientadas em bailes de máscaras, com o assassino seduzindo uma nobre enquanto discretamente envenenava a taça da vítima. Este era o lado glamoroso da profissão, que conquistava plateias em tavernas e cortes; o assassino era sempre visto como uma figura romântica e misteriosa agindo em um cenário elegante.

Não havia nada de romântico e elegante em passar um dia inteiro enfiado em um chiqueiro, escondido embaixo de um cobertor, chafurdando na lama, junto com os porcos. Mas foi a única maneira que Kalannar encontrou para entrar na vila do Magistrado Tirius e vigiar as atividades do casarão até poder matá-lo.

Ele poderia muito bem ter se infiltrado no jantar que o magistrado oferecera a dignitários vindos da distante Ragúsia, mas sua aparência inumana impedia que ele agisse como os assassinos da ficção criados pelos bardos. Kalannar era um svaltar, um elfo das profundezas, e seus traços sobrenaturais se destacavam entre os humanos. Ao contrário dos bronzeados alfares — os elfos que viviam na superfície e tinham traços relativamente humanoides (à exceção das orelhas pontudas) —, os svaltares eram brancos como fantasmas e tinham olhos completamente negros por conta de mais de dois milênios vivendo no breu das entranhas da terra. Eram tidos como monstros canibais que atacavam à noite; o tipo de criatura cruel que as avós e babás usavam para assustar crianças malcomportadas.

Ser um svaltar ajudava Kalannar a ser contratado como assassino pela simples má fama da raça; por outro lado, tornava muito difícil entrar pela porta da frente, como hoje na vila do magistrado. Foi uma pena não poder ter acompanhado a comitiva de Ragúsia ou mesmo não ter se passado por um integrante da criadagem de Tirius. O jeito foi encarar várias horas naquele ambiente degradante.

Do maldito chiqueiro com os malditos porcos, Kalannar observava o movimento da casa, à espera do momento certo para agir. Enquanto isso, ele se distraía reestruturando na mente a organização do chiqueiro em si e da vila como um todo. Havia escassez de bebedouros (os porcos se amontoavam e a algazarra aumentava); havia excesso de funcionários e escravos em funções redundantes (mais olhos para descobri-lo); os guardas eram humanos indolentes e despreparados (ainda bem); a casa tinha uma arquitetura vulgar de ostentação (tipicamente humana), com colunas e arcos altos, como se a grandiosidade da construção espelhasse a grandiosidade dos moradores (que era nenhuma). Quanto desperdício de espaço aberto, traço comum de uma civilização que não vivia confinada a cavernas.

Os devaneios de Kalannar pararam quando finalmente os cômodos do casarão da vila foram apagados — e, mais importante, os aposentos do próprio magistrado mergulharam na escuridão. Mas trevas nunca foram problema para os olhos de um svaltar. Kalannar abriu um sorriso cruel. Após esperar um pouco mais, por segurança, era o momento de entrar de mansinho.

Ele levantou o cobertor e deixou o lodo da pocilga escorrer, enquanto tentava não se sujar mais ainda. Os porcos, já acostumados com sua presença há várias horas, não se agitaram mais do que o normal. Kalannar levou apenas mais duas fuçadas nas partes íntimas e, após praguejar baixinho e jurar que mataria o primeiro porco que visse fora dali, saiu pelas sombras até o casarão, evitando os vigias indolentes. Foi tão fácil que nem teve graça.

Dentro da edificação, o caminho pelos pátios internos e salões estava incomumente escuro, silencioso e desocupado. Aquilo era estranho. Não havia o ocasional archote aceso para iluminar a passagem de um vigia pelos corredores, nem o eventual passo cauteloso dado por um criado para não acordar o dono da casa. Algo ali não cheirava bem, pensou Kalannar, e não era ele fedendo a chiqueiro.

O svaltar já contava que teria que eliminar o vigia do corredor do magistrado. Para isso, ele deixou à mão dois pequenos punhais de arremesso, previamente tratados com veneno de mamba chifruda, capaz de derrubar um troll das cavernas de médio porte em poucos instantes. Qualquer humano cairia num piscar de olhos.

Atrás da curva do corredor, Kalannar notou a silhueta da sentinela envolta em uma escuridão que somente os olhos de um svaltar conseguiriam penetrar. O homem estava estranhamente imóvel — nenhum guarda deixaria o corredor ser tomado por um breu que facilitaria a chegada de um intruso. E havia um archote curiosamente apagado entre eles, o que tornava a situação ainda mais suspeita. Ao menos, a ausência de luz facilitou a aproximação de Kalannar como um gato. Ele chegou ao alcance de arremessar o punhal até notar...

... que não era um homem, e sim uma estátua. E que a porta atrás dela, que conduzia aos aposentos íntimos do magistrado, estava entreaberta.

Com os punhais nas mãos, Kalannar entrou como uma sombra pelo vão apertado e viu um humano de pé ao lado da cama. Não, não era o magistrado — a visão sobrenatural do svaltar enxergou a capa típica de um feiticeiro, cheia de inscrições arcanas. Surpreso, Kalannar hesitou em lançar as armas, um erro que considerou fatal quando o sujeito voltou um par de olhos miúdos e cruéis para o svaltar. Um encantamento devia ter alertado o homem; se ele lançasse um feitiço forte o suficiente para vencer a resistência natural à magia que todo elfo das profundezas possuía, Kalannar estaria morto.

Porém, em vez de disparar um encantamento, o feiticeiro ao lado da cama apenas se manifestou em tom de cautela:

— Eu considero... improvável... que o magistrado de Tolgar-e-Kol mantenha um svaltar como segurança.

Kalannar teria suspirado aliviado ao ver que o homem não lançou um feitiço, se não tivesse perdido o fôlego ao ouvir seu sotaque. Aquele era o carregado acento de Korangar, a Nação-Demônio, o Império dos Mortos, em cujas fronteiras as Cidades Livres de Tolgar-e-Kol viviam em tênue aliança. O humano não era um feiticeiro qualquer, mas um mago do poderoso reino de necromantes, demonologistas e afins.

Aquilo explicava a "estátua" do guarda. E, como Kalannar confirmou com uma rápida olhadela para a cama, também explicava o corpo petrificado do magistrado sobre o colchão.

— Eu considero... improvável... que um magistrado de Tolgar-e-Kol mantenha um feiticeiro de Korangar como camareiro. — O svaltar tentou ganhar tempo com a resposta jocosa.

Os punhais continuavam de prontidão, mas ele desconfiava de que o mago tivesse uma resposta mágica igualmente letal na ponta da língua. Aquele seria um duelo de reflexos que Kalannar queria evitar, mas precisaria vencer caso acontecesse.

O humano, careca no topo da cabeça e com aquele olhar malévolo, permaneceu imóvel, igualmente de prontidão, e parecia tão cauteloso quanto Kalannar diante do impasse. Ele voltou a falar e, ainda bem, novamente não proferiu um encantamento.

— Diante de todas essas hipóteses improváveis, creio que o mais provável seja estarmos aqui com o mesmo objetivo.

Ele acenou ligeiramente com a cabeça para o homem sobre a cama, mas não tirou os olhos dos punhais de Kalannar, visivelmente preocupado, e continuou:

— Esta situação não precisa piorar. — O feiticeiro fez uma pausa. — Meu nome é Agnor, *Arquimago de Korangar*.

O feiticeiro deu ênfase ao título como forma de intimidar o svaltar, apesar de ele já ter percebido seu posto e origem. Enquanto falava, Agnor manteve os olhos fixos na criatura armada, capaz de lançar aqueles punhais a qualquer momento. Entre todas as dificuldades que ele pensou que encontraria ao invadir a vila de Tirius para matá-lo, *esta* certamente não estava na lista. O elfo das profundezas, porém, parecia ter vindo aqui com a mesma intenção. Agnor torceu para que o svaltar tivesse entendido seu rápido aceno para o magistrado, que acabara de ser petrificado. Aquele mesmo feitiço estava na ponta da língua; entretanto, svaltares possuíam uma resistência à magia fora do comum, e seria necessário alterar o encantamento na hora, mudar a entonação das palavras, reconfigurar as forças arcanas por trás da magia. Era um processo que tomaria tempo e concentração, luxos que Agnor não poderia se dar diante de dois punhais que pareciam ter endereço certo: seu corpo.

— Sim, não há razão para a situação piorar — respondeu o svaltar, que, a seguir, se identificou: — Meu nome é Kalannar... e acho que você é o motivo de eu ter vindo aqui prestar uma visita ao magistrado.

Ele se lembrava de ter ouvido Ambrosius falar algo sobre Tirius estar prestes a assinar a extradição de um feiticeiro, o que ia contra seus interesses. O credo dos assassinos dizia que a motivação de um cliente não importava, mas Kalannar sempre gostou de saber por que deveria matar alguém. Informação em excesso poderia causar a morte; porém, a desinformação também era um caminho rápido para a cova. Conhecimento era uma faca de dois gumes, e Kalannar preferia estar armado com todos os fatos, por mais perigosos que fossem. Se Ambrosius tinha interesse no humano careca, era melhor mantê-lo vivo... desde que ele não começasse a entoar alguma magia.

Agnor apertou os pequenos olhos cruéis, ainda fixos no svaltar.

— Você não teria sido mandado aqui pelo Ambrosius, teria?

Kalannar respirou fundo: era agora ou nunca. Teria que apostar o sigilo profissional.

— Sim.

— Então estamos aqui pelo mesmo motivo.

Agnor não disse mais nada. Na verdade, ele estava prestes a ser extraditado de Tolgar-e-Kol a mando do magistrado, o que prejudicaria os planos de Ambrosius para o feiticeiro. Agnor tinha que permanecer nas Cidades Livres por mais tempo. Talvez Ambrosius tivesse explicado esses detalhes para o assassino svaltar, mas como o misterioso homem de preto negociava em segredos e tramas, não convinha falar mais do que o necessário.

Depois do que pareceu ser uma eternidade, os dois relaxaram um pouco, ao mesmo tempo. Kalannar abaixou levemente os punhais, e Agnor ficou menos rígido. Houve um prolongado silêncio enquanto o mago e o assassino, ainda sob uma trégua tensa e hesitante, consideravam o que fazer a seguir.

O momento de indecisão foi interrompido pelo som de passos no corredor. Kalannar arriscou olhar para trás, pela fresta da porta por onde entrou, e viu dois guardas que avançavam pelo corredor escuro, com tochas na mão. Guardas atraídos pela escuridão fora do comum que o feiticeiro certamente provocou para poder invadir a vila — agora aquela situação estranha fazia sentido. Nunca mande um mago fazer o serviço de um assassino. Ele teria que esclarecer os fatos com Ambrosius. Kalannar voltou-se para Agnor, que ainda permanecia tenso e hesitante ao lado do leito do magistrado, e balbuciou:

— Guardas. Dois. Meio do corredor.

O feiticeiro concordou com a cabeça, saiu detrás da cama e cruzou o aposento até parar perto do svaltar, que observava a aproximação dos homens. Kalannar então se posicionou atrás da porta, com os punhais em riste, e Agnor ensaiou um gesto mágico.

Os passos pararam subitamente, e um dos guardas deixou escapar um suspiro de susto, mais alto do que gostaria:

— É o Jonus!

O homem tinha reconhecido o colega petrificado diante da porta. Kalannar ouviu a retomada dos passos, agora rápidos e se afastando, o que significava que os vigias covardes sequer foram verificar os aposentos do patrão. Realmente aqueles eram os guardas mais indolentes e despreparados que o svaltar já tinha visto.

— Eles não podem alertar a vila — murmurou Kalannar e, sem esperar resposta, irrompeu pela porta.

O assassino notou que um dos guardas ainda recuava diante da visão da estátua, mas o companheiro já estava em franca correria pelo corredor; a luz da tocha dançava em sua mão e lançava sombras frenéticas nas paredes. O vigia fujão estava distante demais para o arremesso do punhal, ao contrário do colega espantado ali na frente, que recebeu um golpe fulminante no peito protegido por uma loriga de couro leve.

— Um guarda está escapando! — Agora o alerta de Kalannar saiu alto e urgente.

Agnor saiu do quarto e passou pelo svaltar no corredor. O vigia em fuga, porém, fez a curva lá embaixo. O mago e o assassino se entreolharam com uma expressão de frustração e raiva, e desandaram a correr atrás do homem, que já berrava para chamar os colegas. Agnor e Kalannar praguejaram, cada qual em sua língua nativa. Eles dispararam corredor afora e, quando chegaram a um pátio interno, viram o guarda fujão reunido com mais dois seguranças da vila.

Os três homens ficaram sem ação ao ver um estranho em uma capa de feiticeiro e, principalmente, ao notar a aparição quase sobrenatural de um svaltar, branco como um fantasma, reluzindo sob o pálido luar que banhava o pátio. Kalannar aproveitou o susto que sua figura geralmente provocava e lançou o segundo punhal. A arma encontrou abrigo no pescoço desguarnecido do vigia fujão, que desmoronou no mesmo instante.

Um dos guardas começou um escarcéu e recuou bastante, enquanto o homem que sobrou arremessou sem muita convicção um pilo na direção de Kalannar. O svaltar, porém, já havia disparado contra os seguranças. Ele rodopiou o corpo, viu a pequena lança passar inofensivamente pelo ombro, e terminou o movimento ágil cravando uma pesada adaga embaixo do queixo do guarda.

Atraídos pela gritaria do único segurança sobrevivente — que também arremessou seu pilo, mas acertou o colega já morto que Kalannar usara rapidamente como escudo —, vários homens armados começaram a surgir dos quatro cantos do pátio. Assim como os demais vigias, todos portavam pilos e gládios e se protegiam com lorigas de couro leve.

Naquele instante, Agnor se abaixou e meteu a mão espalmada na terra batida do pátio. Um pilo se cravou perigosamente perto dele, mas o feiticeiro não se abalou, imerso que estava em pleno encantamento. A língua de Korangar ecoou enquanto Kalannar sacava duas roperas svaltares e rodopiava para escapar dos pilos arremessados pelos oponentes. Eram oito guardas ao todo, porém muitos hesitaram em tomar uma atitude mais corajosa do que lançar os pilos ao ver os corpos dos companheiros mortos e o svaltar se esquivando de maneira impossível. Finalmente, um grupo maior avançou, encorajado pela superioridade numérica e pelo berro daquele que talvez fosse o líder.

Mas o ímpeto dos guardas arrefeceu quando surgiu, no meio do pátio, um imenso elemental saindo da terra batida. O humanoide composto por pedras do subsolo tinha a altura de um homem e meio, e provocou o recuo dos mesmos vigias que haviam sido tomados por uma coragem repentina. O mais bravo — aquele que havia incitado os demais — aproximou-se de

Kalannar e foi recebido com duas estocadas tão rápidas no peito e no pescoço que nem chegou a completar o último passo; o homem apenas cambaleou e caiu para trás.

Àquela altura, metade da casa resolveu acordar e dar as caras nos acessos ao pátio interno. Criados, escravos e até alguns familiares de Tirius, incluindo duas crianças sonolentas, vieram ver o que estava acontecendo.

Kalannar e Agnor trocaram um olhar cruel.

Pouco tempo depois, no topo de uma pequena elevação próxima, Kalannar e Agnor observavam a vila em chamas. O que sucedeu ao impasse no pátio foi um banho de sangue. Cientes de que não podiam deixar testemunhas — um feiticeiro e, sobretudo, um svaltar seriam facilmente descritos para as autoridades de Tolgar-e-Kol —, os dois, acompanhados pelo elemental, massacraram os habitantes da vila. Paredes de pedra foram erguidas magicamente por Agnor para impedir a fuga dos moradores, enquanto Kalannar e o monstro rochoso enfrentaram os soldados amadores. Por fim, os três chacinaram os familiares, os criados e os escravos do Magistrado Tirius, um por um, e atearam fogo na vila para dificultar qualquer investigação. Não sobrou vivalma. Nem os porcos, que o assassino svaltar fez questão de voltar para matar, já quase saindo do complexo, sob o olhar incrédulo de Agnor.

Após alguns momentos observando o incêndio, Kalannar rompeu o silêncio:

— Bem, missão cumprida. Mas acho que agora cada um de nós tem que seguir seu rumo. Não vai pegar bem se chegarmos ao mesmo tempo a Tolgar-e-Kol, vindos desta direção específica. Amanhã a cidade estará em polvorosa por causa disso aqui. — O svaltar acenou com a cabeça para o incêndio ao longe. — Eu vou entrar pelos portões de Kol; sugiro que você entre por Tolgar.

O mago quase havia colocado a missão a perder ao apagar as luzes do casarão de maneira suspeita e amadora. Kalannar não queria ser preso em Tolgar-e-Kol por causa do homem; o certo seria matá-lo, mas Agnor claramente tinha sido o motivo para Ambrosius mandar assassinar o magistrado. Além disso, o feiticeiro korangariano deu a impressão de ser um geomante muito poderoso. Ele poderia ser útil para seus planos.

— Vá na frente então — respondeu Agnor. — Eu me encontro depois com o Ambrosius. Ele vai ficar contente por me ver vivo.

Como se suspeitasse que o elfo das profundezas havia considerado matá-lo, Agnor tratou de usar Ambrosius como um trunfo e garantia de segurança. Se ele deixasse claro que tinha costas quentes, Kalannar — obviamente um pau-mandado — não iria contra a vontade do poderoso patrão.

Os dois hesitaram na despedida, um sem querer dar as costas para o outro, e, por fim, mago e assassino tomaram direções diferentes, cada um olhando de lado para o companheiro que partia.

CAPÍTULO 4

SALA DO CONSELHO REAL, MORADA DOS REIS

O Grande Rei não estava se sentindo tão grande assim na manhã de hoje. Nem toda a magia da Rainha Danyanna teria feito seu desempenho no leito real melhor do que as vãs tentativas das últimas noites. A sensação de impotência não se limitava à cama, ao lado da esposa. Ali, no Conselho Real, Krispinus sentia-se de mãos atadas. Seu olhar passou pelas expressões dos presentes e parou na cadeira vazia de Caramir, o Conquistador do Oriente, o Flagelo do Rei. O velho amigo estava fazendo aquilo que sabia fazer melhor: levar adiante um conflito que não terminava nunca. "A guerra com os elfos não para" era a frase com que ele se despedia em toda a comunicação entre os dois. Triste verdade.

A situação só havia piorado nos últimos meses. O Oriente, teoricamente conquistado por Caramir e sua Garra Vermelha, continuava um caldeirão de insurgências, rebeliões e afins. Na Caramésia, o amigo promovia massacre atrás de massacre, mas mesmo assim não conseguia capturar o Salim Arel, o rei elfo por trás da resistência contra o trono de Krispínia. Enquanto isso, sob comando e inspiração do salim, os elfos mantinham uma onda de terror que desestabilizava o comércio e minguava o fluxo de impostos e riquezas.

Mas o que havia provocado aquela reunião extraordinária do Conselho Real fora uma notícia até então sem precedentes na longa guerra. Uma ameaça a uma região que Krispinus e todo o reino consideravam segura há trinta anos.

O Ermo de Bral-tor fora invadido.

Relatos chegaram à capital de que vários povoados ao pé da Cordilheira dos Vizeus foram massacrados pelo avanço de uma tropa de svaltares que, a seguir, entrou no Ermo de Bral-tor. Os sobreviventes diziam que os elfos das profundezas tomaram o rumo dos Portões do Inferno.

Nada daquilo fazia sentido aos olhos do Grande Rei. Já era raro que svaltares saíssem de seu reino subterrâneo de Zenibar, nas entranhas dos Vizeus, para atacar povoados na superfície; porém, nunca se ouvira falar de uma *incursão* de tropas. Sabia-se pouca coisa sobre aquela estranha raça dos elfos, mas era certo que temiam o sol e não conseguiam sobreviver acima do solo. Apenas em Korangar, na Grande Sombra, os svaltares andavam livremente sobre a terra, segundo informantes. Além disso, aquele trecho do Ermo de Bral-tor estava sob a proteção dos anões de Fnyar-Holl, que jamais teriam deixado que svaltares — seus inimigos ancestrais no interior das montanhas — colocassem a região em perigo. A não ser que a recente mudança no poder, no reino anão, tivesse algo a ver com aquilo. Os últimos relatórios diplomáticos davam conta de que o velho Dawar Bramok não ocupava mais o trono de Fnyar-Holl, tendo sido substituído por um tal de Torok. Os tradutores da Corte ainda não haviam chegado a um consenso se a alcunha adotada pelo novo rei anão, *kobitor*, significava "usurpador" ou "libertador".

Como os Portões do Inferno eram um ponto estratégico do reino, o Conselho Real estava reunido para analisar as informações e tomar as providências cabíveis antes que eles fossem ameaçados. Sua defesa dependia dos homens no Fortim do Pentáculo e da ação rápida dos Quatro Protetorados — Dalínia, Nerônia, Ragúsia e Santária, que há trinta anos assinaram um tratado para proteger os Portões do Inferno. Os anões, a quinta defesa informal, aparentemente já haviam falhado. Mensagens foram enviadas para cobrar uma postura do novo dawar, mas qualquer desculpa, promessa ou atitude viria tarde demais se os svaltares conseguissem de fato chegar ao Fortim do Pentáculo.

Presentes estavam os representantes dos Quatro Protetorados, além da Rainha Danyanna, do Duque Dalgor, em oportuna visita à capital, e de Dom Zeidan, o Guarda-Livros da Coroa, praticamente escondido atrás de uma pilha de pergaminhos. A cadeira vazia de Caramir incomodava Krispinus; o comandante da Garra Vermelha era um especialista em questões que envolviam elfos, fossem eles alfares ou svaltares. O Deus-Rei queria gozar da liberdade que o amigo meio-elfo tinha em combater os inimigos cara a cara, com uma espada na mão na frente de batalha, em vez de enfrentá-los virtualmente, por meio de reuniões e acordos. Assim que se sentou no Trono Eterno como Grande Rei, Krispinus tinha virado um diplomata de luxo, um burocrata com plenos poderes e mãos atadas. Por sua vontade, ele já estaria montado em Roncinus, avançando contra os svaltares, decapitando-os com Caliburnus na mão.

— Grande Rei, senhor meu marido?

A voz de Danyanna tirou Krispinus do devaneio aventureiro. Ele encarava os mapas em cima da mesa sem exatamente vê-los, e todos os presentes já se entreolhavam devido ao silêncio incômodo.

— Eu repito — falou o Deus-Rei finalmente. — Esta suposta incursão dos svaltares só pode ser um plano do Arel para nos distrair e desviar a atenção da guerra no Oriente.

Era o mesmo argumento que Krispinus apresentara no início da reunião, antes de enfiar a cara nos mapas — um argumento que ficara sem resposta durante o longo silêncio. No entendimento do Grande Rei, os elfos das profundezas não pretendiam invadir, de fato, o Ermo de Bral-tor; aquilo não passava de uma tentativa de confundir os defensores de Krispínia. Porém, seu antigo companheiro de aventuras e conselheiro, o Duque Dalgor, discordava de Krispinus. Ele estivera presente quando os Portões do Inferno foram fechados há trinta anos e hoje era o soberano de Dalgória, a leste de Dalínia. Ainda que Dalgória não fosse um dos Quatro Protetorados, Dalgor jamais deixaria de ajudar e aconselhar o amigo. Ele parecia cansado; era um cansaço que ia além da resistência à famosa teimosia do rei, com a qual já estava muito acostumado após tantas décadas de convívio. A idade fora implacável com o outrora garboso bardo. Os ombros antigamente tão altivos andavam caídos, e os outrora sedosos cabelos negros foram reduzidos a alguns fiapos. Krispinus mal reconhecia o homem hoje em dia; o Grande Rei, assim como a Suma Mageia, não tinha envelhecido um dia sequer desde que assumira o Trono Eterno.

— Real Grandeza, não há chance de os svaltares e os alfares serem aliados — explicou Dalgor. — Quem quer que comande os svaltares, ele ou ela jamais receberia ordens ou faria um acordo com o Salim Arel, pois o ódio entre as duas raças élficas é milenar, como está registrado na obra de...

— Duque, se você recitar um poema, juro que entrego Dalgória para a primeira pessoa que entrar por aquela porta! — falou Krispinus, sem paciência para lições de história.

Ele olhou fixamente para o amigo e apontou para a entrada da sala. Dalgor fez uma pausa, pareceu engolir as palavras e depois tentou outra abordagem para convencê-lo:

— E o que o Larel, o filho do salim, tem a dizer sobre a incursão svaltar?

— Ele já foi... incentivado a falar pelo comandante de Bron-tor — respondeu a Rainha Danyanna. — E também respirou os vapores da papoula amarela, mas não revelou nada.

Larel era um dos muitos filhos do Salim Arel. O líder do levante élfico lutava contra a tomada das terras ancestrais de seu povo e era considerado o inimigo número um do Trono Eterno. O salim estava escondido em alguma floresta no Oriente, mas Larel fora capturado há alguns meses por Caramir e amargava uma sofrida estadia em Bron-tor, a temida masmorra da Morada dos Reis. Infelizmente para Krispinus, Larel não era um dos filhos guerreiros de Arel; filósofo e ceramista, o elfo pouco sabia do pai e da campanha terrorista movida por ele. Sabia menos ainda de alguma possível aliança entre alfares e svaltares. Sob os efeitos dos vapores da papoula amarela, um preparado especial dos alquimistas reais para arrancar a verdade de prisioneiros, Larel apenas filosofou durante horas sobre o assunto, sem chegar a lugar algum. Os escribas de Bron-tor desistiram de anotar no segundo pergaminho.

Quando da prisão de Larel, Krispínia exigiu a rendição de Arel em troca da liberdade do filho do salim. Não houve resposta. Em seguida, o reino cobrou um resgate pelo chamado "príncipe elfo". O silêncio continuou por parte dos inimigos. Irritado e sem querer perder a dignidade, Krispinus promoveu uma execução pública de Larel — na verdade, segundo a teoria do Grande Rei de que "elfo era tudo igual", um prisioneiro da mesma raça foi fantasiado como o filho do salim e devidamente esquartejado por Roncinus e outros três cavalos, enquanto o verdadeiro Larel continuava em Bron-tor como fonte de informações.

— Real Grandeza, eu peço a palavra — falou a Marquesa Thermúsia, a representante da Rainha Augusta de Dalínia. — Como um dos Quatro Protetorados, Dalínia reconhece a responsabilidade de proteger o Ermo de Bral-tor como firmado em tratado. No entanto, a Rainha Augusta acha improvável que uma força svaltar seja capaz de cruzar a região e ameaçar o Fortim do Pentáculo.

— Essa também é a opinião de Santária, se me permite o aparte, Real Grandeza — interrompeu o representante do Rei Belsantar.

Os emissários de Ragúsia e Nerônia — os outros dois Protetorados — concordaram com a cabeça. Krispinus já esperava por isso. Os reinos ao redor do Ermo de Bral-tor precisavam de provas de que havia um perigo real antes de mobilizar um custoso deslocamento de tropas — especialmente porque cada um dos Quatro Protetorados ainda sofria problemas com os elfos, especialmente Dalínia. Se, como o Grande Rei imaginava, aquela incursão svaltar fosse apenas um golpe, Krispínia inteira ficaria enfraquecida com a retirada de homens valiosos da frente de batalha para uma causa perdida.

Assumindo o papel de porta-voz dos demais Protetorados, a Marquesa Thermúsia continuou:

— E mesmo que *haja* uma invasão svaltar, ainda que eles consigam resistir ao sol, o que seria impossível, como os elfos das profundezas seriam uma ameaça às defesas do Fortim do Pentáculo?

— Não há nada no Ermo de Bral-tor que permita a construção de armas de sítio — argumentou o General Lusta, o emissário de Ragúsia.

— Nada é impossível para a magia — respondeu Danyanna. — Pouco sabemos sobre a feitiçaria svaltar.

— Perdoe-me, Real Presença — insistiu Lusta —, mas duvido que a magia de meros elfos seja páreo para as proteções mágicas que a senhora e o Rei-Mago de Ragúsia encantaram nos Portões do Inferno. Ragúsia confia no poder arcano de nosso monarca... e do Deus-Rei e da Suma Mageia, obviamente.

A discussão continuou com Krispinus insistindo que aquilo era um plano do rei elfo e reclamando da indolência dos vassalos no esforço de guerra, enquanto alguns Protetorados descartavam a ameaça como impossível pela vulnerabilidade dos svaltares ao sol; outros exigiram que o trono de Fnyar-Holl fosse responsabilizado e enviasse uma força-tarefa de anões para deter a invasão, sugestão que Dom Zeidan apoiou, citando o custo para os cofres dos reinos vizinhos de uma operação no Ermo de Bral-tor. Enquanto os presentes repetiam argumentos e trocavam acusações veladas, Dalgor e Danyanna confabulavam baixinho, até que a Suma Mageia teve um estalo.

— Eles vão enfrentar o sol para libertar as trevas.

Como ninguém ouviu o que Danyanna disse, ela repetiu mais alto e interrompeu uma discussão entre Krispinus e o enviado do Baxá de Nerônia, cujo reino devia mais de mil homens ao front.

— *Eles vão enfrentar o sol para libertar as trevas!* — Com a atenção de todos, a rainha repetiu em tom normal e continuou a argumentação: — Eles vão enfrentar o sol para libertar as trevas. Quando os Portões do Inferno foram abertos há três décadas, não houve apenas uma invasão demoníaca que arrasou Reddenheim e Blakenheim... uma enorme área de trevas cobriu a região, ainda mais escura do que a Grande Sombra ao Norte. Só pode ser isso que os svaltares pretendem ao invadir o Ermo de Bral-tor. A intenção é tomar o Fortim do Pentáculo e abrir os Portões do Inferno para mergulhar toda Zândia nas trevas.

— Com que objetivo? — indagou a Marquesa Thermúsia.

— Fundar um reino na região? — conjecturou Dalgor. — Conquistar Krispínia? Uma vingança contra os alfares?

Krispinus socou a mesa.

— Ou talvez os svaltares queiram usar os demônios contra nós, a mando do rei elfo.

Dalgor lançou um olhar para Danyanna a fim de impedi-la de discordar do marido. Krispinus finalmente estava levando a ameaça svaltar a sério, mesmo que pelo argumento que o bardo julgava errado. A Suma Mageia concordou discretamente com a cabeça.

— Eles vão enfrentar o sol para libertar as trevas — disse Danyanna outra vez. — Não sabemos *como* os svaltares pretendem sobreviver na superfície, mas não podemos deixar para descobrir tarde demais. Os Quatro Protetorados precisam honrar o acordo assinado nesta mesma sala e proteger o Fortim do Pentáculo.

O Deus-Rei encarou os enviados de Dalínia, Nerônia, Ragúsia e Santária e falou com firmeza, sem dar espaço para objeções.

— Nenhum dos senhores, nem a senhora querem que seus reinos terminem como Reddenheim e Blakenheim. Homens serão enviados para o Ermo de Bral-tor a fim de patrulhá-lo e caçar os svaltares. O esforço de guerra contra os elfos em seus territórios ficará em segundo plano até que a ameaça desses *outros* elfos seja contida.

Os representantes dos Quatro Protetorados concordaram com a cabeça, ainda que atônitos diante da possibilidade de destruição, preocupados com o custo da operação e temendo ficarem mais indefesos contra os elfos dentro de suas fronteiras. Mas eles confiavam na orientação divina do Deus-Rei Krispinus. A ameaça dos Portões do Inferno tinha sido debelada uma vez por ele, como todos sabiam. Os emissários ali presentes cresceram em contato com aquela história, em verso e prosa. Mesmo relutantes ou a contragosto, os embaixadores de Dalínia, Nerônia, Ragúsia e Santária sabiam que o Grande Rei livraria a todos do mal.

Krispinus percebeu a confiança no olhar dos presentes, mas escondeu a própria incerteza bem dentro de si. Só revelaria depois, a sós com a esposa e o melhor amigo, longe dos vassalos.

E também falaria com Ambrosius, mas sem que Dalgor e Danyanna soubessem. De alguma forma, o Grande Rei desconfiava de que ele já tinha ciência da situação... e que teria um plano de contingência em andamento, como prometera há tantos anos.

CAPÍTULO 5

FAIXA DE HURANGAR

Quando Od-lanor se propôs arrumar um cavalo para Baldur, o cavaleiro custou a acreditar que o plano envolvia uma história mal contada, feita para apelar à boa-fé dos miseráveis aldeões da região contestada da Faixa de Hurangar. O bardo adamar conseguiu convencê-lo de que Tolgar-e-Kol era um destino tão bom quanto qualquer outro, especialmente para quem não tinha perspectivas naquele vespeiro de tiranos e conquistadores. Juntos, os dois rumaram para as duas cidades-Estado independentes, que ficavam na fronteira do Império de Korangar.

Od-lanor sabia que eles passariam por vilarejos pobres cujas autoridades mal davam conta de quem era o atual governante, uma vez que a região vivia em eterno conflito. De tempos em tempos, surgia um novo tirano à frente de uma companhia de soldados e mercenários alegando ser o soberano da vez, exigindo lealdade e cobrando tributos na base da truculência e intimidação. Após saírem do território disputado por Lorde Woldar e General Margan, bastaram uma pergunta ali e uma sondagem acolá para descobrir que quem mandava na região no momento era um tal de Rei Brunus, o Condor Negro. O adamar quase riu ao ouvir o nome ridículo. Na próxima aldeia minimamente civilizada, Od-lanor exigiu falar com a autoridade local, chamada naquelas paragens de "mentor".

O velho mentor veio acompanhado de dois sujeitos mal-encarados empunhando lanças toscas e com facões presos aos cintos que amarravam as túnicas puídas. Com certeza, a estranha figura de Od-lanor — que continuava maquiado, e de saiote e torso nu, apesar da temperatura amena da região

— tinha feito por merecer tal precaução. Ou talvez o motivo tivesse sido o tamanho de Baldur, que era maior do que os seguranças.

— Eu sou o Mentor Naius, da Vila de Corroios, quem convoca minha presença? — falou o ancião.

O homem observou Od-lanor de cima a baixo com uma expressão azeda e fez de tudo para fingir que não viu a presença armada do grandalhão, de espadão de cavaleiro à cintura, ao lado do forasteiro esquisito. Os dois seguranças, porém, olharam feio para Baldur, que manteve a pose altiva pré-combinada com o bardo.

— Saudações, meu bom homem — disse Od-lanor. — Represento a autoridade aqui do jovem Sir Baldur, Primeiro Cavaleiro do Rei Brunus, o Condor Negro. Ele requisita do bom povo de Corroios o empréstimo de uma montaria à altura da augusta figura que ele é, visto que perdeu seu cavalo em uma queda de ribanceira. Felizmente nada aconteceu com o *homem de confiança do Rei Brunus*.

Od-lanor fez questão de frisar a última parte e jamais deixou de encarar o velho aldeão, sem pestanejar. Ele deu um sorriso radiante ao terminar de falar.

Ainda preso pelo olhar do estranho homem bronzeado e maquiado diante de si, Naius tentou desviar a vista e examinar Baldur, que parecia com tudo, menos com uma augusta figura da ordem de cavalaria de um rei. Porém, o velho mentor não conseguiu tirar os olhos de Od-lanor e permaneceu mesmerizado pelo adamar, que não deu trégua e continuou falando, agora modulando a voz:

— O Rei Brunus ficaria chateado se Sir Baldur saísse de Corroios a pé. E ninguém gosta de ver o Condor Negro chateado. — Od-lanor havia apurado que as três vilas mais próximas de Corroios tinham sido pilhadas durante a campanha do novo tirano pelo poder na região.

Naius hesitou, fez que ia retrucar, desistiu e voltou-se para os seguranças.

— Tragam um cavalo dos estábulos do Mestre Inacius e digam que eu acerto depois com ele.

— Talvez seja melhor Sir Baldur acompanhar seus homens para selecionar um animal condizente com seu status de Primeiro Cavaleiro — sugeriu

Od-lanor com a intenção de tirar Baldur dali e poder liberar a atenção do velho mentor, antes que perdesse o controle sobre o homem.

Assim que Naius acenou timidamente com a cabeça, Baldur foi com os seguranças do ancião. Od-lanor permaneceu conversando amenidades com o mentor, teceu uma longa teia de assuntos que não levavam a lugar algum, até que o cavaleiro retornou montado e o bardo se despediu, novamente incisivo:

— O Rei Brunus e Sir Baldur jamais esquecerão tamanha generosidade do senhor e da Vila de Corroios.

Dias depois, um golpe parecido foi praticado em outro vilarejo, agora com Od-lanor exigindo que o ferreiro local, que ele apurou estar devendo impostos, quitasse sua dívida com o cobrador do Rei Brunus, ajustando uma velha armadura de placas encostada na loja para Sir Baldur. Infelizmente, o Primeiro Cavaleiro do Condor Negro havia perdido sua armadura original ao cruzar um rio próximo e não poderia se apresentar diante do rei sem seu equipamento; mesmo aquele improviso serviria, e o homem agradeceu por se livrar da dívida.

Agora devidamente paramentado e montado como um cavaleiro, Sir Baldur foi novamente apresentado como Primeiro Cavaleiro do Rei Brunus em mais outro povoado, porém agora os dois puderam aproveitar um pouco mais da hospitalidade local, com Baldur fazendo exigências de lorde, corroboradas pelo olhar incisivo do bardo e seu estranho tom de voz convincente.

Em Sendim, a quarta parada em outro vilarejo miserável, a dupla foi ainda mais ousada: incentivado por Od-lanor, que soube do casamento do padeiro, Sir Baldur exigiu seu direito como representante do Rei Brunus de passar a primeira noite com a noiva do homem. Não importava que o costume estivesse em desuso desde o fim do Império Adamar — o pobre homem ignorante cedeu a esposa na noite do matrimônio, com medo da represália do Condor Negro. Informados de que o mateiro da vila também se casaria em poucos dias, Baldur e Od-lanor decidiram estender a estadia para participar da festividade e, claro, fazer novamente a lei ancestral ser cumprida.

Quando finalmente os dois embarcaram no último trecho da jornada para Tolgar-e-Kol, Baldur tinha três cavalos, um elmo, uma armadura de placas pesada, um gibão de cota de malha, mais dois espadões e dois escudos, duas túnicas com o brasão do Condor Negro, cinco trocas de roupa e deixara para trás nada menos que quatro filhos.

— Faltam quantos dias até chegarmos a Tolgar-e-Kol? — perguntou Baldur.

O cavaleiro estava ajudando Od-lanor a levantar o acampamento à beira da estrada e cuidar das montarias. Ambos estavam viajando há tanto tempo que os dias e vilarejos se confundiam. Baldur não queria que a aventura de pular de povoado em povoado acabasse tão cedo, mas o bardo já havia indicado que a jornada estava perto do fim.

— Três, se aquela chuva não cair — respondeu o adamar.

Ele indicou as nuvens carregadas com as sobrancelhas. O tempo andou feio recentemente, mas nada de cair uma gota sequer do céu. Ao lado de um dos cavalos, Baldur olhou pensativo para o céu nublado e fez uma expressão triste que não escapou ao adamar.

— Uma hora a farra tinha que acabar, Baldur — falou Od-lanor com um sorriso.

O jovem cavaleiro voltou-se para o acampamento sendo desfeito com um ar pesaroso. Ele nunca havia se divertido tanto quanto nos últimos dias. O bardo era uma companhia excelente, sabia histórias fantásticas e mentia como ninguém. Os dois beberam, comeram e transaram de graça por onde passaram — Baldur era sempre saudado como herói local, e Od-lanor, com muita humildade, apenas ia no rastro da própria reputação falsa que ajudou a criar. Em pouco tempo, a fama de Sir Baldur, Primeiro Cavaleiro do Rei Brunus, espalhou-se pela região. A brincadeira, porém, estava ficando perigosa demais — os dois quase cruzaram com homens de verdade do Condor Negro, e três vassalos de Lorde Anaran, inimigo derrotado pelo Rei Brunus, vieram tirar satisfações com eles. Não fosse Od-lanor arregimentar uma meia dúzia de bravos que se juntaram ao nobre Sir Baldur em nome do Condor Negro, a situação poderia ter descambado para a violência.

Od-lanor aproximou-se com um odre de vinho vagabundo dado como presente na última parada e tocou no ombro do amigo.

— Vamos, Tolgar-e-Kol nos espera.

O cavaleiro aceitou o vinho, mas continuou amuado.

— Você nunca saiu da Faixa de Hurangar, não é? — insistiu o bardo.

Baldur fez uma longa pausa antes de responder. Bebeu mais um gole e decidiu falar:

— Não. Esta região desgraçada é tudo o que eu conheci na vida. Guerra atrás de guerra, conquistas temporárias, pilhagens. Nunca tive muita coisa para chamar de minha. — Ele gesticulou para as tralhas acumuladas ao longo da passagem pelos vilarejos. — Graças a você, tenho mais posses agora, nesses poucos dias de estrada, do que jamais tive antes... inclusive um bom amigo.

Baldur deu um sorriso amargo, enquanto ainda olhava ao redor. Od-lanor serviu mais uma caneca de vinho aguado e cruzou os braços diante dele.

— E continuará tendo um bom amigo. Não é necessário que cada um siga seu rumo ao chegarmos a Tolgar-e-Kol. Acho que você vai precisar da companhia, especialmente se nunca esteve em uma cidade grande. Aquilo lá não é como a Morada dos Reis das histórias que contei; Tolgar-e-Kol é um covil de intrigas e de gente ruim. As Cidades Livres não têm nada a ver com essa região indomada aqui, cheia de gente simplória, ignorante e inocente, massacrada por guerra atrás de guerra, como você mesmo disse. — O bardo adamar franziu o cenho e, em tom de alerta, falou: — Não imagine que vamos encontrar tanta inocência e credulidade naquele antro dito civilizado como vimos aqui, Baldur.

Eles terminaram de desfazer o acampamento em silêncio e partiram pelo arremedo de estrada, um caminho abandonado e tomado pelo mato.

Poucas horas depois, quando a estrada de terra finalmente virou um caminho pavimentado que ligava os territórios contestados da Faixa de Hurangar com a região sob a autoridade de Tolgar-e-Kol, Baldur e Od-lanor foram interpelados por cinco soldados a cavalo. Suas túnicas tinham a silhueta negra de um condor gigante sobre um fundo vermelho — o brasão do Rei Brunus. Os homens estavam com cotas de malha, espadas, manguais e escudos. Perto deles, um mateiro aguardava na beira da estrada com dois cães e um arco e flechas às costas. Era o mesmo sujeito de Sendim, o quarto vilarejo visitado por Baldur e Od-lanor. O último noivo.

— São aqueles ali, milorde — apontou o mateiro. — O tal Sir Baldur e seu trovador.

Baldur e Od-lanor se entreolharam. As mãos foram aos cabos das armas. O bardo ainda tentou manter as aparências, mas, por dentro, não tinha muita convicção de que daria certo.

— Salve, cavaleiros. Estamos de passagem sob a paz do Rei Brunus.

O sujeito mais à frente, com a barba ruiva desgrenhada e um olhar nervoso, vociferou:

— Vocês não falam em nome do rei. *Eu* falo em nome do Condor Negro aqui. E ele vai gostar de cravar a cabeça de dois trapaceiros em estacas para todo mundo ver. — Ele terminou de rosnar com uma cusparada e se voltou para os companheiros. — Acabem com a raça deles!

Ao lado do líder, os quatro cavaleiros cutucaram os cavalos e dispararam contra Baldur e Od-lanor. Baldur sacou o espadão, pegou o escudo ao lado da sela e traçou um caminho para dar a volta pelo quarteto e atacar o que estava mais fora de formação, à sua esquerda. Ele já não entrava em combate desde que desertara das forças do General Margan Escudo-de-Chamas, e com certeza ganhara certo peso nos últimos dias de festa, mas o problema real era a superioridade numérica do inimigo. Baldur pensou por um instante se Od-lanor sequer sabia usar a estranha espada que portava, mas logo se concentrou no conflito à frente.

Quando viu dois cavaleiros em carga vindo em sua direção, Od-lanor rapidamente apeou do cavalo, sacou a khopisa adamar e desceu ao lado do burrico. Meteu a mão em um dos alforjes e retirou uma pequena bolsa de couro; a seguir, levou-a à boca para soltar a amarra enquanto a outra mão segurava firme a espada com lâmina de meia-lua. No momento em que os inimigos estavam a uma galopada de atropelá-lo, o bardo adamar fez um arco no ar com a bolsa aberta e falou uma palavra de poder para convocar o vento. A lufada jogou o estranho pó vermelho que saiu da bolsa diretamente no focinho dos cavalos, que na mesma hora empinaram, enlouquecidos. Cavaleiros experientes teriam tido dificuldade para controlar as montarias à beira da histeria; aqueles simples mercenários não tiveram a menor chance. Um dos homens caiu logo aos pés de Od-lanor e foi prontamente decapitado sem sequer ter noção do que havia acontecido, enquanto outro gastou todos os esforços para se segurar na sela, a duras penas.

Baldur só conseguiu ouvir os relinchos desesperados atrás dele, mas não arriscou uma olhada para trás. Os dois soldados à frente estavam bem adiantados, e ele chegou atrasado demais ao oponente que escolheu. O sujeito já estava mais próximo e o flanquearia pelo lado da espada, à direita, o menos protegido. Baldur então decidiu trocar de inimigo, deixou o lado do escudo para o homem da esquerda e investiu contra o sujeito da direita, cavalgando entre os dois. A mudança de estratégia pegou os adversários despreparados, e o cavaleiro investiu com muita força contra um inimigo ainda preocupado em ajustar a direção da montaria. O resultado foi um talho no braço do oponente que o tiraria de combate por algum tempo, mas o homem da esquerda girou o mangual e atacou com violência o escudo de Baldur. O impacto reverberou em seu ombro e quase o tirou da sela. O homem se preparou para desferir outro golpe semelhante, cuja consequência seria desastrosa. Baldur tomou impulso para se ajeitar na sela, aproveitou a proximidade com o inimigo e chocou seu escudo contra o dele; como o sujeito havia recolhido o braço para girar novamente o mangual, ele também se desequilibrou na sela. Baldur pressionou e terminou por derrubá-lo na mais pura grosseria, aproveitando-se do peso e da força de seu corpanzil. Com uma olhadela rápida, ele verificou que o soldado da direita já estava recuperado do corte no braço e vinha com a espada em riste na sua direção. Nada era fácil.

A situação de Od-lanor era menos complicada. Ele simplesmente evitou o outro cavalo enlouquecido pelo pó vermelho no ar e chegou perto do cavaleiro ainda ocupado em controlar a montaria. Um golpe violento na panturrilha do sujeito fez com que ele fosse ao chão e ganhasse um talho rápido e letal no pescoço desprotegido. Soltando esguichos de sangue, o mercenário foi pisoteado pelo próprio cavalo. Od-lanor escapou de um coice e se afastou dos animais em frenesi — agora até mesmo sua montaria e o burrico estavam enlouquecidos pelo pó no ar. Um pequeno preço a ser pago; eles voltariam ao normal em poucos minutos. Porém, até lá, Baldur poderia estar morto — Od-lanor disparou na direção do amigo, berrando a plenos pulmões uma palavra de poder em adamar erudito.

A voz do bardo atingiu o oponente de Baldur como um aríete, e o homem também perdeu o equilíbrio sobre a sela. Baldur aproveitou a confusão e golpeou com toda a força; o espadão venceu a resistência dos anéis de metal e deixou ossos quebrados e carne cortada pelo caminho. O soldado terminou de cair do cavalo, já morto. Baldur imediatamente avançou contra o soldado que havia derrubado anteriormente. O homem, desarmado do mangual, se firmou atrás do escudo para bloquear o golpe, mas a força de Baldur fez com que desmoronasse no chão.

O líder do grupo, o homem de barba ruiva desgrenhada montado ao lado do mateiro, assistia a tudo aquilo com perplexidade e começou a espumar de raiva. Já o mateiro, vendo que o alvo de seu ódio — o homem que deflorou sua noiva — ainda estava vivo, soltou os cães na direção de Baldur enquanto punha uma flecha no arco. A pé, Od-lanor estava distante dos dois homens, então decidiu interceptar os cães e alertar o companheiro:

— Baldur, arqueiro à sua direita!

O cavaleiro se encolheu atrás do escudo e sentiu a flecha se cravar no metal. O homem diante dele, arriado no chão, ficou de pé, sacou uma adaga e estocou a perna blindada de Baldur, mas pegou de raspão. O golpe chamou a atenção do cavaleiro, que desceu o pesado espadão e abriu elmo e crânio de uma vez só. Outra flecha passou zunindo por seus ouvidos, mas o som não abafou os latidos dos cachorros em carga. Definitivamente nada era fácil.

O mateiro mal acreditou quando o trovador de saiote surgiu desembestado no caminho de seus preciosos animais. Eram dois enormes cães de caça de aparência selvagem e pelo revolto. Com certeza, não caçavam patos e pequenas aves. Od-lanor firmou os pés para atacá-los. O cão mais próximo recebeu um corte da khopisa no lombo e, levado pelo próprio ímpeto, rolou até parar na estrada em um meio a uma nuvem de poeira. O bardo acabou perdendo o equilíbrio com a investida e foi ao chão. O segundo animal continuou em direção a Baldur, saltou e cravou as presas na canela do jovem cavaleiro montado, bem abaixo do escudo erguido para protegê-lo das flechas do mateiro. O cavalo reagiu à presença da fera e ensaiou um pinote, que Baldur teve que controlar enquanto o cachorro mastigava loucamente a greva da armadura. Uma nova flecha se juntou à confusão, mas pegou novamente no escudo. Baldur começou a urrar e praguejar impropérios.

O líder dos soldados resolveu dar vazão à fúria e disparou em carga contra Baldur. Od-lanor, agachado, aguardou com a khopisa em riste a investida do cachorro que havia ferido e sentiu a estrada pavimentada atrás de si estremecer com o avanço do cavalo do barbudo. O cão, enraivecido pelo corte no lombo, mostrou os dentes e disparou na direção do bardo. Od-lanor recuou, rolou no chão e cruzou bem na frente do cavalo do líder — que se chocou com o cachorro. O animal não sobreviveu ao atropelamento, enquanto o cavalo desabou com o barbudo. O homem ao menos sabia cair de uma montaria melhor do que seus comandados, mas esse talento não lhe serviu para muita coisa, pois Od-lanor já estava de pé ao lado dele e novamente deu um corte preciso com a estranha espada curva dos adamares. Mais uma cabeça rolou pela estrada que levava para Tolgar-e-Kol.

Com o cavalo controlado, Baldur despachou o cão que mordia sua canela com uma simples descida do espadão, o que provocou um grito de agonia do mateiro.

— Não! Até os meus cachorros! Maldito seja, Sir Baldur! — berrou o homem, que, tomado pelo nervosismo, se atrapalhava para pegar uma nova flecha na aljava.

Atraído pelo grito, Baldur, exausto e ofegante, notou o ponto exato onde o arqueiro estava e partiu em carga contra o homem, com o escudo recolhido junto ao corpo para se proteger de uma flechada. Od-lanor ainda saía da nuvem de poeira levantada pela queda do cavalo do ruivo barbudo quando viu o exato momento em que Baldur deu um golpe no mateiro, que fez a péssima escolha de permanecer parado para tentar um último disparo contra um cavaleiro em carga. Foi a última ideia de uma cabeça partida em duas.

— Talvez a gente tenha exagerado um pouco nas mentiras — falou o bardo com um sorriso enquanto voltava para recuperar seu cavalo e o burrico, ainda transtornados sob efeito do pó vermelho. — Temos que correr para Tolgar-e-Kol o quanto antes.

Com o espadão pingando sangue e o escudo crivado de flechas, Baldur só teve forças para concordar com a cabeça.

CAPÍTULO 6

VILA GRACIOSA, TOLGAR-E-KOL

O tempo passa lentamente quando se espera, sobretudo quando não há nada para fazer. Sem ser chamado por Ambrosius, Derek Blak amargou dias enfurnado no modesto aposento que lhe fora reservado na Taverna da Lança Quebrada, comendo e bebendo na conta de seu benfeitor. Aliás, não houve sinal da presença do sujeito, por mais que Derek vigiasse o salão comunal, de olho no canto escuro que ele apurou ser o ponto preferido de Ambrosius. Ao menos, ele teve a companhia de Kyle; o rapazote era curioso e perguntava sobre o passado de Derek, tanto como chefe de segurança de Dom Mirren quanto sua origem em Blakenheim. Derek nunca se furtou a contar vantagens sobre as aventuras vividas nas estradas, os lugares que viu, os perigos que enfrentou; sobre Blakenheim, porém, ele lamentou não poder matar a curiosidade do jovem chaveiro. Ele tinha só 3 anos quando o reino fora devastado pelas forças sobrenaturais da invasão demoníaca e escapou no colo da mãe pelo Passo de Santária, até chegar à Morada dos Reis — assim como multidões de refugiados, que viram a antiga capital adamar então redescoberta por Krispinus como um porto seguro. Derek Blak não tinha lembranças daquela época, obviamente, mas soube de tudo pelos "tios", a escolta de segurança que seu pai, o lorde-escravagista Jonek de Blakenheim, enviara juntamente com quase todo o ouro de seu comércio de escravos. A saúde da mãe não resistiu ao périplo, e Derek foi criado pelos guardas do pai — que ficara em Blakenheim para resistir aos demônios e morreu no combate — até o ouro finalmente acabar. Aos 12 anos, órfão, pobre e sozinho na Morada dos Reis, ele só teve a opção de sobreviver do ofício das armas, aprendido com os tios postiços. O último deles deixara o contato de um mestre-mercador de Tolgar-e-Kol, o primeiro homem a empregar Derek Blak como segurança de caravana, ainda que naquela viagem ele tivesse recebido apenas comida como pagamento.

Todas aquelas conversas e lembranças encheram Derek de uma melancolia que ele detestava, que, somada ao tédio e à impaciência pela espera de Ambrosius, fez com que o guerreiro de Blakenheim decidisse espairecer na Vila Graciosa. Ele mandou que Kyle ficasse de olho caso Ambrosius aparecesse e disse que estaria na zona de prostituição das Cidades Livres. Como não tinha dinheiro consigo para pagar pelos serviços das moças, Derek teve que passar no banco, torcendo para que o governo não tivesse tomado seus bens. Pela draconiana lei de Tolgar-e-Kol, as posses de um condenado eram imediatamente confiscadas pelo governo, a começar pelos bens encontrados no último endereço conhecido e, depois, o que estivesse depositado no banco. Porém, o processo era burocrático e nem sempre acontecia *exatamente* no momento da prisão. A coisa demorava mais por incompetência do que por falta de ganância, pois isso Tolgar-e-Kol tinha de sobra. Havia ocasiões em que o confisco acontecia somente muitas semanas após a execução. Derek Blak contava com isso.

O banco das Cidades Livres era controlado pelos anões de Fnyar-Holl. O prédio destacava-se entre as construções tipicamente humanas, a começar pela estátua do deus dos anões, Midok Mão-de-Ouro, bem na porta. O local tinha três funções: funcionava como templo religioso para eles, embaixada anã em Fnyar-Holl e estabelecimento bancário para os cidadãos de todas as raças que circulavam pelas Cidades Livres. Até o ouro de elfos era bem-vindo, dizia-se. Derek foi cheio de esperança à mesa de um ourudo, mas o anão voltou momentos depois com uma magra bolsinha na mão direita, protegida por uma manopla dourada que representava a mão de ouro de seu deus. A bolsinha mal tilintava. Derek ficou decepcionado ao descobrir que havia guardado menos do que imaginava no banco. A melhor parte de suas posses — as armas de qualidade, os talismãs mágicos, os perfumes importados de Dalgória, as roupas dignas da Corte de Krispínia —, ele costumava deixar no baú em seus alojamentos na Vila Mirren. Eram os mimos e presentes da esposa do ex-patrão que Derek Blak gostava de ostentar pela cidade. Àquela altura, pensou ele, o mercador corno já devia ter enfiado tudo goela abaixo da esposa adúltera.

O risinho do ourudo tirou Derek Blak do devaneio. O anão, atento à expressão de desapontamento do humano, ofereceu um empréstimo enquanto abria um sorriso cheio de dentes de ouro, que reluziu no meio da massa loura formada pelo bigode e pela barba. O sujeito baixinho parecia uma barra de ouro ambulante, vestido com uma toga amarela e com aquela manopla dourada na mão. Subitamente, Derek sentiu vontade de esganá-lo, talvez por sentir raiva da oferta, talvez de ódio por não ter guardado ouro suficiente. Porém, uma agressão dentro do banco significaria execução sumária nas mãos dos anões fortemente armados e blindados que protegiam o prédio. Derek Blak acabara de escapar por pouco da morte e não queria marcar um encontro com ela. Ele rosnou um agradecimento para o ourudo, contou novamente os poucos caraminguás que saíram da bolsinha e foi embora arrastando os pés.

Os passos desanimados levaram Derek para a Vila Graciosa. Mesmo sem dinheiro, ainda assim ele queria se divertir com as prostitutas. O guerreiro de Blakenheim conhecia muitas meninas dali, e já defendera uma ou duas de valentões bêbados, a ponto de ter a esperança de cobrar um favor da alcoviteira que possuía o melhor bordel do bairro, o Salão das Primas. Madame Vivianna certamente seria generosa com ele, ainda que Derek não estivesse com a melhor das aparências para entrar em seu estabelecimento. Apesar do banho tomado na Lança Quebrada, ele vestia a mesma roupa com que fora preso, o fino traje de segurança de Dom Mirren, agora meio sujo e um pouco rasgado.

O Salão das Primas era um casarão de cômodos voltado para a praça central da Vila Graciosa. O interior mal iluminado tinha um cheiro forte de perfumes caros e baratos, suor e incensos inebriantes. Alguns tinham propriedades mágicas que abriam o apetite carnal e davam vigor sexual a quem já tinha perdido, outros meramente entorpeciam os sentidos para tornar belo o que não era. Entre os corpos seminus que perambulavam pelo salão e se agarravam em divãs e sofanetes, Derek localizou a silhueta esguia de Madame Vivianna, que se mantinha tão magra e jovem quanto suas meninas — na verdade, ela era a joia da coroa do estabelecimento, reservada apenas aos homens e mulheres mais poderosos de Tolgar-e-Kol. A alcoviteira abriu um grande sorriso no rosto miraculosamente liso ao vê-lo.

— Capitão Blak! Que surpresa. Ouvi dizer que o senhor seria executado. As meninas ficaram desoladas. Eu até havia prometido folga para que algumas pudessem comparecer à sua execução.

A voz rouca provocou uma reação dentro da calça de Derek Blak. Ele não quis pensar que nem seu peso em ouro pagaria a companhia de Madame Vivianna por uma noite. A mulher gostava mais de informações e de prestígio do que de ouro — o metal ela ganhava com o serviço de suas prostitutas.

— É bom saber que alguém choraria por mim, Madame Vivianna. Mas a senhora me conhece: eu sempre consigo transformar qualquer adversidade em vantagem. Portanto, cá estou eu. Infelizmente, estou sem acesso às minhas posses, que ficaram na Vila Mirren, como a senhora há de entender. Seria muito abuso lhe pedir que cedesse a companhia e atenção de uma de suas meninas, em nome dos velhos tempos?

— Capitão, *abuso* é a mercadoria corrente da casa, mas ela costuma ser paga com *ouro*.

— Eu terei muito ouro assim que realizar o serviço que me tirou da cadeia.

— E qual seria esse *serviço*, Capitão Blak? — perguntou Madame Vivianna, quase ronronando.

— Uma missão para o Ambrosius.

Derek torceu para que a menção ao poderoso benfeitor lhe rendesse alguma vantagem. O rosto de Madame Viavianna permaneceu impassivelmente cortês quando ela respondeu:

— Bem, não podemos deixar que um agente do Ambrosius trabalhe sob tensão, sem estar devidamente relaxado. Eu posso ceder a atenção da Banya. — A alcoviteira fez um gesto para um canto escuro do salão, atrás de cortinas diáfanas. — Ela anda bastante parada, está me ajudando mais na administração, o senhor sabe.

Derek Blak sabia muito bem, assim como qualquer frequentador do Salão das Primas, que Banya já estava caindo aos pedaços. Ela vivia perambulando pelo salão, sendo preterida pela clientela e ouvindo piadinhas pela idade avançada. O próprio Derek já tinha feito sua cota de deboche na companhia de outros homens de Dom Mirren, mas agora não podia reclamar do presente. Só lhe restava sorrir e tentar aproveitar o sexo grátis.

Derek agradeceu e passou por Madame Vivianna à procura de Banya, mas foi detido pela mão da alcoviteira, que tocou em seu braço.

— Dê minhas lembranças ao Ambrosius.

Se o guerreiro de Blakenheim ficou surpreso com a despedida, ele não deixou transparecer. Atrás das cortinas, sentada com um livro-caixa sobre o colo volumoso, Derek encontrou Banya — que parecia *mais* velha e gorda agora que ele, de fato, teria que encará-la na cama — e levou-a para um quarto de fundos no segundo andar, não sem antes pegar um incensário que estava pendurado na parede por uma correntinha, torcendo para que o troço tivesse mesmo propriedades mágicas. Ele sabia que precisaria de toda ajuda possível.

Lá em cima, dentro do aposento apertado, Derek começou a se atormentar por ter revelado que estava em missão para Ambrosius. O estranho recado de Madame Vivianna não lhe saía da cabeça. Ele não conseguia prestar atenção em Banya que, verdade seja dita, continuava sendo uma profissional cheia de recursos, ainda que o corpo não fosse mais um deles. Derek Blak começou então a compará-la com Dona Mirren, que mesmo velha continuava exuberante, e lembrou-se da sentença da qual acabara de escapar. Não houve incenso que ajudasse a ter uma ereção quando ele pensou nos testículos sendo arrancados e jogados aos cães.

Banya resolveu chupá-lo com mais vigor para reverter a situação. Derek fez um esforço mental para aproveitar o momento, parou de pensar besteira, colocou o incensário ao lado do travesseiro e inalou com força. Em pouco tempo, a mente começou a ficar embotada, houve uma reação dentro da boca de Banya...

... até que a porta do cubículo foi aberta de supetão e uma figura entrou berrando.

Era a segunda vez em questão de dias que Derek Blak era flagrado fazendo sexo com uma senhora de idade.

Kyle surgiu diante da cama, sem perceber a cena direito, falando fino e atropelando as palavras:

— Derek! Derek! Tem uns homens que seguiram você e estão de tocaia, à espera de que saia daqui! Corre! Na janela!

Tudo aquilo saiu no espaço de um fôlego. Banya havia tirado a boca do pau de Derek, mas continuava com o membro na mão, olhando para o rapazote e para o cliente, sem saber como reagir. Derek, assustado pela interrupção e ainda inebriado pelo tesão, custou a entender aquela saraivada de palavras.

— O que você está dizendo, moleque?

Kyle pegou Derek pelo braço, sem prestar atenção à prostituta gorda, e tirou o amigo pelado da cama.

— Na janela! Olhe!

A contragosto e depois de acenar para Banya que voltaria já, Derek foi levado à janela que dava vista para a travessa estreita e mal iluminada dos fundos do bordel.

— Lá — apontou Kyle.

Derek apertou a vista e notou dois sujeitos à espreita, parados na soleira de duas portas de fundos de lojas, meio escondidos nas sombras. Daquela distância e com a pouca luz de um poste, ele não foi capaz de distinguir quem eram.

— Você tem certeza de que aqueles dois me seguiram?

— Sim. — Kyle balançou a cabeça, nervoso. — O Seu Ambrosius apareceu e mandou chamar você, aí eu procurei pela Vila Graciosa e topei com uns caras perguntando sobre um "Capitão Blak" para as moças na rua. Vi os dois de tocaia quando vim escondido por aquela viela ali.

— E como você entrou aqui? — falou Derek, já arrependido de ter feito a pergunta; o moleque, afinal, era um chaveiro.

— Bom, eu estava mesmo com fome e fui pedir comida para uma das tias da cozinha. Depois de comer um pouco, pedi para repetir e, quando ela se virou, corri para a escada dos fundos. Ninguém fica muito de olho nas passagens de criados nesses casarões, não é? Quer dizer, não que eu tenha entrado em algum na vida, mas... bem, esse é o terceiro quarto que eu tentei, ainda bem que os outros estavam vazios.

— Espere aí, você entrou todo nervoso e cheio de urgência aqui, mas parou para comer *antes* de me procurar?

Kyle desviou o olhar e falou baixinho:

— O Seu Ambrosius chegou na hora que eu ia comer, não me deixou jantar, e a tia da cozinha ficou olhando, eu não podia largar o prato... — Ele aumentou a voz: — Mas saí correndo da cozinha assim que pude!

Banya, aparentemente cansada da discussão, começou a arrumar a roupa e interrompeu os dois:

— Bem, Capitão Blak, como a gente fica aqui?

Derek praticamente se esquecera da mulher. Havia desperdiçado um favor de Madame Vivianna e sexo grátis. Ele suspirou antes de responder:

— Faça o que quiser, descanse, durma, procure outro cliente, não me importo.

Em seguida, Derek voltou a olhar pela janela, mas não teve sucesso em identificar os dois homens, que continuavam parados nas soleiras das portas, voltados para o bordel. Assim que Banya saiu do quarto, ele se vestiu e andou de um lado para outro, pensando.

— O que você vai fazer? — perguntou Kyle.

— Vou lá fora confrontá-los. Se fugir sem saber quem são e quem os enviou atrás de mim, corro o risco de não ter a mesma sorte de evitar um ataque surpresa da próxima vez. Deve haver mais homens vigiando a praça, lá na frente. Esses dois só estão guardando a rota de fuga pelos fundos. E dois eu consigo encarar, ainda que...

Ele olhou em volta do quarto à procura de algo que pudesse usar como arma. Só viu um castiçal barato ao lado da cama. Nem pesado parecia ser. Derek pegou e brandiu o castiçal, com uma expressão desanimada.

— Não é melhor usar isso aqui? — sugeriu Kyle ao puxar um gládio que estava escondido pela roupa bem maior do que o menino.

Derek arregalou os olhos.

— Onde você arrumou isso? — disse ele, novamente arrependido de ter perguntado.

— Bem, tinha um segurança dando em cima de uma das copeiras na cozinha, e aí ele...

— Está bem, está bem — interrompeu Derek Blak. — Depois você me conta.

Ele pegou o gládio e brandiu. Era vagabundo, precisava ser amolado, a empunhadura estava gasta... mas era bem melhor do que um castiçal. Pena que o moleque não tinha outra arma para oferecer; Derek seguia a tradição marcial de Blakenheim de lutar com dois gládios. Seria estranho depender de uma espada apenas para atacar e se defender, mas a situação já esteve bem pior. Ele fez uma pausa e ficou pensativo. Quando surgiu a ideia, Derek contou para Kyle enquanto apontava pela janela.

— O filho da puta não vai sair por aqui. Perda de tempo do caralho.

Gallen estava inquieto dentro da sombra que mal escondia seu corpanzil. As pernas já estavam dormentes de ficar agachado ali, na soleira da porta, atrás da cobertura de uma pilha de cestos vazios.

— *Shh*. Vai que ele sai. Também não estou gostando, mas você não me vê reclamando como uma velha — retrucou Valdis, igualmente encolhido em outra porta, no lado oposto da viela estreita.

— O capitão vai sair pela frente, e a gente mofando aqui.

— Se ele sair, é problema do Ozzan e dos outros que estão lá na praça. E agora aquele desgraçado é *apenas* Derek. Ele não é mais o nosso capitão.

Valdis cuspiu na terra batida da viela e segurou com força o cabo do gládio. A verdade é que ele também já estava sem paciência, e quanto mais o tempo passava, mais crescia seu ódio por Derek Blak — que já era bem grande, para início de conversa. Valdis também estivera presente quando a carruagem de Dom Mirren fora atacada, mas aparentemente seu esforço para defender o patrão não fora suficiente para lhe render uma promoção; apenas aquele sujeitinho metido de Blakenheim havia se dado bem na ocasião. Tudo que Valdis ganhou naquele dia foi um golpe de mangual que lhe custou vários dentes, enquanto Derek saiu com o posto de líder da segurança de um rico mestre-mercador.

Quando Valdis soube que Derek tinha sido preso e condenado por roubar dinheiro do patrão, segundo informou Dom Mirren, ele pagou várias rodadas de cerveja para Gallen, Ozzan e o restante dos homens. Agora que o desgraçado tinha fugido da prisão de alguma forma, Valdis passaria a eternidade ali de bom grado, somente pela oportunidade de matá-lo. Era uma pena que ele tivesse perdido o sorteio para Ozzan e sido designado para ficar de tocaia nos fundos do Salão das Primas. Valdis não era um homem de fé, mas fez uma prece para o Deus-Rei Krispinus, pedindo que Derek Blak saísse pelos fundos do bordel.

A oração foi interrompida por um vulto que veio correndo na direção dos dois. Gallen e Valdis ficaram de prontidão, mas relaxaram quando perceberam que era apenas uma criança.

— Ajuda, moço! Ajuda! Os homens estão atrás de mim! Ajuda!

O menino veio disparado, sem olhar direito para onde ia naquela penumbra, e colidiu com a pilha de cestos que escondia Gallen. As pernas cansadas do grandalhão não reagiram a tempo, e ele, os cestos e a criança rolaram em uma confusão de braços, pernas e objetos pelo chão. Valdis arriscou uma olhadela para a porta dos fundos do Salão das Primas, não viu nada e saiu da soleira da porta para ajudar o companheiro caído.

— Que merda é essa, seu pivete! — vociferou ele ao pegar o braço de Gallen. — Cai fora, seu filho da puta!

— Moço, tem um...

Mas Kyle não terminou de falar. Ele ficou de pé rapidamente e girou o corpo com toda força, e das mãos surgiu o incensário seguro pela correntinha. O objeto executou um arco no ar e bateu no queixo de Valdis. Mais um dente do homem saiu voando. Enquanto o colega cambaleava, atônito pelo golpe, Gallen jogou longe o cesto que cobria o rosto, levantou-se e avançou contra Kyle. Porém, o rapazote já estava vários passos à frente e ensaiava nova corrida. O grandalhão veio bufando, sentiu as pernas ganharem vida...

... mas perdeu a própria quando Derek Blak surgiu de uma sombra e cravou o gládio em seu peito, rompendo a proteção da loriga de couro fervido com a ajuda do ímpeto de Gallen.

Antes mesmo que o corpanzil inerte do homem caísse no chão, Derek já tinha arrancado o gládio do peito e retirado a arma de Gallen da cintura. Felizmente, com todo aquele tamanho, o homem também usava um gládio, e não uma espada. Derek brandiu rapidamente as duas armas para se acostumar com o peso e correu até Valdis, que recuperara os sentidos, mas não conseguia chamar ajuda com o queixo deslocado e o dente perdido. Kyle veio logo atrás, assim que afanou a bolsa de dinheiro e uma adaga da bota de Gallen, girando o incensário para dar um novo golpe.

De alguma forma, a raiva de Valdis fez com que ele superasse a dor e partisse para cima de seu desafeto. Derek Blak sabia que o homem era ágil e ávido por combate, apesar de fazer corpo mole para montar e levantar acampamento. Magro, alto e forte, Valdis tinha uma estocada cruel que se aproveitava dos braços longos; sem um escudo para se defender do gládio extra de Derek, ele virou o corpo de lado para oferecer a menor área possível e usou sua envergadura maior a fim de manter longe o oponente mais baixo. O braço, porém, ficou extremamente vulnerável e Derek conseguiu abrir um talho feio com um contra-ataque da segunda arma. Bem ferido, Valdis abriu mão dos ataques e só se manteve recuando e defendendo, mas quase sem firmeza. Derek pressionou furiosamente para terminar logo o combate; caso demorasse demais, os homens que, com certeza, vigiavam a praça podiam aparecer para ver como estavam os colegas de tocaia no beco. Ele não tinha noção de quantos oponentes seriam. Derek Blak deu mais um golpe e, no seguinte, o gládio esquerdo pegou o braço comprido de Valdis bem no cotovelo e o dividiu em dois. Ele aproveitou o ímpeto e abriu a barriga do sujeito com o gládio direito.

Kyle chegou naquele exato momento e examinou o banho de sangue.

— Mas você não queria saber quem eram esses caras e o nome do chefe? — perguntou o rapazote.

Derek recolheu o gládio de Valdis, bem melhor do que aquele que Kyle roubara do segurança na cozinha do Salão das Primas, e ficou com duas armas novas e decentes. O chaveiro aproveitou para fazer a limpa no cadáver, enquanto o guerreiro de Blakenheim examinava a boca da viela para ver se o combate havia atraído alguma atenção. Até o momento, nada.

— Eu sei quem são eles. São meus antigos colegas. O que significa que o Dom Mirren me quer morto, não importa o que o Ambrosius tenha feito para me tirar da prisão. É melhor que essa tal missão seja fora daqui, porque eu preciso sair de Tolgar-e-Kol o quanto antes.

Kyle balançou as bolsinhas de dinheiro de Gallen e Valdis, deu um sorriso para o amigo e indicou o caminho de volta para a Taverna da Lança Quebrada com a cabeça.

CAPÍTULO 7

ACAMPAMENTO SVALTAR, ERMO DE BRAL-TOR

— Fascinante, não acha? — falou o Sardar Regnar assim que saiu da tenda de comando.

O rosto pálido e os olhos completamente negros estavam voltados para a bela noite estrelada. O comentário, dirigido ao ajudante de ordens, foi recebido com um desânimo velado que não escapou ao líder svaltar.

— Sim, sardar — concordou Dolonar, baixinho.

— Você não me parece entusiasmado com a dádiva que estou prestes a conceder a todo nosso povo. — Regnar fez um gesto amplo para o céu antes de voltar a andar pelo acampamento.

— Claro, senhor, não penso em outra coisa, a não ser viver na superfície sob uma noite estrelada e eterna. Isto não me sai da cabeça. — Dolonar deu seu melhor sorriso falso.

Regnar suspirou.

— Às vezes, Dolonar, me pergunto por que ainda não arranquei sua língua.

O ajudante de ordens deu de ombros.

— Porque ela fala verdades inconvenientes que todo bom sardar precisa ouvir, senhor.

O comandante svaltar conteve um sorriso, pois se aproximava de uma fileira de soldados enquanto se dirigia à tenda do imar. Seus homens, vestidos com cotas de malha negras, cruzaram os braços diante do peito na típica reverência svaltar. O gesto em xis representava as duas roperas que cada soldado levava na cintura, a espada fina e curta dos svaltares, com uma lâmina perfeita para estocar. Regnar respondeu com acenos de cabeça e, aqui e ali, cumprimentou pessoalmente os oficiais que encontrou pelo caminho; todos eram integrantes da família nobre e, portanto, parentes do sardar. Cada um deles, Regnar inclusive, ostentava o brasão com a imagem de uma lua que prendia as capas negras sobre as armaduras escuras, o símbolo ancestral da Casa Alunnar. Seu segundo em comando, o Sarderi Jasnar, interpelou o líder svaltar:

— Senhor, os batedores informam que uma tropa inimiga está acampada a oeste de nós. São três mil humanos.

— Algum estandarte dos Protetorados, sarderi? — indagou Regnar.

— Não, senhor. Não ostentam nenhum brasão conhecido dos reinos da superfície. São mercenários — informou Jasnar.

— E em quanto tempo nos alcançam?

— Dois incensos após a claridade, senhor, mas devem estar à espera de reforços de algum Protetorado. Estão bem assentados, sardar — respondeu Jasnar.

Regnar abriu um sorrisinho e virou-se para Dolonar.

— Então teremos todos os olhos humanos de que precisamos. — Em seguida, voltou-se para Jasnar. — Esteja em minha tenda daqui a uma marca para planejarmos o ataque. Temos que aniquilá-los antes que os supostos reforços cheguem.

Regnar conteve a alegria. Como ele esperava, a resistência dos humanos não viria em peso. Se os inimigos continuassem a enfrentá-los esporadicamente e sem coordenação, sua pequena tropa conseguiria cruzar o Ermo de Bral-tor sem se preocupar com o fim do estoque de poções mágicas preparadas pelo imar e seus homens. A beberagem mágica permitia que seus soldados enxergassem sob a luz do sol, mas o ingrediente principal eram olhos humanos — um material que, logicamente, os svaltares não tinham em estoque quando saíram de Zenibar, seu reino subterrâneo na Cordilheira dos Vizeus. Os olhos só podiam ser colhidos no confronto com um grande número de humanos. Desde que encontrassem inimigos no avanço pelo Ermo de Bral-tor, e a linha de suprimentos dos anões de Fnyar-Holl fosse mantida, os svaltares chegariam a tempo de abrir o Brasseitan — os Portões do Inferno, em svaltar — antes que as poções perdessem o efeito e eles ficassem efetivamente cegos.

A ironia da situação não escapava ao líder svaltar. Ele provavelmente era o primeiro comandante militar da história que *desejava* encontrar tropas inimigas em meio ao deslocamento de suas forças. Felizmente, o isolamento e o terreno inóspito do Ermo de Bral-tor impediam que os reinos ao redor — os chamados Protetorados pelos humanos — enviassem tropas em peso. Além do mais, os humanos eram estúpidos, mesquinhos e descoordenados. Até agora a resistência caótica do inimigo tinha vindo no tamanho certo para a tropa svaltar dar conta.

Regnar esperou pela saudação do sarderi e prosseguiu para a tenda do imar. Mesmo que não soubesse onde ela ficava, seria fácil encontrá-la pelo cheiro. O lugar exalava um forte odor de substâncias desconhecidas, ingredientes mágicos, sangue e morte.

Lá dentro o cheiro ainda era pior. Regnar teve que reprimir uma careta diante do intenso assalto ao olfato. O interior da tenda era tomado por potes e jarros fumegantes, pequenos caldeirões e baús diminutos com apetrechos e ingredientes alquímicos. Tudo era improvisado e estava espalhado pelo chão. Pelo gosto de Devenar, o imar (ou mestre-alquimista dos svaltares), ele teria trazido suas pesadas bancadas de trabalho e caldeirões maiores, mas a tropa não contava com animais de carga, nem carroças. Se houvesse muita tralha pesada, os svaltares demorariam a cruzar o Ermo de Bral-tor. Os equipamentos eram levados no lombo diminuto de escravos kobolds, que, felizmente, não necessitavam de poções para marchar sob o sol, porém não primavam pela força física.

Assim que Regnar entrou, Devenar e dois auxiliares largaram os afazeres e foram à frente receber o sardar. O imar, também com o brasão da Casa Alunnar, fez o xis com os braços e cumprimentou o comandante.

— Sardar Regnar, a que devemos a honra?

— Os homens estão inquietos diante da longa campanha que temos à frente. Como anda o preparo das poções?

— Estamos trabalhando nas últimas doses, sardar — respondeu Devenar. — Mas o estoque está chegando ao fim. Sem mais olhos humanos, as poções em ação no momento perderão o efeito em breve... A longa campanha se tornará bem curta, como sei que o senhor está ciente.

Diante dessa péssima perspectiva, Regnar considerou um alívio que a tropa inimiga estivesse tão perto. Três mil humanos, segundo o Sarderi Jasnar; seis mil olhos para garantir a produção das poções. Pena que o processo demorava tanto tempo e atrasava o avanço svaltar. O sardar olhou ao redor; ele sabia que as instalações eram precárias, a fim de garantir mobilidade, mas não havia outro jeito. Aquela campanha estava longe de ser convencional. Os svaltares estavam acostumados a longos conflitos com os anões na escuridão das profundezas do mundo ou raros ataques furtivos a povoados de alfares na superfície, à noite. Nunca haviam implementado uma guerra como aquela, especialmente contra humanos. Mas ele tinha que motivar e passar confiança aos comandados, especialmente para um elemento-chave como o alquimista responsável pelas poções. Regnar abriu um sorriso.

— Não se preocupe, Devenar. Em breve, você terá os olhos de uma companhia inteira para produzir suas poções. O tolo rei dos humanos mandou mais um contingente de mercenários para nos segurar enquanto sua força principal não chega. — Ele agora riu abertamente. — O idiota mal sabe que, quanto mais soldados envia, mais facilita nossa permanência na superfície. Faça seus preparativos para uma produção em massa. Eu sei que você é capaz.

Regnar deu por encerrada a conversa, recebeu as saudações do imar e seus assistentes e retirou-se da tenda com Dolonar a tiracolo. Ele foi diretamente para a tenda de comando para planejar o ataque aos mercenários humanos.

Três incensos depois, muito antes do raiar da claridade, Regnar estava com um contingente de mil svaltares próximo ao acampamento mercenário. Ele aguardou o retorno do Sarderi Jasnar com o relatório de prontidão da tropa para dar início ao ataque.

— Sardar, os noguiris e raguiris estão prontos e aguardam seu comando — anunciou Jasnar enquanto saudava Regnar com o xis sobre o peito.

Em seguida, ele pousou aos pés do sardar uma gaiola com um verme de corpo translúcido e pegajoso. A criatura tinha pouco mais de dois palmos de comprimento, uma boca cheia de dentes e um longo apêndice protuberante na cabeça, de onde emanava uma luz fraca. O verme não parava de se contorcer no confinamento.

Regnar acenou com a cabeça e, em seguida, olhou para um svaltar de aparência estranha ao lado. O sujeito, com o torso nu repleto de penduricalhos, começou a desenhar um círculo na terra com um estranho cajado. O objeto era feito a partir da espinha dorsal de uma criatura aquática, oriunda de um dos lagos subterrâneos da Cordilheira dos Vizeus. Em seguida, o svaltar entoou um cântico baixo e começou um complicado gestual com a mão livre. O contorno do círculo no chão emitiu uma tênue luz arroxeada que foi ficando mais forte até revelar a silhueta de uma pequena criatura escura, vagamente humanoide, com asas formadas por uma membrana vermelha e um rabo delgado. O diabrete virou a cabeça atarracada com vários olhos para o svaltar seminu que a convocara e rosnou. O sujeito ergueu o cajado ossudo, pronunciou outra palavra de poder e a criatura se encolheu, acovardada.

— Ele está pronto, Regnar — disse o svaltar secamente.

O sardar odiava o tom desrespeitoso de Vragnar, o zavar da Casa Alunnar, que se achava superior aos demais apenas por ser um dos arquimagos de Zenibar e não fazer parte da estrutura militar propriamente dita. Ele colaborava somente quando era de seu interesse, ciente de sua importância para o plano e do medo que causava pelos boatos em torno de sua origem — dizia-se que Vragnar era filho de um demônio com uma sacerdotisa e que sempre sabia quando seu nome era pronunciado. O sujeito não só controlava forças demoníacas, como também tinha poderes sobre corpos vivos. Um desafeto fora encontrado com o corpo seco como um pergaminho; outro simplesmente teve o sangue fervido aos poucos, por dentro. Era por essas e outras que, mesmo querendo açoitá-lo até a morte pela insolência, Regnar fazia vista grossa para o comportamento daquele que todos chamavam de "o místico", para evitar citá-lo pelo nome. Ele olhou para Jasnar, que fez um sinal positivo com a cabeça, e voltou-se para Vragnar.

— Dê a ordem.

O zavar falou na língua infernal com a diminuta criatura alada, que disparou na escuridão em direção ao acampamento dos humanos. Assim que o diabrete sumiu de vista, Regnar sacou as duas roperas. À esquerda e à direita do sardar, um contingente de soldados avançou silenciosamente, como uma onda muda cortada por Regnar. Eram os noguiris: svaltares com uma loriga leve de couro negro e a cabeça envolta por um pano preto que deixava apenas os olhos completamente escuros de fora. Eram a própria noite em movimento.

O diabrete chegou primeiro ao acampamento e cumpriu a ordem que recebera: passou pelas tochas espalhadas aqui e ali, abriu a pequena boca e consumiu as chamas sem ser visto pelos vigias, cuja reação preguiçosa foi imaginar que um vento tinha apagado a iluminação. Enquanto os poucos soldados humanos acordados se ocupavam lentamente em reacender as tochas, a escuridão total tomou conta do acampamento, e por ela entraram os noguiris. A tropa de assassinos svaltares invadiu as tendas em silêncio absoluto e metodicamente matou quem estivesse dormindo.

O acampamento estava distante e mergulhado nas trevas. Em alguns pontos, tochas ganharam vida novamente, mas logo foram apagadas por nova passagem do diabrete. Regnar, porém, mantinha a atenção no verme dentro da gaiola aos seus pés.

— Está demorando — disse o sardar com um sorriso.

Jasnar não conseguiu esconder o orgulho ao responder:

— Eles foram bem treinados, sardar.

Então, como que para estragar o prazer dos dois, o pequeno verme de corpo translúcido estrebuchou e morreu dentro da jaula. Era o sinal que Regnar aguardava para autorizar a segunda onda de ataque. A filosofia marcial dos svaltares seguia o estilo de combate com duas roperas: dar um golpe para ferir, e outro para matar. A morte do verme sinalizou que os noguiris foram vistos e, em breve, o acampamento inimigo estaria em pé de guerra. Cada noguiri svaltar levava um apito cujo som somente era captado pelos vermes, com efeito letal quando eram filhotes. A ordem era apitar quando fossem vistos.

Agora que o elemento surpresa fora perdido, Regnar sinalizou para os raguiris avançarem. A estratégia agora era diretamente oposta. Os raguiris despiram o longo manto negro que os envolvia, e o que surgiu foram svaltares em armaduras e capas brancas, que receberam um tratamento alquímico para reluzirem ao luar; os rostos muitos pálidos foram realçados com tinta escura para torná-los cadavéricos ou demoníacos. Quando correram em direção ao inimigo, com as capas brilhantes esvoaçando ao vento, os raguiris pareciam almas penadas em disparada pela noite escura.

Os mercenários humanos foram tomados pelo mais puro horror: acordaram às pressas diante de um ataque inimigo em pleno breu, no qual não enxergavam nada e, quando viam alguma coisa, descobriam companheiros mortos ou eram atacados de surpresa por vultos sorrateiros no escuro. E, no horizonte, uma onda branca e reluzente de fantasmas brandindo duas espadas avançava contra o acampamento — ainda assombrado pelo diabrete, que extinguia tochas nas mãos dos assustados soldados que acabavam de acordar. O caos tomou conta do lugar, ordens desconexas morriam na garganta dos oficiais assim que começavam a ser berradas, mercenários recuavam diante da visão fantasmagórica de svaltares todos de branco apenas para morrerem atacados pelas costas por svaltares totalmente camuflados no escuro. Um golpe para ferir, outro para matar.

Ao longe, Regnar distinguia apenas as silhuetas reluzentes dos raguiris entre as tendas que entravam em colapso com o intenso combate em volta. Os gritos, porém, indicavam que a tática estava dando certo.

— O senhor não vai se juntar aos seus comandados? — provocou Dolonar.

O Sarderi Jasnar fingiu que não ouviu, enquanto o zavar continuou concentrado em manter o controle mental sobre o diabrete, com o estranho cajado erguido.

— Esta escória humana não vale o esforço — respondeu Regnar com desdém enquanto embainhava as roperas. — Meu inimigo não está entre esses infelizes. Eles são um meio para a realização do meu objetivo, Dolonar. Em breve as trevas encobrirão a superfície e os alfares vão aprender de uma vez por todas que nunca deveriam ter nos banido para as profundezas.

Ele foi um pouco à frente, apontou para o acampamento e voltou-se para Dolonar.

— E esses humanos... — Regnar cuspiu no chão — ... ninguém vai lembrar que existiram. Eles e seus reinos ridículos serão apagados como a luz do sol.

Jasnar, agora aparentemente interessado na conversa entre o sardar e seu ajudante de ordens, riu para apoiar a bravata de Regnar. Dolonar apenas concordou com a cabeça, como se soubesse o discurso do líder de cor.

Quando Regnar voltou novamente a atenção para o acampamento, os gritos praticamente tinham cessado e havia pouco movimento entre as tendas. Ao longe, uma aglomeração branca e reluzente indicava que a tropa fantasmagórica de raguiris entrava em formação.

— Acabou — vaticinou Regnar, que se voltou para Jasnar. — Sarderi, instrua os noguiris na retirada cuidadosa dos olhos dos humanos, segundo o processo ensinado pelo imar.

Dito isto, o comandante svaltar deu meia-volta, recebeu as saudações de Jasnar e Dolonar — mas não do zavar — e retirou-se.

No meio do dia seguinte, a Nona Legião das Damas Guerreiras da Rainha Augusta chegou ao ponto onde deveria se juntar aos Punhos Negros, a companhia de mercenários que aguardava as forças de Dalínia no Ermo de Braltor. O que elas encontraram, porém, foi o cenário de um massacre. Três mil soldados mortos, deixados ao sol com os olhos arrancados; era uma imagem forte até para a Capitã Reníria, que comandara o extermínio de um povoado de elfos insurgentes nas florestas do reino. Os inimigos de Dalínia tinham sido caçados e abatidos sem piedade, mas não daquela forma. Boa parte dos Punhos Negros estava com a garganta cortada, como se os homens tivessem sido assassinados durante o sono; outros apresentavam golpes de estocadas nas costas e na frente dos torsos desprotegidos. Com certeza, foram atacados durante a noite, sem chance de colocar armadura. Os vigias blindados e armados tinham expressões de susto nos rostos sem olhos.

Reníria tirou o elmo para ver melhor a cena e voltou-se para a ajudante de ordens, Zuldíria.

— Como um acampamento inteiro é surpreendido dessa forma? — perguntou a líder das Damas Guerreiras.

— Eu não sei dizer, capitã...

— A Rainha Augusta não acreditava que fossem mesmo svaltares... Mas agora... Que outra criatura tem poderes de ficar invisível e come carne humana? — Reníria virou o rosto de um mercenário com a ponta da espada. — Só um svaltar pode ter feito isso. Porém, o que mais me intriga é que eles não enxergam sob o sol. Como esperam cruzar essa terra desgraçada? Virando bruma?

— Eu não sei dizer, capitã — respondeu Zuldíria. — A senhora já viu um svaltar?

— Não, mas agora sei que vou ver. Em nome da Rainha Augusta, em nome do Deus-Rei, nós temos que encontrar e destruir os monstros que fizeram isso. Avise Dalínia e a Morada dos Reis. A invasão svaltar é verdadeira. Os Portões do Inferno correm perigo.

CAPÍTULO 8

CIDADES LIVRES DE TOLGAR-E-KOL, FRONTEIRA DE HURANGAR E KORANGAR

Poucos dias após o combate com os homens do Rei Brunus, Baldur e Od-lanor finalmente avistaram Tolgar-e-Kol no fim da estrada. A chuva havia caído e acompanhou a dupla pelo resto da viagem. Eles estavam ensopados e cansados, mas mesmo assim fizeram um esforço no último dia para chegar ao destino, mesmo que já tivesse escurecido; nenhum dos dois queria passar outra noite acampado ao ar livre, sob aquele aguaceiro. Baldur só conseguia pensar em uma refeição quente entre quatro paredes, de preferência ao lado de uma lareira. Od-lanor garantiu que não faltariam bons lugares para comer e dormir nas Cidades Livres. Agora, que já estavam nos arrabaldes, o bardo falou mais a respeito da história de Tolgar-e-Kol, mas continuou omitindo o objetivo de sua vinda. Se estava curioso para saber, Baldur não deixou transparecer. O cavaleiro só comentava que queria tirar a barriga da miséria em um lugar abrigado daquela maldita chuva.

Tolgar-e-Kol nasceu da junção de dois povoados distintos de ambos os lados do rio da Peneda, e que agora formavam uma grande cidade-Estado livre entre a Faixa de Hurangar e o Império de Korangar. Tolgar sempre fora a cidade originalmente mais próspera e, com a aglutinação, as diferenças entre as duas apenas aumentaram: Kol passou a ser o reduto miserável do outro lado do rio, um antro de criminalidade, vícios e prostituição, infestado por kobolds que não paravam de parir e de se multiplicar, enquanto que a abastada Tolgar se mantinha como a sede de governo, concentrado nas mãos dos magistrados e dos mercadores da poderosa câmara de comércio. Com o passar dos séculos, as Cidades Livres foram crescendo, se espalhando, construindo e se reconstruindo, muitas vezes sob os escombros de encarnações passadas. Muralhas foram erigidas apenas para serem abandonadas ou derrubadas diante de novos ímpetos de crescimento.

Tolgar-e-Kol permanecia à margem dos conflitos na região contestada de Hurangar por simplesmente estar muito longe dos territórios mais disputados e pela incômoda e perigosa proximidade com o Império de Korangar. Por outro lado, a Nação-Demônio não anexava Tolgar-e-Kol pelo interesse estratégico de manter uma cidade livre bem em seu quintal. Isolada na Grande Sombra, Korangar valorizava os alimentos e outros produtos que Tolgar-e-Kol trazia de Hurangar, do reino anão de Fnyar-Holl e até mesmo da inimiga Krispínia. Os comerciantes das Cidades Livres não tinham os mesmos escrúpulos que os hurangarianos — sempre em guerra — demonstravam em fazer negócios com os necromantes e demonologistas do Império dos Mortos.

A lição de história durou algumas horas, com a citação de nomes e datas que Baldur prontamente esqueceu. Ele demonstrou alguma preocupação em relação à proximidade com demônios e mortos-vivos, mas Od-lanor deixou claro que um encontro com alguma criatura do gênero seria raro, pois a Serra da Peneda protegia Tolgar-e-Kol da Grande Sombra. Ainda assim, o cavaleiro invocou o nome do Deus-Rei Krispinus para que chegassem bem ao destino.

Quando as muralhas surgiram a poucos metros, o bardo percebeu o olhar fascinado de Baldur, que parou o cavalo para admirar Tolgar-e-Kol mesmo sob a chuva intensa. Acostumado a uma vida inteira em vilarejos, cidades pequenas, acampamentos militares e fortins, o jovem cavaleiro jamais tinha visto uma metrópole com aquelas estruturas e dimensões. A mente militar calculou quanto tempo Tolgar-e-Kol resistiria a um sítio e quantos homens seriam necessários para manter o cerco e obter vitória. Um tapa leve no ombro tirou Baldur do devaneio.

— Vamos — falou Od-lanor. — Garanto que a cidade é bem mais interessante por dentro. Aquele prato quente que você falou está esfriando.

Ao ouvir este argumento, Baldur apertou o passo do cavalo e seguiu o bardo até a muralha. Ele viu Od-lanor negociar com o vigia a abertura de um pequeno portão discreto com alguma conversa e o tilintar de uma bolsinha de ouro.

A primeira visão do interior de Tolgar-e-Kol não foi tão impactante quanto a cena do lado de fora, onde a imponência das muralhas e das guaritas iluminadas chamava a atenção. Com a chuva e a pouca iluminação, Baldur só notou um emaranhado de prédios caindo aos pedaços, que eram comuns a qualquer vilarejo pobre, só que com a diferença de que as ruas eram mais apertadas e lotadas de construções; parecia que o espaço urbano era disputado com unhas e dentes, e que todo mundo saía perdendo de alguma forma naquela guerra imobiliária.

— Pelo que você contou, entramos por Kol, não é? — comentou o cavaleiro.

— À noite, só Kol abre a porta para viajantes... com a quantidade certa de ouro, especialmente para garantir uma entrada *discreta* — explicou Od-lanor.

Ainda distraído com a aglomeração de prédios miseráveis, Baldur ficou um pouco para trás enquanto seguia Od-lanor na chuva. De repente, ouviu uma voz baixa e rascante perto do cavalo. O cavaleiro baixou o olhar e, em um ímpeto, sacou o espadão e desceu a lâmina na criatura que emitiu o som. Abatida com um golpe só, ela soltou um guincho antes de desabar no chão, já morta.

— Por que você fez isso? — exclamou Od-lanor, que veio a galope na direção de Baldur.

— Era um kobold!

— Eu sei que era um kobold. *Por que* você fez isso? — repetiu o bardo.

— Era um *kobold*! — Baldur não via outra explicação.

Janelas em volta se abriram diante da altercação e revelaram silhuetas sinistras na penumbra chuvosa. Od-lanor levou a mão ao rosto e disse:

— Os kobolds em Tolgar-e-Kol pedem uns trocados para vigiar os cavalos. Geralmente roubam os pertences, mas não os cavalos, porque kobolds são pequenos demais e assustadiços. Mas basta dizer *não* e afugentá-los, não é preciso *matá-los*.

— Mas eles são monstros! — Baldur estava indignado que kobolds agissem como cavalariços.

O adamar suspirou e levou a outra mão ao rosto.

— Baldur, se você for matar todos os monstros que encontrar em Tolgar-e-Kol, garanto que alguns não são tão pequenos ou inofensivos quanto kobolds. E, nessa hora, eu juro que vou dizer que não conheço você.

Mais janelas se abriram nos prédios em volta. Vozes baixas e ásperas surgiam ao longe na escuridão. O tom não era amistoso.

— Vamos sair logo daqui e comer alguma coisa — sugeriu Od-lanor diante da expressão ainda abismada e incrédula de Baldur. — E, por favor, me consulte antes de sacar a espada.

Baldur seguiu o bardo e foi resmungando baixinho:

— Ora, quem confia em um kobold como cavalariço?

O trajeto pelos quarteirões seguintes ocorreu sem percalços, até que eles chegaram ao destino proposto por Od-lanor: o Beco das Ânforas, notória vizinhança artística e marginal de Tolgar-e-Kol. Mesmo com a chuva e a noite, havia muita gente pelas ruas, nas redondezas das várias tavernas que deixavam escapar o som de música e agitação. Od-lanor parecia conhecer os presentes no local; o bardo acenou para algumas pessoas e entregou os cavalos e o burrico aos cuidados de um rapazote, o cavalariço da estalagem chamada Canto-e-Prosa. Baldur acompanhou o bardo ao entrar, mas olhou para trás, desconfiado e alerta para ver se havia algum kobold por perto.

A Canto-e-Prosa estava cheia, como todos os estabelecimentos da região. A maioria das mesas prestava atenção a um pequeno palco, onde uma jovem trovadora vestida com chamativas roupas azuis e amarelas se dirigia aos clientes. Os cabelos negros e curtos contrastavam com o tom de branco no rosto, causado por uma pintura que atraía a iluminação e tornava a moça visível de qualquer ponto da estalagem. Od-lanor sugeriu uma mesa na lateral, de onde era possível ver o palco e a reação da plateia à apresentação.

A trovadora não usava instrumento musical, apenas andava de um lado para outro enquanto contava uma história e se valia de gestos exagerados e vozes diferentes para dar destaque à narrativa. A voz tinha o mesmo poder cativante de Od-lanor; em pouco tempo, Baldur não conseguia desgrudar a atenção do relato da moça. Era um conto bizarro sobre três bárbaros que decidiram sitiar um castelo. A ideia era estapafúrdia, e o público respondeu com risos à audácia do trio diante de uma muralha gigante cheia de guardas nas ameias. Baldur se viu rindo também, especialmente quando a trovadora fez as vozes distintas de cada bárbaro, tão graves como se fosse um homem. Lá pelas tantas, o castelo foi invadido — agora por dois ladrões e um guerreiro, além dos três bárbaros — e um pobre lorde foi atacado brutalmente em sua cama pelo quinteto. Alguém jogou uma bola de fogo no homem (disparada por um escudo mágico!), ele perdeu as pernas ao se defender do ataque, ainda deitado no leito, e eis que o guerreiro do escudo anunciou, com a voz hesitante, que eles haviam invadido o castelo errado. As gargalhadas fizeram a taverna tremer, e o próprio Baldur se juntou à risada geral. Quando, segundo a trovadora, o guerreiro sugeriu que os invasores pedissem desculpas e se retirassem como se nada tivesse acontecido, a plateia respondeu com um segundo ataque de riso.

Baldur se contorcia de rir e se virou para ver a reação de Od-lanor. O bardo adamar apenas sorria.

— Essa história é minha, mas a Zyanna conta melhor do que eu. Fica mais engraçado quando ela imita os bárbaros.

A trovadora recebeu as palmas da taverna inteira e começou a circular pelo salão. Pouco depois, ela se aproximou da mesa de Baldur e Od-lanor com uma bolsinha que tilintava com moedas. Os dois ficaram de pé para cumprimentá-la. Zyanna abraçou o adamar, deu-lhe um rápido beijo nos lábios e olhou de cima a baixo para o sujeito ao lado dele.

— Uau, esse é grande — exclamou a trovadora. — Posso ficar com ele para mim?

Od-lanor riu e apontou para o amigo.

— Zyanna, este é o Baldur, um cavaleiro que se tornou meu amigo na última parte da jornada por Hurangar. — Ele se voltou para Baldur. — Esta é a Zyanna, minha ex-aprendiz.

Ainda sem jeito, Baldur pensou em uma saudação espirituosa, mas a trovadora foi mais rápida e passou a mão pelo braço forte do cavaleiro.

— Eles realmente crescem em Hurangar. Muito prazer, Baldur. Espero que tenha gostado da apresentação — disse Zyanna enquanto se sentava, prontamente acompanhada pelos dois.

— Eu tenho que admitir que nunca ouvi uma história tão absurda — disse Baldur, ainda sem graça e ruborizado, o que não escapou a Od-lanor.

— As mulheres de Tolgar-e-Kol não são como aquelas roceiras ignorantes que você conhece, Baldur — comentou o bardo. — Aqui, elas mordem.

Divertindo-se com a timidez do cavaleiro grandalhão, Zyanna deu uma mordida no ar e sorriu para ele. A seguir, ficou séria ao se dirigir a Od-lanor. Ela e o adamar começaram a conversar sobre pessoas e situações que Baldur não conhecia ou entendia. O cavaleiro ouviu sem prestar atenção; aparentemente, Zyanna estava colocando o antigo mentor a par do que aconteceu em Tolgar-e-Kol enquanto Od-lanor esteve ausente. A travessa com um ensopado de galinha com batatas e as canecas de cerveja escura estavam bem mais interessantes.

De repente, fez-se um estranho silêncio à mesa. Baldur estava terminando o terceiro prato quando ergueu os olhos e viu Zyanna muda, com um olhar que ia de Od-lanor para ele.

— Pode continuar, o Baldur é de confiança — assegurou o adamar.

A trovadora deu de ombros e continuou do ponto onde parou:

— Bem, pois então, como você esperava, o Ambrosius reuniu um grupo... heterodoxo, no mínimo. Ele soltou um tal de Derek Blak da prisão e um rapazote que eu não descobri o nome.

— Rapazote? — Od-lanor ergueu a sobrancelha enquanto se servia de uma caneca de cerveja. — Estranho... E quem mais o Ambrosius reuniu na minha ausência?

Zyanna diminuiu bastante o tom de voz:

— O Agnor, o mago de Korangar, que está há algum tempo aqui em Tolgar-e-Kol, e aquele svaltar... o Kalannar, creio eu.

Baldur arregalou os olhos e finalmente se meteu no assunto:

— Um... *svaltar*?

Zyanna fez uma expressão incrédula, mas Od-lanor acalmou a trovadora com um gesto.

— Meu amigo Baldur nunca tinha saído da Faixa de Hurangar, então para ele os svaltares são lendas, daquelas que as avós contam para assustar os netinhos.

— Eles... eles são almas penadas de elfos que entram pelos olhos das pessoas... — Baldur parou de falar quando notou a expressão cética no rosto dos dois à mesa.

O bardo adamar suspirou e começou a explicar:

— Baldur, svaltares *existem*, são apenas elfos que foram banidos para o fundo da terra pelos alfares... que também são elfos, só que vivem na superfície. São os alfares que estão em guerra com Krispínia. — Ele fez uma pausa diante da expressão confusa do amigo. — Você *sabe* que existem dois tipos de elfos, não é?

O cavaleiro fez uma expressão de que não estava entendendo.

— Só conheço um tipo de elfo — respondeu Baldur. — Svaltar é assombração.

— Eles ficam grandes em Hurangar, mas não muito espertos, não é? — falou Zyanna baixinho, em adamar, para Od-lanor.

O bardo sorriu para a ex-aprendiz e continuou esclarecendo:

— De certa forma, os svaltares são mesmo uma assombração para os alfares. As duas raças brigaram há milênios, mas existe uma longa narrativa sobre o conflito. Infelizmente ela tomaria as próximas três noites se eu começasse agora.

— Acredite nele. — Zyanna cutucou Baldur e olhou feio para o adamar. — O Od-lanor me fez decorar "Da Luz às Trevas", o poema épico que conta a história da queda dos svaltares.

— "Oh, Salel, que triste é a vida sem luz..." — entoou o bardo.

— "Porém, mais triste é a esperança que se reduz..." — Zyanna levou a mão à testa em um gesto caricato de sofrimento.

Baldur ergueu as mãos antes que os dois continuassem aquela cantoria horrível.

— Está bem, está bem! Svaltares existem, poupem meus ouvidos!

O trio gargalhou e brindou. Baldur cogitou encarar o quarto prato de comida ao ver uma bandeja passando, mas sentiu o peso no estômago e desistiu. Od-lanor terminou a caneca de cerveja e continuou conversando com Zyanna:

— Bem, então temos um sujeito e um rapazote retirados da prisão, um feiticeiro de Korangar e um svaltar. Foi esse Kalannar que matou a última delegação de alfares que veio aqui, não?

— Nada foi confirmado, de fato, mas acredito que tenha sido ele — respondeu Zyanna.

Od-lanor ponderou um tempo e depois se virou para o cavaleiro, que pegara uma nova caneca de cerveja escura.

— Baldur, eu tenho que encontrar o Ambrosius, um sujeito influente aqui em Tolgar-e-Kol, o mesmo que está reunindo essas pessoas sobre as quais estamos comentando. Como lhe disse, eu ganho a vida fornecendo meu conhecimento para indivíduos poderosos. Com certeza, o Ambrosius espera que eu me junte a esse grupo em uma missão perigosa. Eu não conheço pessoalmente ninguém ali e, sinceramente, duvido que viria a confiar nesses tipos, pela descrição da Zyanna. Mas sei que posso confiar em *você* pelo que vi em nosso breve tempo de convívio. — Ele fez uma pausa. — Eis a proposta: você topa ir comigo a uma reunião com o Ambrosius, conhecer essa gente e participar de uma missão perigosa?

— E qual seria essa missão? — perguntou Baldur.

Od-lanor deu uma olhadela para Zyanna, que fez que sim com a cabeça e saiu da mesa.

— Eu sei, é para a minha própria segurança — riu a trovadora, em pé. — O que eu não souber eu não posso revelar... Só prometa que vai me contar a versão verdadeira do que aconteceu, e não aquela que eu sei que você espalhará.

Zyanna foi saindo, passou por Baldur e mexeu nos cabelos do cavaleiro. Ele ficou sem graça outra vez, e a trovadora abriu um sorriso antes de se dirigir ao palco, sob palmas das mesas próximas.

Bastante embriagados, Od-lanor e Baldur decidiram se hospedar ali mesmo, na própria Canto-e-Prosa. O cavaleiro foi dormir ainda com a esperança de que Zyanna aparecesse para uma visita noturna, mas o sono o derrubou assim que ele viu a primeira cama em vários dias. A sensação foi de ter dormido por uma semana. Quando ele finalmente abriu os olhos, já era dia claro. A chuva dera uma trégua, mas o céu continuava nublado. Baldur viu a figura sempre esquisita de Od-lanor lendo um pequeno papel.

— Ah, eu estava prestes a acordar você. O Ambrosius já sabe que estou na cidade e me convocou. Está na hora.

Baldur colocou uma muda de roupa limpa, deixou as armaduras no quarto, mas guardou o espadão na cintura. O adamar continuava apenas com o indefectível saiote e agora a khopisa embainhada. Os dois saíram da vizinhança boêmia do Beco das Ânforas e não tiveram que andar muito pelas vielas imundas e ainda encharcadas de Tolgar-e-Kol até chegar à Taverna da Lança Quebrada, a base de operações de Ambrosius. Durante o trajeto, o bardo evitou falar sobre o misterioso manipulador e preferiu contar a história por trás do curioso nome do estabelecimento. O dono era um antigo guerreiro que, segundo o próprio sujeito contava, possuía uma lança cravejada de joias que era capaz de banir um demônio com uma simples estocada. Ele dizia ter obtido glória e fortuna há trinta anos, quando os Portões do Inferno foram abertos, defendendo Blakenheim e Reddenheim das hostes demoníacas. Porém, quando a lança foi quebrada ao enfrentar uma criatura especialmente poderosa, a arma provocou uma grande explosão mística que selou a aposentadoria do guerreiro. Od-lanor incrementou o relato com os mesmos detalhes mirabolantes aos quais Baldur já estava acostumado, mas que jamais deixavam de cativá-lo. Quando os dois chegaram à taverna, o cavaleiro estava plenamente convencido de que a lança partida que enfeitava o teto logo na entrada fora um dia capaz de banir demônios.

— Vamos, por aqui — disse Od-lanor enquanto puxava Baldur pelo braço para os fundos do salão comunal.

A figura de torso nu do bardo atraiu apenas alguns olhares dos clientes e, aqui e ali, ele recebeu alguma saudação. Baldur presumiu que o adamar também era conhecido no estabelecimento. Juntos, os dois passaram pelas mesas até um canto muito mal iluminado que a luz dos archotes parecia evitar por vontade própria. O cavaleiro forçou a vista para notar algumas silhuetas em volta de uma mesa. Havia três, não, quatro... talvez cinco pessoas ali na penumbra. Od-lanor começou a apresentá-los a todos os presentes à mesa, mas Baldur mal conseguiu ouvi-lo quando os olhos finalmente notaram um vulto que se destacava. Um rosto branco que naquele breu parecia cinzento.

Era o svaltar.

O cavaleiro conteve o impulso de recuar e sacar o espadão. Quanto mais a vista se acostumava à escuridão, mais a criatura parecia intrigante. O rosto tinha um formato de cunha, era muito magro e parecia mais comprido ainda por causa das orelhas pontudas. Os cabelos eram todo arrepiados, tão brancos quanto a face pálida. E os olhos eram poços completamente negros, tão escuros que tornavam a penumbra ao redor clara por contraste. E aqueles olhos sinistros devolveram o olhar curioso e receoso de Baldur.

— Mande pintar um retrato. Vai durar mais — disse o svaltar diretamente para Baldur, sem se importar com a conversa que se desenrolava entre o resto da mesa e Od-lanor.

A criatura sorriu; um sorriso também branco, tão sem empatia e tão falso quanto o de um predador diante da presa. Aquilo tudo desconcentrou Baldur, que finalmente percebeu que Od-lanor falava seu nome e o indicava com a mão.

— ... Sir Baldur, um cavaleiro da Faixa de Hurangar que procura outros ares e melhores oportunidades fora dos territórios contestados. Ele vai me acompanhar na jornada — falava o bardo para uma silhueta completamente mergulhada no breu.

Ao tirar os olhos do svaltar, Baldur percebeu um vulto quase invisível na cabeceira. À esquerda da figura, via-se um sujeito baixo e troncudo com braços musculosos apoiados na mesa, e ao lado dele, um rapazote maltrapilho — talvez um pajem, se mendigos fossem aceitos como pajens nessas paragens de hábitos estranhos. À direita da silhueta escura estava um careca de manto cheio de símbolos indistintos e, finalmente, o svaltar, sentado com a cadeira ao contrário, como se esperasse se levantar de prontidão a qualquer instante. Baldur se esforçou para tirar novamente os olhos do monstro e dirigir a atenção à mesa.

— Um cavaleiro que virou mercenário? Um desertor, pelo visto — opinou o svaltar, ainda sem parar de encarar Baldur fixamente.

— Tão desertor quanto você, svaltar — disparou Od-lanor.

A criatura ampliou o sorriso cruel.

— *Isniak*. "Na jugular", adamar, como se diz na minha terra. Mas desconfio que você conhece a expressão.

Em um gesto de brinde, o svaltar ergueu uma taça com a mão fina e delicada. Na braceleira de metal negro, havia um pequeno punhal. Baldur começou a reparar nos vários cabos de adagas que estavam escondidos pelo espaldar da cadeira.

— De qualquer maneira, Ambrosius, o Sir Baldur vai comigo. — O bardo voltou a falar com a figura mergulhada nas trevas da cabeceira.

O tom era definitivo, sem brechas para argumentos. Baldur notou que Od-lanor empostou a voz da mesma maneira que fazia quando queria convencer alguém. Após um longo silêncio incômodo da parte de todos à mesa, a figura na cabeceira se pronunciou. A voz era um cacarejo, que parecia vir de um velho moribundo:

— Muito bem, sentem-se.

Od-lanor tomou a iniciativa e ocupou a cadeira ao lado do svaltar; restou para Baldur o assento ao lado do pajem. Assim que os dois recém-chegados se instalaram, a figura imersa no breu voltou a falar, agora de pé. O movimento revelou a capa ondulante, negra como o ambiente. O rosto permanecia invisível embaixo do capuz.

— Falarei sem preâmbulos. Recentemente houve um golpe de Estado em Fnyar-Holl; o reino anão na Cordilheira dos Vizeus. O Dawar Bramok foi deposto e encontra-se isolado com sua guarda pessoal em uma caverna inacessível, dado como morto pelo usurpador que atualmente ocupa o trono. Eu fui informado disso pelo Tomok, o embaixador anão em Tolgar-e-Kol, e me ofereci para ajudar a resgatar o legítimo dawar e recolocá-lo no poder. — Ele fez uma pausa. — É desnecessário dizer que o Dawar Bramok será muito generoso com quem ajudá-lo a recuperar o reino. "Perna curta, memória longa", como diz o ditado; um anão jamais esquece uma ofensa, mas o mesmo se aplica a um gesto cortês ou de socorro. Vocês, portanto, devem realizar uma missão de resgate e um posterior golpe em Fnyar-Holl para devolver o Bramok ao trono ancestral dos anões, que é dele por direito.

Ambrosius esperou que todos assimilassem o que ele falou. Baldur esperou que Od-lanor se pronunciasse, e o bardo não o decepcionou.

— Se os anões estão presos em uma caverna inacessível debaixo dos Vizeus, como o embaixador ficou sabendo aqui em Tolgar-e-Kol?

— Isto não vem ao caso — respondeu Ambrosius secamente.

— Tudo vem ao caso em uma missão como essa, Ambrosius — insistiu o adamar.

A reação dos demais foi de concordância. Baldur voltou a observar o svaltar e prestou atenção ao estranho careca de cara emburrada ao lado dele, agora mais visível. O homem devolveu o olhar com uma expressão azeda. Ambrosius soltou um suspiro de cansaço antes de responder:

— Os sobreviventes mandaram uma mensagem para o Tomok através de um kobold. A criatura conseguiu escapar por uma passagem pequena na caverna onde os anões estão soterrados.

A indignação foi geral à mesa. Baldur mal acreditou no que tinha ouvido e se voltou para Od-lanor, que revirou os olhos; o svaltar reagiu com uma risada, enquanto o careca de manto ao lado dele levou a mão ao rosto e praguejou baixinho em uma língua desconhecida. Somente o sujeito à esquerda de Ambrosius abriu a boca para se impor com veemência.

— Ambrosius, *ninguém* vai embarcar em uma missão confiando na palavra de um kobold.

O homem de capa preta foi ainda mais enérgico:

— *Vocês* vão, pelo simples fato de que não têm nada a perder. E não me venham com o argumento de que têm *a vida* a perder, pois cada um aqui é um pária que pode muito bem acordar com uma adaga nas costas amanhã, sem que ninguém sentisse a menor falta. — Ele virou o capuz negro para cada um dos presentes como se os encarasse, olho no olho. — Eu ofereço a chance de uma riqueza inigualável e a oportunidade de se tornarem salvadores de um reino. Uma glória impensável para quem não tem nada na vida. Se um de vocês, *um apenas*, me disser que tem algo melhor a fazer neste exato momento, eu retiro a oferta e chamo outros desesperados menos ingratos.

O careca fez menção de abrir a boca, mas ficou calado e fechou ainda mais a cara. O rapazote abaixou a cabeça. Os demais não esboçaram reação.

— Dê mais alguns detalhes sobre a história do kobold — falou Od-lanor.

Ambrosius voltou ao tom professoral do início da conversa:

— Ele era um escravo de svaltares que os homens do rei anão encontraram na caverna onde estão soterrados. Em agradecimento pela libertação, a criatura jurou ajudar os anões e saiu de lá por um túnel minúsculo, com a promessa de que levaria uma mensagem do dawar ao Tomok, aqui em Tolgar-e-Kol. O resto é o que já expliquei. O kobold seguirá com vocês e mostrará a localização da passagem.

— É a primeira vez que ouço falar de um kobold que manteve a palavra... — disse Kalannar baixinho para Od-lanor, ao seu lado.

— E como nós passaremos por esse túnel "minúsculo"? — O baixinho troncudo entre o pajem maltrapilho e Ambrosius deu uma rápida olhadela para o rapazote e Baldur. — Acho que aqui nesta mesa só o Kyle passaria pelo buraco de um kobold, mas duvido que o grandalhão de Hurangar encontre espaço debaixo da terra.

— Deixe esse problema comigo — retrucou o careca.

O sujeito havia se manifestado pela primeira vez e surpreendeu Baldur com um sotaque estranho, carregado demais, com erres e esses forçados. Após uma pausa dramática, ele voltou a falar:

— A montanha se abrirá ao meu comando. Não existe pedra ou rocha que não me obedeça em Zândia.

— Eu ia chegar a este ponto, se vocês fossem pacientes — Ambrosius retomou a palavra. — O Agnor aqui ao meu lado é um *geomante* de Korangar, um feiticeiro com poderes sobre os elementos da terra. Ele deve ser protegido durante a missão; esta é a *sua* responsabilidade, Derek Blak, bem como zelar pelo Kalannar e o Od-lanor. O svaltar será o guia nas profundezas dos Vizeus, visto que veio de lá; o mago vai tirar os anões do confinamento e abrir caminho para Fnyar-Holl com seus encantamentos. E você, Od-lanor, que fala a língua dos anões, será o porta-voz diante do Dawar Bramok para explicar toda a situação e formular um plano para recolocá-lo no trono.

O svaltar soltou uma gargalhada e apontou para o guerreiro do outro lado da mesa.

— Esse humano aí vai "zelar por mim" no *meu* elemento? Realmente o humor de vocês é muito hermético, Ambrosius. E esse "Sir Baldur"? — Agora a criatura branca encarou Baldur novamente. — Outra brincadeira: um cavaleiro debaixo da terra. Para que servirão ele e seu cavalo nos túneis e cavernas?

— Bem — disse Derek Blak. — Eu, por mim, prefiro a companhia de outro guerreiro nessa empreitada do que simplesmente bancar sozinho a ama-seca para um feiticeiro, um intérprete de saiote... e um svaltar.

Kalannar finalmente tirou os olhos de Baldur e encarou o outro humano do lado oposto da mesa.

— Você demonstra que sua inteligência faz par com sua altura, Derek Blak. O sol nascerá em Zenibar no dia em que eu depender de um humano dentro da terra.

O clima ficou tenso outra vez. Os dois ameaçaram se levantar; o mago fez menção de começar um gestual; o rapazote sumiu embaixo da mesa; Od-lanor abriu a boca para dizer alguma coisa.

Mas foi Baldur quem falou primeiro:

— Chega!

A voz saiu alta, porém um pouco hesitante. Baldur deu uma rápida olhadela para o bardo e notou um gesto sutil de aprovação. O cavaleiro continuou, agora em tom mais firme:

— *Chega*. Se realmente vamos seguir em uma missão tão complexa e arriscada, a implicância termina *aqui*. Já vi muitas formações de combate caírem por desunião. "A discórdia é a brecha por onde entra o inimigo", já dizia meu velho mentor, Sir Darius, o Cavalgante. Não importam os problemas com seu irmão de armas; o inimigo está à frente, não ao lado.

Só agora Baldur se deu conta de que tinha ficado de pé em meio ao sermão. Ele se sentou novamente.

Kalannar ofereceu um sorriso, desta vez genuíno, e disse:

— Bem falado, apesar de eu pensar exatamente o oposto. "O verdadeiro inimigo é o que está ao alcance da adaga, não da flecha." Eis um ditado svaltar para você.

— Com essa troca de sabedorias, acho que o bardo aqui são vocês dois, não eu — falou Od-lanor em tom alegre.

Todos riram, exceto o mago korangariano e Ambrosius. Com o som da risada, Kyle surgiu novamente, tão rápido como se jamais tivesse saído da mesa.

— Bem — voltou a falar o vulto negro. — Agora que vocês estão cientes da missão, quero que partam amanhã, logo ao amanhecer. Compareçam ao Empório Geral e falem com o Dimas; ele já está arrumando os suprimentos e equipamentos para a jornada. O Embaixador Tomok estará lá com o kobold. Vejo todos em Fnyar-Holl, com o Dawar Bramok devidamente reempossado.

Dito isso, Ambrosius se recolheu à escuridão e simplesmente desapareceu do recinto. O feiticeiro de Korangar aproveitou a deixa para sair da mesa sem se dirigir aos demais.

Aos poucos, a luz dos archotes voltou a banhar timidamente o canto da taverna, que surgiu das trevas. Com a saída de Ambrosius e Agnor, o silêncio ocupou seus lugares. Após um tempo, foi Derek Blak quem voltou falar:

— Como os anões podem estar vivos após tanto tempo soterrados? — perguntou ele.

Od-lanor fez menção de responder, mas foi interrompido pelo svaltar:

— Há cavernas imensas nas profundezas dos Vizeus — explicou Kalannar.

Agora, com alguma luz, o svaltar realmente parecia uma assombração sob a iluminação difusa da Lança Quebrada. Baldur notou que havia pouco espaço na loriga negra de couro que não fosse ocupado por adagas, punhais e facas com aspecto cruel. Da cintura só eram visíveis dois cabos de espadas.

— Cabem cidades inteiras como Tolgar-e-Kol ali embaixo — continuou ele. — Sei que existem câmaras assim na região entre Fnyar-Holl e Zenibar, minha cidade natal svaltar. São passagens abertas por *si-halads*, que deixam colapsos e abismos em seus rastros. Se os anões foram encurralados e atraiçoados ali, podem ter encontrado um grande lago subterrâneo que os sustentará por anos a fio com peixes e água potável, ainda que eu duvide que eles saibam pescar.

Ao falar sobre a dieta anã, Kalannar voltou a encarar Baldur com um sorriso irônico.

— Se bem que todo mundo sabe que um anão adulto come seu peso em pedras para sobreviver, assim como um svaltar bebe o sangue de uma criança humana toda lua cheia para se manter imortal.

Baldur não soube como responder à provocação. Preocupado com a logística e perigos da jornada subterrânea, Derek Blak continuou perguntando:

— O que são "cirraladis"?

Kalannar revirou os olhos e frisou a pronúncia correta.

— *Si-halads*. A tradução mais aproximada seria... vermes gigantes. — Ele não evitou um sorriso cruel.

Ao ouvir aquela expressão, Kyle cutucou Derek, mas o guerreiro de Blakenheim não esboçou reação e fez outra pergunta:

— Há chance de encontrarmos svaltares?

Kalannar deu de ombros.

— Depende do ponto de entrada que o kobold apontar e de onde os anões se encontrem de fato. Espero que estejam bem isolados e realmente inacessíveis; se meu povo descobriu os sobreviventes, os anões já foram massacrados ou viraram escravos em Zenibar. A missão será em vão.

— E quanto aos tais cirraladis? — indagou Baldur, cuja mente subitamente deixou o perigo dos svaltares de lado e passou a imaginar como seria um verme gigante.

Kalannar desistiu de corrigir a pronúncia.

— É outra coisa que espero não encontrar. Nós adestramos os espécimes menores para abrir túneis e atacar inimigos, mas os grandes *si-halads* são difíceis de controlar e podem destruir uma cidade inteira.

— Um deles deixou metade de Fnyar-Holl em ruínas no reinado do Dawar Abulok, há mais de dez gerações — comentou Od-lanor.

— Você era vivo naquela época, adamar? — provocou Kalannar.

— Você era, svaltar? — devolveu o bardo.

Ambos sustentaram o olhar um do outro por um longo tempo. Baldur, Derek e Kyle se entreolharam. Kalannar finalmente rompeu o silêncio:

— Quanto à jornada, eu tenho um problema de locomoção. — Ele voltou a olhar para Baldur. — Além dos humanos, os cavalos têm medo de mim.

— Não se preocupe com montaria. Eu dou um jeito em seu cavalo — disse Od-lanor, provocando uma expressão incrédula no svaltar. — Qualquer coisa, você segue na carroça de suprimentos com o mago. Desconfio que o korangariano não sabe cavalgar, de qualquer forma.

— Onde está aquele careca pedante? — reclamou Derek.

— Duvido que ele seja prestativo na viagem — comentou o bardo. — Essa gente de Korangar não vai com a cara de ninguém.

— Assim como svaltares, anões, adamares e humanos não se dão bem. E junte a tudo isso um kobold. — Kalannar riu e ficou de pé. — "Não há como dar errado", outra sabedoria svaltar para você, cavaleiro.

Agora Baldur notou as estranhas espadas gêmeas à cintura do svaltar, curtas e de lâmina estreita. Pareciam espetos embainhados. Quando Kalannar foi embora, Derek Blak sentiu que era a hora de fazer o mesmo. Ele e o rapazote se levantaram.

— Bem, Sir Baldur, foi um prazer. — Derek estendeu a mão para se apresentar formalmente. — Capitão Derek de Blakenheim.

— Pode me chamar apenas de Baldur. É tudo brincadeira do Od-lanor. Eu não sou "sir" porra nenhuma; não fiz os Cincos Votos perante o Grande Rei, nem beijei Caliburnus.

— Então esqueça o "capitão" também. O posto vai ficar para trás, assim como Tolgar-e-Kol. Vamos, Kyle. — Ele acenou com a cabeça para Od-lanor. — Vejo vocês amanhã cedo no Empório Geral.

Quando Baldur ficou a sós com Od-lanor à mesa, ele comentou:

— Espero que eu não tenha matado o kobold da missão...

Baldur e Od-lanor voltaram para o quarto onde estavam seus pertences na Canto-e-Prosa. Desde a reunião, os dois retornaram calados, com o cavaleiro na cola do bardo, e demorou bastante para que eles rompessem o silêncio. Foi o adamar, naturalmente, que puxou a conversa, já dentro da estalagem, enquanto arrumavam as coisas para a viagem.

— Então, o que você achou?

Após mais um instante calado, Baldur finalmente abriu a boca:

— Bem, você já desconfiava do objetivo da missão e tinha me adiantado aqui mesmo...

— Mas...? — insistiu o bardo.

— Mas, valha-me o Deus-Rei, que grupo é aquele! Agora eu *realmente* entendo por que você insistiu que eu participasse.

— É difícil confiar naquele bando... — disse Od-lanor. — O Ambrosius escolhe as pessoas pelos talentos específicos, não pela personalidade. O Derek e o pivete acabaram de ser retirados da prisão, e o svaltar e o korangariano vêm de culturas *muito* diferentes. Um grupo difícil de lidar.

— Pior ainda: seremos guiados por um kobold até uma caverna com vermes gigantes — falou Baldur, tomado pelo desânimo.

Od-lanor conteve um riso.

— Você devia ter visto a sua cara ao ouvir "kobold" e "vermes gigantes".

— Isso sem falar no svaltar, no mago esquisito...

Od-lanor ergueu as mãos.

— Calma, eu vou estar de olho neles. *Nós* vamos estar de olho neles. E você mostrou atitude à mesa. O Sir Darius ficaria orgulhoso.

Baldur respirou fundo.

— Como eu disse, se ficarmos brigando entre nós, essa justa já começa perdida.

— Acho que todos entenderam a mensagem — disse Od-lanor. — E a recompensa é grande demais; ninguém ali vai colocá-la em risco por não ir com a cara do outro. Tudo vai se acertar.

O cavaleiro abriu um sorriso e deixou o desânimo de lado.

— O resgate de um rei — falou ele em tom sonhador.

— *Literalmente* — reforçou Od-lanor. — Algo me diz que, além das riquezas que o Ambrosius prometeu, e que eu não duvido que ganhemos por conhecer a generosidade dos anões, também afetaremos a própria história de Krispínia. Na Morada dos Reis, saberão do nosso feito.

Baldur arregalou os olhos e interrompeu a arrumação.

— Será que o Deus-Rei ficaria grato por salvarmos o monarca anão?

— Claro. — Od-lanor foi até o cavaleiro e pousou uma mão no ombro de Baldur — Baldur, Fnyar-Holl e Krispínia são aliados desde a assinatura do tratado do Fortim do Pentáculo, e o Dawar Bramok conhece o Grande Rei Krispinus. Imagine quando a notícia chegar à capital: um cavaleiro fiel ao Deus-Rei restaurou a ordem em um reino amigo. Se tudo der certo, vejo um título de sir no seu futuro; desta vez de verdade.

Baldur abriu um imenso sorriso. De repente, a perspectiva de encarar uma caverna de vermes gigantes, sendo guiado por um kobold e um svaltar, não era das piores.

CAPÍTULO 9

ACAMPAMENTO SVALTAR, ERMO DE BRAL-TOR

Regnar olhou para o corpo que estava sendo retirado por dois guardas. Instintivamente, levou a mão ao pingente pendurado no pescoço. Era o primeiro atentado desde que saíram de Zenibar, mas não seria o último. Até que demorou, pensou o sardar. Traição era um dos traços da civilização svaltar. Ele já esperava um ato assim de algum subalterno, pois as tropas estavam descontentes, conforme Dolonar e Jasnar já tinham alertado. Os dois, aliás, aguardavam a remoção do corpo do homem para novamente relatarem os percalços da campanha.

— E então? — falou Regnar ao se dirigir ao ajudante de ordens e ao sarderi.

Os dois se entreolharam, sem iniciativa para falar. Jasnar finalmente rompeu o silêncio:

— Sardar, os homens estão preocupados. Nós já deveríamos ter nos aproximado da fortaleza humana a esta altura.

Essa era a verdade inconveniente que atormentava Regnar. O avanço estava moroso demais; os soldados svaltares, acostumados a escaramuças em cavernas estreitas e deslocamentos por tortuosas câmaras subterrâneas, não conseguiam implementar um ritmo de marcha igual ao dos humanos, especialmente em um terreno que era completamente desconhecido. Ainda por cima, para evitar uma emboscada durante o dia, quando normalmente dormiriam protegidos da luz, os svaltares avançavam sob a intensa claridade do sol inclemente. Mesmo com a proteção das poções, os soldados estranhavam a luz e se sentiam incomodados. E todos sabiam que as poções perderiam a validade muito em breve, o que diminuía o moral da tropa.

Para piorar, um desvio de rota causado pela inexperiência dos batedores afastou o contingente svaltar do comboio de suprimentos enviado pelos anões aliados de Fnyar-Holl. E, naquele ermo sem vida, não haveria sustento para tantos homens. Um severo racionamento de água e comida já estava em vigor. Negligenciados, vários escravos kobolds morreram de fome e sede, o que sobrecarregou o peso dos soldados e atrasou ainda mais a marcha já muito lenta.

— Os homens não devem se preocupar. *Eu* devo me preocupar.

Nem mesmo Regnar acreditava que esta simples bravata resolveria a questão. Ou sequer convenceria os dois subalternos.

— Sardar... primo... — falou Jasnar com hesitação. — A infantaria não sobreviverá ao sol. Os soldados não são como nós. No ritmo atual, chegaremos ao objetivo não como uma tropa, mas como poucas dezenas de homens.

Ele sabiamente não falou "se chegarmos", como pensou. A preocupação dita em voz alta pelo sarderi era compartilhada pelos demais oficiais. Todos faziam parte da aristocracia da Casa Alunnar e ainda mantinham a pureza do sangue dos primeiros nobres svaltares banidos para o subterrâneo, portanto possuíam uma resistência mágica maior e não eram afetados pelo sol da superfície. Já os plebeus, que compunham a infantaria, eram extremamente vulneráveis à claridade.

— Maldita ralé de sangue ralo! — explodiu Regnar. — Esses *indolentes* não dão valor à nossa missão histórica. Essa é a nossa chance de mergulhar a superfície nas trevas e exterminar os alfares! Os soldados só têm que apressar o passo antes que os reinos humanos *realmente* montem uma resistência que não consigamos superar.

O sardar fez uma pausa, mas ninguém arriscou dizer nada.

— Esse traidor veio em boa hora. Ele me ajudou a perceber que eu estava sendo muito leniente com a tropa. Vamos dobrar a marcha e cortar as rações até chegarmos — disse Regnar para Jasnar.

O sarderi fez o possível para não arregalar os olhos negros. Aquela medida só espalharia revolta ou morte entre os homens. Jasnar tomou coragem e pensou se seria mais rápido que o comandante, caso Regnar apelasse para o pingente mágico no pescoço. A gema tinha a capacidade de sugar almas. Ainda assim, ele precisava confrontar o líder.

— Sardar, com toda deferência que o senhor merece, é hora de encararmos os fatos. Vamos dobrar a marcha para onde? Nós estamos perdidos. Os batedores têm dificuldades em ler os mapas deixados por... — Jasnar percebeu antes de falar "seu irmão" e se corrigiu a tempo: — ... em ler os mapas que temos.

— Então troquem os batedores — respondeu Regnar secamente.

— Esses são os últimos que conhecem a região — insistiu o sarderi, de olho nas mãos do comandante. — E não temos mais nossos melhores batedores à disposição.

Felizmente para Jasnar, Regnar não se irritou e não usou a gema para sugar sua alma. O que veio a seguir foi um silêncio incômodo. Todos os três presentes sabiam que os melhores batedores, os que concluíram o mapeamento do Ermo de Bral-tor antes de a campanha começar, sumiram misteriosamente de Zenibar. Os homens haviam sido treinados e selecionados pelo irmão de Regnar, o verdadeiro mentor da campanha, para conquistar a fortaleza humana e abrir o Brasseitan.

O mesmo irmão que Regnar havia traído por ter demorado demais a implementar o plano. O sujeito era meticuloso demais, se preparava demais, se precavia demais. Por ser o primogênito, o irmão de Regnar tinha plenos poderes dentro da Casa Alunnar e seria o sardar por direito da campanha — se algum dia ele tivesse tirado a ideia do papel. Foram anos de planejamento, batedores enviados ao Ermo de Bral-tor que jamais voltaram, uma complicada intriga para tirar o Dawar Bramok do trono de Fnyar-Holl e colocar um fantoche no lugar... e nada. Regnar foi ficando impaciente. Em seu entendimento, os relatórios eram favoráveis, os mapas eram confiáveis, sem contar que o Imar Devenar garantira a eficácia da poção e Vragnar afirmara que era capaz de abrir o Brasseitan... mas, para seu irmão, sempre faltavam um ajuste, uma confirmação, uma alternativa a uma possibilidade remota que jamais se concretizaria.

Enquanto isso, o humano Krispinus ganhava terreno na superfície, e seu patético reino de Krispínia escorraçava e exterminava os alfares. Uma tarefa que era *dever* de todo svaltar estava sendo cumprida por uma raça tão inferior quanto a dos kobolds. Regnar sentia engulhos só de pensar nisso, em cogitar que o compromisso histórico de se vingar dos alfares seria realizado por meros humanos. Se o ritmo lento e irritante de planejamento do irmão fosse mantido, no momento em que a campanha finalmente tivesse início, não haveria mais alfares para matar. E a superfície estaria infestada por aquela praga imunda dos humanos. Seria a vergonha de toda a raça svaltar. Seria a vergonha de sua família. Regnar não pretendia deixar a Casa Alunnar ser desmoralizada pelo excesso de zelo — e, a seu ver, pela falta de brios — do irmão. Foi por isso que, segundo a mais pura tradição svaltar, Regnar o traiu. Para ganhar o comando da Casa Alunnar e implementar o plano que estava mais do que pronto para ser executado.

Ou assim pareceu na ocasião.

Agora, à mercê de batedores medíocres e mapas não tão confiáveis, com uma tropa que nunca havia realizado uma campanha na superfície, e na dependência de poções de preparo demorado e duração limitada, o pior pesadelo de Regnar começava a ganhar cara e voz: a cara e a voz do falecido irmão dizendo que o plano não estava pronto para ser executado. E seu segundo em comando parecia concordar com o fantasma.

— E quanto ao... místico? — perguntou o sardar, de cara fechada.

Dolonar resolveu finalmente se pronunciar, para aliviar a pressão sobre Jasnar. Tudo que eles *não* precisavam agora era perder o sarderi para um ataque de raiva de Regnar.

— O zavar disse ser capaz de ajudar, senhor. Ele afirmou que, dada a proximidade com o Brasseitan, sua conexão com as entidades demoníacas é maior, e seria possível invocar uma delas para nos indicar o caminho. — O ajudante de ordens fez uma pausa. — O zavar, entretanto, falou que precisa de uma alma para estabelecer o contato e pagar pelo favor.

Neste momento, Regnar deu um risinho e levou a mão novamente ao pingente no pescoço. A joia, uma sovoga de Korangar, tinha sido adquirida a duras penas na Nação-Demônio e ainda pulsava com a alma do traidor, que fora sugada pelo resto da eternidade.

— Eu tenho aqui comigo o que ele precisa — disse Regnar ao rodar a gema entre os dedos.

Os sorrisos cruéis de Jasnar e Dolonar escondiam o medo de que, em algum momento, os dois também fossem parar dentro da sovoga.

CAPÍTULO 10

DISTRITO COMERCIAL
DE TOLGAR-E-KOL

Dolok era um anão que nunca levou jeito para o trabalho pesado nas minas, para a arte da guerra ou qualquer outra grande proeza física. Mas tinha um talento para línguas e história, reconhecer rostos e estandartes, e organização, o que lhe valeu o cargo de secretário de Tomok, o embaixador de Fnyar-Holl em Tolgar-e-Kol.

Ele vivia no imenso complexo que cumpria o papel de banco, embaixada e templo a Midok Mão-de-Ouro. A rotina consistia em manter os registros de visitantes e a correspondência em dia, receber o contingente de anões que queria tratar de assuntos com o embaixador e responder pela embaixada quando Tomok saía em alguma missão oficial. Amanhã era um daqueles dias em que Dolok ficaria sozinho cuidando dos afazeres, pois o embaixador tinha um compromisso esquisito, que envolvia um kobold. A criatura ficara acorrentada nos aposentos do próprio embaixador, e ele dera ordens expressas para que ninguém — nem mesmo seu fiel secretário — tivesse contato com o kobold. Dolok tinha ficado ligeiramente ofendido com a falta de confiança do superior e torcia para que aquilo não fosse alguma perversão sexual condenada pelos *Apontamentos de Midok*; ele pretendia esclarecer aquela situação quando Tomok voltasse do compromisso.

Dolok não viveria para elucidar a questão.

Das sombras do quarto do anão, Kalannar saiu e deu passos silenciosos até a cama, que era uma típica construção anã: um buraco no chão, acessível por dois degraus e cheio de almofadas. O estofamento macio permitiu uma aproximação ainda mais furtiva do svaltar, que sacou uma pequena adaga e passou a lâmina pelo dorso áspero e peludo da mão do anão. Ele teve que fazer força para vencer a rigidez de couro da pele; Dolok podia não ser um rude ferreiro ou minerador, mas fazia jus ao biotipo da raça. Assim que a adaga rompeu a pele e fez verter um filete de sangue espesso, Kalannar se recolheu às sombras do quarto.

Dolok acordou confuso com a fisgada de dor. Sem entender o que aconteceu, o secretário anão mal teve tempo de notar o corte que pingava ou a presença escondida no aposento. Sentiu um espasmo na garganta, que subitamente começou a se contrair e fechar. Dolok foi tomado por convulsões e fez menção de sair da cama, em desespero. Cambaleou e, antes que caísse, sentiu que braços o apoiaram.

A última visão que o secretário da embaixada teve, antes de o coração se romper dentro da caixa torácica, foi a do sorriso cruel do svaltar, que aparou sua queda e o depositou suavemente sobre as almofadas da cama, já morto.

Kalannar tratou de ajeitar o anão sobre as cobertas como se nada tivesse acontecido. O sorriso continuou no rosto extremamente branco – o svaltar ficou satisfeito por ter cumprido o exercício com êxito. O complexo banco/embaixada/templo era muito guarnecido e idêntico às construções anãs em Fnyar-Holl. Se a missão de Ambrosius envolvia recolocar o Dawar Bramok no trono, era aconselhável se reacostumar com a arquitetura e os procedimentos de vigilância dos anões. Foi tudo fácil como Kalannar imaginou, as memórias voltaram rapidamente, mas ainda assim foi bom ter colocado as habilidades e o conhecimento em prática. "Planejamento é a arte de evitar problemas", ele sempre dizia. Além disso, o exercício valeu para saber que o veneno de cravoária-da-serra, usado na adaga, continuava na validade. A substância era especialmente letal para anões, mas fora adquirida havia muito tempo e poderia ter perdido a potência. Agora Kalannar estava mais seguro para encarar a missão, pois tinha venenos específicos para humanos, svaltares e anões, caso fosse necessário. Só não possuía nada especial para o adamar, o tal Od-lanor. A bem da verdade, Kalannar não sabia de nenhuma substância que fosse particularmente mortal para adamares. Bem, se o bardo tivesse que morrer, ele usaria o veneno universal: o aço nas costas.

Quando saiu da cama, Kalannar foi detido por um brilho dourado sobre um aparador de mármore. A manopla dourada do anão! Como fiel servo de Midok Mão-de-Ouro, o secretário da embaixada usava uma manopla de ouro que simbolizava a mão milagrosa do deus anão. Aquilo com certeza teria utilidade futura. O assassino svaltar colocou a manopla em uma bolsa e foi até a escrivaninha de Dolok, que, sem dúvida, teria uma papelada importante. A verdade era que Kalannar amava papéis. Registros, anotações, planos — ele dizia que era possível saber mais sobre uma pessoa pela papelada que ela acumulava do que por suas opiniões e atitudes. O svaltar passou um bom tempo examinando os registros. Quando se deu por satisfeito, guardou alguns papiros juntamente com a manopla dourada.

Kalannar não conseguiu evitar o sorriso cruel ao passar pelos aposentos vizinhos de Tomok e imaginar que, quando o dia raiasse, o embaixador anão estaria no Empório Geral, certamente chateado e amedrontado pela morte do secretário.

Ao amanhecer, Kalannar enfrentou a rua com o mau humor que sempre lhe acometia quando precisava sair de dia. Ele já tinha feito as pazes com a ideia de que a missão com os humanos envolveria viajar sob o sol, mas sabia que as primeiras horas seriam de incômoda adaptação. Pior ainda seria encarar o trajeto em uma carroça, como se fosse uma trouxa de roupas. O svaltar não depositava muita fé na bravata do adamar de que "daria um jeito no seu cavalo"; além disso, era incômodo admitir para si mesmo que ele não sabia cavalgar, não importa que magia Od-lanor conseguisse realizar.

Distraído pelos pensamentos, Kalannar mal percebeu que estava próximo ao Empório Geral. Ele logo notou que a maior parte do grupo já estava na porta, ao lado de uma carroça de provisões: o adamar seminu e seu guarda-costas alto, barbudo e parrudo; o humano baixinho com duas espadas ridículas à cintura e seu jovem mendigo de estimação. Nada de Agnor, contudo. O mago de Korangar provavelmente queria que o pegassem na porta da Taverna da Lança Quebrada, como se fosse um lorde. Típico humano. Eles eram tão primitivos e inferiores quanto kobolds, mas se achavam os senhores do mundo.

Assim que se aproximou, o svaltar saudou os quatro presentes com a cabeça e se dirigiu ao suposto "líder" da empreitada.

— São essas as nossas provisões? — perguntou ele para Derek Blak.

— Sim — respondeu o guerreiro. — O Dimas disse que separou tudo que o Ambrosius encomendou.

Kalannar fez uma careta de desprezo.

— Aquele morcego não sai de seu canto escuro da taverna nem para cagar. Duvido que ele saiba do que precisamos, especialmente para uma expedição subterrânea. *Eu* vou verificar nossas provisões. — Ele apontou para Baldur e Kyle enquanto se dirigia para Od-lanor e Derek: — Além de vocês, tenho certeza de que o grandalhão e o pivete nunca viram o interior de uma caverna antes. Vamos precisar de três vezes mais cordas, no mínimo.

Dito isso, ele entrou no estabelecimento para conversar com o dono, contente por deixar a claridade da rua para trás.

Os outros quatro se entreolharam e retomaram o que estavam fazendo antes de o svaltar ter chegado. Baldur continuou verificando as selas dos cavalos, enquanto Od-lanor e Derek conversavam e examinavam um mapa da região até os Vizeus. Kyle ajeitou na carroça as imensas rodelas de queijo que havia convencido Derek a comprar, a muito custo. Ele argumentara que aquele era um típico queijo anão, importado de Fnyar-Holl, e que o Dawar Bramok ficaria contente em comê-lo, especialmente depois de tanto tempo soterrado e esfomeado. Após tanta insistência e o aval de Od-lanor, Derek convencera Dimas a colocar o queijo caro na conta de Ambrosius.

Pouco tempo depois, Derek notou Agnor surgir no fim da rua ao lado de um anão parecido com um ourudo, só que com vestes e adereços infinitamente mais ostentosos. Só podia ser o Embaixador Tomok, até porque o sujeito puxava um mirrado kobold por uma corrente presa a uma coleira. O guerreiro de Blakenheim cutucou Od-lanor; ambos perceberam que o anão e o feiticeiro travavam uma animada conversa, apesar de o adamar ter notado uma expressão de pesar nas feições hirsutas de Tomok.

Quando a dupla chegou, o geralmente insociável Agnor parecia todo afável ao cuidar das apresentações.

— Este é o Tomok, o embaixador de Fnyar-Holl em Tolgar-e-Kol. — Depois falou em anão ao se dirigir a Tomok: — Estes são Derek Blak e Baldur, meus seguranças, e Od-lanor, meu arauto.

Derek escutou o próprio nome na conversa, mas, como não entendeu nada, apenas fez uma mesura para o embaixador. Foi inevitável notar a quantidade de joias, entre anéis, braceletes e os penduricalhos na barba do anão, além da óbvia riqueza do tecido da toga dourada. Se aquilo era um exemplo do tesouro que o esperava em Fnyar-Holl por salvar o Dawar Bramok, Derek estava disposto a levar o monarca anão no colo até o trono, se fosse preciso.

Baldur, também distraído pela figura excêntrica e reluzente do anão e sem entender nada da conversa, apenas acenou com a mão. Od-lanor apertou os olhos para o korangariano ao reconhecer que Agnor também falava anão — e por ter sido chamado de "arauto". Que empáfia. No entanto, o bardo preferiu se ater ao idioma comum, a língua falada no Grande Reino de Krispínia e nos territórios humanos independentes, como a Faixa de Hurangar.

— Embaixador, já nos vimos outras vezes. É sempre um prazer. Há mais um integrante em nossa comitiva que o bom feiticeiro deixou de mencionar. Nosso guia svaltar está cuidando das provisões, lá dentro. E aquele ali na carroça é o nosso... pajem — disse ao apontar para Kyle, que ainda lutava com as rodelas de queijo de casca escura, curado em contato com as rochas das cavernas nos Vizeus.

— Um guia *svaltar*? — exclamou Tomok, também no idioma comum, com pouco sotaque. — O Ambrosius enlouqueceu? O Dawar Bramok não aceitará ser resgatado por um svaltar!

Od-lanor resolveu apelar para o preconceito dos anões para contornar a situação.

— Embaixador, o dawar não viu problemas em mandar um *kobold* com um pedido de socorro — disse ele, e apontou para a criatura puxada por Tomok.

— Um kobold é um escravo, mas um svaltar é um inimigo da nação anã! — teimou o embaixador.

— Embaixador — falou Od-lanor calmamente, tentando outra argumentação e modulando a voz —, há um usurpador no trono de Fnyar-Holl, o anão que traiu o Dawar Bramok. Ainda assim, creio que o senhor esteja oficialmente a serviço *dele* como representante do reino, aqui nas Cidades Livres. E quem sabe o usurpador talvez considere o *senhor* inimigo da nação anã por conspirar para resgatar o dawar? Essas coisas dependem de ponto de vista, embaixador. Precisamos de alguém com experiência no subterrâneo dos Vizeus para nos guiar. Se não pudermos levar o svaltar... quem sabe então o senhor não nos guie?

Tomok fez um gesto negativo veemente com as mãos e a cabeça ao mesmo tempo. Os penduricalhos na barba tilintaram.

— Não, não, não. — Ele ficou tão assustado que falou em anão, sem perceber. — Se eu abandonar meu posto, é capaz de o Torok, o novo dawar, desconfiar de alguma coisa. Se tiverem que usar o svaltar, que seja, só não deixem que o Dawar Bramok saiba de sua existência.

Com o gesto intempestivo de Tomok, o kobold sentiu a corrente ficar frouxa. Os olhos imensos da criatura reptiliana, parecida com um filhote bípede de jacaré, ficaram ainda maiores. Ele tremeu todo, sem saber se arriscava uma escapada ou não. A cabeça pequena disparou de um lado para outro, à procura de uma rota de fuga.

Neste momento, Kalannar surgiu do interior da loja. Ele não conseguiu evitar um sorriso cruel ao cumprimentar o anão com a cabeça, pois tinha ouvido toda a conversa na sombra atrás da porta. A aparição do svaltar, porém, ajudou o kobold a finalmente tomar uma decisão.

A criatura soltou um ganido baixinho de medo e fugiu.

A ação foi rápida demais e pegou todos os presentes de surpresa. O kobold disparou com o rabinho tremendo enquanto corria pela praça do Distrito Comercial, em direção ao beco mais próximo. Muito pequena, da altura da cintura de um homem adulto, a criatura escamosa desviou de pernas, cestas de vime, sacos de aniagem sendo arrastados, e só tinha olhos para mergulhar na multidão e sumir.

As reações foram lentas. Tomok e Agnor mal perceberam o que aconteceu às suas costas; Baldur, Derek e Od-lanor não conseguiram acompanhar o zigue-zague do kobold entre as pessoas e as barracas montadas na rua; Kalannar pensou em sacar uma adaga, mas desistiu quando a criatura se embrenhou entre os pedestres. Podia acertar alguém importante e prejudicar toda a missão.

Só Kyle agiu rápido.

Ali, empoleirado em cima da carroça enquanto amarrava os queijos, porém atento à conversa, o menino assistiu de um ponto privilegiado à fuga do kobold, que passou exatamente embaixo dele. Kyle saltou atrás da criatura e disparou em seu encalço. Com a experiência de quem levava a vida correndo pela multidão, escapando de furtos bem-sucedidos ou tentando despistar as autoridades, ele conhecia o Distrito Comercial como a palma da mão. E sabia que o kobold fizera uma péssima escolha ao rumar para a Via das Águas, que terminava em uma fonte diante de uma floricultura.

Kyle descobriu, entretanto, que *perseguir* alguém era mais difícil do que *fugir* de alguém: manter o olho em um ser tão pequeno e, ao mesmo tempo, ver para onde estava indo, resultou em vários esbarrões e tropeços. Em um encontrão, o chaveiro perdeu o kobold de vista e tomou um susto: havia vários outros kobolds pela praça. Se a criatura se misturasse às demais, ele jamais a identificaria! Ao se livrar de uma velha gorda no meio do caminho, Kyle avistou o kobold, que escalava a lona de uma barraca na esquina da Via das Águas. O alívio deu lugar ao pânico: a criatura não ficaria encurralada na fonte, e sim fugiria pelos telhados do distrito.

Kyle disparou naquela direção, compensou com as pernas mais longas a vantagem que o kobold tinha e se atirou em cima da barraca. O madeirame quase cedeu com o peso do menino, mas ele agarrou a lona e continuou subindo, deu um pulo na parede, encontrou um apoio para o pé e se lançou para o telhado da casa atrás da barraca.

De repente, uma adaga passou zunindo pela cabeça do rapazote e quase acertou o kobold. Kyle olhou para trás, viu Kalannar correr pela praça seguido pelos demais e notou que Baldur irrompia pela multidão em cima de um cavalo, enquanto as pessoas se afastavam em pânico. O chaveiro se equilibrou na borda do telhado e viu o kobold correr com desenvoltura pela calha, com suas patinhas de réptil, enquanto as unhas compridas arranhavam a alvenaria. A criatura não perdeu tempo ali; logo se atirou em um varal e ganhou impulso para chegar a outro telhado. Se mantivesse este ritmo, o kobold inevitavelmente escaparia.

Naquele exato momento, Baldur chegou à Via das Águas a tempo de acertar o kobold em pleno ar com o escudo. A criatura voltou voando para o varal de onde tinha pulado, bem embaixo do ponto onde Kyle agora se encontrava. Em um gesto rápido, o rapazote agarrou o kobold em meio às roupas onde ele se embolou e, mesmo encarapitado na calha do telhado, Kyle conseguiu ensacá-lo em uma fronha. O chaveiro viu uma pilha de cestos de vime vazios ao lado de outra barraca e pulou nela, para aparar a queda. O feirante, colérico, veio tirar satisfações diante da bagunça, mas desistiu quando Baldur interpôs o cavalo entre ele e Kyle, que terminou de rolar para o chão e ficou de pé. A chegada de um svaltar cheio de facas, adagas e punhais na loriga de couro terminou por dissuadir de vez o feirante.

Ofegante, Kyle ofereceu o kobold ensacado para Tomok, que finalmente chegara acompanhado por Derek, Od-lanor e Agnor. A criatura, agora desperta do golpe dado pelo escudo de Baldur, se debatia sem parar dentro da fronha.

— Aqui... — disse o chaveiro. — O senhor... perdeu... isto aqui.

Com a ajuda de Derek Blak, Tomok tirou o kobold da fronha e pegou firme na corrente outra vez. Kalannar torceu o nariz.

— Esta criatura desgraçada vai querer fugir o tempo todo. Seria aconselhável cortar os tendões das patas.

— E como o kobold vai nos guiar pelas cavernas até os anões? — indagou Derek. — Ele vai no seu colo?

— Então deixe o kobold sob responsabilidade do seu pajem. — Kalannar lançou um olhar frio para Kyle. — Ele acaba de arrumar o que fazer nesse grupo.

Todos se entreolharam, como se considerassem a sugestão. Agora menos ofegante, o rapazote quebrou o silêncio:

— Eu cuido dele. De mim o kobold não escapa.

Ainda não satisfeito, Kalannar deu um passo à frente, encarou o kobold e falou em svaltar, língua que ele sabia que a criatura conhecia:

— Se tentar fugir novamente, eu corto fora suas patas, não importa o que esses frouxos digam.

A criatura começou a guinchar desesperadamente, como se falasse de maneira atropelada. Os olhos imensos encararam o rosto dos gigantes presentes ali, em súplica. Od-lanor ficou entre o kobold e o svaltar, e se dirigiu a todos:

— O kobold prometeu que não vai mais fugir e que não é preciso machucá-lo. Ah, segundo ele, seu nome é Na'bun'dak.

Baldur fez uma expressão de desprezo.

— Nome? Desde quando monstro tem *nome*?

Od-lanor revirou os olhos.

— Ele é um *kobold*, não um monstro. Se diz se chamar Na'bun'dak, é assim que vamos chamá-lo.

Baldur pensou em insistir no assunto e começar uma discussão, mas desistiu. Kalannar olhou para ele e Od-lanor, fez um gesto negativo com a cabeça e riu antes de voltar para o empório. Passada aquela correria inesperada, Tomok finalmente olhou bem para o svaltar ao longe e controlou uma expressão de repulsa. Agnor argumentou em anão que somente o kobold não seria o suficiente para guiá-los, especialmente se a criatura escapasse de novo. O embaixador resmungou e reforçou o pedido para que a presença de Kalannar fosse mantida em sigilo. Derek se certificou de que a corrente de Na'bun'dak estava bem firme nas mãos de Kyle e falou com os demais:

— É melhor nos apressarmos a sair logo de Tolgar-e-Kol. — Ele passou os olhos e viu os curiosos reunidos na entrada da Via das Águas. — Já atraímos atenção demais aqui.

O que Derek de Blakenheim deixou de notar foi a figura de Dom Mirren lá atrás, misturado à multidão, espumando de raiva.

CAPÍTULO 11

PORTÃO SUL, TOLGAR-E-KOL

Depois do incidente com o kobold, os preparativos andaram rápido. Precavido, Kyle amarrou fitas coloridas nos pulsos escamosos de Na'bun'dak, sob o argumento de que seria mais fácil identificá-lo caso ele se misturasse com outros kobolds. O menino herdou o fiel burrico de Od-lanor e colocou Na'bun'dak na garupa, amarrado à própria cintura.

Como era de esperar, Agnor reclamou de falta de espaço adequado na carroça com tantas provisões, especialmente o excesso de cordas e as imensas rodelas de queijo escuro, e ficou ainda mais irascível quando soube que teria que conduzir a carroça, em vez de ficar sentado, lendo os pergaminhos arcanos que trouxera.

— Eu não estudei magia durante anos para ser reduzido a um carroceiro — queixou-se o feiticeiro para Derek. — É para esse tipo de serviço braçal que usamos *mortos-vivos* em Korangar. Por que não colocam o kobold ou o svaltar para fazer isso?

Derek, que estava à frente dos preparativos e, por isso, era o alvo das críticas de Agnor, fez o possível para se controlar e argumentar com educação. Anos tratando com mercadores arrogantes lhe ensinaram alguma diplomacia; além disso, o korangariano era um *mago*, e não seria aconselhável brincar com a sorte. De um sujeito armado, espera-se um golpe de espada, mas de um feiticeiro... sabe-se lá que magia Agnor era capaz de lançar.

— A estrada segue pela fronteira, mas em dado momento vamos entrar no território de Krispínia por uma via movimentada, levando um escravo kobold, e acompanhados por um sujeito de saiote e rosto pintado, e por *você*, claramente um mago de Korangar, uma nação inimiga. Isso pode deixar outras caravanas ou viajantes *armados* incomodados, e não precisamos acrescentar um svaltar conduzindo uma carroça a esse cenário. Se o Kalannar conseguir cavalgar, ele nos seguirá pela beira da estrada, talvez com o Od-lanor, para tentarmos atrair o mínimo de atenção possível.

Agnor fechou a cara e não se deixou convencer.

— E por que então o kobold não conduz a carroça?

— Você tomaria conta dele, Agnor? — retrucou Derek Blak. — Se a criatura saísse correndo de novo, você pularia da carroça para persegui-la? Essa é a tarefa do *Kyle*, mas aí ele teria que ir na carroça também, no banco do condutor. Você iria em cima das provisões, como uma bagagem?

O feiticeiro lançou um olhar desgostoso para a pilha irregular de mantimentos e equipamentos da expedição, depois se imaginou no banco do condutor, que, ainda que fosse de madeira, seria possível tornar confortável com uma simples almofada. Ao lado, ainda havia espaço para os pergaminhos e o tomo de magia que Agnor pretendia ler, uma vez que iria sozinho no veículo.

— Eu conduzo a carroça — falou o korangariano secamente. — Mas não espere que eu esteja de bom humor.

Derek deu as costas para que Agnor não visse sua expressão irônica e montou no cavalo que tinha adquirido para a viagem, pois as três montarias que Baldur recebeu como doação nos vilarejos da Faixa de Hurangar ficaram com o próprio cavaleiro, Od-lanor e Kalannar, que receberia um animal especialmente selecionado por Baldur entre as três opções disponíveis. Na retaguarda, o svaltar seguiu a expedição a pé ao Portão Sul, a saída de Tolgar-e-Kol em direção à Cordilheira dos Vizeus.

Após algum tempo na estrada, Baldur se aproximou de Kalannar com um dos cavalos puxado pelas rédeas. O animal, diante da proximidade com o svaltar, começou a ficar extremamente nervoso.

— Esse é o cavalo mais manso que eu tenho. Acho que vai servir para você — falou Baldur.

Ele se arrependeu da escolha de palavras. Do jeito que ameaçava empinar, o animal dificilmente serviria como montaria para um cavaleiro de primeira viagem. Baldur fez carinho para acalmá-lo, mas o cavalo parecia ter visto uma cobra; o olhar era de desespero.

Kalannar hesitou. Não sabia se dava um passo à frente ou para trás. Quando o svaltar decidiu se aproximar, o cavalo empinou pra valer e foi preciso o braço forte de Baldur para contê-lo, enquanto pedia que Kalannar voltasse a se afastar.

Vendo a celeuma, Od-lanor se aproximou a passos rápidos. Ele se interpôs entre o svaltar e o cavaleiro, que lutava para manter o animal sob controle, e chegou próximo ao cavalo. O tom de voz era de alguém completamente à vontade e tranquilo. Od-lanor começou a falar em uma língua que Kalannar e Baldur não conheciam, mas o animal, até então em pânico, pareceu compreender e se acalmou.

Quando percebeu que a situação estava mais controlada, o adamar, ainda sem parar de falar na estranha língua, se aproximou um pouco mais e afagou o musculoso pescoço do animal. Por fim, fez um carinho na orelha do cavalo e foi sussurrando até parar de falar.

Baldur sentiu toda a tensão do animal ir embora na ponta das rédeas. Od-lanor se voltou para amigo.

— Pode entregar o cavalo para o Kalannar. Ele não terá mais medo.

O cavaleiro e o svaltar se entreolharam, entre atônitos e desconfiados. Perto da carroça, Kyle e Derek não tiravam os olhos da cena, igualmente impressionados com o que o bardo fizera. Apenas Agnor preferiu dar as costas, após soltar um muxoxo.

Diante da plateia, o svaltar ficou pouco à vontade. Não queria passar por um vexame e, muito menos, revelar que estava com tanto medo da situação quanto o cavalo. Baldur percebeu o dilema de Kalannar; afinal, ele mesmo já aprendera a cavalgar um dia e viu outros tantos aspirantes a cavaleiro hesitarem diante do mesmo desafio.

Baldur se afastou do grupo puxando o animal e fez um sinal para que Kalannar e Od-lanor o acompanhassem. Após alguns passos, ele parou e se dirigiu ao svaltar:

— Monte. Eu vou manter o cavalo parado e ficar ao lado. — Baldur fez carinho no pescoço do animal e continuou a aula: — Pegue as rédeas rente ao pescoço com uma das mãos e coloque a outra mão na sela. Ponha um pé no estribo, suba e passe *rapidamente* a outra perna sobre o animal. Depois que você subir, coloque a ponta do pé no estribo e fique com o calcanhar abaixado. Mantenha uma postura ereta.

Ele esperou pelo aceno de cabeça de Kalannar para confirmar que as instruções foram absorvidas e finalmente disse:

— Vamos.

Kalannar respirou fundo e seguiu as instruções. Mesmo com a hesitação, a agilidade impressionante do svaltar fez com que ele executasse a manobra como um cavaleiro veterano. Baldur não deixou de ficar impressionado. De cima do burrico, mais ao longe, Kyle vibrou e assobiou. Derek ficou aliviado; parecia que o plano de deixar o svaltar cavalgar e não chamar atenção na estrada daria certo.

Kalannar ainda demorou para ficar à vontade, mas também estava surpreso e contente consigo mesmo. Não conseguiu evitar um sorriso quando se sentiu mais seguro na sela.

— Muito bem — disse Baldur. — Você já sabe montar. Próximo passo: cavalgar. Para o cavalo andar, bata de leve com os pés na barriga dele. *De leve*. É tudo sem muita força, o animal entende movimentos sutis. Para andar para a direita, puxe as rédeas para a direita, e a mesma coisa para a esquerda, logicamente. Para parar, puxe as rédeas. *De leve*.

As palavras não saíram da mente de Kalannar. *De leve*. Ele cutucou a barriga do animal com os calcanhares, e o cavalo simplesmente começou a andar. Seguiu por uma linha reta pelo início da estrada com os cascos batendo na pavimentação do caminho que ligava Tolgar-e-Kol ao reino dos anões.

Baldur e Od-lanor seguiram, acompanhando Kalannar, enquanto ele começava a tomar distância.

A linha reta do animal começou a tirar o svaltar da estrada, e Kalannar se desesperou para corrigir o curso. Ele hesitou entre puxar as rédeas para a esquerda, a fim de trazer o cavalo de volta à estrada, ou pará-lo de vez com um puxão para trás. A indecisão custou caro. Com o próprio movimento brusco e hesitante, ele perdeu o controle sobre o cavalo... e o equilíbrio.

O svaltar foi parar de bunda no chão, ao lado do animal.

— Eu apenas enfeiticei o cavalo para ele não ter medo — comentou Od-lanor aos risos —, mas magia alguma torna alguém bom cavaleiro.

Baldur também riu ao chegar mais perto. Ao longe, Kyle gargalhou, e Derek não escondeu o sorriso rasgado no rosto. Ele jamais imaginou que veria a cena de um svaltar caindo de forma tão aviltante de um cavalo. Em cima da carroça, Agnor parecia irritado com a demora, mas se dedicou a ler um pergaminho.

Kalannar não viu a mínima graça na humilhação. Ficou de pé em um pulo e sacou um flagelo da cintura. Ao jogar o braço para trás, a fim de chicotear o animal enquanto espumava de raiva, Kalannar sentiu uma mão de aço se fechar no pulso.

Era Baldur.

— Você não vai maltratar o animal por incompetência *sua* — falou e, ao mesmo tempo, manteve imóvel o braço magro do svaltar. — A culpa é sempre do cavaleiro, nunca do cavalo.

Kalannar olhou com um ódio mortal para o humano. Sabia que, com uma sutil torção do pulso, conseguiria espetar de leve a pele do cavaleiro com um anel envenenado, o que seria suficiente para inoculá-lo.

No entanto, apesar do acinte, o humano estava ajudando um svaltar. De boa vontade. Sem estar sendo torturado ou à espera de uma recompensa. Apenas pelo... *prazer de ajudar*?

Era a primeira vez na vida de Kalannar que isto acontecia.

Diante de uma situação tão inédita, o svaltar abriu a mão e deixou o flagelo cair. Baldur reagiu imediatamente e soltou seu braço.

— Certo — disse Kalannar após um longo e incômodo silêncio, quando conseguiu se expressar. — O que eu fiz de errado?

— Você hesitou e aplicou muita força a uma ordem que o cavalo não entendeu. Lembre-se: *de leve*. Mesmo que não saiba o que fazer, não seja brusco. É melhor dar um comando errado da maneira correta do que aquele remendo às pressas.

Kalannar concordou com a cabeça e recuperou o flagelo caído no chão. Prendeu no cinto e, quando voltou a montar, sentiu logo a fisgada de dor no traseiro. Mal conteve uma careta.

Baldur desmanchou a expressão sisuda e voltou a sorrir.

— Anime-se. Desconfie sempre de um cavaleiro que diz que jamais caiu de um cavalo. Outras quedas virão, mas vamos trabalhar para que isso não aconteça.

— E eu tenho um bom unguento para dores na bunda. Só não aplico — acrescentou Od-lanor, ainda rindo.

Kalannar suspirou, resignado. E riu.

Quando a expedição finalmente avançou pela estrada para a Cordilheira dos Vizeus, Od-lanor enfeitiçou sua montaria e a de Baldur, para que o cavaleiro continuasse a aula de equitação com Kalannar. O trio se afastou bastante da estrada para ter mais espaço — e evitar testemunhas caso o svaltar voltasse a tomar um tombo.

Enquanto os três cavalgavam ao longe no gramado, a carroça seguia em ritmo lento pela estrada. A via foi um projeto em conjunto da câmara de comércio de Tolgar-e-Kol com o trono de Fnyar-Holl, como forma de incrementar o comércio entre eles. Como tudo feito pelos anões, a estrada era impressionante, apresentava uma pavimentação sólida e marcos de distância tanto na estranha contagem deles (os anões davam passos curtos, afinal de contas) quanto no sistema de medição usado pelos humanos. A meio caminho dos Vizeus, uma bifurcação entrava em Krispínia e levava para a Morada dos Reis — uma via muito menos cuidada e caprichada do que a estrada projetada pelos anões até Fnyar-Holl.

Agnor conduzia a carroça de maneira preguiçosa e de vez em quando cochilava, embalado pelo ritmo lento e sacolejante do veículo e pelo tédio da leitura. A cada vez que acordava sobressaltado, ele via que felizmente a carroça continuava na direção certa e os demais não haviam notado a soneca. As costas começaram a doer, e logo o feiticeiro estava praguejando e reclamando de tudo.

Kyle seguia no burrico com o kobold na garupa, ao lado de Derek Blak, e ambos decidiram se afastar um pouco do queixume do korangariano, que falava coisas ininteligíveis na própria língua.

— O que você vai fazer com a recompensa? — disparou Kyle para Derek.

O rapazote quebrara o silêncio repentinamente com uma pergunta bisbilhoteira, como de costume. Com pouco tempo de convívio, Derek de Blakenheim já estava acostumado ao jeito do chaveiro. Ele não evitou um sorriso.

— Dar as costas definitivamente para essa merda de cidade, com certeza. Viajar por Zândia. Voltar a viver na Morada dos Reis, agora com ouro e como homem adulto.

— E você acha que o resgate do rei anão vai render muito ouro? — perguntou Kyle.

Derek Blak ficou pensativo um tempo, depois deu de ombros.

— Sinceramente, não acredito que o dawar e seus homens estejam vivos, não importa o que diz o svaltar. Aliás, se eu fosse você, ficaria de olho no Kalannar. Dentro da montanha a coisa pode ficar feia.

— Como assim? — perguntou Kyle.

— Se não encontrarmos os anões ou se eles estiverem mortos, o Kalannar pode muito bem achar que vale a pena nos entregar para os svaltares de Zenibar. Eu te contei que meu pai foi um lorde-escravagista em Blakenheim, e sei muito bem quanto vale um escravo. E não acredito nessa história de "svaltar expatriado em Tolgar-e-Kol". — Derek puxou o olho para baixo com o dedo. — Para mim, ele é um agente de Zenibar...

De repente, Kyle ficou pálido diante da ideia de ser escravizado pelos svaltares, mantido em condições subumanas dentro da terra. Ele olhou para trás, para o franzino kobold na garupa, e sentiu um arrepio. Não queria acabar como a criaturinha escamosa que parecia tão sofrida.

Ao ver a reação do jovem amigo, Derek mudou o tom:

— Calma, pode ser apenas pessimismo meu. Há muita gente envolvida aqui para que a missão seja um fracasso, e mesmo que o Kalannar nos traia, ainda somos cinco contra um. — Ele fez uma pausa e emendou: — Nós vamos encontrar o rei anão, e ele vai nos cobrir de ouro pelo resgate.

— Que pena que você não vai estar vivo para aproveitar.

A voz veio do nada, e Derek desviou o olhar de Kyle para o caminho à frente. O rapazote fez o mesmo e reprimiu um grito.

A poucos metros, praticamente ocultada por uma curva na estrada, havia uma caravana parada: dois carroções e vários homens armados à volta do sujeito que falara alto e interrompera a conversa.

Derek Blak rosnou e levou as mãos aos gládios.

— Dom Mirren...

Afastados da estrada, Od-lanor e Baldur continuavam a estranha tarefa de ensinar um svaltar a cavalgar. No momento, Kalannar seguia ao lado do bardo em um simples trote, enquanto o cavaleiro demonstrava manobras de ataque e combate, avançando contra árvores esparsas como se fossem soldados inimigos.

Após trucidar vários guerreiros imaginários (árvores que perderam galhos baixos e ganharam belos talhos nos troncos), Baldur retornou bufando.

— Eu não espero que você aprenda tudo isso hoje, mas é só para ter uma noção do que um cavaleiro é capaz de fazer.

— Eu não espero fazer isso *nunca* — respondeu o svaltar. — Só quero me locomover, e já está bom demais. Este não é meu estilo de combate. Prefiro ter liberdade de movimentos e não quero me preocupar em controlar esse animal enquanto troco golpes com alguém.

Baldur soltou uma risada, enquanto recuperava o fôlego.

— Eu nem penso mais no cavalo. Já é intuitivo. Pelo contrário, sinto falta dele se estou em combate, desmontado.

— Então eu tenho uma má notícia para você, cavaleiro. — Kalannar fez uma expressão triste, absolutamente falsa. — Você vai ter que se despedir de seus amigos de quatro patas ao entrarmos na montanha. Não há espaço para cavalos.

Od-lanor se meteu na conversa:

— Isso me deixa curioso: como vocês, svaltares, se deslocam pelos túneis? Simplesmente a pé?

Kalannar ergueu a sobrancelha, tão branca quanto a pele.

— Você já não sabe, Od-lanor? Algo escapa ao conhecimento do grande bardo adamar?

Od-lanor não se importou com a provocação e insistiu no assunto:

— As lendas dizem que vocês montam em lagartos de seis patas ou cavalgam aranhas gigantes... ou ainda colocam selas nos *si-halads*...

Baldur olhou a conversa intrigado, especialmente pela parte de cavalgar um *verme gigante*. Kalannar abriu o costumeiro sorriso cruel.

— As lendas parecem mais interessantes do que a verdade. É melhor deixar assim; não quero decepcioná-lo com a realidade tão mundana.

Od-lanor abriu a boca para pressioná-lo quando soou um estrondo ao longe, vindo da estrada. Parecia que a terra havia se rasgado e soltado um trovão ao nível do solo. Foi ensurdecedor. O cavalo de Kalannar ameaçou empinar, mas Baldur lançou o braço e pegou as rédeas para ajudar o svaltar a controlar a montaria.

Pouco tempo depois, ainda atônito, o trio viu uma figura montada descer desembestada um declive no terreno.

— Baldur! Baldur!

A voz esganiçada de Kyle ecoou pela campina. O rapazote vinha em disparada, agitando um braço enquanto o outro segurava firme as rédeas do burrico. O kobold estava abraçado a ele com força, em pânico.

Em um segundo, Baldur disparou na direção do rapaz, seguido por Od-lanor. Sem o braço do cavaleiro para ajudar a controlá-lo, e atiçado pelo estrondo e por toda a agitação ao redor, o cavalo de Kalannar começou a correr e seguir os outros animais, empolgadíssimo.

O svaltar fez o possível para se agarrar às rédeas e se manter sobre a sela, enquanto os cavalos à frente levantavam grama e poeira e iam na direção de Kyle, que continuava vindo aos berros:

— Baldur! Baldur! Na estrada! Inimigos! — Kyle deteve o burrico assim que Baldur se aproximou acompanhado por Od-lanor e um desembestado Kalannar.

Já com o espadão e o escudo de prontidão, Baldur passou pelo rapazote e tomou a direção da estrada, que era visível logo após a elevação do terreno, de onde veio o estrondo ensurdecedor. Vencida a subida, Baldur avistou a via... e o cenário de destruição à frente, em meio a uma imensa nuvem de poeira que pairava no ar.

A estrada em si parecia ter explodido. Imensos pedaços de rocha e pavimentação estavam espalhados em volta do que antes tinha sido um trecho da larga avenida construída pelos anões. Uma carroça — que não era a deles — estava em pedaços, com mercadorias jogadas para todos os cantos. Entre os destroços, corpos de soldados e cavalos agonizavam ou estavam caídos em poses impossíveis, como bonecos de pano tingidos de vermelho. Uma segunda carroça desconhecida havia permanecido intacta após o cataclismo, assim como o veículo que eles trouxeram de Tolgar-e-Kol, onde Agnor estava meio caído, cambaleante, sendo ameaçado por um guerreiro. Tudo aquilo foi difícil de ver em meio à poeira; como não conseguiu localizar Derek

Blak dentro da nuvem, Baldur disparou na direção do mago, que corria perigo iminente.

Assim que avançou, o cavaleiro se arrependeu do gesto. A nuvem de poeira tornava o caminho à frente difícil de ver, e o terreno em escombros era traiçoeiro para cavalgar em velocidade. Felizmente, Od-lanor também percebeu o problema e falou uma palavra de poder para convocar o vento. Uma rajada de ar abriu o caminho diante dos dois, e Baldur saltou sobre um pedregulho, desviou de destroços e viu mais guerreiros se recuperando da catástrofe. Ao longe, ainda atrás da muralha de poeira, uma voz rouca e colérica direcionava os soldados sobreviventes:

— Matem o mago! Matem o desgraçado do Derek! Matem *todos*! Quinhentas peças de ouro para quem me trouxer a cabeça de cada um!

Baldur não identificou o vulto, mas viu os homens à frente ficarem de prontidão. Ele pulou sobre dois caixotes destruídos e avançou contra os sobreviventes, enquanto Od-lanor ficou para trás, controlando o vento e limpando a visão.

Enquanto isso, o cavalo de Kalannar continuava seguindo Baldur e Od-lanor em alta velocidade, e aquele traçado fatalmente o levaria para o terreno irregular, tomado por escombros. Incapaz de controlar o animal, o svaltar decidiu abandonar a montaria. Antes que o cavalo tropeçasse no solo traiçoeiro à frente, Kalannar ficou de pé na sela e se lançou no ar, onde desenhou um longo arco e executou uma pirueta para cair em cima da carroça intacta dos inimigos, em plena poeira. Uma rápida olhada ao redor identificou o vulto de quem parecia ser o líder — um sujeito gordo, que vociferava ordens e gesticulava para os demais; na dúvida, o comandante é sempre aquele que aponta — e mais alguns homens que se levantavam dos destroços. Um deles já travava intenso combate com Derek Blak. Kalannar dedicou um instante para analisar o estilo de luta com dois gládios do guerreiro de Blakenheim, totalmente diferente da maneira como um svaltar usava as duas roperas. Um estilo aparentemente lento e ineficaz.

Acuado contra a própria carroça, Agnor cambaleou e procurou um lugar em que pudesse se abaixar, espalmar o solo e convocar um elemental de pedra para se defender. Mas não havia tempo para tamanho ritual: um homem de cota de malha passou pelos assustados cavalos do veículo e veio para cima dele com ódio e ganância nos olhos... e uma espada na mão. O mago de Korangar só tinha uma solução rápida, algo que custaria o resto das forças e deixaria sua segurança nas mãos dos fanfarrões ignorantes que Ambrosius contratara como sua escolta. Agnor odiaria ficar indefeso e ter que depender daqueles apedeutas, mas ele odiaria *mais ainda* levar a espada que estava a um passo de distância neste momento.

O feiticeiro encarou os olhos do sujeito e emitiu um comando místico curto, decorado e treinado à exaustão. Sentiu os joelhos cederem ao ver a espada do guerreiro descer em direção à careca, e por um momento teve certeza de que aquele era o fim...

Mas o corpo do homem enrijeceu e virou pedra.

Agnor praticamente desfaleceu aos pés da estátua, cujo braço rígido segurava uma espada sobre o ponto onde a cabeça do feiticeiro esteve há um mero instante.

Derek Blak ainda custava a acreditar que não fugira a tempo de Tolgar-e-Kol a ponto de escapar da ira de Dom Mirren. Mas deveria saber que o corno faria de tudo para matá-lo, especialmente depois de Derek ter eliminado Gallen e Valdis na Vila Graciosa. Porém, de todos os homens do antigo patrão, ele jamais pensara que um dia duelaria com Ozzan. O sujeito foi o mais próximo de um "amigo" que Derek teve dentro da companhia, ainda que Ozzan se ressentisse um pouco da atenção que ele recebia do casal Mirren. Durante a troca de golpes, Derek considerou a possibilidade de ter sido traído pela inveja de Ozzan, mas não havia como perguntar agora, não enquanto o sujeito estivesse entre ele e Dom Mirren — o combate tinha que acabar rápido, antes que o mestre-mercador fugisse.

Com a visão liberada pela lufada de vento de Od-lanor, Baldur identificou três homens em condições de lutar. Dois recuaram diante do que aconteceu com um colega — que havia se transformado em *pedra* diante do feiticeiro —, e o terceiro pareceu ter perdido o ímpeto de combate ao ver um cavaleiro blindado e de armas em prontidão. O sujeito deu meia-volta para fugir, quase tropeçou em uma lajota revirada pela explosão, mas soltou um berro e desmoronou com um punhal cravado no peito. Baldur ergueu os olhos e viu Kalannar em cima de uma carroça dos oponentes, disparando facas em quem estivesse de pé. O svaltar só não tinha como perceber um sujeito bem ao longe, que se preparava para disparar uma flecha, ao lado do gordo que dava ordens a torto e a direito.

— Od-lanor! Poeira! Lá atrás! — berrou Baldur ao apontar para o arqueiro e o aparente líder daquele ataque.

Od-lanor, ainda comandando o vento com estranhas palavras de poder, voltou a atenção para onde o espadão de Baldur apontava e fez um gesto amplo, como se disparasse uma rajada de ar com a mão: uma parede de poeira tomou corpo e rumou para trás da carroça onde Kalannar estava empoleirado. O svaltar foi colhido pela onda de pó e terra e praguejou, mas o arqueiro e o homem gordo bem ao longe receberam o impacto com força. Após acenar com a cabeça para o bardo, Baldur investiu contra os dois soldados entre ele e o feiticeiro.

A parede de poeira passou perto de Derek Blak e Ozzan. A distração foi suficiente para o soldado tentar se desviar do vento, pisar em falso e abrir a guarda para os dois gládios de Derek, que foram enterrados em seu tronco. O guerreiro de Blakenheim puxou as armas, ergueu o olhar para acompanhar o trajeto da ventania, notou Kalannar no alto de uma carroça próxima e, ao longe, os vultos de Dom Mirren e mais um segurança com arco. O svaltar também seguiu o caminho da parede de poeira com o rosto e já tinha dois punhais nas mãos.

— O gordo é meu! — anunciou Derek Blak ao disparar na direção da dupla.

Ele passou pela carroça de Kalannar e lançou um olhar sério para o svaltar, que fez uma mesura irônica e desceu com outra pirueta.

Contente, porque o vento limpou toda a área de combate, Od-lanor foi na direção de Agnor, que estava caído diante da estátua de um homem. A visão era impressionante: o guerreiro capturado no último momento de vida, em um ímpeto de violência, e o feiticeiro praticamente desfalecido aos seus pés, longe de exibir a costumeira aura de poder e arrogância. O bardo sacou um vidrinho com sais aromáticos da bolsa a tiracolo e enfiou debaixo do nariz do mago korangariano, enquanto entoava palavras melódicas e revigorantes.

Ali perto, Baldur atropelou um dos guardas de Dom Mirren, que caiu com o crânio aberto no terreno revirado. O outro, porém, mostrou presença de espírito e correu na direção do único cavalo de pé em meio à confusão e aos escombros da estrada. O homem montou no animal com a velocidade impressionante que só o medo e o instinto de sobrevivência proporcionam e disparou para longe do combate. Baldur praguejou ao enxergar uma rota de interceptação que o obrigaria a saltar por cima da carroça revirada e de um mar de corpos e pedras. Resignado, fez o cavalo saltar sobre os obstáculos e cruzar na frente do inimigo em fuga. Chegou firme, dando uma escudada que derrubou o homem, que mal teve tempo de erguer uma arma. Quando o guerreiro se levantou, ainda atônito e dolorido da queda brusca, recebeu uma espadada de Baldur e morreu na hora.

Bem afastados da confusão, Dom Mirren e o arqueiro foram colhidos pela lufada de poeira e terra. Assim que recuperaram os sentidos, eles viram dois vultos surgirem no turbilhão: o desgraçado Derek Blak e uma silhueta fantasmagórica e indefinida.

— Cuide dos dois e você será o homem mais rico de Tolgar-e-Kol! — gritou o mestre-mercador para o guerreiro ao lado.

O homem, ainda com o arco e flecha na mão, disparou contra o vulto mais visível de Derek Blak. A poeira no ar salvou o antigo chefe da segurança de Dom Mirren. A flecha passou zunindo entre o ombro e o ouvido, errando por pouco o pescoço de Derek. O guarda sequer teve tempo de trocar de arma e pegar o gládio na cintura: um punhal de Kalannar passou entre o arco e a corda, e foi se cravar no olho do arqueiro.

Derek continuou correndo em linha reta, na direção de Dom Mirren, e sequer prestou atenção ao arqueiro, que desmoronava ao lado. Ele só tinha olhos para o mercador gordo, que recuava e tentava tirar uma adaga ricamente cravejada da cintura. O homem foi tomado por uma repentina coragem quando sentiu a arma firme na palma da mão.

— É aqui que você vai perder os bagos, seu filho da puta — vociferou Dom Mirren, que surpreendeu tanto Derek quanto Kalannar ao se lançar contra o ex-funcionário.

De adaga em punho, o sujeito colocou todo o peso do imenso corpanzil no golpe. Teria sido fatal se tivesse acertado, mas Derek Blak simplesmente deu um passo para o lado, deixou a perna e fez o mestre-mercador gordo tropeçar. Ele esperou Dom Mirren girar o corpo para tentar se levantar e cravou com força um gládio entre suas pernas. O grito lancinante do homem ecoou pela estrada e abafou o barulho repugnante do esguicho de sangue.

— Você é que perdeu os seus — rosnou Derek. — Pena que seus cachorros não estejam aqui para comê-los.

Ele deu meia-volta e deixou Dom Mirren agonizando ali, sob o olhar de Kalannar, que observava a cena com um sorriso cruel.

Agora que o combate havia terminado, Baldur e Od-lanor inspecionavam o cenário de devastação. Os moribundos que foram lançados ao ar ou esmagados quando a estrada explodiu finalmente não resistiram e morreram. Alguns cavalos precisariam ser sacrificados, para tristeza do cavaleiro, enquanto outros também já haviam perecido por conta dos ferimentos. Havia peças de roupas, rolos de tecido bruto, mantimentos e até móveis espalhados pelo chão, em meio ao caos da carroça que fora virada e quebrada.

Quando Agnor chegou, amparado a contragosto por Kyle, que ficara longe do combate, Baldur se dirigiu a ele:

— O que aconteceu aqui?

O feiticeiro de Korangar pigarreou antes de responder e demorou um pouco a retomar o fôlego.

— Nós fomos abordados por uma caravana — disse Agnor —, e os seguranças avançaram contra nós. Estavam em grande número e fortemente armados. Eu simplesmente mandei que a estrada de pedra se levantasse e ondulasse debaixo deles.

O mago falou aquilo como se fosse a coisa mais natural do mundo. Ele saboreou o olhar de espanto de Baldur.

— Eu disse que não existe pedra ou rocha que não me obedeça em Zândia — continuou.

Derek Blak finalmente se aproximou, após verificar o conteúdo da carroça deles. Estava tudo ileso para a viagem.

— Você tem noção de quem eram esses homens? — perguntou Od-lanor para ele. — Não pareciam ser bandoleiros...

— Só um velho ajuste de contas de Tolgar-e-Kol — respondeu o guerreiro de Blakenheim secamente.

— E há alguma chance de encontrarmos *outro* desafeto seu pela viagem? — indagou Kalannar, que voltara do ponto onde Dom Mirren finalmente morrera.

— Não, mas esse ataque me fez mudar de ideia — respondeu Derek. — Não vamos nos separar. Que se dane que vejam um svaltar ou um korangariano pela estrada. E vamos levar a carroça desses filhos da puta. Deve haver melhores provisões do que as rações de viagem que o muquirana do Ambrosius separou para nós.

— Eu pulei em cima de uns barris... — disse o svaltar.

— De vinho ou cerveja? — perguntou Baldur.

— Por que a gente não descobre e sai logo daqui? — sugeriu Od-lanor.

Ninguém se manifestou contra. Todos se apressaram a mover as carroças, agora com Kalannar no comando de uma delas. O rosto do svaltar demonstrava alívio por não ter que cavalgar de novo. Enquanto os veículos eram retirados e quem estava a pé recuperava suas montarias, Kyle aproveitou para fazer a limpa nos corpos e nos itens de valor espalhados pelos escombros da estrada, sempre com o kobold na coleira.

CAPÍTULO 12

FORTIM DO PENTÁCULO, ERMO DE BRAL-TOR

Malek de Reddenheim cumpria o ritual que realizava metodicamente há trinta anos: a ronda noturna por todo o Fortim do Pentáculo. Desde que fora sagrado cavaleiro e grão-mestre dos pentáculos pelo Grande Rei Krispinus, ele passava a fortaleza em revista antes de dormir. Andava pelas ameias das muralhas em forma de pentagrama, depois, percorria o pátio e as instalações externas — enfermaria, estábulo, cozinha, capela do Deus-Rei — e finalmente entrava na majestosa torre principal, que brotava do meio da estrutura e tinha o formato estilizado de uma espada gigante cravada na terra sem vida do Ermo de Bral-tor.

Tudo aquilo tinha sido desenhado pela Rainha Danyanna e executado pelos anões de Fnyar-Holl como uma grande defesa mística para os Portões do Inferno, que ficavam no subsolo da chamada Torre de Caliburnus. O desenho em pentagrama reforçava o selo místico sobre a passagem dimensional, e a torre simbolizava a espada do Grande Rei Krispinus, usada no combate contra o líder dos demônios na invasão de três décadas atrás.

As pedras brancas do Fortim do Pentáculo permaneciam magicamente imaculadas naquele terreno cinzento e devastado. Diziam que elas refletiam o estado de espírito dos paladinos selecionados pelo Deus-Rei e do abnegado Malek Redd — enquanto as tropas de pentáculos eram renovadas de cinco em cinco anos, o grão-mestre havia jurado que jamais abandonaria o posto.

Há algum tempo, porém, o estado de espírito de Sir Malek de Reddenheim não estava tão puro assim. O aspecto físico refletia isso. Os pentáculos comentavam que ele andava abatido, subitamente envelhecido, com aparência doente e um olhar perdido durante a habitual ronda noturna. Nenhum deles, obviamente, tinha coragem de dizer essas coisas na cara do grão-mestre, o homem que dedicara o resto da vida a viver ali, naquela que fora um dia sua terra natal, destruída por sua culpa, ainda que involuntariamente. Aquele trauma, todos sabiam, Malek de Reddenheim sempre carregaria, mas ele jamais se deixara consumir pela consciência pesada. Ao contrário, era um bastião de esperança e jovialidade mesmo naquele cenário inóspito, mesmo após trinta anos confinado ali.

O que tornava mais estranho seu comportamento recente.

Naquela noite, ao descer das ameias, Malek cruzou com Sir Gracus e Sir Idilzan. Bons rapazes. O grão-mestre conhecia os pais, a família, a linhagem nobre. Eram altivos paladinos de Krispínia que ostentavam o pentagrama do Fortim do Pentáculo com orgulho nas túnicas. Tinham jurado defender os Portões do Inferno contra qualquer inimigo externo.

Mas não sabiam que o inimigo já estava ali dentro.

Malek queria alertá-los, não só Sir Gracus e Sir Idilzan, como todos os pentáculos sob seu comando. Queria avisar que recebera vários comunicados da Morada dos Reis sobre uma tropa de svaltares avançando pelo Ermo de Bral-tor. Mas sempre que a ideia vinha à mente, naquele momento em que a frase estava na ponta da língua, ele não conseguia. Malek tentou responder ao Grande Rei, mas também não foi capaz. E a cada tentativa, a cada mero *pensamento*, o corpo definhava, a mente perdia o foco, o ânimo esmorecia.

E assim, a olhos vistos de todos os paladinos, Malek Redd se tornava uma sombra atormentada do comandante enérgico que um dia foi.

O corpo do grão-mestre, quase sem controle, saiu do pátio e entrou na Torre de Caliburnus. Malek passou pelos aposentos habitados por ele e pelos demais pentáculos e chegou à escadaria que levava às câmaras subterrâneas. A cada degrau, Malek pensava em parar. Aquele ritual toda noite o desgastava, o tormento era imenso. O suor que escorria pelo rosto não era provocado pela tocha na mão, e sim pela agonia de ter que continuar.

Finalmente o grão-mestre chegou ao fim da descida agoniante. Ali o sentimento de angústia foi amenizado pelas lembranças, mas o alívio durou pouco, pois imediatamente Malek sentiu uma dor lancinante no braço esquerdo. Era como se ele, inerte há anos, ganhasse vida novamente apenas para perder a sensibilidade outra vez. O braço que ficara inútil quando a garra obscena de Bernikan varou o escudo, a ombreira e parte do peitoral e da placa dos braços. O golpe do demônio fizera voar madeira, aço, carne e músculos.

De repente, tudo voltava à mente. O combate estava acontecendo ali mesmo, na câmara subterrânea agora chamada de Salão da Vitória. Naquele enorme salão retangular e perfilado por colunas, Malek Redd estava caído embaixo de Bernikan, com o braço inutilizado, à espera do golpe final de uma criatura indescritível, a síntese de um pesadelo, o ápice da malevolência. Não havia mais esperança, não havia mais nada.

E foi então que um brado retumbou pela câmara. Um berro de coragem, de comando, seguido pelo tropel de uma invasão.

Caído no chão, Malek virou o rosto e viu Krispinus avançar contra Bernikan, aos berros, com a enorme Caliburnus nas mãos. E não foi só o grito daquele que ainda seria sagrado Grande Rei que tomou conta do ambiente. Uma canção ecoava pela câmara, enérgica e gloriosa. Era "A Canção do Mago em Chamas", o hino de exaltação à bravura do Rei-Mago Ragus, que, mesmo com o corpo pegando fogo, conseguiu lançar o feitiço que matou Arnoar, o piromante postulante ao trono. A música do bardo Dalgor encheu Malek de coragem, e ele tateou atrás da espada. De repente, a arma veio girando até sua mão, chutada por Caramir, o meio-elfo, que disparava flechas para conter a onda demoníaca. Malek Redd fechou a mão no cabo da espada, porém um intenso clarão, seguido por um estrondo, chamou sua atenção e a de Bernikan.

Era Danyanna, ainda sem a coroa de rainha, mas tão majestosa quanto a monarca que se tornaria. Malek Redd viu Danyanna avançar pelas hostes demoníacas praticamente — ou talvez *literalmente* — pairando enquanto das mãos surgiam raios, relâmpagos e trovões; a fúria de uma tempestade em um recinto fechado, que eletrocutava demônios a torto e a direito, em forquilhas cegantes que retumbavam.

E naquele momento Malek de Reddenheim cravou a espada acima do joelho de Bernikan.

O urro do demônio foi lancinante, mas assim que voltou a si, a criatura já não tinha mais que lidar apenas com o abatido Malek — Krispinus já estava em cima de Bernikan, e o golpe vigoroso de Caliburnus cortou a criatura de cima a baixo. O esguicho de sangue negro, ácido e putrefato desenhou um arco no ar e acertou a parede. Assim como naquele dia, o olhar de Malek também acompanhou o mesmo trajeto do sangue repugnante e viu a marca deixada na parede.

Mesmo com todas as restaurações que o Salão da Vitória sofreu — inclusive com a adição de murais representando esta cena —, aquela marca jamais foi retirada. Ali estava o Sangue de Bernikan, o símbolo da derrocada da invasão dos demônios, do fechamento dos Portões do Inferno, da vitória do Grande Rei.

O devaneio de Malek continuou, por mais que a dor no ombro agora fizesse com que o outrora altivo grão-mestre dos pentáculos se ajoelhasse, quase no mesmo ponto onde esteve caído aos pés de Bernikan.

O grande demônio reagiu ao golpe. Com uma pata em cima de Malek, ele desceu o braço gigante sobre Krispinus. O futuro rei não conseguiu aparar o ataque com Caliburnus e desmoronou sob a força descomunal do oponente. Bernikan usou as asas para defletir os raios de Danyanna em Dalgor e Caramir, que foram carbonizados na hora. A canção de coragem do bardo acabou. Malek cedeu ao desespero e começou a chorar, com o peito sendo esmagado pelo peso colossal da criatura. Krispinus se ergueu, apenas para ter a cabeça arrancada por outra garrada de Bernikan. Danyanna se desesperou, parou um feitiço no meio e foi envolvida por uma horda de demônios. A futura rainha jamais viveu para ser coroada — foi estuprada e eviscerada diante dos olhos sem vida da cabeça do futuro marido, que encarava boquiaberto, no chão, a cena terrível. Malek foi erguido por Bernikan, que não parava de rir enquanto pressionava a garra na ferida aberta no corpo do humano.

Não foi assim que tudo terminara há trinta anos. Malek Redd sabia disso — ou talvez *soube*, porque agora tinha certeza de que o desfecho havia ocorrido daquela forma trágica, humilhante. Por mais que lutasse contra o desespero, o grão-mestre sempre cedia naquele momento, no mesmo lugar há várias noites, revendo uma derrocada que não ocorreu, chorando lágrimas de agonia que não chorou.

E a noite de pesadelos sempre terminava com Sir Malek de Reddenheim olhando fixamente para a rotunda no fim do Salão da Vitória, a câmara circular que abrigava os Portões do Inferno. Ali dentro havia algo que não deveria existir: a inscrição mágica feita pela Rainha Danyanna em volta do selo de pedra que fechava a passagem dimensional. Os símbolos arcanos que lacravam os Portões do Inferno e impediam que o Fortim do Pentáculo sofresse qualquer tipo de ataque mágico, um encantamento poderoso que anulava a magia em volta do castelo. Aquela mesma inscrição que Danyanna *jamais* poderia ter feito, pois Malek viu a rainha ser violentada e feita em pedaços pelas hostes de Bernikan, que ria sem parar.

Ria sem parar enquanto Malek Redd se desesperava.

ACAMPAMENTO SVALTAR, ERMO DE BRAL-TOR

A risada de Bernikan continuou a ecoar, não mais na mente do atormentado Sir Malek de Reddenheim, porém, de verdade, dentro da tenda onde Vragnar, o zavar dos svaltares, estava sentado de pernas cruzadas diante de um braseiro. Na fumaça arroxeada exalada pelas brasas, a silhueta do demônio aparecia difusa, ia e vinha, se manifestava entre os planos de existência — mas jamais deixava de rir.

— Cada vez mais o humano Malek está mais sob meu controle — disse Bernikan na língua infernal, quando finalmente parou a gargalhada.

Vragnar concordou com a cabeça e sorriu. Ele polvilhou mais alguns ingredientes sobre as chamas do braseiro. O estoque já estava quase no fim, porém a necessidade era menor agora. Quanto mais perto do Brasseitan os svaltares chegavam, mais facilmente Vragnar conseguia se comunicar com as entidades demoníacas.

— Ele fará o que nós precisamos? — perguntou o zavar, na mesma língua nefasta e antiga falada por Bernikan.

— Com certeza. E vocês, svaltares, farão o que *eu* preciso? Em breve, nossas dimensões não estarão mais tão próximas e será impossível romper o selo; o tempo está se esgotando. Seu líder Regnar está levando tempo *demais* para chegar à fortaleza humana.

As últimas palavras retumbaram quando a imagem de Bernikan se agigantou na fumaça; depois praticamente sumiu, e sobraram apenas dois olhos vermelhos.

— Nós estávamos perdidos — respondeu Vragnar —, mas sua orientação nos colocou no caminho outra vez. Estaremos aí em breve... se seu humano manipulado fizer o necessário.

Ele polvilhou outro punhado de ingredientes mágicos enquanto falava, e Bernikan surgiu mais nitidamente.

— Ele fará. E quando as proteções caírem, a feiticeira rampeira saberá. — Bernikan considerou isto por um momento e sorriu, antes de continuar: — Ela virá até aqui para tentar defender a passagem dimensional. E trará o macho... aquele cavaleiro humano.

— Eles são "reis" agora — informou Vragnar com desprezo na voz.

— Eu sei. Pouco me importam os títulos dos humanos. Mas quando os dois chegarem, não quero que sejam atacados. *Eu* quero matá-los. Quero me divertir com a feiticeira enquanto ele assiste. Vou gerar vários irmãos para você.

— Isso pode ser perigoso. E se ela fechar o Brasseitan novamente?

O demônio riu outra vez. O tom vermelho dos olhos ficou mais intenso na fumaça acima do braseiro.

— A feiticeira humana apenas usou um antigo ritual adamar que não funcionará novamente. Não na atual conjunção planar. Se ela tentar, eu me divertirei ainda mais vendo o desespero de seu fracasso.

— O Regnar não gostará de deixar uma ameaça chegar tão perto do Brasseitan... — argumentou Vragnar.

— Convença-o. Diga que ele não terá nosso apoio para tomar a superfície. O problema é *seu*. Eu já disse que o Regnar não manda aqui. Você, como minha legítima prole, deveria ser o líder svaltar.

Vragnar torceu a cara.

— Eu não quero liderar essa malta beligerante. Deixo isso para o Regnar e sua vaidade. Eu quero os segredos da feitiçaria adamar contidos na Morada dos Reis e nas Torres de Korangar. *Aquele* é o verdadeiro poder.

Bernikan não disse mais nada. A presença do demônio foi praticamente consumida pela fumaça. Vragnar polvilhou um punhado maior de ingredientes sobre as brasas.

— Eu posso ajudá-lo com isso... mais tarde — falou a silhueta da criatura ao surgir novamente. — Agora tudo depende da chegada de vocês à fortaleza humana. Apresse esse seu líder incompetente.

Vragnar já estava ficando cansado do tom de superioridade da criatura. Ele não era servo de ninguém; nem de Regnar, nem do demônio que o gerou. Bernikan também tinha sua parcela de responsabilidade para que o plano desse certo, mesmo que estivesse preso na dimensão demoníaca.

— Tudo depende de seu controle sobre o humano. A nossa parte está sendo feita.

A criatura voltou a rir, desta vez da insolência de Vragnar, que chegava a ser divertida de tão patética. Ele precisaria aprender obediência e bons modos... ou teria o mesmo destino do tal rei humano.

— A fortaleza estará indefesa quando você chegar — respondeu Bernikan. — Pronta para o ritual. Repita-o comigo.

A contragosto, Vragnar disse as palavras arcanas que abririam o Brasseitan. Odiava ser tratado com condescendência. Em breve, porém, ele seria o feiticeiro mais poderoso de Zândia. Um pouco de obediência era um pequeno preço a pagar... por agora.

CAPÍTULO 13

CORDILHEIRA DOS VIZEUS, KRISPÍNIA

A viagem prosseguiu sem percalços, mas eles redobraram os cuidados no caminho, especialmente quando entraram no território de Krispínia. Kalannar tirou da bagagem uma capa negra para se cobrir e esconder as feições élficas com o capuz; Agnor, a contragosto, aceitou colocar uma capa encontrada nas mercadorias da nova carroça sobre aquela cheia de inscrições arcanas que o denunciava como um feiticeiro de Korangar. Seria difícil alguém reconhecê-lo como tal na estrada, mas sempre havia a pequena possibilidade de cruzar com viajantes atentos. Após uma acirrada discussão entre Agnor e Derek, encerrada pela voz firme de Baldur, o mago cedeu.

O grupo chegou a um ponto em que foi necessário sair da estrada. Se continuassem pela magnífica via construída pelos anos, eles chegariam diretamente aos portões de Fnyar-Holl, o que estava fora dos planos. A última coisa que precisavam era encontrar com guardas leais a Torok, o usurpador do trono do Dawar Bramok. Como nada acontecia além do ir e vir de viajantes, o vinho e os mantimentos da caravana de Dom Mirren foram generosamente consumidos durante o trajeto. Aquele encontro de surpresa ainda intrigava Derek Blak, por mais que ele quisesse esquecer o assunto. Antes de ter sido flagrado com a esposa do antigo patrão e ido para a cadeia, ele sabia que a chegada daquela caravana sob guarda de Ozzan era esperada; provavelmente, Dom Mirren tinha se informado da saída da expedição de Derek e correra à frente com alguns homens para esperá-lo na estrada, juntamente com Ozzan e os seguranças da caravana que se aproximava de Tolgar-e-Kol. Um monte de gente podia ter informado o mestre-mercador. Talvez o próprio Dimas, do Empório Geral, ou mesmo um dos companheiros de viagem, inocentemente. Aquele bardo falava pelos cotovelos, e o svaltar parecia amar a própria voz. Um informante de Dom Mirren teria colhido informações facilmente.

Com o andamento da viagem e Tolgar-e-Kol ficando para trás, o problema foi saindo da mente de Derek de Blakenheim, ainda que Kyle não deixasse que o ataque dos homens de Dom Mirren fosse esquecido. O rapazote tinha retirado as roupas dos guardas e finalmente jogara fora os trapos de mendigo. Agora usava botas de couro novas, além de calça e uma túnica ajustadas para seu tamanho com um kit de costura, encontrado em meio às mercadorias da caravana. Kyle ficara tão empolgado que cismou em fazer capas para todo mundo a partir de rolos de tecido dos espólios de Dom Mirren; como todos recusaram a oferta, ele decidiu fazer uma troca de roupas para si, caso rasgasse alguma coisa no interior da montanha, e adaptou as sobras para vestir Na'bun'dak. A visão do kobold com uma túnica improvisada provocou risos apenas no chaveiro e em Od-lanor; os demais trataram com indiferença ou desprezo.

Quando a criatura reptiliana indicou o lugar de onde tinha saído dos Vizeus — um ponto vago bem no alto da cordilheira —, todos se voltaram para Kalannar, que fez um gesto positivo com a cabeça. Na última parada antes da escalada, o svaltar sugeriu esconder no bosque ao pé da montanha o que eles não fossem levar: a saber, tudo que sobrara da caravana de Dom Mirren.

— Caso não encontremos os anões ou eles já estejam mortos, ao menos há um pequeno investimento nessa carga aqui — argumentou Kalannar.

A sugestão pareceu uma triste consolação perto dos rios de ouro que cada um imaginava ganhar como recompensa, mas não deixava de ser verdade. Não havia certeza de que a missão seria cumprida, e todos poderiam voltar à falta de perspectivas que os levou a aceitá-la em primeiro lugar. Ao menos os espólios de Dom Mirren garantiriam um lucro.

No interior dos Vizeus, eles teriam que carregar o mínimo de peso possível — já bastava a necessidade de levar algumas provisões extras que seriam dadas aos anões resgatados, incluindo o queijo rústico trazido por Kyle. Sendo assim, como o restante dos mantimentos seria desperdiçado, a última refeição em volta da fogueira foi um lauto banquete — especialmente para

Baldur e Kyle, que bateram três pratos facilmente. Após comer, Kalannar foi inspecionar o equipamento de cada um e se deteve na quantidade de armamento que Baldur pretendia levar. Ele chamou o cavaleiro para uma conversa reservada. A contragosto, Baldur largou a comida e foi ver o que o svaltar queria.

— Eu não recomendo que você coloque essa armadura de placas para entrar na montanha, Baldur. — Kalannar apontou para a bagagem do cavaleiro, encostada em uma árvore junto com o equipamento dos demais. — Vai ficar muito pesado. Eu também deixaria o escudo para trás... você não terá espaço para usá-lo. Os túneis são muito apertados... especialmente se só dão passagem para um kobold.

O cavaleiro fez uma expressão de indignação.

— Um momento, eu já vou abandonar meus cavalos, e agora você me pede para entrar *sem* armadura e escudo? Como vou resgatar um rei e recolocá-lo no trono? Falando grosso? Xingando os inimigos?

— Baldur — falou Kalannar em tom condescendente —, você pode usar esse gibão de cota de malha *perfeitamente*. Só não recomendo o escudo e muito menos a armadura de placas; eles só vão atrapalhar os movimentos. A proteção não compensa, mas a escolha é sua. Apenas digo que não vou voltar atrás para tirar alguém que ficou entalado em um túnel.

Baldur ia argumentar, mas o svaltar o interrompeu de dedo em riste:

— Eu dei ouvidos a você quando me ensinou a cavalgar. Agora me ouça. Eu *entendo* de cavernas.

O cavaleiro fechou a cara, pareceu pensar um pouco e finalmente disse:

— Está bem. Eu vou só com a cota de malha, mas não abro mão do escudo.

— Como queira. — O svaltar revirou os olhos. — Que humano teimoso. Vou rir muito quando estiver preso em uma passagem.

Kalannar deixou o cavaleiro cuidando do equipamento e continuou examinando a bagagem dos demais, agora que Od-lanor, Agnor, Derek e Kyle vieram pegar suas coisas. O svaltar balançou a cabeça; o grupo ainda levava excesso de peso, e ninguém ali — a não ser ele mesmo, o pivete acrobático e seu kobold de estimação — parecia que duraria mais do que alguns incensos dentro dos túneis e cavernas. Kalannar vislumbrou Derek Blak no fundo de um buraco, após uma corda ter cedido ao peso das provisões; Baldur entalado em uma fenda estreita, incapaz de se soltar; Agnor e Od-lanor estupefatos diante de um paredão, sem saber como escalar. Sozinho, infelizmente, Kalannar não poderia resgatar o Dawar Bramok; o monarca anão jamais aceitaria aquilo. Ele teria que garantir que boa parte do grupo, ao menos os humanos Baldur e Agnor, sobrevivesse para cumprir a missão.

O devaneio do svaltar foi interrompido por Derek Blak, com a bagagem às costas.

— Estamos prontos — disse ele. — Você vai à frente com o Kyle e o kobold, eu sigo, depois vêm o bardo e o feiticeiro, e o Baldur fecha a retaguarda.

Kalannar finalmente registrou a voz do humano. Ao se virar para o rosto de Derek, só conseguiu enxergá-lo esmagado em cima de uma rocha, com sangue por todo lado. Pelo menos ele perderia o ar arrogante. Uma queda fatal costuma ser um bom remédio para isso.

— Está ótimo — respondeu Kalannar secamente:

O svaltar sinalizou com a cabeça para Kyle, que foi à frente com o queijo, puxando o kobold.

Eles subiram pela encosta sem maiores problemas, apesar de alguns trechos serem difíceis, o que exigiu um esforço conjunto para ajudar os menos experientes. Quando apenas Na'bun'dak e Kyle conseguiam subir, Agnor ia à frente, fazia um feitiço e o paredão se abria e formava degraus. Ao longo da escalada, Od-lanor se valeu do extenso repertório de anedotas, histórias curiosas e canções estimulantes para distrair e incentivar o restante da expedição. Muitas delas envolviam anões e serviam como guia para o que *não* dizer ou *não* fazer para ofendê-los, uma vez que a raça tinha uma paciência menor do que as próprias pernas.

De repente, Na'bun'dak ficou bastante empolgado e não parou de apontar para uma fenda escura acima de uma saliência. Ele guinchou de tal maneira que ficou evidente que a entrada ficava ali, mesmo para quem não entendia a limitada língua dos kobolds. Kalannar e Kyle fizeram menção de ir à frente, mas Agnor ergueu um braço para que os dois parassem. O mago saiu lá do fim da fila, passou por todos e ficou diante da rocha, murmurando.

Quando aquela cena bizarra pareceu não ter fim, Derek rompeu o silêncio:

— Agnor? O que você está fazendo?

Sem obter resposta, Derek Blak se voltou para os demais, que se entreolharam. Od-lanor deu de ombros.

— AGNOR! — berrou Derek.

O mago levou um bom tempo para se voltar.

— Eu estou pedindo licença à montanha para entrarmos. — Ele novamente encarou a pedra e continuou murmurando.

— Um momento — chamou Baldur. — Você está falando com a montanha... e espera que ela *responda*?

Todos riram baixinho.

Agnor se voltou outra vez para o grupo, com uma cara mais emburrada do que de costume.

— Eu estou me comunicando com o senhor dos elementais de pedra, que mora no interior da cordilheira. Estou pedindo passagem e licença para controlar seus súditos e tudo aquilo que ele domina.

— E isso vai demorar muito? — indagou Derek.

— Os elementais não têm a mesma noção de tempo que nós — respondeu o mago. — As pedras têm a paciência da eternidade; não são como suas putas da Vila Graciosa, que estão sempre de pernas abertas, à disposição. Por enquanto, ainda estou me apresentando e pedindo que seja ouvido.

Todos se entreolharam enquanto Agnor novamente se voltava para a montanha e recomeçava o murmúrio. Ninguém mais ria.

Foi Kalannar que interrompeu o incômodo silêncio desta vez:

— Bem, eu e o Od-lanor podemos ser imortais, mas acho que os outros não querem morrer de velhice, esperando sua mandinga terminar. — Ele passou por Agnor. — Quem vem comigo?

Derek Blak acompanhou o svaltar; Kyle veio atrás, puxando o kobold, seguido por Baldur; Od-lanor parou ao lado de Agnor e ofereceu um sorrisinho de apoio, mas recuou e mudou de ideia diante da cara fechada do korangariano.

— Vocês verão quem é "imortal" quando os elementais se recusarem a me ajudar aí dentro — murmurou Agnor.

Vista de frente, a fenda escura parecia ser uma passagem minúscula — e era. Kalannar pegou a corrente da coleira de Na'bun'dak das mãos de Kyle e começou a entrar juntamente com o kobold, se arrastando pelo chão. Um instante depois, ele colocou a cabeça para fora e chamou os demais. Kyle entrou sem dificuldade, mas Derek Blak e Od-lanor passaram literalmente por um aperto; parte das provisões se prendeu ou se soltou, e foi preciso que Baldur empurrasse tudo para o interior da fenda, com dificuldade. Por fim, ele também jogou o escudo e o espadão lá dentro e começou a rastejar, mas o corpanzil ficou entalado.

Sem muito espaço na caverna baixa, Od-lanor e Derek Blak não conseguiram puxá-lo. Além disso, o cavaleiro grandalhão praticamente tapou a única entrada de luz, o que tornou difícil a operação.

— Kyle, acenda uma tocha — mandou Derek.

Enquanto Baldur gemia para passar, o rapazote produziu luz. O local era ainda mais baixo do que eles imaginavam, e todos foram tomados por uma súbita sensação de esmagamento. Baldur, que só enxergava os corpos abaixados do bardo e do guerreiro, começou a se desesperar:

— Me puxem logo, porra! — Ele virou o rosto para trás, para fora do buraco. — Agnor, faça alguma coisa!

O feiticeiro se deu ao trabalho de ficar de cócoras e responder:

— Eu preciso poupar minhas forças para o que vier a acontecer aí dentro.

No interior da fenda, Derek se virou para Kyle, enquanto Od-lanor pegava os braços de Baldur. Faltava alguém ali; não havia sinal do svaltar.

— Cadê o Kalannar?

— Ele seguiu em frente com o Na'bun'dak — respondeu Kyle com uma voz miúda.

Derek praguejou baixinho:

— Droga, já perdemos o svaltar e o guia. — Ele baixou ainda mais o tom de voz: — Kyle, eu te disse mais cedo para ficar de olho no Kalannar e não desgrudar do kobold quando a gente entrasse na montanha.

Os guinchos de Baldur e Od-lanor ecoaram no ambiente exíguo e abafaram o choramingo de Kyle.

— Eu sei... você pediu para eu acender uma tocha... ele pegou o Na'bun'dak... disse que ia...

De repente, um vulto branco surgiu da escuridão, protegendo os olhos negros da luz da tocha.

— Que arruaça é essa? Vocês podem falar mais alto? Eu não escutei lá em Fnyar-Holl... — Kalannar interrompeu a piadinha ao ver a cena patética de Od-lanor puxando Baldur pela fenda e murmurou: — Isso começou mal...

— Aonde você foi? — exigiu Derek.

Baldur e Od-lanor soltaram mais um guincho. Pareciam porcos. Kalannar estremeceu ao ouvir o som e respondeu sem olhar para Derek:

— Fui ver até onde vai esse aperto. Vamos seguir abaixados por um bom tempo, depois a passagem dá em uma caverna. — Ele notou as provisões, o escudo e o espadão jogados no chão com uma expressão de desânimo e desgosto. — Lá teremos espaço para nos arrumarmos.

Com um último guincho inumano, Baldur finalmente passou pela fenda; Od-lanor cambaleou e caiu sentado sobre o escudo do amigo.

Do lado de fora da montanha, Agnor falou algumas palavras de poder e tocou na pedra acima da fenda, que subiu à altura do peito. O feiticeiro entrou ligeiramente abaixado, sem se arrastar pelo chão de pedra, e não disse uma única palavra, mas lançou um olhar feio para Baldur.

Agnor, Od-lanor, Baldur e Derek avançaram pelo túnel com grande dificuldade, guiados pela tocha na mão de Kyle, que acompanhava Na'bun'dak e Kalannar bem avançados à frente. À exceção do kobold e do svaltar, todos foram tomados por uma grande dificuldade de respirar e uma persistente sensação de claustrofobia, de sepultamento vivo. A escuridão espreitava no pequeno limite da tocha, o teto ameaçava esmagá-los sob incontáveis toneladas de rocha, o fogo parecia consumir o pouco ar disponível, as irregularidades nas paredes do túnel eram garras que queriam puxá-los para o breu. Após algum tempo naquele desespero, Derek Blak arriscou um comentário baixo:

— Como alguém *mora* num lugar como esse... e ainda por cima funda uma *civilização*?

Od-Ianor ameaçou dar uma resposta erudita, mas se calou. Ninguém estava com humor para uma lição de história.

Eles andaram quase agachados, às vezes de gatinhas, em posições humilhantes. De súbito, o aperto diminuiu, as paredes recuaram e a luz da única tocha deixou de ficar confinada e se perdeu em um breu ainda maior. A voz de Kalannar surgiu das trevas, acompanhada pela visão fantasmagórica do rosto pálido do svaltar naquela escuridão avassaladora. Ali, em seu ambiente natural, ele era ainda mais sinistro e sobrenatural. Kalannar estava parado na boca da caverna onde o túnel baixo e estreito acabava, com o kobold firme sob controle, subjugado aos pés. O svaltar tirou da bolsa um manto negro encapuzado que usara na estrada, colocou sobre os ombros e começou a passar uma tintura preta no rosto quase reluzente de tão branco.

— Agora é a hora da verdade — falou o svaltar em tom sério, enquanto todos terminavam de sair do túnel e gemiam ao ajeitar as costas e os equipamentos. — Aqui dentro vocês escutam o que eu digo e fazem o que eu mando. É a hora de decidirem se vão mesmo *confiar* em um svaltar ou se vão duvidar, hesitar, discutir... e provocar a morte de todos nós.

Ele praticamente se mesclou ao breu quando terminou os preparativos.

— Eu fui chamado pelo Ambrosius para liderar esta expedição — respondeu Derek com uma cara fechada.

— Isto foi lá em cima. Sob o sol. Aqui, na escuridão dessas cavernas, eu repito, seguir um humano é seguir para a morte. Eu não posso resgatar o dawar sozinho; os anões não confiariam em um svaltar como salvador. Preciso de vocês, e vocês precisam da minha liderança. Então, como vai ser?

Derek pensou em responder, olhou para trás e não viu apoio; à exceção de Agnor, todos se entreolharam, confusos e surpresos, mas ninguém veio em defesa do suposto comando do guerreiro de Blakenheim. Ele novamente se voltou para retrucar, mas hesitou... e aí Baldur deu um passo à frente e se pronunciou:

— Nós te seguiremos, Kalannar.

O cavaleiro não ofereceu mais nenhum argumento, apenas tomou a decisão com voz firme e olhou para Agnor, Od-Ianor e Kyle, que concordaram sob a luz bruxuleante da tocha na mão do rapazote. Derek ensaiou uma resposta, mas outra vez não viu apoio de ninguém — nem de Kyle. Ele fechou a cara, ajeitou os pertences no ombro e seguiu os demais, que se reuniram em volta de Kalannar.

— Muito bem — começou o svaltar. — Vamos seguir praticamente como fizemos neste primeiro túnel. Foi um ensaio, como diria o bardo. Eu vou bem à frente com o kobold, na surdina e no breu, pois nós dois enxergamos no escuro. Kyle, você nos segue de longe; eu volto quando terminar a varredura e *aí sim* você retorna aos demais e guia todo mundo até mim. Agindo desta forma, eu vejo se há alguma coisa à frente, alguma ameaça que poderia notar a tocha ou que esteja à espreita. Enquanto isso, o kobold me guia e eu antecipo os problemas do caminho.

Kalannar terminou tudo com um sorriso ao mesmo tempo radiante e condescendente, como se tivesse acabado de dar instruções para escravos kobolds de inteligência muito limitada. Ficou tentado a repetir as instruções, mas como notou gestos de compreensão, ele simplesmente partiu em frente com Na'bun'dak, após um aceno de cabeça para Kyle. O menino esperou um tempo e foi atrás.

Enquanto estalava as costas que já doíam bastante, Baldur aproveitou o momento para puxar Od-lanor para um canto e cochichar:

— Será que agi bem?

— Como assim? — perguntou o adamar.

— Apoiando o Kalannar e passando por cima do Derek dessa maneira. Eu não sei se... — Baldur titubeou.

— Baldur, a meu ver, você mostrou liderança na hora certa, no momento em que o Derek vacilou. Ele pode ser um bom chefe de caravana e um bom segurança, mas, historicamente, as pessoas preferem seguir um cavaleiro. Veja o que aconteceu com o Krispinus, que foi reunindo cada vez mais seguidores até se tornar Grande Rei. Quanto a confiar no svaltar... Eu vou ser o último a dizer para não confiar em outra pessoa por ela ter uma aparência estranha ou não ser necessariamente humana. — Od-lanor indicou o corpo seminu, bronzeado e de saiote com um gesto abrangente. — Entretanto... desconfio dos motivos de o Kalannar ter aceitado resgatar anões. Ele não me parece apenas interessado em ouro.

— Você também não — disparou Baldur.

Od-lanor levou um susto. Ele ficou genuinamente surpreso com a percepção do cavaleiro e não conseguiu evitar:

— Sim, eu também não estou interessado somente no ouro. — O adamar simplesmente deu de ombros. — Mas peço que confie em mim.

— Como estou confiando no Kalannar? — disse Baldur com um sorriso cúmplice.

Od-lanor demorou um pouco para responder:

— Sim. Pode ser. Mas agora já está feito, Baldur. Você se colocou no comando e deu um voto de confiança no Kalannar por todos nós. Conviva com isso.

O adamar tocou no ombro do amigo, acendeu uma tocha e foi até Derek Blak, que aguardava ao lado de Agnor o retorno de Kyle.

CAPÍTULO 14

CAVERNAS NA CORDILHEIRA
DOS VIZEUS

A jornada pelo interior da montanha parecia interminável. Graças ao ritmo extremamente cauteloso de Kalannar, o avanço era lento, com muito tempo de espera e excruciantes momentos em que todos se agachavam ou se arrastavam pela rocha. As provisões e os equipamentos pareciam pesar toneladas, doíam nos ombros, tiravam o fôlego. O breu, contido apenas pelas tochas de Kyle — bem à frente, fazendo a ponte de comunicação com Kalannar — e de Od-lanor lá atrás com o restante do grupo, ameaçava engoli-los a qualquer momento; isso quando a montanha não conspirava com a escuridão para passar a sensação de que esmagaria todo mundo, a qualquer momento. Agnor arfava, cansado da jornada e dos vários feitiços que precisava lançar para abrir passagens e criar degraus em descidas íngremes. Od-lanor, que havia elevado o moral com anedotas e curiosidades na subida pelas encostas dos Vizeus, não tinha mais ânimo para alegrar os demais. Só trocava olhares cansados com Baldur, que falou apenas uma frase depois de um longo tempo de silêncio:

— Daria um castelo para estar em cima de um cavalo.

Depois de um trecho particularmente difícil, em que praticamente todos cogitaram desistir, Kalannar retornou com uma expressão mais animadora, sempre com Na'bun'dak puxado pela corrente.

— O kobold disse que terminou o "trecho apertado", no limitado vocabulário dele. A caverna à frente é mais ampla.

Todos esboçaram alguma alegria ao ouvir aquilo.

— Entretanto, a passagem também oferece espaço para emboscadas — continuou o svaltar, e a animação geral murchou. — Fiquem *bem* alertas.

Quando o caminho à frente foi liberado por Kalannar, o grupo tirou um momento para recuperar o fôlego e reajustar os equipamentos e as provisões, apesar do olhar impaciente do svaltar, que queria que todos seguissem logo. Ele não conseguiu dissuadi-los do descanso e murmurou algo traduzível como "laia indolente" enquanto se afastava para vasculhar os arredores pela enésima vez.

Algum tempo depois, a presença de vento alertou Kalannar para a possibilidade de haver uma chaminé à frente. Logo o grupo encontrou o buraco, que dava a impressão de não ter fundo naquela escuridão. Todos pararam diante da passagem vertical, tentando avaliar a dificuldade de descer por ela.

Cansado de tantos obstáculos, Derek perguntou:

— O kobold indica que falta muito para acharmos os anões?

— A criatura ficou muito empolgada com a chaminé — respondeu Kalannar. — Disse que subiu por ela, e que não era tão longe do ponto onde se despediu dos anões. Acho que estamos quase lá.

Um alívio geral tomou conta de todos, especialmente diante do vento, que amenizava a sensação de asfixia no interior das cavernas. O ar era definitivamente diferente ali.

Após muito tempo calado, apenas lançando feitiços quando era absolutamente necessário, Agnor decidiu se pronunciar ao se aproximar da beirada da chaminé:

— Este é o *odobrok*, o vento subterrâneo na língua anã. Eles dizem que é a respiração de Midok Mão-de-Ouro, que sobe das profundezas do mundo.

— Então o deus anão comeu algo podre — retrucou Derek.

Todos riram, menos Agnor, naturalmente, e Kalannar, que fazia uma cara estranha para a corrente de ar.

— O que foi? — perguntou Baldur, ao notar a expressão preocupada do svaltar.

Kalannar pensou um pouco antes de responder:

— É difícil dizer; tem tempo que não venho aqui... — Ele fez uma pausa por um instante e se dirigiu a todos: — Precisamos organizar a descida. Temos cordas para quem não conseguir fazer no braço.

— Eu me recuso a descer como um saco de batatas — reclamou Agnor.

— Por isso, o Embaixador Tomok me deu isto aqui.

O mago retirou do bolsão de viagem uma cadeirinha dobrável, tipicamente feita por anões. O assento de metal ricamente ornamentado tinha buracos para passar cordas e vinha com um conjunto de argolas ligadas a cravos para serem presos ao teto da caverna. Ele avaliou Baldur e Derek por alguns instantes e depois entregou o conjunto para o guerreiro mais baixo.

— Um momento — Kalannar se intrometeu. — Ninguém aqui é bom escalador a ponto de alcançar o teto para pregar essa coisa. Nem temos equipamento para isso, fora a barulheira que a operação vai fazer.

Agnor apenas deu um muxoxo e uma expressão de desprezo para o svaltar. Em seguida, fechou os olhos e começou a se concentrar. As mãos, sujas e calejadas de tanto andar dentro da terra, gesticularam e começaram a brilhar tenuamente. Elas pareciam estar com luvas de luz que, subitamente, se desgarraram das mãos do feiticeiro e foram na direção de Derek Blak.

Assustado, o guerreiro deu um passo para trás, mas as mãos espectrais, levemente amareladas, pegaram as argolas com cravos e começaram a flutuar para o teto da caverna, bem acima da chaminé.

Agnor abriu os olhos e mudou o tom das palavras, que saíram mais guturais — era a voz que sempre usava para comandar as pedras. Na tênue luminosidade que emanava das mãos amarelas, o teto se abriu um pouco, e uma fina chuva de pó caiu no abismo negro embaixo, para depois sumir no vazio. As mãos espectrais colocaram os cravos dentro dos buracos, com cuidado para deixar de fora as argolas. Diante de novo comando de Agnor, a pedra se fechou e engoliu os cravos.

As argolas pareciam pregadas no teto por um hábil escalador.

Agnor retomou o tom de voz mais suave, e o par de mãos espectrais desceu, pegou a ponta da longa corda que Kalannar havia unido e subiu novamente até o teto da caverna, sobre a chaminé. Elas passaram a corda pelas argolas e desceram até Derek Blak, que ficou ali, estupefato, segurando a cadeirinha dobrada e a ponta da corda. As mãos amareladas sumiram diante dele.

— "Vamos precisar de um escalador..." — resmungou Agnor, com uma cara feia para Kalannar.

Depois de um tempo considerável discutindo a logística da descida, ficou acertado que Kalannar iria à frente na cadeirinha, no breu completo, a fim de medir a distância, garantir a segurança lá embaixo e pousar uma tocha no chão, para que os demais pudessem descer. A seguir, Kyle e o kobold, por serem os mais leves, fariam várias viagens com os equipamentos e as provisões; por fim, viriam Agnor, Od-lanor e Baldur, cada um por vez na cadeirinha, e então Derek Blak, que topou descer pela chaminé sozinho, com a corda retirada da invenção dos anões e presa ao paredão.

Tudo ocorreu dentro do planejado, até que, na vez de Agnor, Baldur se voltou para Derek.

— Descanse. Deixe que eu e o Od-lanor descemos o mago.

O cavaleiro trocou um olhar travesso com o bardo adamar quando Derek ofereceu a corda e deu um passo para trás. Os dois firmaram os pés e fizeram força para sustentar Agnor e controlar sua descida. Então, assim que o korangariano estava confortavelmente instalado na cadeirinha... Baldur e Od-lanor soltaram a corda, antes de pegá-la novamente com um tranco.

Só se ouviu o grito histérico de Agnor, lá no alto da chaminé.

A seguir, veio uma torrente de impropérios que foi interrompida por outro tranco na corda. Baldur e Od-lanor riam tanto que quase não conseguiram impedir a queda livre do mago; Derek Blak também não se aguentou e se juntou à brincadeira:

— Será que o Agnor usa aquela mão amarela para se aliviar? — perguntou ele.

— Do jeito que ele é ranzinza e insuportável — comentou Baldur —, nem a mão o aguenta.

— Ele deve abrir um buraco na rocha e se aliviar ali mesmo — disse Od-lanor.

— É por isso que o Agnor ama tanto uma pedra — falou Derek Blak, antes de contribuir para o tranco final da cadeirinha.

O resto da operação seguiu sem mais sobressaltos, a não ser pelo bate-boca entre Agnor e Kalannar, que tinha voltado da incursão à frente e queria saber o motivo de tamanho escarcéu ali embaixo. Od-lanor e Baldur chegaram ao fundo contendo risos, e Derek desceu o paredão sem dificuldades, sob a orientação de Kyle, que subiu sem cordas pela chaminé para mostrar os pontos seguros e ajudar o amigo.

Após um descanso e o recolhimento de equipamentos e provisões, o grupo avançou no mesmo ritmo lento de antes, com Kyle repetindo o papel de elo de comunicação entre Kalannar e os demais. O caminho mais amplo e menos acidentado aliviou um pouco o mau humor geral, mas o cansaço era nítido em todos, especialmente em Derek Blak, que fizera força para sustentar a descida de Baldur na cadeirinha e ainda encarara a escalada pelo paredão da chaminé.

De repente, Kalannar surgiu da escuridão puxando o kobold pela corrente com mais brutalidade do que o normal.

— Esse inútil diz que não reconhece o túnel à frente — vociferou o svaltar.

Todos se entreolharam, mas foi Od-lanor que teve ânimo para fazer a pergunta que estava na mente de todo mundo:

— Nós estamos perdidos?

Kalannar chutou o kobold, que caiu choramingando aos pés de Kyle.

— Ele diz que se lembra desta passagem aqui, mas que não veio pelo túnel adiante — explicou o svaltar, depois sacou uma adaga e fez menção de ir para cima de Na'bun'dak.

O kobold começou a guinchar e olhar com cara de súplica para Kyle e os demais. O rapazote deu um sorriso para a criatura, mas os adultos começaram uma discussão entre si. Derek Blak era o mais inflamado.

— *Você* disse que sabia nos guiar aqui embaixo — disse Derek com um dedo acusador em riste. — E agora, muito *convenientemente*, nós estamos "perdidos", no exato momento em que ninguém mais se aguenta em pé. Aposto que seus colegas svaltares estão no túnel à frente.

A acusação gerou um silêncio sepulcral. Até os ganidos de Na'bun'dak pararam.

Aproveitando que estava com a adaga na mão, Kalannar ensaiou um golpe em Derek, mas Baldur rapidamente meteu o corpanzil entre os dois e falou a plenos pulmões, revoltado:

— CALMA, TODO MUNDO! Ninguém vai *matar* ninguém e ninguém vai *acusar* ninguém!

Ele olhou de um lado para outro. Apesar dos ânimos exaltados, aparentemente todo mundo estava cansado demais para levar a agressão verbal para o lado físico. O cavaleiro aguardou mais um pouco e voltou a falar:

— Muito bem. — Ele se virou para o svaltar. — Kalannar, o jeito vai ser explorar mais o túnel e ver se o kobold se lembra ou acha o caminho certo.

Diante da expressão contrariada de Derek, que abrira a boca para reclamar, Baldur se apressou a continuar, agora encarando o guerreiro de Blakenheim:

— Mas, para deixar todo mundo sossegado, vamos todos com você.

O tom de voz não deu espaço para discussão.

Kalannar guardou a arma, fulminou Derek Blak com os olhos totalmente negros e catou o kobold pela corrente com extrema brutalidade. Todos recolheram os pertences e foram adiante como um grupo unido — paradoxalmente —, pela primeira vez, dentro daquele complexo de cavernas.

O tal túnel adiante, que Na'bun'dak afirmava não reconhecer, era diferente de todas as formações rochosas e câmaras pelas quais eles passaram até ali. Confinados aos círculos de luz das tochas nas mãos de Kyle e Od-lanor, os humanos e o adamar não tinham como perceber este detalhe, mas Kalannar e o kobold, que enxergavam no escuro e se arriscavam mais longe, imediatamente perceberam a diferença.

E, para o svaltar, todos os elementos fora do padrão até ali — a estranha sensação na corrente de ar e o formato daquele túnel em especial — se encaixaram em uma compreensão horripilante. Se pudesse ficar ainda mais branco embaixo da tinta negra que camuflava o rosto, Kalannar teria ficado. Ele voltou rapidamente para os demais.

— Temos que sair daqui o quanto antes — informou o svaltar diante de Baldur. — Esse túnel é recente, por isso o kobold não o reconheceu. Ele...

— Como assim o túnel é *recente*? — perguntou o cavaleiro. — Quem...

— Quem não. *O quê*. — Kalannar não teve coragem de dizer.

Foi Od-lanor quem matou a charada:

— *Si-halad*.

Fez-se um pequeno silêncio no grupo, até que Baldur exclamou:

— Verme gigante!

Eles dispararam em uma correria frenética, meio sem direção. As duas tochas dançaram na escuridão, os passos ecoaram sem cautela, a opressão provocada pelo confinamento naquele mundo subterrâneo subitamente eclodiu em pânico.

Kalannar sacou o flagelo da cintura e o estalou no ar, para chamar a atenção de todos.

— O kobold precisa achar o caminho até os anões! Não corram como um bando de tontos!

Sob pressão, Na'bun'dak olhava freneticamente de um lado para outro. Kyle se ajoelhou ao lado da criatura, tentou fazer uma cara de apoio e coragem, mas a expressão "verme gigante" não parava de martelar a mente do chaveiro. Os demais ficaram a postos para o combate — e para voltar a correr quando fosse necessário.

O que ocorreu logo em seguida.

Primeiro, veio um som como se ocorresse uma avalanche contida, uma força da natureza que quisesse romper a prisão de pedra que a confinava. Um estrondo longo e prolongado, que não acabava mais e ecoava pelo túnel; a passagem pareceu espremer o grupo, uns contra os outros.

A seguir, surgiu uma luz que dançava e quicava no alto, como um vagalume insano que não sabia para onde ir e queria estar em todos os lugares ao mesmo tempo.

Ou como um farol à procura de algo na escuridão do mar.

A luz atingiu o grupo em cheio e banhou o túnel com uma claridade branco-azulada; todos ficaram momentaneamente cegos após tanto tempo na iluminação limitada das duas tochas. Kalannar, que por ser svaltar teria sofrido mais com o clarão repentino, já tinha virado o rosto para o interior do capuz, mas mesmo assim o brilho era incômodo.

E logo em seguida veio um urro que tornou o estrondo anterior um mero murmúrio.

Atrás da longa antena que projetava a luz, surgiu uma boca circular, reluzente e cheia de dentes afiados que brilhavam ainda mais. Tudo era translúcido na criatura; parecia o fantasma de um monstro dos abismos da terra.

O verme gigante avançava a toda velocidade na direção das sete refeições que a antena luminosa havia localizado.

Diante da aparição da criatura colossal, Na'bun'dak venceu a paralisia, superou a pegada frouxa de um Kyle aterrorizado e disparou na direção oposta ao *si-halad*. O rapazote também despertou do medo e correu atrás do kobold, brandindo a tocha na mão.

— Kyle, não! — Derek Blak berrou e seguiu o chaveiro imediatamente túnel afora.

Od-lanor e Baldur se entreolharam; o cavaleiro olhou o monstro à frente, vindo em sua direção, e o trio em fuga, lá atrás.

— Traga aqueles idiotas de volta! — trovejou Baldur.

Od-lanor concordou com a cabeça e disparou atrás de Kyle, Derek Blak e Na'bun'dak.

Um cavaleiro sem cavalo, um assassino armado de facas e um par de espetos, e um mago-pedreiro. Contra um verme gigante. Em um túnel confinado. Pela primeira vez, Baldur se arrependeu de ter abandonado a companhia de mercenários a serviço do General Margan Escudo-de-Chamas.

Enquanto o grupo se separava ao redor, Agnor fez um gesto para o alto e berrou às pressas as frases complexas de um encantamento. Do piso do túnel, uma parede se ergueu bem em frente ao avanço do *si-halad*. Mas o feiticeiro improvisou rápido demais, estava muito cansado e afoito, e a parede foi só uma fina camada de pedra e cascalho prontamente despedaçada pela criatura. O ímpeto do verme gigante não diminuiu em nada. Diante do fracasso, Agnor começou a se concentrar mais.

— Eu preciso de tempo — vociferou o feiticeiro para Baldur e Kalannar.

Por força do hábito, mesmo sem estar a cavalo, Baldur disparou contra a criatura. Firmou o escudo diante do corpo e brandiu o espadão como se fosse arrancar um braço ou uma cabeça — coisas que o monstro não tinha. Ele apenas corria em direção a uma bocarra cheia de dentes. A antena estava muito no alto para ser alcançada pelo cavaleiro. No momento em que percebeu que a investida era um suicídio, Baldur já sentia o hálito fétido do monstro e encarava dezenas de presas reluzentes, que picariam seu corpo.

Como último ato em vida, Baldur urrou o nome do Deus-Rei Krispinus e se lançou contra o verme gigante. Torceu para que pelo menos Od-lanor sobrevivesse e narrasse sua morte de uma maneira mais heroica e menos inglória.

O verme gigante colheu o cavaleiro com uma mordida só; ele desapareceu instantaneamente na bocarra da criatura, para o horror de Agnor e Kalannar, que tinha sacado as roperas e pensava em como agir contra um monstro daquele tamanho, sem um apito que o detivesse.

O ímpeto do *si-halad*, porém, foi contido.

O monstro abriu a bocarra e urrou novamente, enquanto se debatia contra as paredes do túnel; Baldur não tinha sido engolido, nem tampouco feito em mil pedaços. Pelo contrário, o cavaleiro e seu escudo ficaram entalados entre dois dentes; um deles varou a proteção e quase se cravou na bochecha barbuda de Baldur, que conseguira cravar o espadão na mucosa bucal do verme gigante. A criatura se contorcia de dor e mastigava freneticamente para tirar da boca a refeição que tanta agonia provocava. A cada movimento, o escudo se partia mais, o corpo do cavaleiro era esmagado por forças colossais, mas ele permanecia vivo e gritando o nome do Deus-Rei.

Foi a vez de Kalannar disparar na direção do monstro, mas não sem antes berrar para Agnor:

— Eu preciso de algo para tomar impulso!

O feiticeiro de Korangar, que tinha se agachado para espalmar o chão, repetiu o gesto e o encantamento anteriores a fim de erguer uma nova parede de pedra, com a mesma pressa. Porém, desta vez, a resistência do obstáculo pouco importava. Bastava que ele fosse uma pequena mureta diante da criatura.

Kalannar se aproximou do murinho de cascalhos e terra, pulou em cima dele e aproveitou o apoio para se lançar ainda mais alto no ar. Ele executou um grande rodopio na direção da agitada antena da criatura. A primeira ropera errou o alvo móvel, mas a segunda abriu um talho grande na antena luminosa, ainda que sem ângulo suficiente para arrancá-la de vez.

O verme gigante empinou no espaço confinado e rugiu ainda mais alto do que antes, com a bocarra completamente escancarada... e parou de mastigar Baldur.

Lá atrás, Agnor finalmente concluiu um feitiço mais elaborado, com a concentração necessária. Embaixo do *si-halad*, que se debatia de dor, surgiu um par de braços de pedra maciça, que foi saindo do solo e ganhando a forma de um imenso elemental, ainda maior que aquele que o feiticeiro evocara na vila do Magistrado Tirius. Os braços agarraram o corpo cilíndrico e translúcido do verme gigante enquanto o elemental terminava de se formar; quando ficou completo, o humanoide de pedra apertou o *si-halad* com uma força descomunal.

A pressão fez com que Baldur fosse cuspido da bocarra do verme gigante com o espadão na mão e deixasse para trás apenas o escudo em pedaços. O cavaleiro caiu bem em frente ao monstro, envolvido agora em uma luta titânica com o elemental de pedra evocado e controlado por Agnor.

— Você está bem? — falou Kalannar ao se aproximar do humano caído.

— Ainda bem... — arfou Baldur — ... que eu vim... com o escudo.

— Eu retiro o que disse sobre ele. — Kalannar ensaiou um sorriso enquanto ajudava Baldur a se levantar. — Agora, vamos recuar.

Os dois começaram a se afastar do *si-halad* contido pelo elemental, que passou a empurrar o verme gigante para o fundo do túnel, na direção de onde ele veio. O monstro agonizava com o aperto, do qual tentava se livrar, sem sucesso.

Com o verme cada vez mais longe, o túnel foi tomado pelo breu novamente, pois as tochas acesas estavam nas mãos de Kyle e Od-lanor, que não se encontravam mais ali. Os urros da criatura e o som da batalha com o elemental foram sumindo na escuridão, mas ainda impressionavam.

Agnor acendeu uma pequena lamparina com gestos mecânicos, ainda mantendo a concentração nas ações da criatura que ele evocou.

— O elemental não vai deter aquela coisa por muito tempo — falou Agnor em um tom de voz firme, que não traiu o imenso cansaço que sentia. — Temos que achar o caminho até os anões e sair daqui.

— Precisamos... do kobold — disse Baldur, que tomou um longo fôlego enquanto fazia massagem no braço esquerdo, praticamente dormente. — Cadê o Od-lanor? Não voltou?

No silêncio provocado pelo afastamento completo do *si-halad*, os três ouviram sons de combate da outra ponta do túnel, para onde correram o bardo, Derek Blak, Kyle e Na'bun'dak. Kalannar praguejou alguma coisa em svaltar, mas Baldur não precisou de tradutor para saber que era o equivalente humano a "deu merda".

Derek só tinha como guia a luz agitada da tocha de Kyle, que não parava de correr à frente. O rapazote disparava desembestado, e, quanto mais se distanciava, mais difícil se tornava segui-lo. Derek tropeçou umas três vezes na escuridão e diminuiu o passo; arriscou gritar por Kyle, mas não obteve resposta. Uma hora ele pararia, pensou o guerreiro de Blakenheim — ou não, se Kyle cismasse em capturar o kobold de qualquer maneira. Como não queria ficar perdido no escuro e ser alcançado pelo verme gigante, que a essa altura já deveria ter devorado todos os outros, Derek voltou a correr.

De repente, o ponto de luz ao longe parou. Talvez Kyle finalmente tivesse encontrado o kobold ou algum túnel secundário que os livrasse do monstro. Ao se aproximar, Derek Blak notou que a claridade vinha do chão, como se a tocha tivesse... *caído*?

Ele sacou os gládios e foi com cautela à frente. De fato, a tocha estava no chão, assim como Kyle, no limite da luz. O garoto devia ter tropeçado, talvez até mesmo batido com a cabeça, pois parecia desacordado. Mas não havia sinal do kobold. Se a criatura tivesse fugido de vez, a missão, que estava por um fio, teria ido para o brejo de vez.

Enquanto se aproximava para prestar auxílio a Kyle, Derek interrompeu o devaneio ao perceber um vulto sair da escuridão, bem no limite da claridade da tocha caída.

A silhueta tinha duas espadas finas e curtas, iguais às armas exóticas que Kalannar usava. E os trajes negros também lembravam a roupa do companheiro de expedição. Aliás, tudo na figura que saía do breu indicava aquilo que Derek imaginava que aconteceria desde o início.

Que ele seria emboscado por svaltares e condenado a uma vida de escravidão.

Duas vozes ecoaram nas trevas em pontos indistintos, em uma língua estranha. Mas o tom era de deboche, e foi com o mesmo escárnio que a silhueta à margem da luz da tocha respondeu aos colegas escondidos. Risadas ecoaram no túnel, e o espadachim sombrio avançou contra Derek, com uma rapidez quase impossível de acompanhar.

Ele deu uma última olhadela na direção de Kyle, ainda caído no chão, e só teve tempo de xingar Kalannar mentalmente antes de aparar os primeiros golpes do svaltar. O ataque veio relativamente lento em comparação ao deslocamento veloz do inimigo; o filho da puta queria testar suas reações e velocidade. Mais risadas ecoaram no breu.

Aquilo era uma grande brincadeira para eles.

Pois Derek de Blakenheim mostraria que não era motivo de riso para ninguém.

Antes de mais nada, ele precisava chegar perto da tocha e defendê-la. Se o svaltar cansasse de brincar e resolvesse apagá-la, as poucas chances de Derek se tornariam nulas. Ele não devolveu as primeiras sequências de golpes, apenas se defendeu e viu o melhor caminho para se aproximar da tocha. Derek jogou o corpo para o lado e deu um pulo até lá. Quase não escapou da reação do svaltar, que tentou impedir sua passagem com uma rasteira quando notou o plano do oponente. No momento em que Derek chegou ao lado da tocha, o espadachim inimigo já estava praticamente em cima dele. Agora os golpes vieram em ritmo frenético, como se o svaltar tivesse se irritado com a audácia do humano — ou talvez com as provocações dos aliados escondidos no breu; Derek não conseguia entender o que as vozes diziam no fundo do túnel. E nem havia como ouvir direito, diante da fúria de metal contra metal. Agora, ele realmente viu como as roperas de um svaltar trabalhavam: leves e ágeis como o bote de uma cobra, as espadas estocavam incessantemente, e foram feitas para o combate em espaços confinados, a curta distância. Com os braços cansados por tudo que fez lá atrás na chaminé, Derek não conseguiria aparar todos os golpes, e ainda por cima fora surpreendido pelo estilo diferente do svaltar. Ele só teria vantagem se imprimisse o estilo *humano* de combate, para tentar surpreender de volta o oponente, mas os braços já davam sinais de lentidão, o jogo de sombras da tocha dificultava antever os movimentos do inimigo todo de preto. As estocadas chegavam cada vez mais perto dos alvos.

Derek Blak sabia que iria morrer.

Eis que, então, a tocha ali ao lado no chão ganhou vida e cuspiu uma longa labareda que envolveu o svaltar. A ação do fogo gerou um clarão que iluminou o ambiente, e Derek registrou, no fundo do túnel, a presença de outra tocha.

Era Od-lanor, com uma expressão de quem vociferava alguma coisa inaudível diante dos berros do svaltar.

O svaltar! Derek recuperou-se da surpresa e aproveitou que o inimigo se contorcia em chamas para cravar os gládios na barriga. O sujeito rodopiou com a força do golpe, desmoronou em uma massa incandescente... e levou junto as armas de Derek. Desarmado, ele sentiu dois baques no chão ao redor; com certeza, eram os aliados do svaltar carbonizado, que estiveram empoleirados em algum lugar no escuro. O guerreiro de Blakenheim viu as roperas caídas, fez um rolamento, catou as espadas finas e parou ao lado do oponente em chamas, para usá-lo como fonte de luz e obstáculo contra os dois novos adversários.

O movimento rápido o salvou: duas setas passaram sibilando pelo lugar onde Derek esteve, disparadas de pequenos tubos metálicos soprados pelos svaltares. A dupla inimiga sacou as roperas e avançou; um contra o guerreiro humano agachado ao lado do companheiro em chamas, o outro na direção do sujeito com uma tocha no fim do túnel, que entoava um estranho cântico.

Derek Blak ergueu as armas para se defender e imediatamente sentiu a diferença em relação aos gládios pesados que usava: as roperas eram levíssimas, um alívio para os braços cansados. A reviravolta lhe deu novo ânimo, e ele encontrou forças para encarar o svaltar. Decidiu partir para a ofensiva e surpreendê-lo. Ainda agachado, Derek rolou na direção das pernas do oponente que avançava; o svaltar, como esperado, pulou para evitá-lo, executou uma pirueta, mas foi obrigado a pousar desequilibrado, pois no espaço imediatamente à frente estava a grande fogueira do colega em chamas. O svaltar podia ser muito ágil, mas o tempo que levou para se ajeitar lhe custou a vida: Derek tinha acompanhado seu movimento no ar e atirou a ropera para trás, como uma adaga. Quando o svaltar encontrou o equilíbrio, descobriu também a arma enterrada no peito.

Derek voltou-se para ajudar Od-lanor, pois o bardo adamar repetira o mesmo truque anterior, mas sem sucesso: o jato de chamas de sua tocha passara longe do svaltar, que havia se desviado e se preparava para abatê-lo. Pior: com o feitiço, o fogo havia se extinguido e mergulhado Od-lanor no breu. Ele morreria sem sequer saber de onde veio o golpe.

Derek arriscou: atirou a segunda ropera no vulto brevemente iluminado pela passagem da labareda. A arma zuniu ao lado da cabeça do inimigo e quase pegou em Od-lanor, mas o svaltar rugiu de dor ao perder a orelha pontuda. Perdeu também o ímpeto e ficou indefeso diante do bardo, que, guiado pelo grito e pelo movimento à frente, sacou a khopisa e golpeou o oponente, que ficou sem o nariz e metade do rosto. Depois, caído no chão, ficou sem a cabeça.

Od-lanor desmoronou sobre o svaltar após decapitá-lo e mal registrou que Derek correu para acudi-lo.

— Fogo... é mais... difícil de...

O adamar nem concluiu o pensamento, apenas ficou arfando no braço de Derek. Enquanto apoiava o bardo, ele vasculhou o túnel com o olhar, sob a luz do svaltar que ainda queimava. O cheiro repugnante de carne assada já tomava conta do ambiente. Ele prestou atenção e ouviu um ganido baixo, abafado, quase inaudível sob o crepitar das chamas.

O kobold!

Por precaução, Derek pegou as roperas do svaltar morto pelo bardo e foi até o fundo do túnel. Sentiu que Od-lanor veio atrás dele, em passo mais lento. Quando chegou lá, viu Kyle caído sobre Na'bun'dak, que se esforçava para tirar o peso do humano de cima dele. Não havia marcas de golpe ou poça de sangue no chão de pedra — Kyle parecia vivo, com uma seta ao lado do pescoço.

— Mesmo caído... o garoto ainda fez... o que devia — conseguiu dizer Od-lanor.

Derek concordou com um sorriso torto no rosto. No momento em que começou a se abaixar para erguer Kyle e conter o kobold, um barulho vindo da entrada do túnel chamou a atenção. Ele e Od-lanor se viraram ao mesmo tempo, com espadas em riste.

E respiraram aliviados ao verem Kalannar, Baldur e Agnor vindo do túnel principal, iluminados por uma lamparina na mão do feiticeiro.

Mas a visão era desoladora: dos três, só Kalannar dava a impressão de estar bem. Baldur, apoiado no ombro do svaltar bem mais franzino do que ele, parecia ter sido atropelado por várias carruagens e ter passado por uma moenda depois. Era uma massa confusa de hematomas e cortes dentro de um gibão de cota de malha em frangalhos, com vários anéis faltando. Agnor seguia cambaleante poucos passos atrás, mais esgotado do que Od-lanor, e vinha se apoiando e tateando na parede da caverna, enquanto a outra mão erguia debilmente a fonte de luz.

O trio chegou sem dizer nada. Ainda atordoados, Baldur e Agnor mal pareceram registrar os corpos dos svaltares, mas Kalannar não deixou de notar o massacre à volta — nem a seta no pescoço de Kyle ou as roperas nas mãos de Derek. Ele rompeu o silêncio:

— Você sabe usar isso aí? — Kalannar indicou as armas com o queixo, enquanto soltava Baldur. — Cuidado para não se cortar.

O guerreiro de Blakenheim não se conteve e praticamente explodiu:

— Eu acabei de matar três svaltares. Quer que eu mate o quarto?

Od-lanor se colocou entre Derek e Kalannar.

— Tecnicamente, *eu* matei dois — disse o bardo, já com o fôlego recuperado. — E o verme gigante?

Baldur indicou o próprio gibão de cota de malha e depois apontou para Agnor com a cabeça.

— O monstro está longe, mas não podemos demorar aqui. Aliás... o que *houve* aqui?

Kalannar se abaixou ao lado de Kyle e retirou a seta do pescoço. Ele a levou ao nariz, fungou e depois passou a procurar alguma coisa em uma bolsinha presa ao cinto, entre as várias adagas. Em seguida, entregou um frasquinho para Od-lanor, enquanto Derek e Baldur erguiam o rapazote e continham o kobold, que estava muito agitado. Derek aproveitou a ocasião para relatar a emboscada, sempre olhando feio para Kalannar, enquanto Baldur entrou em mais detalhes a respeito do *si-halad* e de como tomou a decisão mais inteligente do mundo em ter trazido o escudo — momento em que também fechou a cara para o svaltar.

Ao perceber que estava atraindo a atenção, Kalannar resolveu se pronunciar:

— Vocês deram sorte. Esses três aqui estavam *haladseignii*, ou seja, seguindo o rastro de um verme gigante para atraiçoar quem fugisse do monstro. É uma diversão popular entre a juventude svaltar; eu mesmo fiz muito isso, e acho difícil que tenham batido meu recorde de capturas em Zenibar — explicou ele com uma estranha expressão nostálgica.

Derek Blak não se conteve outra vez:

— Você está dizendo que sabia que isso poderia acontecer e não nos avisou?

Kalannar perdeu a paciência e elevou o tom de voz:

— Eu sei de uma *centena* de coisas que poderiam acontecer aqui, mas se contasse apenas cinco, vocês colocariam o rabo entre as pernas e abandonariam a missão, como bons humanos *covardes* que são.

Os ânimos esquentaram ali naquela caverna apertada, de ar rarefeito que fedia a carne queimada, entre cinco adultos à beira do esgotamento físico e mental. Alguns deles com armas à mão e vontade de usá-las.

— Chega disso! — trovejou Baldur.

Ele pareceu crescer de tamanho no ambiente confinado, naquele estranho jogo de sombras do svaltar queimando e da lamparina de Agnor. O cavaleiro notou que Kyle estava recuperando os sentidos ao dar um gemido, amparado em Od-lanor. O adamar concordou com a cabeça. Baldur esperou a chamada fazer efeito e continuou, em um tom de voz que não aceitava argumentos contrários:

— Estamos todos inteiros e vamos continuar em frente. Kalannar, Od-lanor, apertem o kobold para ele achar o caminho até os anões. — Baldur suspirou, e os ombros caíram um pouco. — Eu já cansei deste lugar.

Todos se voltaram para a criaturinha reptiliana, sob a vigilância de Derek Blak. Mesmo com a mão firme do guerreiro na coleira, Na'bun'dak conseguiu se agitar e apontar freneticamente para a reentrância escura onde os dois svaltares haviam se empoleirado, enquanto o terceiro combatia Derek.

Mais recuperado, Agnor se aproximou do espaço, com a lamparina na mão.

Ali, rente ao chão, estava uma fresta do tamanho exato de um pequenino kobold.

CAPÍTULO 15

AERUM DO PALÁCIO REAL, MORADA DOS REIS

Danyanna, Suma Mageia do Colégio de Arquimagos, Rainha de Krispínia, soltou um impropério indigno dos títulos que ostentava. Ali, sozinha em seu recanto predileto na Morada dos Reis, Danyanna podia ser ela mesma e simplesmente dar voz à frustração com sonoros palavrões ditos ao vento. A vontade era pegar aquela papelada toda — pergaminhos, rascunhos, tomos ancestrais de magia — e jogar do alto do Aerum do Palácio Real. Não que ela precisasse cansar os braços para isso; bastava comandar o vento constante que soprava pelo espaço aberto para levar tudo aquilo embora. Mas a rainha estava exausta demais até para isso.

Espaço aberto. Os olhos de Danyanna se perderam no imenso rombo no topo da torre, que já era bastante arejada por si só. O buraco, gerado por um atentado contra a rainha, continuava escancarado. Ela batera o pé e não deixara que Krispinus mandasse consertar o Aerum; insistira que a obra atrapalharia seus estudos, que remover para outro canto todos os apetrechos mágicos e a biblioteca levaria tempo, e que não admitiria que fosse prejudicada daquela forma pelo ataque. Os elfos tentaram tirar sua vida e não conseguiram; também não tirariam sua serenidade e prazer em estudar magia.

Ademais, a Suma Mageia de Krispínia adorava o contato com o ar; não à toa, era a maior aeromante do reino. Secretamente, Danyanna até gostava da nova versão do Aerum. Como ela bem conhecia o marido, se Krispinus soubesse daquilo, daria um piti. Danyanna saiu da mesa e foi até o rombo, a fim de admirar a Morada dos Reis lá de cima e espairecer. Olhar aquela estranha arquitetura impossível dos adamares, diferente de tudo que os humanos e outras raças faziam em termos de habitações e fortalezas, ainda era um hábito, mesmo quatro décadas depois de ter redescoberto a Morada dos Reis com Krispinus, Dalgor e Caramir. Dali, a rainha também tinha vista para o Morro da Concórdia, cujo topo costumava estar cheio de éguas trovejantes. Não mais. Caramir solicitara todas para montar sua Garra Vermelha e conquistar o Oriente para Krispinus. Só deixara para trás Kianlyma, a égua trovejante pessoal da rainha, que a essa hora estava voando à procura de novos pastos. Foi impossível conter o sorriso, mesmo que fosse um sorriso triste pela ausência dos belos animais. Danyanna se lembrou da época em que descobriu as éguas e domou os estranhos equinos alados; da pura alegria de cavalgá-las no ar ao lado de Caramir, enquanto Krispinus se mantinha no solo, irredutível e carrancudo, dizendo que cavalo que se prezava não voava. Talvez por pirraça, talvez inconscientemente, ele acabou arrumando um cavalo de pedra para firmar o argumento. Dalgor fizera uma linda canção na ocasião, "Ode à Rainha dos Ares", quando nem ela, nem Krispinus sonhavam com coroas ou tronos. Anos depois, a composição foi cantada em sua coroação o que, para Danyanna, valeu mais do que o próprio trono.

Agora, à exceção de Kianlyma, seus belos animais tinham ido embora, para se juntar ao esforço de uma guerra infindável. Nunca havia paz naquela terra. Para piorar o cenário, ainda havia esse sinistro avanço svaltar contra os Portões do Inferno. "Eles vão enfrentar o sol para libertar as trevas", dissera a Suma Mageia na reunião do Conselho Real. Se ao menos Danyanna conseguisse desvendar *como* os svaltares pretendiam romper as barreiras místicas dos Portões do Inferno. Barreiras que ela mesma estabeleceu há trinta anos. O raciocínio mais sensato era de que havia algum detalhe propício na atual conjunção astral, mas ela não conseguia enxergá-lo, se fosse o caso. Aqueles calendários e mapas astrológicos em adamar erudito eram confusos e se contradiziam. Os calendários élficos marcavam o tempo de outra forma, e mesmo um antigo mapa astral svaltar, ainda da época em que eles viviam na superfície, era praticamente intraduzível e apontava para outra interpretação.

Quando os Portões do Inferno foram abertos há três décadas, o mal já estava feito, e Ambrosius conseguira a proeza de localizar um pergaminho adamar capaz de selar a passagem dimensional. Aquele feitiço era raro e de dificílima criação. Infelizmente, o papiro acabou sendo consumido no processo de fechamento e não havia como reproduzir aquele encantamento complicado, não tanto tempo depois, em outra língua e em uma conjunção astral totalmente diferente.

Danyanna sentiu um arrepio só de pensar em Ambrosius. Ela jamais gostou daquele manipulador misterioso, por mais que tivesse chegado ao trono junto com Krispinus por causa dele. Era inegável o bem que o homem fizera pelo reino como um todo, mas Danyanna desconfiava de seus métodos e intenções. Sua intuição lhe dizia que ainda ouviria o nome de Ambrosius por causa dessa nova crise. Não era à toa que ele se vestia de preto; o homem parecia um velho abutre, sempre à procura da carniça de alguma desgraça.

O som de passos no corredor, do lado de fora do Aerum, afastou aqueles pensamentos ruins. Eram passos pesados, que Danyanna reconheceria sobre qualquer superfície, do mármore à grama.

Krispinus, Grande Rei de Krispínia.

— Entre! — berrou a rainha antes que ele sequer batesse à porta.

Krispinus entrou com uma aparência ainda mais abatida do que ela. Com certeza, ele veio sozinho pelo corredor, ou ainda estaria com a pose altiva de que tudo estava bem, de que o Deus-Rei mantinha o reino sob controle. A expressão ensaiada do poder, que ambos dominavam tão bem.

— Você parece cansado, senhor meu marido.

O Grande Rei ensejou endireitar as costas e empinar o queixo, mas desistiu. Diante da esposa, não havia necessidade de aparências.

— Horas de negociação e politicagem para conseguir apoio contra os svaltares. — Krispinus soltou um suspiro. — Eu olho para aquele Conselho Real e penso que é hora de sacudir a macieira e deixar cair os frutos podres.

— Estamos poéticos, senhor meu marido — riu Danyanna, a primeira vez em dias. — Inspirou-se na visita do Dalgor?

Krispinus também deu uma risada, tomado por nostalgia.

— Essa frase o próprio Dalgor disse em algumas ocasiões, geralmente para intimidar incompetentes. A última vez foi quando nos reunimos com aqueles consiliários covardões de Nerônia, lembra? Antes de tomarmos o povoado élfico de Sang-dael?

— Eu não tenho a sua memória prodigiosa para campanhas e carnificinas.

O rei deu um muxoxo e se voltou para a bancada de bebidas, à procura de um vinho. Hesitou diante da variedade de frascos, garrafas e ânforas. Da última vez que bebeu algo no Aerum sem perguntar, Krispinus passou um bom tempo cacarejando e ciscando o chão enquanto Danyanna procurava freneticamente por um antídoto, quando não era interrompida por uma crise de risos.

O Grande Rei preferiu continuar com a boca seca desta vez.

Ela notou a hesitação do marido e apontou com o queixo para outra bancada, próxima ao rombo na torre, com duas poltronas convidativas e confortáveis. O casal se serviu e se sentou.

— Você devia me deixar consertar esta merda — disse Krispinus após um gole de vinho de Nerônia, em homenagem à lembrança do combate em Sang-dael.

— Eu já disse que gosto de um ambiente mais arejado, senhor meu marido. Aquela mestiça acabou me fazendo um favor.

O Grande Rei deu um novo muxoxo. Krispinus não se perdoava por ter deixado que uma agente dos elfos, uma mestiça com traços suficientemente humanos a ponto de esconder a ascendência, se infiltrasse no palácio como aia da rainha. A criatura tentou explodir sua esposa — e se explodiu no processo, juntamente com meio Aerum — com uma rara gema-de-fogo, a arma predileta de elfos sabotadores, por se passar facilmente por uma joia inofensiva. Agora, além da proibição do uso de qualquer adorno, todos os novos funcionários do complexo palaciano eram submetidos aos vapores da papoula amarela para confirmar a ascendência e procedência, um procedimento ministrado pelo novo castelão indicado pelo rei — o antigo, que permitira a entrada da meio-elfa suicida, se juntou a ela no além pela justiça de Caliburnus.

— Bem — falou Krispinus —, acho que convenci o emissário do Rei Belsantar a mandar reforços para o Ermo de Bral-tor, sem custo para os cofres do reino. Dom Zeidan chegou a soltar um gritinho de alegria. Na verdade, o Príncipe-Cadete Losantar, o terceiro filho do Rei Belsantar, quer se tornar um pentáculo, então eu sugeri que o rapaz provasse seu valor ao defender o fortim com uma tropa de soldados santarianos. Isso deve bastar para deter o avanço dos svaltares. Não vou mais comprometer recursos da guerra e do tesouro com um ataque que é claramente uma manobra para tirar minha atenção do Oriente, onde aquele rei elfo desgraçado está escondido.

Ele bebeu mais um gole e voltou a falar, antes que Danyanna expusesse sua opinião de que os svaltares não estavam agindo em conluio com os alfares. O Grande Rei ainda não acreditava naquilo.

— Acho impossível que um bando de svaltares consiga sitiar ou mesmo tomar o Fortim do Pentáculo sob o comando do Grão-Mestre Malek; muito menos que eles sejam capazes de abrir os Portões do Inferno, selados e protegidos por *sua* magia. — Ele apontou para Danyanna com a taça. — Mas, por menor que seja o risco de termos uma nova invasão demoníaca, se o Salim Arel usar isso a seu favor...

Krispinus finalmente terminou o desabafo e lançou um olhar para a esposa, à espera do comentário dela.

— Eu venho estudando como os svaltares tentariam abrir os Portões do Inferno, mas, sinceramente, não conheço o alcance de sua magia. Quando eu e o Beroldus encantamos o selo sobre a passagem dimensional, e todo o Fortim do Pentáculo ao redor, nós levamos em conta a feitiçaria humana, os preceitos adamares e até mesmo alguns sortilégios dos alfares. Mas eu entendo pouco de magia demoníaca, transplanar e afins. Os korangarianos são especialistas nisso, mas nós perdemos a chance de selar a paz com Korangar...

Ela sabia que tinha tocado em uma ferida, e Krispinus prontamente se irritou:

— *Eles* perderam a chance de selar a paz conosco quando mandaram aquela comitiva de desmortos para Tolgar-e-Kol!

— O que você queria que o *Império dos Mortos* enviasse? — retrucou Danyanna.

— Uma comitiva de gente viva teria sido sinal de respeito e boa vontade com a paz.

— Você não precisava ter matado os embaixadores!

— Eles eram *desmortos*! — explodiu Krispinus.

Danyanna levou a mão à testa.

— Nós já tivemos essa discussão várias vezes. Enfim, não temos como consultar um korangariano.

— E nem que estivéssemos em paz com eles... — resmungou o Grande Rei.

— Bem, também não temos um místico svaltar conosco para ter alguma pista. — A Suma Mageia deu de ombros. — Só me lembro que enfrentei aquela sacerdotisa de Kunyar e foi muito difícil reverter seus feitiços.

— Quando envolve magia, você se lembra prontamente do combate...

Danyanna ergueu a taça em reconhecimento ao golpe bem dado. Ela ficou de pé e foi até a mesa cheia de tomos e pergaminhos.

— De qualquer forma, estou tentando estudar esse material aqui, mas meu adamar erudito é rudimentar...

— Então chame o Dalgor — sugeriu o Grande Rei.

A Suma Mageia revirou os olhos ao pousar a taça sobre a mesa e pegar um pergaminho que vinha lhe dando a maior dor de cabeça.

— Ele já fuçou tudo que está aqui. Os outros arquimagos também, e eles sabem menos adamar erudito do que eu e o Dalgor juntos. Precisamos de um *adamar* aqui.

Danyanna sentiu uma súbita onda de cansaço novamente, só de olhar para a mesa de trabalho. Nem o vinho tinha ajudado tanto assim. Com a taça na mão, ela foi para o rombo na parede do Aerum, para se distrair novamente com a paisagem. Sentiu a presença do corpanzil do marido chegar por trás, e sua mão pesada sobre o ombro. Danyanna retribuiu o toque e ficou em silêncio com Krispinus, sem discutir ou desabafar, apenas assimilando a visão esplêndida da Morada dos Reis, lá de cima. O panorama fez o Grande Rei se lembrar de tudo que eles conquistaram. E que não perderiam.

— Esse novo plano dos elfos não tem como dar certo — disse Krispinus em um tom confortador. — Juntando suas defesas mágicas, os pentáculos de Sir Malek e agora as tropas de Santária, há pouca chance de os svaltares nos incomodarem.

— O relato das Damas Guerreiras de Dalínia não me encoraja a confiar nas tropas santarianas. Aqueles cadáveres sem olhos... há alquimia negra em ação. É assim que os svaltares estão sobrevivendo sob o sol enquanto avançam pelo Ermo de Bral-tor.

— Mas não podem avançar sem comida. — Krispinus sorriu. — Eu fui informado de que os anões de Fnyar-Holl, agora sob o comando de um novo dawar, estão provendo a linha de suprimentos dos svaltares. Mas já tomei uma providência para cortar esse apoio.

— Quem te informou? E que providência? — perguntou Danyanna.

O Grande Rei demorou a responder, mas continuou mantendo o sorriso, ainda que de maneira hesitante.

— O Ambrosius. Eu pedi para ele enviar um pequeno grupo a Fnyar-Holl... — Krispinus nem chegou a terminar, pois a rainha o interrompeu:

— Você *o quê*? Krispinus, onde você está com a cabeça?

Ele ensaiou uma defesa, mas a esposa veio implacável como as tormentas que comandava:

— Você é o rei desta terra, é o *Grande Rei*. Está na hora de agir e pensar como tal. Nós não somos mais aventureiros e mercenários, você tem os recursos de vários reinos vassalos à disposição, não precisa correr para a borda da saia daquele homem...

Krispinus ficou vermelho e elevou o tom de voz:

— Eu não corri para...

— Krispinus, o Ambrosius é *mau*. Eu não sei como ele sabe das coisas, mas é um manipulador e só tem os próprios interesses em mente. Aquele homem só se envolve com gente da pior espécie.

— Danyanna, se não fosse por ele, nós não estaríamos aqui — ponderou o Grande Rei. — E nós éramos da pior espécie, por acaso?

— Naquela época, eu, você, o Dalgor, o Caramir... nós fizemos muita coisa por ouro e pelas motivações escusas do Ambrosius, que até hoje eu não entendo. Não devemos mais nada para ele. — A rainha fechou a cara. — Espero que você não acredite nas próprias lendas e canções, *Deus-Rei*.

Krispinus voltou à bancada onde o vinho se encontrava.

— Danyanna, eu não sou o líder militar que as canções enaltecem. Eu sei disso. É por esse motivo que deixei o Caramir com a tarefa de pacificar o Oriente. Mas de uma coisa eu entendo, uma coisa que me colocou neste trono, aqui nesta cidade, com você como minha rainha: uma pequena equipe de especialistas, agindo nas sombras, com liberdade, é melhor do que legiões inteiras de tropas. *Nós* agíamos assim. Só espero que esse grupo do Ambrosius seja metade do que nós éramos.

A rainha suspirou, ainda diante da visão espetacular da Morada dos Reis, e capitulou. Ela voltou à bancada, serviu mais vinho para os dois e se sentou.

— Então, me conte o plano do Ambrosius...

Mais animado, o Grande Rei desandou a falar.

CAPÍTULO 16

CAVERNAS NA CORDILHEIRA DOS VIZEUS

— O Na'bun'dak diz que foi dali que ele saiu, depois de falar com os anões. Eles estariam do outro lado deste paredão — explicou Od-lanor, enquanto acalmava o kobold com um gestual e sons característicos da raça reptiliana.

Todos olharam para a rocha aonde, há meros instantes, três svaltares se empoleiraram para atraiçoá-los. Era sólida, compacta e inexpugnável como tudo ali embaixo da montanha. Kyle, Derek, Baldur e Kalannar se entreolharam, enquanto Agnor tateava o local acima da pequena fenda no solo. O tempo foi passando, e os ânimos voltaram a se agitar.

— Agnor, não importa o que você faça, é melhor se apressar — sugeriu Derek Blak. — Os svaltares podem voltar. Ficaremos encurralados aqui.

— É — concordou Baldur. — O verme gigante pode voltar também.

Mais um longo tempo se passou. Agnor continuou tateando a pedra, considerando o tom certo de proferir as palavras, a exata entonação para moldar as forças arcanas e interferir na massa rochosa. Enquanto isso, Derek apontou para a boca escura da câmara e dispôs Baldur e Od-lanor para guardá-la, enquanto ele permanecia mais recuado, com Kyle e Na'bun'dak mais perto do feiticeiro. Kalannar sumiu em um canto nas trevas, longe da lamparina e do corpo do guerreiro svaltar que ainda queimava, para ser um elemento surpresa.

E do nada, para o susto de todos, Agnor começou a entoar palavras de poder em tom gutural. Ele tocou no paredão acima da fenda e depois se afastou, mas à medida que dava passos para trás, a voz e a intensidade do discurso aumentavam; a parede, então, passou a tremer vigorosamente, levantando poeira e provocando uma chuva de cascalhos. A reação da pedra pareceu incentivar Agnor, que exacerbou o gestual e o volume das palavras. Um estrondo constante ecoou na câmara; mesmo preocupados com o retorno do *si-halad* e dos svaltares, todos inevitavelmente voltaram a atenção para o que estava acontecendo, para o paredão que tremia e ameaçava desmoronar e colocar toda a caverna abaixo.

Mas o desabamento não veio: o paredão ganhou feições humanoides e escancarou a pequena fenda rente ao solo como se fosse uma bocarra monstruosa.

Em meio à poeira, à chuva de cascalhos e ao terremoto subterrâneo, Baldur perdeu o equilíbrio e desabou no chão, enquanto Od-lanor e Derek se apoiaram nas paredes que se contorciam em agonia e pareciam querer empurrá-los para longe. Apenas Kalannar, Kyle e Na'bun'dak assistiam incólumes à proeza mágica do korangariano.

Agnor permaneceu entoando e gesticulando até parar tão subitamente quanto começou. Quando a poeira sufocante abaixou e o terremoto se aquietou, o feiticeiro estava diante de uma grande boca de caverna, com um rosto vagamente humano ao redor. O jogo de sombras da lamparina e do svaltar carbonizado tornava o cenário ainda mais horripilante.

— Está feito.

A voz de Agnor saiu estranhamente humana e normal em comparação ao que fora há um instante. A pose controlada e altiva, porém, durou apenas o tempo necessário para dizer aquelas duas palavras — o mago desmoronou no chão como uma marionete que teve os fios cortados. Tossindo e com olhos cheios d'água, Kyle e Od-lanor correram para socorrê-lo. Derek Blak passou por eles e foi se aproximando da boca da caverna.

— E agora? — perguntou Kyle sem se dirigir a alguém em particular, enquanto erguia a cabeça de Agnor, que sangrava pelo nariz.

— Agora — respondeu o guerreiro de Blakenheim, sem olhar para trás — nós resgatamos um rei.

Lá atrás, Kalannar se aproveitou da confusão e da nuvem de poeira para ajudar Baldur a se levantar. Quando colocou o cavaleiro grandalhão de pé, o svaltar sussurrou ao ouvido dele:

— Eu não vou seguir com vocês.

— O quê? — perguntou Baldur enquanto tirava poeira dos olhos e cascalho dos cabelos e da barba.

— O dawar anão não aceitará ser resgatado por um svaltar, não importa que seu embaixador tenha feito vista grossa lá em Tolgar-e-Kol a pedido do Od-lanor. O Bramok não é um diplomata como os dois.

Baldur parecia mais atordoado com isso do que com o terremoto.

— Vai nos abandonar então?

— Eu vou ficar para trás, para atrapalhar a resistência das forças leais ao dawar usurpador enquanto vocês recolocam o Bramok no trono. Vou ajudar no que for possível. Das sombras. Além disso, anões fazem barulho demais para o meu gosto. E fedem. — Kalannar notou a expressão de Baldur. — Não se preocupe. Não serei visto. E no final eu me encontro com todo mundo na saída de Fnyar-Holl... se vocês não morrerem, obviamente.

— Mas talvez o Od-lanor possa falar com o dawar anão como falou com o Tomok...

— Perda de tempo. — O svaltar fez um gesto de desprezo. — Além disso, eu não sou um guerreiro muito efetivo em uma batalha campal. Aquele caos todo me confunde. Eu gosto de coisas organizadas e planejadas, como um assassinato.

— E sua recompensa? — perguntou Baldur.

Kalannar deu de ombros.

— Bem, eu posso separar uma parte da minha... — ofereceu o cavaleiro. — Também posso falar com o Od-lanor, com os outros...

O svaltar não soube como reagir diante da generosa oferta. E, na falta de uma resposta melhor, apenas acenou com a cabeça e recuou para a entrada da câmara. Ele sumiu nas trevas, indo na direção do túnel principal, aberto pelo *si-halad*.

Baldur se aproximou de Kyle e Od-lanor, que ainda se ocupavam em reviver Agnor. Derek passou ao lado do corpo do svaltar carbonizado para recuperar os gládios. Não seria bom encontrar o dawar anão com armas svaltares; já bastava a presença de Kalannar... ele vasculhou a câmara com o olhar por um instante e só viu o trio reunido em volta do feiticeiro, o kobold descendo de uma parede onde havia subido... e nada do svaltar.

— Onde está o Kalannar? — perguntou ele.

Baldur ergueu Agnor, que recuperava a consciência após ter tomado à força um elixir dado por Od-lanor, e respondeu:

— Ele preferiu não ser visto pelos anões e vai nos acompanhar escondido. Nisso eu concordo; acho que o dawar não vai gostar de saber que foi resgatado por um svaltar, não importa a vista grossa que o embaixador anão tenha feito lá em Tolgar-e-Kol. — Ele se viu surpreso por repetir o argumento do próprio Kalannar.

— *Com certeza* o dawar não vai gostar — disse Derek em tom de desdém. — E se ele nos trair?

Baldur realmente ficou impaciente agora. Ele deixou Agnor de pé e foi encarar o guerreiro mais baixo.

— Com que objetivo, Derek? O Kalannar teve várias oportunidades e não nos traiu.

— Você está se tornando *amiguinho* daquela criatura. Svaltares são monstros. Lembre-se disso. E abra seus olhos. Eu vou ficar com os meus bem abertos.

— Faça como quiser. — Baldur deu de ombros, e o gesto provocou uma onda de dor, que ele não deixou transparecer. — Só não vá contar para o dawar.

— Não — respondeu Derek —, eu não quero arriscar minha recompensa.

A discussão foi interrompida por um acesso de tosse de Agnor, que cuspiu sangue e acertou o saiote sujo de Od-lanor. Ele ensaiou uma nova queda, mas recuperou o equilíbrio.

— Estamos perdendo tempo — resmungou o korangariano. — Eu convenci a montanha a abrir esta passagem, mas ela pode perder a paciência. Pedra não é volúvel como o mar ou impaciente como o fogo, mas até a montanha pode querer soterrar vocês diante de tanto falatório e asneiras. Nisso *eu* concordo.

Agnor teve outro acesso de tosse, mas conseguiu controlar as pernas bambas, pegou a lamparina no chão e foi na direção da boca que se abriu no paredão. Baldur, Od-lanor e Derek reacenderam as tochas e recolheram as provisões e as bolsas largadas pela câmara, enquanto Kyle catava o kobold, que veio mais ou menos de bom grado. O chaveiro foi à frente com

Na'bun'dak e Derek Blak pelo túnel recém-aberto, enquanto Agnor, o cavaleiro e o bardo fechavam a retaguarda. A passagem não era longa, e as chamas das tochas tremulavam com o *odohrok*, a corrente de ar subterrâneo que havia encontrado um novo caminho para soprar.

Com o vento, veio um falatório em uma língua que Od-lanor e Agnor rapidamente reconheceram.

— Anões — disseram os dois ao mesmo tempo.

Eles avançaram um pouco mais, com alguma cautela, e logo chegaram ao fim da passagem, que terminava bruscamente em um vazio escuro. Todos pararam. As tochas tinham um alcance bem limitado, e a iluminação foi engolida pela escuridão do que parecia ser uma gigantesca câmara subterrânea.

Lá no alto do paredão, nenhum deles conseguia ver nada adiante — nem o kobold —, mas a iluminação destacava o grupo na saída do túnel aberto por Agnor como faróis em alto-mar. Com uma das tochas na mão, Od-lanor se deu conta disso.

— Estamos muito expostos. É melhor nós recua... — Ele se interrompeu ao ouvir uma algazarra lá embaixo. — O kobold! O kobold! Os anões estão gritando que reconheceram o *kobold*!

Derek teve a presença de espírito de pegar Na'bun'dak e erguer a criatura ali mesmo, na boca do precipício. Ele e o kobold foram saudados por uma comemoração que vinha de algum ponto na escuridão, lá embaixo.

Agnor também se aproximou da beirada e falou em anão, com o pouco de voz forte que ainda lhe restava:

— Eu vim salvá-lo, Dawar Bramok. Eu e minha companhia esperamos que Vossa Pujante Presença esteja a salvo.

Od-lanor revirou os olhos e não perdeu tempo traduzindo para os demais o que o feiticeiro dissera, mas explicou a resposta dos anões, que veio assim que o korangariano se manifestou:

— Um anão informou que o dawar está bem e espera que a gente desça. Pelo tom, eles não querem admitir que estão fracos demais para subir. Nem na merda um anão perde a pose. Vamos ter que descer nesse breu.

Ainda muito dolorido por ter sido mastigado pelo verme gigante, Baldur suspirou:

— Já fizemos coisas piores aqui embaixo. Só espero que o Agnor não venha com aquela cadeirinha pederasta dele.

Na verdade, não foram necessários tantos preparativos. A saída do túnel, que antes fora uma pequena fenda por onde Na'bun'dak escapara com a mensagem de socorro do monarca anão, estava a alguns metros de altura do piso da caverna. Assim que o kobold começou a descer com uma tocha, Baldur e os demais perceberam que a escalada seria fácil com um ponto de iluminação lá embaixo e outro em cima. Para impressionar os anões, Agnor usou o último sopro de energia que lhe sobrou para fazer um feitiço simples e rearrumou o paredão em patamares e degraus para descer com o máximo de garbo possível, na frente dos demais.

Uma vez lá embaixo, eles sentiram a diferença real de ambiente. Com certeza estavam em uma câmara ampla com boa circulação de ar, se comparada à opressão do resto do complexo de cavernas dos Vizeus, e uma umidade palpável — a hipótese de um lago subterrâneo, levantada por Kalannar lá em Tolgar-e-Kol, parecia se confirmar. O *odobrok* soprava por fendas nos paredões e vinha forte pelo túnel recém-aberto.

Todos esses elementos contribuíram para manter vivo um septeto de anões macilentos e esfomeados, com o Dawar Bramok entre eles. As armaduras haviam sido descartadas em nome do conforto, mas as túnicas, as armas e os adereços indicavam que os anões eram alguma espécie de guarda pessoal do monarca. Eles estavam magros, mas não abatidos — a perspectiva de resgate despertou a típica euforia ruidosa da raça. Um deles estava especialmente empolgado e não parava de apontar para o kobold. O sujeito não cabia em si.

— Aquele ali — esclareceu Od-lanor para os demais — foi quem sugeriu mandar o kobold avisar o Tomok, pelo que entendi do falatório.

Assim que todos desceram, o Dawar Bramok se aproximou. O anão era muito forte e alto para a raça; era quase da altura de Derek Blak e tinha a largura de dois humanos. Mesmo sujo e desgrenhado, uma coisa nele se mantinha radiante — uma manopla de vero-ouro cravejada de joias e cheia de runas místicas, que indicava seu posto como monarca de Fnyar-Holl e regente do trono enquanto Midok Mão-de-Ouro não voltasse das profundezas de Zândia, segundo a profecia anã.

O monarca avaliou o grupo de salvadores sem se contagiar pelo clima animado dos sobreviventes de sua guarda pessoal. Assim que viu o kobold e os dois humanos lá em cima, Bramok imaginou que eles seriam seguidos por uma tropa de guerreiros humanos e também de anões leais, cidadãos de Tolgar-e-Kol ou mesmo de Unyar-Holl, que o ajudariam a retomar o trono e estripar Torok, o usurpador desgraçado; no entanto, o dawar estava diante de apenas três humanos adultos — dois deles nitidamente guerreiros, sendo que um parecia ter sobrevivido a uma avalanche —, e um adamar seminu e maquiado como uma rampeira elfa. Ele desconsiderou o miúdo humano que segurava o kobold por uma corrente; devia ser o pajem de um dos adultos.

— Então, foi *isso* que o Tomok me enviou? — resmungou o monarca, na própria língua.

Baldur, Derek e Kyle se entreolharam; mesmo sem entender as palavras, o conteúdo de decepção era meio óbvio. Od-lanor fez menção de falar, mas Agnor foi mais rápido:

— Vossa Pujante Presença, permita-me que eu me apresente — disse ele em perfeito anão. — Sou Agnor, arquimago-geomante de Korangar, e esses são meus seguranças, meu pajem e meu arauto.

O dawar mal registou a incongruência de se ter um arauto e não usá-lo para ser apresentado. O que lhe chamou a atenção — e mereceu uma arqueada das generosas sobrancelhas — foi o termo "geomante".

— Foi você que ordenou que a montanha se abrisse? — perguntou Bramok, boquiaberto.

— Sim, Vossa Pujante Presença. Não existe pedra ou rocha que não me obedeça em Zândia. Graças aos meus vastos poderes, eu pude abrir caminho para salvá-lo.

Baldur e Derek mantiveram a cara de paisagem com um sorriso cortês no rosto, enquanto Od-lanor mordia a língua para não interromper o korangariano. Kyle chegou a cutucar seu saiote, mas o bardo adamar fez uma rápida negativa com a cabeça. Pelo visto, o palco era de Agnor agora.

— Nós trouxemos víveres, curativos e unguentos para umas quinze pessoas, segundo a mensagem que o kobold levou para o Embaixador Tomok — continuou o mago, sempre em anão. — Infelizmente, vejo que o número de sobreviventes é menor do que esse.

— Perdemos três homens ao tentar cruzar o lago para ver se havia como sair daqui — informou o dawar, apontando para o fundo da câmara no escuro, onde se encontrava a massa de água.

— Tenho certeza de que os três estão agora com Midok Mão-de-Ouro, Vossa Pujante Presença — falou Agnor, lutando com a imagem mental de três anões tentando nadar inutilmente e sendo tragados para o fundo do lago.

A situação deve ter sido mesmo desesperadora para eles chegarem ao ponto de se arriscar a nadar. Anões não levavam jeito para a coisa. Também não sabiam pescar; Agnor não viu indícios de que eles tivessem consumido algo retirado do lago. A aparência geral de desnutrição entre os sobreviventes deixou isso evidente.

Talvez por viver há tanto tempo nas ruas, com fome, esse aspecto ávido por comida também não passou despercebido por Kyle, visivelmente entediado com aquele falatório todo em outra língua. Ele decidiu arriscar no melhor anão que já tinha ouvido aqui e ali, no mercado de Tolgar-e-Kol:

— Eu *trusse cumida. Keso* — falou enquanto oferecia ao dawar uma rodela da iguaria.

A surpresa e empolgação do monarca foram maiores do que quando ouviu a palavra "geomante" da boca de Agnor. Ele recebeu o queijo de casca escura de Kyle como se o próprio Midok Mão-de-Ouro tivesse vindo entregá-lo. Bramok ergueu a rodela em triunfo, se virou para os sobreviventes de sua guarda pessoal e falou a plenos pulmões:

— Temos *QUEIJO*!

O estrondo dos gritos de alegria foi tão grande que parecia que Agnor estava abrindo a montanha novamente.

Algumas horas depois, os anões estavam bastante revigorados pelas provisões e pelos socorros de Od-lanor. O bardo aproveitou a pausa para finalmente cuidar de Baldur também, que recebeu os primeiros cuidados depois de ter sido mastigado pelo verme gigante.

O queijo teve o mérito de acabar com o mau humor do Dawar Bramok, que até fez uma concessão aos salvadores e passou a se comunicar no idioma comum, com um sotaque enrolado e umas palavras erradas aqui e ali. Enquanto Kyle servia os sobreviventes, Baldur não tirava os olhos dos queijos e ensaiou pegar um pedaço, mas levou uma bronca do chaveiro:

— Isso aqui é para os anões.

O cavaleiro fechou a cara e ameaçou dar um safanão no pivete, mas Od-lanor o interrompeu, rindo:

— Haverá tempo para um banquete quando retomarmos Fnyar-Holl — disse o bardo.

— Para isso — falou o dawar com a boca cheia de queijo, o que tornou ainda mais difícil entender o sotaque — eu precisaria de uma tropa inteira. Aquele usurpador desgraçado encheu o *meu* palácio com sua guarda de lacaios traidores.

— É — concordou Baldur, resignado por ficar sem o queijo e começando a se servir das próprias provisões. — Como iremos tomar um palácio com tão poucos combatentes?

O monarca anão finalmente prestou uma boa atenção em Baldur — todos os humanos eram iguais, afinal de contas — e notou o tamanho enorme do cavaleiro, bem como os detalhes do estrago feito pelo *si-halad*.

— O que aconteceu com você? — perguntou Bramok.

— Eu fui engolido por um verme gigante, dawar — respondeu Baldur.

Bramok fez uma expressão de quem não entendeu e olhou para o adamar.

— Vossa Pujante Presença, Sir Baldur enfrentou um *korvejak* — explicou Od-lanor em anão, usando o termo equivalente ao *si-halad* dos svaltares — e foi mastigado por ele, daí seus ferimentos e o estado lastimável de seu gibão de cota de malha. Aliás, peço desculpas pela nossa aparência, mas passamos por poucas e boas para chegar aqui. Tenho certeza de que o Mão-de-Ouro nos guiou até encontrarmos seu legítimo dawar.

O bardo adamar sabia que apelar para o misticismo era o caminho certo para conquistar os anões, uma raça extremamente supersticiosa e religiosa. Uma leve modulação na voz ajudou a tornar os argumentos mais convincentes:

— Percebo que a primeira impressão que tive foi falsa — falou o monarca, ainda no idioma comum, para ser entendido pelo grupo da superfície. — Vejo que o Embaixador Tomok me mandou guerreiros valorosos... ainda que em pequeno número, infelizmente.

— Daí minha pergunta, daw... Vossa Pujante Presença — disse Baldur. — O senhor não conta com uma tropa leal nos arredores da cidade? Há como sitiar seu palácio?

— Você está encarando o problema com a... — Bramok penou para achar a palavra na língua dos humanos — *oszmo*...

— Mentalidade, Vossa Pujante Presença, se me permite — ajudou Od-lanor.

— Você está encarando o problema com a *mintalhidade* da superfície, Sir Baldur. Não é assim que guerreamos em Fnyar-Holl.

Atento à conversa enquanto servia queijo para o dawar e os integrantes de sua guarda pessoal — a Brigada de Pedra, segundo a explicação de Od-lanor —, Kyle resolveu se manifestar, ainda que meio sem jeito.

— Eu não sei o que é "mentalidade", mas na superfície toda mansão tem uma porta dos fundos, não é? Quer dizer, eu sei disso porque sou chaveiro. Palácio também deve ser assim, mesmo aqui embaixo.

Bramok soltou uma sonora gargalhada, antes de morder mais um naco de queijo e tornar o sotaque ainda mais difícil de entender quando respondeu:

— O miúdo humano fala com sabedoria! — Ele deu um tapa no ombro de Kyle, que por pouco não o derrubou. — Foi por uma dessas passagens que eu e meus leais defensores escapamos, mas fomos caçados pelos traidores do Torok. Finalmente, eles nos encurralaram aqui e desmoronaram o túnel quando viram que não conseguiriam nos vencer no aço! Rá! Mas eu sou Bramok, o legítimo dawar de Midok Mão-de-Ouro, e aquele pestilento não é suficiente para acabar comigo!

A última frase saiu em anão mesmo, de tão exaltado que Bramok ficou, e o restante dos sobreviventes vibrou junto com o monarca. Od-lanor traduziu em poucas palavras o que Bramok dissera, enquanto Agnor, que esteve dormindo para se recuperar de todos os esforços anteriores, se aproximou do círculo em volta da comida.

— Vossa Pujante Presença, eu ouvi algo a respeito de um túnel desmoronado? — perguntou o feiticeiro.

— Arquimago-geomante, eu preciso que você ordene que a montanha se abra mais uma vez — falou Bramok. — Aquele desmoronamento leva a uma passagem secreta da Fortaleza de Kro-mag. Como o Torok julga que estou morto, aquela entrada estará desguarnecida. Pegaremos sua guarda palaciana de traidores com as botas desamarradas! Rá!

Os sobreviventes vibraram de novo, enquanto Od-lanor fornecia a incansável tradução para os demais, uma vez que o dawar e Agnor travaram a conversa na língua anã. O bardo explicou que "Fortaleza de Kro-mag" era o nome do que seria o palácio real de Fnyar-Holl e se deteve quando viu que estava dando detalhes irrelevantes sobre sua fundação.

Ao ver aquela animação geral, Baldur entendeu muito bem o que Kalannar quis dizer sobre os anões serem ruidosos; uma vez alimentados e medicados, eles pareciam dispostos a vingar a humilhação sofrida pela traição e as agruras do soterramento. Foi estranho estar ali sem o svaltar e suas ponderações. Alguém como ele seria útil para ajudar a planejar uma invasão furtiva... se bem que, levando em conta a empolgação dos anões, daria no mesmo parar diante dos portões de Fnyar-Holl e tocar uma trompa anunciando o ataque. O cavaleiro interrompeu o devaneio e se voltou para Od-lanor e Derek:

— Será que esse plano de entrar por uma passagem secreta tem chance de dar certo?

— É o único que temos até agora. — Derek Blak deu de ombros e falou baixinho: — E será bem mais fácil lutar de corredor em corredor dentro de um palácio, um local que o dawar ali conhece bem, do que no campo aberto de uma cidade, onde nosso pequeno número seria facilmente sobrepujado. Há um certo limite de espaço em um castelo...

— Não na Fortaleza de Kro-mag — corrigiu Od-lanor. — Aquilo é um típico palácio anão, enorme e majestoso. Parece que eles querem compensar a baixa estatura com grandes câmaras e salões. Eu já estive em Fnyar-Holl há muitos anos; um *si-halad* ficaria à vontade em alguns aposentos.

Ao ouvir a menção ao verme gigante, a reação de Baldur foi instantânea. Ele sentiu todo o corpo doer novamente e parou de comer. Sentado ao lado do cavaleiro, Derek levou a mão à cabeça ao imaginar as proporções da tal fortaleza.

— Temos que torcer para que essa passagem secreta seja pequena — disse ele.

O guerreiro de Blakenheim parou de falar ao notar que a vibração dos anões esmoreceu. Diante do Dawar Bramok, Agnor ergueu os olhos e vasculhou o interior negro da caverna.

— Eu só preciso descansar um pouco mais e examinar as condições do desmoronamento, Vossa Pujante Presença — disse o korangariano. — A montanha até agora está sendo obediente, e não vejo motivo para mudar de atitude. Com a bênção de Midok Mão-de-Ouro, eu levarei o senhor de volta ao seu trono de direito.

A resposta suscitou nova barulhenta comemoração por parte dos anões. Baldur, Derek e Od-lanor se entreolharam. Talvez a ideia da trompa diante dos portões de Fnyar-Holl não fosse tão ruim.

CAPÍTULO 17

APOSENTOS DO DAWAR, FORTALEZA DE KRO-MAG

Torok estava com a vida que pediu a Midok Mão-de-Ouro. Bem, na verdade ele pediu, mas não recebeu; teve que conquistá-la à força. Foi preciso trair e destronar o Dawar Bramok para estar na situação em que Torok se encontrava agora: esparramado na cama dos aposentos reais, cercado pelo harém do monarca deposto. Sete esposas que representavam a gema lapidada das anãs — ancas generosas, busto avantajado, braços vigorosos, buço vistoso. Todas ali desmaiadas, absolutamente exaustas após uma noite de sexo intenso que elas juravam por Midok que não vivenciavam há tempos. Podia ser uma balela para agradar o novo esposo, mas Torok admirou aquele campo de batalha e sorriu para si mesmo. Merok, o garsha de sua guarda pessoal, brincava que Torok só resolveu depor o antigo dawar por causa daquele harém. Naquele momento, extasiado com a visão de anãs nuas e desfalecidas na cama, ele teve que concordar com o amigo.

Foi só pensar em Merok que, não deu outra, a voz do sujeito saiu do tubo de comunicação ao lado do leito real:

— Vossa Pujante Presença, sinto incomodar, estou ciente de minhas ordens, mas o Sardar Regnar o aguarda no Salão do Esplendor. Disse que se trata de assunto urgentíssimo.

Torok nem teve tempo de sentir irritação pela interrupção. O olhar foi logo para a manopla pousada sobre uma meia coluna de mármore perto da cama. Sim, ela era de vero-ouro como a de Bramok, mas não tinha runas mágicas, nem gemas de poder. Os svaltares prometeram encantar uma manopla com propriedades demoníacas que deixariam Torok ainda mais poderoso, como parte do pagamento pelo rompimento do tratado com Krispínia.

Uma vez no poder, Torok permitira que tropas svaltares passassem pelos túneis guarnecidos por Fnyar-Holl e avançassem pelo trecho do Ermo de Bral-tor, então sob a proteção dos anões. Isso sem falar no estabelecimento de uma linha de suprimentos para a incursão svaltar.

Somente a entrega da prometida manopla encantada justificaria a presença do sardar dos svaltares aqui, pois Regnar já deveria estar bem no meio do Ermo de Bral-tor. Pensando na encomenda, Torok abriu um sorriso radiante e falou no tubo de comunicação:

— O svaltar trouxe algo para mim?

— Sim, Vossa Pujante Presença. Ele me mostrou uma manopla de ouro ao entrar em Kro-mag.

O dawar não conteve uma exclamação de alegria e, na empolgação, bateu no tubo de comunicação. O clangor fez com que duas anãs ensaiassem acordar, mas acabaram vencidas pela preguiça e voltaram a fechar os olhos. Torok ouviu o berro do garsha ao reagir à reverberação no ouvido.

— Mande o svaltar esperar aí. Já estou descendo — falou o dawar.

Torok saiu às pressas da cama, que mais parecia um pequeno lago de ouro; era um buraco no chão, revestido pelo metal precioso e adornado por corrimões, tubos de comunicação e outros engenhosos apetrechos, além de incontáveis almofadas. Havia mais do que espaço para Torok e seu harém de esposas, além de concubinas e convidadas especiais. O cidadão anão que conseguisse colocar duas esposas em sua modesta cama podia se considerar com sorte; já o monarca de Fnyar-Holl era capaz de manter mais de vinte pessoas no próprio leito, com espaço de sobra.

Torok se vestiu sem parar de olhar para a manopla. Finalmente ele teria uma digna de ostentar, com poderes maiores que a de Bramok, e não aquele arremedo à sua frente. Assim que a empolgação arrefeceu um pouco, ficou claro para Torok que a visita de Regnar *envolveria* alguma forma de transação. O líder dos svaltares não teria simplesmente abandonado a invasão para lhe entregar a prometida manopla encantada. Com aquela raça desgraçada sempre havia um objetivo a mais, uma intenção oculta, uma dissimulação.

A mente começou a divagar. O que Regnar queria? O apoio de tropas na superfície? Torok já dissera que Fnyar-Holl não poderia apoiar abertamente a incursão svaltar, não sem perder Krispínia como valioso parceiro comercial. Não, até agora os anões tinham desculpas sólidas, caso o rei humano cobrasse explicações. Tudo que aconteceu poderia ser colocado na conta de Bramok, mas não haveria argumentos para qualquer envolvimento anão agora, com Torok no trono. Ele teria que ser firme na negociação com o sardar e não se deixar levar pelo entusiasmo por causa da manopla.

O dawar ficou tão distraído pelo devaneio que, ao passar por um espelho, percebeu que havia vestido o justilho do avesso. Torok praguejou, decidiu acordar uma das esposas para ajudá-lo a se vestir corretamente e colocou a manopla. A seguir, foi até um dos elevadores da suíte real, acionou o complexo sistema de trancas e alavancas e desceu até a ala da fortaleza onde ficava o Salão do Esplendor.

Havia uma opulência exagerada — mesmo para os padrões anões — no Salão do Esplendor, construído para impressionar quem tivesse uma audiência com o monarca de Fnyar-Holl. A intenção era esfregar na cara do visitante a riqueza e a opulência do reino anão. Havia ouro e vero-ouro — a liga com propriedades mágicas que só os anões sabiam fazer — por toda parte, além de gemas e brilhantes incrustados nos divãs e nos aparadores repletos de bustos e ânforas; era possível se afundar e sufocar nas dezenas de almofadas que forravam os buracos circulares no chão, formando uma área social que seguia o mesmo desenho das camas dos anões. Painéis nas paredes e no teto continham imagens de Fnyar-Holl em vários ângulos, para enaltecer a majestade da cidade anã.

Dentro do complexo da Fortaleza de Kro-mag existia outro aposento para receber visitantes com intuito de negociação, a Sala de Pedra. Era um aposento bem menor, com decoração austera, praticamente nula, usado pelo dawar para convencer o visitante de que Fnyar-Holl passava por dificuldades, tornando mais fácil requisitar ou negar ajuda. Ao se aproximar do Salão do Esplendor, Torok pensou que teria sido melhor que Merok tivesse levado Regnar à Sala de Pedra, mas o garsha da guarda palaciana não tinha motivo para desconfiar de que o svaltar queria algo além da simples entrega da manopla. Visão política era atribuição do dawar, não de um mero soldado. No Salão do Esplendor, seria mais difícil alegar problemas com o trono para negar ajuda ao sardar svaltar.

Quando dois guardas abriram as portas para a entrada do dawar, Torok viu Regnar em pé no meio do aposento, aparentemente conversando amenidades com o Garsha Merok; o sujeito parecia pouco à vontade ali entre as almofadas, e sua postura indicava que o assunto era sério. Por dentro, Torok praguejou, mas deu um aceno de cabeça contido e diplomático como resposta à saudação do visitante.

— Eu pensei que o senhor estivesse liderando seus homens no Ermo de Bral-tor — disse Torok, evitando citar a manopla logo de cara, mas sem deixar de olhar para o saco de aniagem aos pés do svaltar.

Aquilo não parecia o invólucro condizente com o símbolo do poder do dawar de Fnyar-Holl. Torok esperava no mínimo uma arqueta decorada; aquele desrespeito do sardar não passaria em branco. As chances de Regnar conseguir algum apoio ali caíram drasticamente.

— Eu voltei com urgência a Fnyar-Holl para garantir sua permanência no trono, que corre grave perigo — respondeu o svaltar.

O dawar sorriu por dentro. Ele estava certo: aquela não era uma visita social. A manopla tinha sido uma desculpa, tanto que Regnar nem a mencionou. Mas a questão de haver um "grave perigo" ao trono imediatamente fez a mente de Torok girar. Ele controlou o turbilhão de possibilidades que passaram pela imaginação e soltou uma exclamação de desdém para esconder o nervosismo:

— Bá! Eu estou bem seguro no trono de Fnyar-Holl.

— Não se o Bramok retornar ao reino — retrucou o svaltar.

— Aquele herege está morto.

— Você está errado.

Torok fechou a cara por não ter sido tratado por "senhor" ou "Vossa Pujante Presença".

— Ele foi visto nos túneis perto da Ravina de Nihraim, que vocês, anões, chamam de Abismo de Kozolos — continuou o svaltar.

— Impossível! — O Garsha Merok se intrometeu na conversa. — Meus homens e eu acuamos e soterramos o Bramok e sua corja de frouxos! Ele morreu... de fome ou soterramento.

O svaltar soltou um muxoxo de desdém.

— Seu serviço foi malfeito, Merok. Neste momento, o Bramok marcha com os sobreviventes de sua guarda e uma forte companhia armada, despachada pelo rei humano Krispinus para resgatá-lo e recolocá-lo no trono de Fnyar-Holl.

A cara feia de Torok havia se contorcido em algo indescritível. O anão pareceu inchar no justilho; as gemas ameaçaram disparar pela câmara.

— Como Krispínia soube que houve um golpe de Estado em Fnyar-Holl? — disse ele.

O svaltar deu de ombros e disse:

— Quem sabe os humanos finalmente tenham traduzido *kobitor*. Talvez "usurpador" não tenha sido uma escolha sensata de título, afinal de contas.

— Não interessa se o Bramok está vivo ou não. — Torok bateu no peito com a manopla de vero-ouro. — Agora *eu* sou o dawar de fato.

— Interessa sim, se ele chegar a Fnyar-Holl e puder se defender da acusação de "possessão demoníaca" e desrespeito aos cânones dos *Apontamentos de Midok*. Você o expulsou por heresia, mas e se o povo anão finalmente puder ouvir os argumentos do Bramok? Imagine se ele disser que foi resgatado das profundezas pelo próprio Mão-de-Ouro, como reparação a uma injustiça arquitetada por *você*. — O svaltar fez uma pausa. — Era o que eu diria, se fosse ele.

— E por que você não mandou atacá-lo? — perguntou Torok, dispensando igualmente a cortesia de "senhor". — É isso que você quer negociar aqui, Regnar?

— Eu não pude atacar as forças do Bramok, e nem posso ajudar você agora, porque *todos* os meus homens estão no Ermo de Bral-tor. Eu vim aqui porque um batedor de Zenibar descobriu o avanço dos anões e dos soldados humanos e me avisou. Vim em nome de nosso acordo e amizade.

— Bá! Você veio para garantir que Fnyar-Holl não interfira em sua incursão pelo Ermo de Bral-tor. — Torok cuspiu no chão. — Se o Bramok recuperar o trono, ele vai honrar o acordo com o Krispinus.

— Sim. Esse é basicamente todo o alcance de nossa amizade, Torok — respondeu o svaltar, que começou a demonstrar impaciência: — Despache sua guarda palaciana para interceptar o dawar no Abismo de Kozolos.

— *Eu* sou o dawar.

— Então, para que continue sendo, faça o que eu digo ou seu reinado terá pernas curtas. Mande o Merok com homens de confiança para cuidar logo do problema, de maneira *definitiva* desta vez, antes que suas sentinelas nos limites de Fnyar-Holl vejam o *ex*-dawar retornando dos mortos.

Torok disparava olhares de raiva para o svaltar, para o garsha de sua guarda pessoal, para todo o Salão do Esplendor. Aos poucos, começou a se acalmar. Depois de resolvido o problema, ele cuidaria da insolência daquele svaltar e da incompetência de Merok.

— Uma forte companhia armada, você disse? Soldados?

— Sim — concordou o svaltar. — E o batedor afirma que eles contam com um geomante. Foi assim que o Bramok foi resgatado do soterramento.

O dawar pensou em conter o espanto, mas não quis perder tempo em manter aparências. A situação passou de grave para gravíssima. Se fosse suficientemente poderoso, um geomante entraria na Fortaleza de Kro-mag como um machado no crânio de um kobold. Se o sujeito tirou Bramok das entranhas da rocha, as muralhas do palácio não ofereciam proteção alguma.

— Merok, leve a guarda palaciana inteira. *Todos* os homens que participaram do golpe. Eles ganharam o próprio peso em ouro pelo serviço. *Você* ganhou o próprio peso em ouro. Agora trate de consertar essa merda!

O garsha hesitou um pouco.

— *Agora!* — berrou Torok. — E volte o quanto antes. Eu não quero que a Corte perceba o palácio desguarnecido e comece a fofocar. Cuide disso antes que minhas esposas acordem.

Merok fez uma saudação para o dawar, ignorou o svaltar e disparou para a porta. Dali, já saiu pelo corredor com os dois guardas que protegiam a porta do Salão do Esplendor, em direção ao conjunto de elevadores daquela ala do palácio.

Torok ouviu a porta bater e os passos se afastarem enquanto recuperava o fôlego. Uma companhia de humanos seria facilmente emboscada nas cavernas, mas com Bramok e seus homens resgatados — e mais o apoio de um feiticeiro geomante —, a missão seria arriscada e bem difícil. Merok provavelmente morreria na missão; Torok sabia que o garsha tentaria limpar a vergonha por ter fracassado em matar Bramok com algum ato heroico estúpido. Seria um fim digno para sua incompetência, mas Torok teve que admitir que seria difícil reinar sem o amigo e confidente no comando de sua guarda pessoal. Isso se ele ainda mantivesse o trono...

O pensamento fez o dawar baixar o olhar para a manopla de vero-ouro na mão, símbolo de seu posto como dawar. Ele então se voltou para Regnar. Como se tivesse adivinhado os pensamentos de Torok, o svaltar se aproximou com o saco de aniagem na mão.

— Eu não trouxe apenas más notícias — disse ele, oferecendo o objeto.

Ansioso pela encomenda e querendo esquecer o problema iminente, Torok removeu a própria manopla, pousou-a em um suntuoso aparador de mármore com bustos de outros dawares e pegou o embrulho. De repente, na troca de mãos do saco de aniagem, ele sentiu uma pontada acima do nó dos dedos. Havia uma ferida aberta que não estivera ali há um mero instante.

O dawar ergueu os olhos para o svaltar, que, pela primeira vez, esteve muito próximo dele. Havia uma pequena adaga na mão extremamente branca da criatura, que exibia um sorriso cruel. A pequena distância entre os dois fez Torok perceber algo que não havia notado antes.

— Você não é o... — O anão gorgulhou sangue e não concluiu a frase.

— Vocês também são todos iguais para nós, seu sapo barbudo.

Kalannar riu e se apressou a sair do Salão do Esplendor.

CAPÍTULO 18

PROXIMIDADES DO FORTIM
DO PENTÁCULO, ERMO DE BRAL-TOR

Aquele foi o dia mais feliz da vida do Príncipe-Cadete Losantar, o dia em que seu pai, o Rei Belsantar, irrompeu no estábulo para lhe dar a ordem de reunir os lanceiros e se juntar aos regimentos da fronteira de Santária com o Ermo de Bral-tor. Apesar de não ter experiência de guerra, ele iria à frente da tropa de elite do reino e também dos homens cedidos pelos territórios vassalos de Santária, com a promessa de que seria finalmente sagrado cavaleiro pelo Grande Rei Krispinus e posteriormente promovido a pentáculo. Losantar defenderia justamente o Fortim do Pentáculo, onde acabaria servindo depois de vencer o combate. Para o jovem foi inevitável se imaginar como o próprio Deus-Rei, chegando para proteger os Portões do Inferno e depois se tornando o soberano de todos os soberanos. Nada mau para um terceiro filho que, no máximo, estudaria para ser um sábio ou casaria com a filha de um conde vassalo para firmar alianças políticas e militares.

Entretanto, havia o problema dos relatos que chegaram a Santária sobre a crueldade sem precedentes dos inimigos. Os svaltares deixaram um rastro de homens mortos com olhos arrancados. Diziam até que alguns também tiveram as entranhas devoradas. O moral dos lanceiros santarianos estava baixo, e cabia ao príncipe-cadete elevá-lo. Losantar precisava de uma vitória. Disso dependia seu título de cavaleiro e, conforme se saísse, o príncipe-cadete poderia até substituir Sir Malek de Reddenheim, o lendário grão-mestre dos pentáculos. O homem, afinal, não ficaria eternamente no comando. Losantar já se imaginava com a armadura de placas e a túnica com o pentagrama no peito.

O devaneio tomou conta do príncipe-cadete como uma onda em meio à confusão mental daquele instante, diante de uma agonia intensa. Era estranho como o combate com os svaltares não foi a primeira coisa a lhe vir à mente, e sim aquele momento de maior felicidade, aquele dia no estábulo ao receber a notícia do pai. Parecia uma corda lançada para pegar um homem ao mar — nada mais justo, pois a sensação agora era mesmo de afogamento. Não afogamento no próprio sangue, não; Losantar desceu o olhar e viu o corpo ileso... porém, estranhamente nu. Na verdade, na onda de tonteira e agonia, ele viu *dois* corpos seus. Porém, esse outro corpo, essa duplicata impossível, não estava ileso...

E no presente momento o outro Losantar perdia os olhos para o instrumento cruel de um svaltar.

A agonia aumentou, ele se debateu e percebeu que estava confinado em um casulo gélido e embaçado, com paredes leitosas e apertadas. Losantar berrava sem parar, mas a boca não emitia som. As mãos foram à cabeça, e a boa lembrança do pai e a sensação de esperança de se tornar um pentáculo foram arrancadas tão violentamente como os olhos de seu segundo corpo — o verdadeiro, estendido no chão, à mercê do inimigo.

Regnar girou entre os dedos a joia pendurada no pingente. A sovoga queria almas; desde o combate com a legião de guerreiras, a gema de Korangar não se alimentava. Aquele tinha sido o pior momento da incursão svaltar até aqui. As fêmeas humanas aplicaram as primeiras baixas em grande número que as tropas do sardar sofreram. Felizmente, essa nova leva de inimigos cometeu erros primários e foi facilmente dizimada. Por dentro, Regnar sabia que não poderia perder mais homens. Ao menos a questão das provisões fora resolvida. Ainda que a linha de suprimentos dos anões jamais tivesse sido recuperada — Torok responderia por isso, com certeza, assim que a superfície fosse conquistada —, os svaltares puderam contar com a comida trazida pelas tropas humanas. O alimento era intragável, porém ligeiramente melhor do que comer os kobolds.

Agora, Regnar tinha apenas o contingente mínimo suficiente para tomar a fortaleza no meio daquela terra sem vida. Mais algum atraso e os humanos realmente poderiam montar uma defesa inexpugnável em torno do objetivo.

Ele viu o noguiri que retirava os olhos do humano cuja alma fora sugada pela sovoga. Na mente do sardar, uma decisão foi tomada.

— Pare o que está fazendo — disse Regnar para o soldado. — Diga para o resto de seus homens fazer o mesmo e passe a ordem para o sarderi.

O guerreiro svaltar se levantou diante do cadáver, cruzou os braços no gesto em xis e se retirou.

— Sardar, o imar precisa dos olhos destes humanos — comentou Dolonar, como sempre à sombra do comandante.

Regnar torceu a cara.

— Já estamos bem próximos da fortaleza humana para nos preocuparmos com isso. O Devenar e seus homens demoram demais com aquelas poções, e o zavar diz que a oportunidade mística de abrir o Brasseitan está passando. Eu não vim até aqui para dar com a cara na porta.

O sardar não queria admitir que eles desperdiçaram um tempo precioso perdidos no Ermo de Bral-tor, andando a esmo e encontrando resistência humana aqui e ali. Talvez a incursão realmente tivesse precisado de mais planejamento, mas o sol brilharia em Zenibar antes que Regnar admitisse isso. Ele simplesmente permaneceu calado, observando o resultado do massacre ao redor.

O silêncio, porém, não demoveu seu ajudante de ordens.

— Sardar, sem as poções, nossos soldados não sobreviverão sob o sol.

— E daí? — Regnar deu de ombros. — Após a claridade de amanhã, invadiremos o fortim e abriremos o Brasseitan. Os olhos dessa tropa de humanos serão inúteis. Em breve, nossos soldados não precisarão de poção alguma. Em breve, a noite será eterna, e cada svaltar poderá tomar a superfície para si.

Ele se calou novamente, mas estranhou o silêncio do ajudante de ordens, que costumava ser insistente à beira da chatice.

— O que foi, Dolonar?

— Achei que o senhor daria uma gargalhada ou faria gestos dramáticos... Devo convocar o Sarderi Jasnar para a tenda de comando então? Ele vai querer dar o relatório do combate.

— Eu não quero relatório algum — respondeu Regnar rispidamente, com o olhar fixo no horizonte. — Nós vencemos, e é isso que importa. Mande que ele recolha os homens e deixe os feridos para trás. Nós marchamos para o Brasseitan.

O ajudante de ordens arregalou os olhos negros na imensidão branca do rosto.

— Mas os soldados acabaram de lutar, sardar.

— Estamos a um passo da glória, Dolonar. Este não é o momento para fraquejar. Só quem der sangue viverá sob a *minha* noite eterna. Só quem der sangue provará que é digno de caçar e exterminar alfares. Genocídio não é tarefa para indolentes. O svaltar que quiser descansar agora será trazido diante de mim para alimentar a sovoga. Passe a ordem para o sarderi.

A seguir, Regnar foi a passos largos para a tenda de Vragnar. O comandante svaltar não gostava de depender tanto do sujeito, porém, neste avanço final, o místico precisaria de uma alma fresquinha para contar com o auxílio das forças demoníacas. A sovoga pulsou no pingente sobre o peito, como se soubesse que teria que abrir mão da refeição.

Em breve, Regnar esperava trocar a dieta da joia e passar a alimentá-la com a alma de alfares.

FORTIM DO PENTÁCULO, ERMO DE BRAL-TOR

As últimas noites foram difíceis para Malek de Reddenheim. Com muito pesar, o curandeiro do fortim, o grão-hospitalário Sir Lorren, precisou comunicar ao grão-comendador que Sir Malek teria que ser internado. Sir Lavey, o segundo em comando no Fortim do Pentáculo, teve que ceder à dura realidade dos fatos. O grão-mestre estava com uma aparência envelhecida e abatida, e simplesmente não parava de dizer sandices, bradar que a rainha estava morta, que os Portões do Inferno foram rompidos. Naquele ambiente solitário e confinado de uma fortaleza no meio do nada, os rumores se alastraram pela tropa como fogo em palha seca, e em breve todos os pentáculos estavam sabendo das coisas terríveis que o comandante dissera. Sir Lavey e Sir Lorren não tiveram outra opção a não ser confinar Sir Malek de Reddenheim na enfermaria, sob guarda.

À exceção do Grande Rei Krispinus, não havia homem mais amado entre os paladinos que o grão-mestre. Eles rezavam na capela para que a bênção do Deus-Rei recaísse sobre o comandante adoecido. Malek Redd era a história viva do Fortim do Pentáculo, o último bastião de sua defesa. A lenda entre os cavaleiros era de que, sem o lendário grão-mestre, a fortaleza ruiria.

Sir Lorren não sabia o que fazer; o grão-hospitalário se valeu de infusões, sortilégios e simpatias, mas nada adiantava. O envelhecimento e a loucura de Malek Redd eram nítidos. Lorren tinha certeza de que o mal não era de origem mística; não havia magia externa, feitiços hostis ou poderes sobrenaturais que funcionassem no Fortim do Pentáculo, graças aos encantamentos da Rainha Danyanna. Lorren detinha os poderes de um modesto sacerdote-curandeiro, mas até mesmo um reles cavalariço era capaz de apreciar a proeza de um grande cavaleiro. Ele tinha visto as inscrições feitas pela Suma Mageia, e em seu pouco entendimento não lhe restava dúvida de que a proteção era inexpugnável.

Ao sair de mais uma visita à enfermaria, que ficava colada na muralha da fortaleza, Sir Lorren saudou Sir Gracus e Sir Idilzan, os dois pentáculos que tomavam conta da entrada naquela noite, ali no pátio. Eles faziam preces silenciosas ao Deus-Rei para não prestar atenção aos gemidos e às insanidades que, de vez em quando, ouviam lá de dentro. A situação era triste demais.

No interior da enfermaria, a escuridão era combatida sem muito sucesso por uma lamparina pendurada ao lado da porta. Apesar dos acessos de loucura, Malek Redd não estava amarrado na cama, pois ninguém teve coragem de prendê-lo; ademais, o homem estava muito debilitado e envelhecido para sair correndo ou mesmo se machucar. O grão-mestre estava internado sozinho; a enfermaria só tinha recebido um paciente recentemente, quando Sir Jerren quebrara a clavícula durante um treino no pátio.

Na cama, em um camisolão empapado de suor, Malek de Reddenheim se debatia levemente. A mente estava em agonia; em dado momento, ele queria contar que haveria um ataque iminente e confessar a traição que pretendia cometer; noutro instante, o grão-mestre se desesperava ao rever a derrota que nunca sofreu, quando Danyanna foi violada e dilacerada pelos demônios, enquanto Malek ouvia a risada de Bernikan, cuja pata enorme estava ao lado da cabeça arrancada de Krispinus. Com a rainha morta, não fazia sentido que houvesse inscrições mágicas em volta dos Portões do Inferno. A Rainha Danyanna nunca fez as inscrições; elas não deveriam existir.

A Rainha Danyanna nunca fez as inscrições; elas não deveriam existir.

A Rainha Danyanna nunca fez as inscrições; elas não deveriam existir.

O pensamento retumbava na mente, ora com a própria voz, ora com o rosnado gutural do grande demônio. Quando era a voz de Bernikan que se manifestava, o braço esquerdo — inerte há trinta anos, quando fora inutilizado por um golpe da própria criatura — sofria um espasmo violento. A cada tremor, o braço ganhava mais vida, inchava, se fortalecia. A pele foi enrijecendo, ficando escamosa, praticamente blindada, e mudou de cor. A mão, outrora inanimada, se contraiu e encrespou, dobrou de tamanho, ganhou garras nos dedos inchados.

De repente, a pata demoníaca arrancou o lençol com um gesto brusco, e Malek de Reddenheim estava de pé, fora da cama, tomado por uma energia sobrenatural, que lhe dava forças muito além daquelas do corpo combalido. A mente começava a deixar a confusão de lado — o arrependimento, a agonia e o desespero deram lugar a um pensamento obstinado, a um objetivo aferrado, a um propósito único.

A Rainha Danyanna nunca fez as inscrições; elas não deveriam existir.

Ele cruzou a enfermaria com passos largos e pesados que não condiziam com o físico debilitado. A mão direita abriu a porta com violência, o que surpreendeu os dois homens do lado de fora. A surpresa continuou quando Sir Gracus e Sir Idilzan viram o grão-mestre de pé, iluminado de maneira sinistra pela lamparina no interior da enfermaria, com uma expressão transtornada. Tudo foi rápido demais, e os dois sequer notaram o braço esquerdo oculto pela escuridão. Antes que os paladinos formulassem uma pergunta ou oferecessem auxílio, a pata já havia disparado contra o rosto de Sir Gracus. O golpe arrancou as feições do homem de uma vez só e desenhou no ar um arco de sangue, carne, nariz, olhos e dentes. Nem uma vida de combate preparou Sir Idilzan para aquilo; justiça seja feita, o pentáculo conseguiu dar meio passo para trás e levar a mão ao pomo da espada antes de morrer da mesma forma que o colega.

O único som naquela noite sem lua foi o da queda dos corpos na terra batida. Os pentáculos nas ameias continuavam lá no alto, bem distantes, vigiando o grande vazio do Ermo de Bral-tor. Da enfermaria, Malek de Reddenheim deu uma rápida corrida — impossível até momentos atrás — para cruzar o pátio e chegar à Torre de Caliburnus, no meio da fortaleza em formato de pentagrama. Oculto pelas sombras, ele foi na direção de uma porta de serviço, uma grade muito menos guarnecida do que os grandes portões.

Sir Jerren, o pentáculo da clavícula quebrada, fora designado para aquela vigília ingrata e pouco importante. Ele já estava recuperado, mas continuava recebendo tarefas simples até estar plenamente bem. O paladino havia pensado em levar o caso ao grão-mestre, mas com a internação de Sir Malek, pelo visto, ele teria que aguardar. Qual não foi sua surpresa quando o comandante dos pentáculos emergiu das sombras... correndo e com o camisolão sujo de sangue.

— Grão-mestre, o senhor...? — Sir Jerren fez menção de sair da grade para interceptar Malek Redd, mas o outro parou de repente, com o corpo encolhido, como se estivesse com muita dor.

Sir Malek quis avisar o paladino, quis contar o que estava prestes a fazer... mas a voz não saiu, e logo a mente foi novamente dominada pelo objetivo implacável.

A Rainha Danyanna nunca fez as inscrições; elas não deveriam existir.

O braço esquerdo surgiu detrás do corpo e pegou com força o rosto de Sir Jerren; o homem ensaiou uma esquiva, mas foi pego no contrapé, sem jamais ter esperado um ataque da parte do grão-mestre. Malek Redd continuou à frente, e o ímpeto do golpe esmagou o crânio do pentáculo contra a parede da torre, ao lado da grade. Entre a força sobre-humana da garra e a resistência das pedras, a cabeça de Sir Jerren estourou como se tivesse sido atingida por um aríete.

Com o braço direito, Sir Malek pegou a chave presa no cinturão do pentáculo inerte e decapitado, e abriu o portão gradeado na lateral da Torre de Caliburnus. Depois entrou pelos corredores pouco iluminados e vazios, àquela altura da madrugada. Não precisou de muito tempo para se esquivar pelas sombras até chegar à escadaria que levava às câmaras subterrâneas. Ele vinha fazendo isso toda noite, até ser internado. Um ritual desesperado, em que o grão-mestre revia as coisas como elas *não* aconteceram, em que assistia às forças demoníacas massacrarem Krispinus, Caramir, Danyanna e Dalgor. Ao terminar de descer os degraus, os olhos se fixaram no Sangue de Bernikan, na marca do esguicho do sangue do demônio na parede do Salão da Vitória. O braço esquerdo sofreu novo espasmo, mas não mudou de forma. Apenas pareceu reagir ao que Sir Malek viu. Depois, sua atenção se voltou para *as inscrições que não deveriam existir*: a proteção ao selo dos Portões do Inferno, na rotunda no fim do Salão da Vitória. A Rainha Danyanna nunca fizera as inscrições; ela fora violentada e estraçalhada por uma horda de demônios. Sir Malek de Reddenheim esteve lá, viu com os próprios olhos, caído aos pés de Bernikan. Todas aquelas proteções mágicas eram uma mentira.

Se eram uma mentira, elas não poderiam estar ali.

A Rainha Danyanna nunca fez as inscrições; elas não deveriam existir.

Sem pensar em outra coisa, o grão-mestre percorreu o extenso Salão da Vitória, entrou na rotunda dos Portões do Inferno e começou a golpear com a garra demoníaca as lajotas em volta do grande bloco de pedra circular, que agia como selo da passagem dimensional. As inscrições mágicas foram destruídas uma a uma, sob o olhar das estátuas de Krispinus, Caramir, Danyanna e Dalgor, que testemunhavam silenciosamente a derrocada do Fortim do Pentáculo.

EXTERIOR DO FORTIM
DO PENTÁCULO, ERMO DE BRAL-TOR

A tropa svaltar estava reunida diante do Fortim do Pentáculo, encoberta pela noite sem lua, a uma distância em que os olhos dos humanos nas ameias não conseguiam discernir o inimigo nas trevas. Já os svaltares enxergavam muitíssimo bem a grande estrutura branca em forma de pentagrama, com cinco torreões que brotavam de cada ponta da estrela e a majestosa torre em formato de espada que se agigantava sobre as demais, no meio da fortaleza.

Para uma força inimiga comum, aquela visão seria desanimadora. A fortaleza construída por anões era um bastião inexpugnável, encravada em um terreno sem vida, que impossibilitava a construção de máquinas de sítio. Invulnerável à magia, não havia como apelar para poderes sobrenaturais ou forças arcanas para invadi-la.

Mas, graças à traição de Sir Malek de Reddenheim, o Fortim do Pentáculo perdera sua invulnerabilidade.

Em cima de uma pequena elevação, Regnar olhava com ansiedade para a estrutura ao longe. Era preciso se certificar de que as defesas místicas haviam realmente caído.

— O zavar já se pronunciou? — perguntou Regnar para Dolonar.

Como dizia o velho ditado svaltar, era só mencionar um demônio que ele agitava as asas. Vragnar se aproximou do sardar acompanhado pelo Sarderi Jasnar. Com eles, dois soldados svaltares traziam um prisioneiro humano, capturado ainda no primeiro confronto no Ermo de Bral-tor. Curiosamente, o homem fora mantido como um exemplo de saúde; estava vendado, mas ainda mantinha os olhos. Atrás dele, vinha mais um soldado svaltar, com um balde nas mãos.

Sem saudações ou mesuras, o zavar se dirigiu a Regnar:

— O traidor humano cumpriu seu papel. A fortaleza está tão aberta para a minha magia quanto uma rampeira alfar. É hora de estuprá-la.

Regnar queria açoitar o sujeito pelo tom desrespeitoso e pela simples presunção de ditar ordens ao sardar. Ele percebeu a hesitação em Dolonar e Jasnar — ninguém no alto-comando ficava à vontade com aquela criatura que diziam ser meio demoníaca. Havia rumores de que ele *era* um demônio de Korangar em forma de svaltar. Diziam todo tipo de coisa sobre Vragnar em Zenibar. Ainda assim, o sardar queria pegar os penduricalhos no torso nu do místico e esganá-lo com eles. Ou talvez fazer um uso criativo daquele cajado ossudo. Ou talvez tudo aquilo ao mesmo tempo.

— Sarderi — Regnar interrompeu o devaneio de vingança e se voltou para Jasnar —, inicie a invasão.

O sarderi fez o gesto em xis e partiu para comandar as tropas. Dolonar, Vragnar e o trio de soldados com o prisioneiro humano ficaram ali, ao lado do sardar.

Em pouco tempo, o contingente de svaltares começou a se deslocar na direção do Fortim do Pentáculo. Como foram instruídos, os soldados tinham que chamar a atenção dos pentáculos, para que o maior número possível de humanos se reunisse nas ameias. Acostumados a combates em túneis subterrâneos e fortalezas entalhadas em cavernas, os svaltares não tinham a cultura de sítios: não usavam escadas, catapultas, aríetes nem torres móveis. Em vez disso, eles empregavam uma magia cruel e poderosa, *si-halads* e instrumentos desconhecidos na superfície, como garras de escalada, além de habilidades sobrenaturais fora da compreensão humana. À exceção dos *si-halads*, quase tudo aquilo seria usado agora contra um inimigo aquartelado, seguro de sua proteção mística e confiante na altura de suas muralhas.

Os svaltares pretendiam mostrar aos humanos como eles estavam errados.

Os pentáculos entraram em polvorosa nas ameias quando ouviram — mais do que viram — a massa de inimigos se aproximar. Sons estridentes cortaram o ar, produzidos por pequenas trompas sopradas pela vanguarda dos svaltares. As notas musicais criaram uma confusão mental e ecoaram pelo descampado como se o Fortim do Pentáculo estivesse cercado por todos os lados, por um contingente de adversários muito maior. O ruído sobrenatural ampliou seus receios, atiçou o medo, alimentou a desesperança. Sangrando pelos ouvidos, os humanos foram vencidos pelo desespero e se lançaram das ameias para a morte na terra batida lá embaixo. Os paladinos, apesar de toda a fé no Deus-Rei Krispinus, não conseguiram resistir àquele som infernal e enlouqueceram. O tormento era tamanho que só o suicídio parecia uma solução viável. Enquanto os svaltares avançavam, continuando a soprar os pequenos instrumentos, uma chuva de soldados blindados caía das ameias gritando de agonia, tanto no pátio interno quanto no terreno lá fora. Um número ainda maior de pentáculos morreria agora, no segundo golpe, como mandava a filosofia de combate svaltar.

Assim que as trompas infernais pararam de soar, Vragnar acenou para o trio que o acompanhava. Os dois soldados que seguravam o prisioneiro colocaram a cabeça do homem diante do balde, que o terceiro svaltar pousara no chão. O homem começou a se debater, mas foi contido. O recipiente estava cheio de água retirada de um lago subterrâneo de Zenibar, usado pelos svaltares para afogar escravos rebeldes. Vragnar se ajoelhou ao lado do balde, polvilhou alguns ingredientes tirados de várias bolsinhas na cintura e entoou um cântico na língua nefasta e antiga dos demônios. A água borbulhou, espirrou, ganhou vida. O zavar novamente acenou para os três soldados.

Os svaltares enfiaram a cabeça do prisioneiro dentro do balde e seguraram-na firme enquanto o homem se debatia violentamente. Lá nas ameias da fortaleza, os pentáculos que não foram afetados pelo som infernal produzido pelas trompas começaram a gorgolejar. Enquanto expeliam água em golfadas pela boca, os corpos cediam a espasmos violentos; os rostos ficavam azuis, roxos, e os paladinos se afogaram no terreno seco do Ermo de Bral-tor. Grande parte cambaleou e despencou das ameias para o pátio interno, outros se ajoelharam para tentar cuspir toda a água e morreram afogados mesmo assim.

Ainda impressionado com o resultado da primeira onda de ataque, Regnar comentou meio que para si mesmo:

— Que armas maravilhosas essas orlosas. É uma pena que não possamos usá-las na guerra com os alfares.

Com o feitiço terminado, Vragnar se juntou ao lado do sardar para observar o resultado do encantamento. O rosto branco era uma máscara de contentamento.

— Sim, essas trompas korangarianas são devastadoras, mas infelizmente foram feitas para afetar apenas humanos. — O zavar encarou Regnar. — Seria possível usar outros encantamentos através delas, mas não há garantia de que não nos afetariam também, além dos alfares.

— Um risco que valeria a pena correr?... — O líder svaltar levou a mão ao queixo.

— Sardar — interrompeu Dolonar —, acho que seria prudente nos concentrarmos na batalha *atual*, e depois pensarmos na guerra vindoura.

Regnar encarou o ajudante de ordens com um sorriso cruel. Ao contrário de Vragnar, a insolência de Dolonar era divertida — ou pelo menos respeitosa.

— A batalha atual já está vencida, Dolonar. — Desta vez, Regnar soltou uma gargalhada. — O inimigo só não está ciente ainda. Chegou o momento de informá-lo.

O sardar fez um gesto para que o alto-comando, ali ao seu lado na elevação, avançasse junto com as tropas.

Com as ameias praticamente desguarnecidas, os soldados svaltares começaram a longa subida pela muralha do Fortim do Pentáculo usando nesheras, garras de escalada presas à palma das mãos. Eles pareciam um estranho enxame de insetos de carapaças escuras subindo pelo paredão branco. Os invasores sobrepujaram facilmente a resistência dos poucos pentáculos que sobreviveram nas ameias; os humanos ainda cuidavam dos feridos, acendiam tochas, clamavam por ordens, se reorganizavam pela extensão do muramento à procura de escadas e torres de sítio, sem conseguir acreditar que o inimigo estivesse *escalando* a muralha.

Quando a última onda de soldados svaltares subiu e o clangor do combate ecoou pelo Fortim do Pentáculo, o alto-comando — que reunia os oficiais, o imar, o zavar; enfim, todos os integrantes da nobre linhagem da Casa Alunnar — finalmente chegou à beira da muralha e ativou uma das habilidades ancestrais de sua casta superior. Regnar, Jasnar, Dolonar, Vragnar e os demais começaram a flutuar em direção às ameias. Eles simplesmente deram um passo no ar e se projetaram para cima lentamente, porém mais rápido do que a escalada dos soldados plebeus.

Os nobres svaltares avaliaram o combate assim que pousaram nas ameias. No pátio, agora iluminado por tochas, os pentáculos com armaduras de placas pesadas e túnicas brancas com o símbolo do pentagrama enfrentavam a infantaria svaltar, em cotas de malha negras e foscas, e a tropa de assassinos de elite, os noguiris e raguiris. De lá de cima, Vragnar identificou o pentáculo que cuidava da resistência mística — o sujeito e seus homens lançavam clarões de luz, totalmente inúteis contra os soldados devidamente protegidos pelas poções; ademais, a magia humana era pífia e raramente penetrava na resistência natural dos svaltares. O zavar abriu o sorriso de um predador diante da presa. Ele pulou para o pátio e flutuou até lá embaixo. Assim que pousou, Vragnar apontou o cajado ossudo na direção do feiticeiro dos pentáculos e falou várias palavras de poder; em seguida, um relâmpago negro com forquilhas roxas brotou da ponta do osso grotesco e fulminou o inimigo. A seguir, o zavar foi na direção dos portões da grande torre no centro do pátio, onde o combate entre pentáculos e svaltares era intenso.

A ação independente de Vragnar não fugiu à atenção de Dolonar.

— Ao que parece, sardar, alguém quer chegar na sua frente — comentou o ajudante de ordens.

Regnar, que avaliava o rumo do combate e apontava sugestões para Jasnar, praguejou baixinho. Ele estava justamente direcionando os soldados para a invasão à torre principal, mas lá estava o zavar colocando o *si-halad* para fora.

— Sarderi — disse Regnar para Jasnar —, avance por aquele flanco para a grande torre. Nossos homens estão enfrentando forte resistência ali; o místico vai se intrometer, mas precisamos da magia dele para abrir o Brasseitan. Se algo acontecer com o zavar, eu tiro a *sua* pele e costuro do avesso de novo no seu corpo, Jasnar. Entendeu?

Jasnar fez o gesto em xis e pulou para o pátio. O sardar então se voltou para Dolonar e sua guarda pessoal.

— Vamos nos juntar àquela companhia ali. — Ele apontou para um pequeno grupo de homens que terminava de acuar e massacrar alguns pentáculos. — E avançar pelo outro flanco, para chegar antes que o zavar. Agora!

Dito isso, ele sacou as roperas e se projetou para o vazio com o resto do alto-comando nas ameias.

As forças dos svaltares prosseguiram como um tridente — os flancos liderados por Regnar e Jasnar, o meio com Vragnar lançando feitiços — na direção dos grandes portões da Torre de Caliburnus, onde o último contingente de pentáculos formava a derradeira linha de defesa.

Surpreendidos pelo ataque surpresa e com um grande número de baixas causado pelos dois feitiços iniciais, os pentáculos se viram acuados. Sem Sir Malek de Reddenheim para liderá-los — que todos acreditavam ainda estar na enfermaria, para onde foram despachados homens, a fim de salvar o grão-mestre internado —, os paladinos se agruparam sob o comando de Sir Lavey. O grão-comendador notou o avanço em três frentes dos svaltares, ainda custando a acreditar na pujança e crueldade do inimigo. Quando chegou a notícia de que haviam perdido o grão-mago e seu destacamento místico, Sir Lavey ordenou que todos os homens formassem um semicírculo de proteção diante dos portões da Torre de Caliburnus — era para lá que apontava o ímpeto dos adversários.

Escudos foram unidos e, juntamente com as armaduras de placas, formaram uma carapaça de aço, uma verdadeira muralha humana com vários homens de profundidade para honrar a proteção aos Portões do Inferno. Os svaltares se viram em dificuldade contra aquela manobra, ligeiramente parecida com uma defesa anã, porém mais alta e muito mais ampla no espaço aberto do pátio. As roperas, essencialmente espadas para estocadas curtas e rápidas, não tinham como vencer aquele paredão blindado. Os elfos das profundezas morriam em grande quantidade por causa dos pesados espadões humanos, de maior alcance. Dentro do semicírculo, de costas para os portões da Torre de Caliburnus, Sir Lavey e Sir Lorren, o grão-comendador e o grão-hospitalário, começaram a entoar "A Canção do Mago em Chamas", que todo pentáculo sabia ter motivado o Deus-Rei Krispinus na conquista dos Portões do Inferno. O hino exaltava o primeiro Rei-Mago de Ragúsia, Ragus, que derrotou o piromante Arnoar na disputa pelo trono, mesmo com o corpo pegando fogo. Mas não era aquele rei que inspirava os paladinos naquele momento, e sim Krispinus, o Grande Rei, o deus em forma humana que atendia às preces dos pentáculos e lhes dava força nos braços e coragem no coração.

Os espadões desceram com mais violência ainda, ao som da canção. O feito de Ragus era louvado pela música, mas, na mente de cada pentáculo envolvido no combate, a canção lhes fazia lembrar do Grande Rei Krispinus golpeando Bernikan e defendendo os Portões do Inferno. Era exatamente o que eles pretendiam fazer ali — ou morrer tentando. E a cada paladino que caía outro tomava seu lugar, ainda que a muralha de escudos ficasse mais fina. Porém, já havia uma pilha considerável de svaltares em volta do semicírculo. "A Canção do Mago em Chamas" ecoava cada vez com mais intensidade. A vitória era questão de tempo. Como incentivo, Sir Lavey alternou o coro do hino com gritos de "Malek! Malek!" e "Krispinus! Krispinus!".

Para desespero de Regnar, a infantaria sob seu comando estava sendo massacrada. No outro flanco, ele percebeu que as táticas furtivas e de intimidação dos noguiris e raguiris, os assassinos de elite treinados por Jasnar, não surtiam efeito diante da massa humana sem medo diante deles. O sarderi tinha mais homens caídos ao redor do que dando combate aos inimigos. Um pensamento insidioso e derrotista tomou conta da mente de Regnar: ele perdera soldados demais avançando pelo Ermo de Bral-tor, e, talvez, a incursão *realmente* precisasse de mais planejamento. Ele sacudiu a cabeça, custando a acreditar que seria derrotado por aquela escória a um passo do objetivo. O Brasseitan estava logo ali, atrás daquele paredão de aço, que agora estava manchado de sangue svaltar.

A muralha humana parecia inexpugnável. O sardar lançou um olhar cruel para o zavar, no flanco oposto ao sarderi. O místico comandava uma unidade de soldados com orlosas, porém, desta vez, o som infernal das pequenas trompas de Korangar não conseguia afetar os humanos. Eles estavam muito imbuídos de coragem naquela resistência final para ceder ao desespero das notas mágicas. Estimulados pela "Canção do Mago em Chamas", pela crença no Deus-Rei Krispinus, pela dedicação a Sir Malek, os paladinos sequer se abalaram com as orlosas. Vragnar sabia que precisaria de tempo para alterar o feitiço das trompas e apenas descarregava o ódio com rajadas do cajado, que derrubavam aqui e ali um pentáculo.

Regnar estava diante de um massacre e da derrota inevitável. Ele se lançou ao ar, para ver acima dos escudos dos adversários, a fim de enxergar quem dava as ordens — e quem era o responsável por aquela maldita música. Flutuando, o sardar usou a experiência adquirida em combate para localizar o líder humano no meio daquela massa de seres iguais — o comandante sempre era, invariavelmente, quem mais apontava.

— *Vragnar!* — O desespero era tanto que Regnar apelou para o nome do zavar. — *Aquele* humano é o líder!

O místico viu o sardar flutuando no ar e indicando algum ponto atrás da muralha de escudos com uma ropera. Ele fez o mesmo que o líder svaltar, lançou-se ao ar e, lá de cima, percebeu alguns pentáculos fora da formação, distribuindo ordens. Era difícil discernir para qual deles Regnar apontava, então Vragnar decidiu matar o primeiro que viu. Ele apontou o cajado de osso e lançou uma rajada infernal que colheu o sujeito com tanta força que o humano foi lançado, carbonizado, contra os portões da grande torre.

— Esse não! — berrou Regnar. — O *outro* ao lado.

Sir Lavey levou um susto e interrompeu a canção quando Sir Lorren, que estava próximo, simplesmente foi arremessado para trás em meio a um estrondo e um clarão de luz negra. Ele ergueu os olhos, viu dois svaltares no ar e mal acreditou na cena, mas levantou o escudo e firmou os pés a tempo de bloquear outro raio de uma das criaturas. O gesto, porém, foi inútil — as forças demoníacas envolveram o escudo, subiram pelo braço e consumiram o bravo grão-comendador dos pentáculos ali mesmo, em pé.

Por via das dúvidas, sem saber se pegara o humano certo, Vragnar repetiu o gesto com mais dois paladinos no meio do semicírculo, até finalmente ficar esgotado e flutuar até o chão.

O ímpeto dos pentáculos esmoreceu um pouco. Eles perceberam a ausência das vozes dos líderes, olharam para trás e notaram Sir Lavey e Sir Lorren mortos. O grão-mago também não estava mais entre eles para deter a ameaça mística. A dúvida e o temor correram pela pequena tropa de sobreviventes na parede de escudos. "A Canção do Mago em Chamas" parou nos lábios incertos, as preces ao Deus-Rei foram interrompidas pela pontada de desespero. Desespero que cresceu quando o som das orlosas finalmente fez efeito. Nas brechas provocadas pela hesitação e pelo vislumbre da derrota, as roperas dos svaltares entraram e encontraram pontos vulneráveis nas armaduras de placas. A cada pentáculo que morria, outro cedia à desesperança de considerar o combate perdido. O som infernal fez efeito, não a ponto de os guerreiros humanos cogitarem o suicídio como ocorrera nas ameias, mas o suficiente para que perdessem a fibra, recuassem alguns passos, dessem golpes mais vacilantes e se defendessem sem confiança.

Os svaltares aproveitaram a vantagem com gosto e finalmente sobrepujaram os pentáculos. Aqui e ali ainda se ouviam gritos em nome do Grande Rei, mas, em pouco tempo, o que era uma sólida defesa que esteve prestes a garantir a vitória para os defensores do Fortim do Pentáculo virou uma resistência desesperada e confusa. Assim que a parede de escudos desmoronou, Regnar comandou o extermínio dos humanos.

Em meio aos paladinos mortos, o sardar se viu diante dos portões de madeira da grande torre em forma de espada — eram apenas portões comuns, reforçados por ferros, pesados e maciços, mas sem proteções mágicas;

a verdadeira defesa mística ficava no interior, na câmara subterrânea do Brasseitan, e fora destruída pela traição de um humano. Vragnar se aproximou de Regnar, tirou da bolsa um pedaço de madeira cheio de inscrições arcanas e pousou-o no chão. Em seguida, entoou um encantamento e bateu com o cajado no objeto. Os portões explodiram e revelaram o interior desguarnecido. Regnar e o alto-comando svaltar entraram e se dirigiram calmamente para as câmaras subterrâneas. Não havia mais humanos no interior. Após o susto da quase derrota, o sardar recuperou a confiança arrogante e foi a passos largos para a escadaria que levava ao tão sonhado objetivo.

Lá embaixo, após passar por um enorme salão retangular, perfilado por colunas e decorado com murais de cenas de um combate entre humanos e demônios, os svaltares chegaram a uma pequena rotunda com uma enorme pedra circular no chão, cercada por lajotas destruídas. No entorno da câmara, havia estátuas que aparentemente representavam líderes ou heróis humanos. Um tinha um semblante de meio-alfar, um mestiço repugnante. Aos olhos dos invasores, aquela era uma arte horrível, grotesca, absolutamente primitiva. Devenar comentou que kobolds tinham feito aquilo. Até Regnar riu.

Atrás de uma das estátuas, Jasnar localizou uma figura encolhida: um humano velho, que chorava baixinho enquanto abraçava o braço esquerdo inerte. O sarderi foi à frente com as roperas sacadas para matá-lo, mas Vragnar interrompeu sua passagem com o cajado ossudo.

— Não! — disse o zavar. — Esse é o traidor humano; ele tem que ser guardado para o sacrifício final.

— Vá em frente então — disse Regnar.

Cheio de si, Vragnar começou a desenhar símbolos no grande bloco de pedra circular que vedava a passagem dimensional. Depois, ficou diante do Brasseitan e recitou um longo encantamento na língua infernal. O humano estava contido por soldados, sem reação.

Das bordas do bloco, do encontro da pedra com o solo, brotou uma intensa luz roxa. A rocha circular pareceu pular como se um aríete infernal se chocasse por baixo, vindo das profundezas. A cada golpe contra o bloco, a luz pulsava mais. Os tremores fizeram tombar as grotescas estátuas dos humanos; os murais lá atrás no Salão da Vitória racharam e descascaram.

A rotunda começou a ficar em ruínas, mas ainda assim o bloco de pedra resistia.

Regnar trincou os dentes, como se o gesto contribuísse para a força que tentava romper o selo de pedra. O olhar agitado ia de Vragnar para a pedra e vice-versa. O sardar se sentia impotente, queria contribuir com alguma coisa, e sentia a joia no pingente se agitar também, como se estivesse tão aflita quanto ele para ver a invasão infernal.

Aí, tudo parou. A rotunda foi tomada pela poeira, que começou a assentar. As inscrições feitas por Vragnar no bloco praticamente sumiram embaixo daquele manto de pó. Regnar sentiu como se os dentes fossem rachar; os olhos negros estavam esbugalhados e saltados nas feições agora cinzentas pela chuva de pó. As roperas começaram a se mover instintivamente na direção do zavar...

... que aproveitou a calmaria para berrar a frase final do feitiço.

O bloco rachou de uma vez só, exatamente no meio. A luz roxa voltou a jorrar pela fenda e pelas bordas, e a seguir consumiu a pedra em uma explosão violenta.

No meio da luz, surgiu uma forma indescritível, uma massa de malevolência cercada por asas enormes, um vulto gigantesco que urrou ao aparecer. Uma pata saiu da fonte de luz e pisou fora do grande buraco no chão. Em seguida, veio o corpo protegido por uma carapaça escamosa, a síntese de um pesadelo em que olhos atentos conseguiriam enxergar partes parecidas com a de vários animais — se alguém conseguisse olhar com atenção para a criatura por alguns instantes, antes de a mente entrar em desespero.

O grande demônio tomou ciência da massa de criaturas diante de si e reconheceu Vragnar ali, a prole bastarda que teve com a sacerdotisa de Zenibar. E então notou o humano Malek de Reddenheim contido por dois svaltares. O homem, ao vê-lo, pareceu ganhar novamente força sobre-humana e se livrou dos captores. Sir Malek correu desarmado para enfrentá-lo, com um punho erguido para desferir um golpe inútil em Bernikan.

Ironicamente, a criatura infernal catou o homem pelo mesmo braço esquerdo que usara para possuí-lo e arrancou sua cabeça com uma única mordida. Bernikan cuspiu longe o crânio de Sir Malek de Reddenheim e bebeu o sangue que esguichava do pescoço como se fosse uma ânfora.

Nenhum dos svaltares se manifestou. Eles ficaram em silêncio, enquanto do buraco ecoava o barulho estridente de uma horda em avanço caótico para a superfície. Bernikan jogou o corpo inerte na passagem dimensional atrás dele e voltou a atenção para as estátuas caídas de Krispinus e Danyanna.

— Vocês dois vão pagar pelo que fizeram comigo — disse a criatura na língua infernal. — Vão morrer horrivelmente, mas antes testemunharão a destruição de seu reino. Que as trevas encubram esse mundo!

Vragnar traduziu a última frase para os svaltares, que vibraram em resposta. Regnar olhou de lado para Dolonar e finalmente soltou a gargalhada da qual o ajudante de ordens tanto debochava.

CAPÍTULO 19

PROXIMIDADES DO FORTIM
DO PENTÁCULO, ERMO DE BRAL-TOR

— Você deveria ter ficado no trono — disse Dalgor, com a voz cansada.

— Até você? — respondeu Krispinus com rispidez. — Já foi um sufoco convencer a Danyanna, e agora *até você* me vem com essa?

Assim que recebeu a notícia enviada pelo grão-hospitalário do Fortim do Pentáculo de que o velho Malek de Reddenheim havia adoecido misteriosamente, o Grande Rei se aproveitou do fato para armar uma pequena comitiva, a fim de visitar o grão-mestre, seu amigo de longa data. A decisão não caiu bem diante do Conselho Real — e a reação da rainha foi ainda pior. Ela armou uma discussão a portas fechadas no Aerum que se propagou por toda a Morada dos Reis. Não adiantaram os pedidos de calma de Krispinus; ele tinha certeza de que a gritaria fora ouvida até em Korangar.

O Conselho Real e a Suma Mageia tinham lá suas razões: em plena campanha de guerra contra os svaltares no Ermo de Bral-tor, com legiões dos Quatro Protetorados tentando conter o avanço dos elfos das profundezas, a desculpa de que o Grande Rei estava apenas visitando um amigo enfermo — *justamente* no Fortim do Pentáculo — não convenceu ninguém de que Krispinus não decidira assumir a liderança da campanha em pessoa. Para persuadi-los, o monarca deixou as tropas reais na capital e foi apenas com o velho amigo bardo e os Irmãos de Escudo, sua guarda pessoal, com o discurso sobre a saúde do Grão-Mestre Malek Redd ensaiado na ponta da língua.

Era uma preocupação genuína, e todos acreditavam na veracidade de sua intenção, mas também sabiam que aquele era o motivo que Krispinus precisava para olhar de perto a situação dos svaltares.

— Só estou dizendo — se justificou Dalgor — que você não é simplesmente um guerreiro, muito menos um mero rei: você se tornou um *deus*, Krispinus. Cada alma em Krispínia reza em seu nome, e você tem responsabilidades em relação aos súditos e aos fiéis. Não dá mais para bancar o aventureiro, homem!

— Eu só estou indo visitar meu amigo Malek!

— Não engane um enganador, Krispinus. — Dalgor olhou torto para o amigo.

— É sério — retrucou o Grande Rei, com a cara fechada. — Deixe que Santária cuide dos svaltares. A esta altura, os lanceiros do Rei Belsantar já devem ter contido o avanço daqueles orelhudos. *Você* talvez consiga fazer algo pelo velho grão-mestre. O sacerdote-curandeiro do Fortim, Sir Lorren, disse que já esgotou seus conhecimentos e que o Malek continua acamado, berrando sandices.

— Que sandices? — perguntou Dalgor.

— O grão-hospitalário foi... evasivo. Falou apenas que o comandante dizia algumas insanidades sobre mim e a rainha. Até aí, não quer dizer nada. Desde que o Dom Zeidan arrochou os impostos, a Danyanna e eu não andamos bem falados, não importa que eu seja venerado como deus ou não... Na verdade, deve ser coisa da idade... o Malek não larga o osso do Fortim do Pentáculo, mesmo eu tendo oferecido várias terras para sua aposentadoria. Esse lugar aqui — Krispinus fez um gesto amplo para o cenário ao redor — deixa qualquer um maluco. Dá para entender que tenha surtado.

Dalgor fez um longo silêncio, o que era pouco característico do velho bardo. Krispinus se conteve e não perguntou o motivo da súbita mudez; ele já estava cansado de ter que justificar sua presença ali para todo mundo, inclusive para a esposa e o amigo.

— Você mencionou a idade do Malek... — Dalgor voltou a falar. — Eu também estou muito velho para esse tipo de coisa. Quem ficou imortal, quem virou deus, foi você. Não eu.

— Inveja a esta altura da justa? É sério, Dalgor?

— Não é inveja, Krispinus, e você sabe disso. Quando você ascendeu ao Trono Eterno, veio a imortalidade. Até a Danyanna, por ser sua rainha, por dividir o trono com você, também se tornou imortal. Justo. Mas *ela* está sabendo como lidar com isso; você não. Seu cavalo é de pedra e não se cansa; você não envelhece. Mas *eu* me canso e envelheço, Krispinus.

— Bá! Você só quer ficar na sombra e água fresca do litoral de Dalgória, aproveitando sua vila à beira-mar, enquanto seus vassalos fazem todo o serviço pesado para pacificar seu reino. E não me fale da Danyanna. A imortalidade a deixou ainda mais teimosa.

Dalgor teve que rir.

— Só ela, Krispinus?

— É verdade! Eu troco Caliburnus por um pouco de paz de espírito. Aquela mulher vai precisar de duas covas: uma para ela, outra para a língua.

— *Você* cavou a própria cova, no caso. Não segurou o pau na calça quando viu a Danyanna. Eu bem me lembro do dia em que o Ambrosius a apresentou e você não tirava os olhos do traseiro dela.

— Que bunda, amigo... E continua firme como o Roncinus. — Krispinus passou a mão no cavalo de pedra em que estava montado.

Dalgor suspirou:

— Eu lá compondo a "Ode à Rainha dos Ares" para cair nas graças dela, e você com esse tipo de galanteio. Eu conheço a história secreta da civilização adamar, sei mais lendas, poemas e canções que conseguiria recitar pelo resto da vida, e ainda assim vou morrer sem entender o que uma mulher pensa.

— Eu já enfrentei e matei tudo que anda, nada e voa sobre Zândia, e ainda assim tremo quando a Danyanna está naqueles dias de humor de cão.

O bardo revirou os olhos.

— Ela *sangra* por dias seguidos — disse Dalgor. — Nem a Suma Mageia de Krispínia consegue impedir isso. Você também ficaria de mau humor assim.

— A Danyanna sangra e não morre! Inacreditável isso...

Os dois continuaram assim durante toda a longa jornada, discutindo, brincando, rindo, implicando um com o outro. Ali não estavam um duque e seu rei, e sim dois amigos com um passado repleto de feitos e aventuras.

O Ermo de Bral-tor era mesmo um dos lugares mais inóspitos e feios de Krispínia. Ali, naquela devastação outrora ocupada por Blakenheim e Reddenheim, Dalgor podia estar com saudade da vida mansa e do mar de Dalgória, mas Krispinus já havia esquecido dos confortos — e do confinamento

— da Corte. O Grande Rei até conseguira tirar da mente a presença da pequena escolta; ele só pensava em cavalgar Roncinus ao lado do velho amigo Dalgor, mas infelizmente sem Caramir, Danyanna e outros que ficaram pelo caminho. Pensava até em Ambrosius e suas dramáticas aparições, o único que entendia o que era ser o Deus-Rei e o que era preciso fazer — de bom e de ruim — para proteger o reino.

O caminho que eles tomaram não levaria necessariamente ao ponto onde as forças santarianas pretendiam interceptar a tropa svaltar. Ainda assim, Krispinus despachara dois Irmãos de Escudo à frente para se certificar de que não entrariam desavisados em um campo de batalha — e também para saber o resultado do inevitável confronto. Mesmo que o objetivo do inimigo fosse tomar o Fortim do Pentáculo para abrir os Portões do Inferno, o Grande Rei continuava com a convicção de que a incursão svaltar, na verdade, era uma mera distração orquestrada pelo rei dos elfos para tirar sua concentração da guerra no Oriente, na Caramésia, e que os lanceiros de Santária dariam cabo dos inimigos, mesmo sob o comando de seu inexperiente príncipe-cadete. Por dentro, porém, Krispinus torcia para encontrar um destacamento svaltar em retirada. Já fazia tempo que ele não matava um elfo, fosse das profundezas ou não. Nem o rei, nem Caliburnus faziam a menor distinção de raça e cor. Era tudo monstro.

Uma nuvem de poeira no horizonte indicou que os Irmãos de Escudo retornaram da missão de reconhecimento. Esbaforidos e com expressões assustadas, os dois cavaleiros reportaram que os lanceiros santarianos tinham sido completamente massacrados, só que desta vez os olhos dos soldados não foram arrancados. Sir Leney, um dos Irmãos de Escudo que voltaram, disse ao Deus-Rei que a tropa inimiga parecia ter partido com pressa.

Os svaltares partiram com pressa para os Portões do Inferno.

O Grande Rei incitou Roncinus na direção do Fortim do Pentáculo, sem se importar com os conselhos de cautela de Dalgor e de Sir Bramman, o comandante dos Irmãos de Escudo. Resignados, os homens da escolta seguiram Krispinus a pleno galope.

Foram várias horas de ansiedade e cavalgada em silêncio até que o grupo do Deus-Rei chegou a uma distância em que era possível avistar o Fortim do Pentáculo. Porém, o céu escuro sobre a região foi um mau presságio durante toda a aproximação. O prenúncio sombrio se confirmou com a visão da fortaleza branca isolada no meio do Ermo de Bral-tor. O terreno não apresentava sinais de uma invasão, não havia balistas ou torres de sítio em volta da estrutura, nem escadas ou avarias nas muralhas, causadas por pedras de catapultas e bolas de fogo mágico; porém, houve nitidamente um grande deslocamento de soldados na direção do fortim. E as figuras esguias nas ameias, com certeza, não eram humanos em armaduras de placas, mesmo àquela distância.

O que mais chamou atenção, porém, foi o gigantesco turbilhão negro no trecho do céu imediatamente acima da Torre de Caliburnus. Relâmpagos negros com forquilhas roxas saíam da massa de nuvens escuras e atingiam o chão árido e pedregoso do Ermo de Bral-tor.

Aquele cenário era bem conhecido por Krispinus e Dalgor. Os dois tinham visto a mesma cena há trinta anos, quando os Portões do Inferno foram abertos e eles chegaram ali para fechá-los.

O Grande Rei rompeu o silêncio estupefato de todos ao se virar para Dalgor e dar três ordens:

— Avise a rainha. Avise o Caramir. Avise o Ambrosius.

CAVERNAS NA CORDILHEIRA DOS VIZEUS

Agnor levou um bom tempo examinando o desmoronamento que prendera o Dawar Bramok e sua guarda pessoal. Felizmente, a situação era bem diferente da anterior, quando o geomante korangariano teve que expandir uma fenda e criar um túnel na montanha praticamente do zero; ele tinha plena consciência de que morreria se tivesse que repetir o feito, pois o cochilo que tirou não teria sido suficiente para compensar o esforço. A dificuldade agora era não causar um desabamento ainda maior; as pedras certas teriam que ser movidas apenas o suficiente para que todos passassem. Com um giz retirado dos pertences, Agnor marcou algumas rochas próximas e se afastou para começar a se concentrar.

— Vossa Pujante Presença, eu aconselho recuarmos — sugeriu Od-lanor.

Após um gestual rápido e palavras de poder em tom retumbante, as pedras marcadas ganharam vida e começaram a assumir a forma de um humanoide. Rapidamente formou-se um elemental no meio das rochas desmoronadas; a criatura ajeitou o corpo em um arco e conteve o resto da pilha para que o grupo passasse embaixo dela.

— Depressa — disse Agnor em anão, com a voz em tom normal novamente. — O elemental não conseguirá conter uma eventual avalanche.

Baldur, Kyle e Derek não precisaram da tradução de Od-lanor ao notarem a pressa dos anões. Todos percorreram o espaço aberto pelo gigante de pedra e, quando já estavam a muitos passos dali, ouviram o desmoronamento voltar a ocorrer no momento em que o elemental se desmanchou.

Assim que a libertação foi consumada, o dawar e os seis integrantes da Brigada de Pedra começaram a cantar em altos brados. Baldur e Derek se entreolharam e se voltaram para o adamar, que tinha uma expressão resignada no rosto.

— É uma grave ofensa pedir que um anão pare de cantar; especialmente se for o dawar puxando a cantoria — aconselhou Od-lanor, dando de ombros.

— Mas eles vão fechar a matraca em algum momento, não é? — perguntou Derek Blak. — Ou essa será a incursão furtiva mais curta da história.

— Talvez seja uma reação de momento... — opinou o cavaleiro, meio sem confiança no que disse.

Od-lanor fez que não com a cabeça e indicou que eles fossem à frente dos anões, que já haviam tomado a dianteira, animadíssimos. As canções não paravam e reverberavam pelo túnel que levaria à entrada secreta do palácio do dawar, segundo o próprio Bramok. Baldur despachou Kyle bem adiante da cantoria. Na falta de Kalannar, o rapazote, com seu inseparável kobold, era a melhor opção para batedor que havia entre eles. Se ao menos fosse possível antecipar a ação de alguma resistência inimiga antes que aquela barulheira os denunciasse...

Kyle ia e voltava para relatar que a área estava segura, usando Na'bun'dak como seus olhos na escuridão, uma vez que uma tocha denunciaria os dois na vanguarda da incursão. Em um dos muitos retornos, ele extravasou para Baldur:

— O Kalannar faz falta — reclamou o chaveiro. — Cadê ele?
Baldur deu um sorriso para Kyle.
— Ele disse que nos ajudaria, das sombras — respondeu o cavaleiro.
Derek deu um risinho de desdém ao ouvir a conversa.

Pouco tempo depois, Kyle e Na'bun'dak informaram que chegaram ao fim do túnel, que parecia não ter saída. Derek, Baldur e Od-lanor se entreolharam, sem saber o que fazer. Ao se aproximar do paredão, Agnor começou a examinar e murmurar para as pedras, quando ao longe veio o som dos anões, ecoando pela caverna.

— Eles não param com essa maldita cantoria! — reclamou Derek. — Devem estar nos ouvindo lá da Morada dos Reis!

— Os anões estão cantando que o Bramok vai usar a manopla divina para arrancar as tripas do Torok pelo cu — explicou Od-lanor. — O bom é que aprendi uma nova palavra em anão para "cu".

— Nós é que vamos perder as tripas por lá se esses barbudos fedorentos não pararem de cantar — disse Derek.

Porém, para surpresa e alívio de todos, Bramok e a Brigada de Pedra realmente encerraram a música assim que alcançaram o fim do túnel. O dawar se aproximou do paredão, parou ao lado de Agnor e encostou a manopla de vero-ouro na rocha. As joias reluziram, as runas pareceram dançar naquele brilho momentâneo e o monarca anão simplesmente empurrou um bloco de pedra para o interior da montanha. Agnor fez uma expressão azeda — ele estivera próximo de descobrir a porta secreta —, mas escondeu a reação quando Bramok se voltou para o mago.

— Há segredos que as pedras só revelam a um anão, geomante.

— Certamente, Vossa Pujante Presença — respondeu Agnor, desgostoso.

Desta vez foi a guarda pessoal do dawar que tomou a frente; felizmente, todos os anões continuaram em silêncio. Baldur, Derek, Od-lanor, Agnor, Kyle e Na'bun'dak seguiram na retaguarda. Assim que entraram, a pedra se fechou e mergulhou a passagem secreta na escuridão, só quebrada pelas tochas do grupo da superfície. Eles ficaram para trás, para não denunciar a invasão, enquanto Bramok, que conhecia o próprio castelo, avançou pelo túnel de emergência que salvara sua vida, acompanhado pela Brigada de Pedra.

Os poucos detalhes revelados pelas tochas impressionaram. Mesmo sendo uma simples rota de fuga, o interior da passagem secreta era cheio de entalhes rebuscados que aqui e ali contavam as histórias de monarcas anões que precisaram se valer daquele subterfúgio para escapar da Fortaleza de Kro-mag, onde ficava o trono de Fnyar-Holl. Od-lanor conhecia a maior parte das histórias, mas se deteve diante de uma inscrição que relatava um fato que ele não sabia: como o Dawar Tuzok fugira de um incêndio provocado por um elemental de fogo descontrolado, dentro do palácio. Ao dar por falta do bardo adamar, Baldur voltou para arrancá-lo dali.

O avanço foi tranquilo, mas isso não deixou ninguém desconfiado, pois o próprio Bramok já havia alertado que a passagem não era guarnecida. O problema seriam os corredores do palácio, patrulhados pela guarda selecionada pessoalmente por Torok; felizmente, o túnel de emergência conduzia a um saguão de elevadores privativos que levavam ao salão da Corte e aos aposentos reais. Od-lanor explicou rapidamente o conceito de elevador para quem não conhecia — essencialmente uma jaula de metal que subia e descia por um duto na rocha —, e Kyle ficou empolgadíssimo para entrar em um.

Perto da saída da passagem secreta, Bramok confabulou com o comandante da Brigada de Pedra, juntamente com Agnor, Od-lanor, Baldur e Derek, alternando entre o idioma comum e o anão. O dawar esperava que a resistência fosse pequena naquele setor da Fortaleza de Kro-mag, mas sabia que teriam que agir rápido: caso tardassem em vencer os guardas leais a Torok, eles ficariam encurralados diante de uma onda de defensores, e era necessário que Bramok fosse levado à Corte para ser visto pelos nobres e poder desmascarar o traidor. O plano sugerido não tinha qualquer sutileza, como era típico de um anão: todos avançariam diretamente para o elevador que conduzia à sala do trono, sem se importar com quantos homens perdessem pelo caminho. A ideia contagiou os sobreviventes da guarda pessoal do dawar, e Derek temeu que eles irrompessem em nova cantoria, mas os anões apenas trocaram risos abafados e seguraram firme as armas.

Os guerreiros da Brigada de Pedra formaram uma mureta na frente do dawar e firmaram os pés para avançar; Agnor e Od-lanor chamaram à mente feitiços e palavras de poder para uma rápida evocação; Baldur tentou esquecer todas as dores provocadas por ter sido mastigado pelo *si-halad* (ele duvidava que o braço do escudo algum dia voltasse a funcionar como antes); Derek de Blakenheim brandiu os gládios para aquecer os braços; Kyle e Na'bun'dak foram prudentemente para trás de todo mundo.

As expectativas estavam nas alturas, todos sentiam a empolgação pré-combate, o sangue pulsava nas têmporas e bombeava músculos e cérebros que entrariam em ação a qualquer momento...

... e quando a porta secreta do túnel de fuga se abriu, novamente ao comando da manopla de Bramok, nada aconteceu. Eles invadiram um longo corredor vazio, que levava a um saguão de elevadores igualmente desguarnecido.

Mas ninguém perdeu tempo com especulações ou agradecendo a boa fortuna. Todos dispararam para o elevador que conduzia à sala do trono. Anões e enviados da superfície se espremeram dentro da jaula de metal incrustada na rocha; Baldur e Derek trocaram olhares com sérias dúvidas de que aquilo sairia do chão. Kyle deu um jeito de trepar na grade com o kobold para apreciar melhor a subida, sem ser amassado pela Brigada de Pedra. A engenhoca sacolejou, deu um solavanco e começou a subir. O trajeto pareceu levar uma eternidade naquele ambiente confinado e espremido, e o som das roldanas, polias e correntes abafou os grunhidos de desconforto e a prece baixa de Baldur para o Deus-Rei Krispinus.

Finalmente, o elevador depositou o septeto de anões e seus salvadores em um corredor curto, que novamente parecia sem saída, até Bramok usar outra vez a manopla para abrir a parede. Ele mesmo afastou a tapeçaria que escondia a porta secreta e irrompeu na Corte, já com sangue nos olhos para enfrentar Torok sentado em seu trono.

O que o dawar viu, porém, foi um assento de pedra vazio voltado para uma multidão de cortesãos e requerentes, que faziam burburinho no majestoso salão. Nenhum guarda do palácio estava presente para organizar a massa. Atrás de Bramok, a Brigada de Pedra e os enviados da superfície entraram pela passagem secreta e formaram uma fileira às suas costas.

As conversas entre os nobres e cortesãos foram interrompidas pelos berros de quem notou a presença do antigo dawar, supostamente morto sob acusação de heresia pelo atual monarca:

— Por Midok! É o Bramok!

— Não pode ser! Ele morreu!

— Herege! Os demônios o trouxeram de volta!

— Ele está possuído! Chamem a guarda!

— Onde está o Dawar Torok?

— Onde estão os guardas?

O caldeirão ferveu e deu sinal de que iria transbordar. Agnor esticou o braço, pronto para erguer uma parede ali mesmo, no chão de mármore, e conter um possível avanço da multidão, mas a voz de Bramok cancelou o gesto:

— Silêncio, todos vocês! Eu fui traído e acusado sem chance de defesa! — Ele deu passos na direção do trono e apontou para o assento. — Onde está o Torok?

Os cortesãos e requerentes reagiram com novas acusações, mas a presença da Brigada de Pedra e a voz imperiosa de Bramok contiveram os ânimos. A multidão ficou compacta em um canto do salão e só fazia gritar acusações:

— Você desrespeitou o Quarto Apontamento de Midok! É um herege!

— Onde está sua amante demoníaca, traidor?

— A rampeira o trouxe das trevas! É um morto-vivo!

— Chamem o dawar!

Ao ouvir isso, Bramok praticamente explodiu:

— *Eu* sou o dawar! Vocês acreditaram na conversa daquele usurpador e nunca deram ouvidos ao legítimo representante de Midok! Onde está ele para repetir suas mentiras na minha cara, diante da Corte?

A gritaria em anão parecia não dar trégua, nem Od-lanor conseguia traduzir tudo para o resto do grupo. Baldur e Derek sentiram a frustração do impasse; aquilo era caótico como um campo de batalha, só que sem combate. Eles vieram preparados para um derramamento épico de sangue, a fim de recolocar um monarca no trono, mas aquilo ali parecia uma simples discussão de preços na feira.

Kyle, que ficara atrás dos amigos com o kobold, estava distraído observando o pouco do salão do trono que era possível ver com aquela massa de gente gritando à frente. De repente, ele sentiu uma fisgada no pescoço — não muito diferente daquela sentida nos túneis fora do reino anão. Desta vez, porém, o rapazote não caiu inconsciente. Ele virou o rosto para o fundo do ambiente, enquanto massageava o ponto dolorido no pescoço.

E viu o rosto branco de um svaltar em um canto escuro, surgindo detrás de outra tapeçaria.

Kalannar gesticulou para que Kyle se aproximasse e se escondeu de novo. O chaveiro, vendo que tinha sido esquecido pelos demais enquanto a confusão aumentava, foi andando de costas até onde o svaltar estava.

Desta vez sem se revelar, Kalannar apenas falou baixinho:

— Avise ao Baldur que eu matei o Torok. Diga que ele despachou a guarda palaciana para a Abismo de Kozolos antes de morrer. O castelo está livre das forças leais ao usurpador.

Empolgado por ter visto o svaltar e pela virada nos acontecimentos, Kyle esqueceu a furtividade e voltou correndo para o lado de Baldur. Passou o recado em voz baixa, porém em um fôlego só. O cavaleiro custou a acreditar e pediu que ele repetisse com mais calma, enquanto vasculhava o fundo do salão para ver se localizava Kalannar; Derek, distraído ao lado, não ouvia nada da conversa, apenas acompanhava o que Od-lanor traduzia. Aparentando mais impaciência do que de costume, Agnor lançou um olhar azedo para a Corte, como se desejasse soterrar a multidão ali mesmo, e assim interromper aquela gritaria.

Baldur se colocou entre Derek e Od-lanor e cochichou no ouvido do bardo o recado de Kalannar. O adamar fez uma rápida expressão de espanto, logo substituída por outra, travessa. No rosto bronzeado e maquiado, surgiu um sorrisão resplandecente. Em seguida, ele foi adiante e se colocou ao lado do dawar, que ainda vociferava justificativas, desafios e impropérios para os súditos reunidos na Corte.

— Nobres cidadãos de Fnyar-Holl — disse Od-lanor em uma voz retumbante, que tomou o ambiente; não havia um traço de sotaque sequer no anão irretocável. — O pleito do dawar é justo e sincero. Eu e meus companheiros viemos da superfície guiados por Midok Mão-de-Ouro para ajudar seu único e legítimo representante em Fnyar-Holl: Bramok. O mesmo Bramok que foi injustiçado, traído e esquecido por todos os senhores. Sim, *por todos os senhores*, mas Sua Pujante Presença, em sua vasta sabedoria, perdoa os nobres cidadãos de Fnyar-Holl porque sabe que foram contaminados pelas calúnias e artimanhas do Torok. O usurpador agora jaz morto pelo castigo divino de Midok, e seus cúmplices foram escorraçados para o Abismo de Kozolos pela força do Mão-de-Ouro. Seu verdadeiro dawar *exige* que os senhores reparem essa injustiça e tomem armas contra os soldados que o traíram! *Midok Mão-de-Ouro* exige isso de seus súditos.

A voz do bardo era estranhamente modulada, arrebatadora, tonitruante; ela abafava qualquer outro som, qualquer outro argumento, qualquer outro pensamento. A voz penetrava nas mentes e fazia sentido, maravilhava e encantava. Ela convencia.

Nem bem terminou o discurso, e a multidão diante de Od-lanor irrompeu em berros de "Bramok!" e "morte a Torok, morte aos traidores". O dawar e a Brigada de Pedra pareciam estupefatos, ainda que empolgados pelas palavras do bardo.

— O Torok está mesmo morto? — perguntou Bramok.

Od-lanor sabia que teria que continuar a apelar para a superstição dos anões. A voz manteve a mesma melodia praticamente sobrenatural:

— Vossa Pujante Presença, eu, aqui ao seu lado, ao lado do trono em que um dia Midok se sentou, recebi essa visão do próprio Mão-de-Ouro: o Torok está morto, e, sim, seus soldados leais neste momento estão no Abismo de Kozolos.

O dawar anão se inflamou:

— Então é para lá que eu vou!

— Vossa Pujante Presença, se me permite — disse o adamar. — O senhor mal chegou a Fnyar-Holl; deixe que seus súditos vejam que está vivo e saibam a verdade sobre a traição do Torok. Deixe que a notícia se espalhe, enquanto as tropas da cidade cuidam desse bando de fujões.

Bramok pareceu considerar a sugestão, ainda com a vontade de esganar alguém. Mas os argumentos do bardo faziam sentido, e o tom do adamar lhe passava segurança naquele curso de ação. Ele se voltou para os integrantes da Brigada de Pedra; todos concordavam com a cabeça.

— Que assim seja então! — bradou o dawar.

Bramok ergueu a manopla de vero-ouro para os súditos que ainda comemoravam e gritavam seu nome. A vibração dobrou de intensidade quando ele se sentou no trono que sempre fora seu por direito.

CAPÍTULO 20

FNYAR-HOLL, CORDILHEIRA DOS VIZEUS

A notícia do retorno do legítimo dawar se espalhou rapidamente por Fnyar-Holl. A aparição pública de Bramok, nas ameias e sacadas da Fortaleza de Kro-mag, e posteriormente pelas alamedas da cidade anã, consolidou a volta do monarca ao trono e a verdade sobre a traição de Torok. O corpo do *kobitor* foi encontrado misteriosamente abandonado no Salão do Esplendor e exibido publicamente como prova de que o próprio Midok Mão-de-Ouro se encarregara de executar com fúria divina o traidor mentiroso. A força inteira do exército de Fnyar-Holl não teve trabalho para derrotar e executar a pequena guarda palaciana composta por homens leais a Torok no Abismo de Kozolos. Pouco tempo depois de sua chegada, Bramok fora oficialmente restabelecido no trono de Fnyar-Holl, e um banquete de proporções lendárias foi armado em um enorme salão adjacente à sala do trono. Enquanto as festividades não começavam, os Enviados de Midok — como ficou conhecido o grupo da superfície que salvou o dawar — foram convidados a conhecer a Fortaleza de Kro-mag, após receberem cuidados dos curandeiros, alimentação e mudas de roupas. As peças, naturalmente, ficaram pequenas e sofreram ajustes às pressas. O resultado final não foi dos melhores, mas pelo menos eles finalmente foram medicados e puderam descansar.

Fnyar-Holl era uma cidade em semicírculos dispostos em vários patamares no terreno irregular de uma caverna gigantesca. Os anéis exteriores eram abertos a visitantes da superfície, mas apenas convidados especiais e dignitários tinham permissão para entrar nos anéis interiores e na Fortaleza de Kro-mag. Como salvadores do dawar, Baldur, Derek, Kyle, Od-lanor e Agnor tinham pleno acesso às dependências do palácio. Tudo, como o bardo adamar avisara, possuía dimensões grandiosas em contraste direto com a pequena estatura do povo anão. O deslocamento era feito em vagonetes acionados por vários escravos kobolds, que seguiam trajetos específicos e complexos dentro da cidade. A princípio, os anões fizeram menção de colocar Na'bun'dak a ferros e devolvê-lo ao trabalho escravo, mas Kyle — um dos Enviados de Midok, afinal de contas — bateu o pé e insistiu que Od-lanor negociasse a soltura do kobold. Agora, a pequena criatura, ainda com a túnica improvisada que Kyle fizera a partir dos espólios da caravana de Dom Mirren, não cabia em si diante dos primos escravizados e soltava provocações, que eram recebidas com olhares nada amistosos.

Od-lanor, Agnor e Na'bun'dak encararam o passeio com naturalidade, mas Baldur, Derek e Kyle não continham o deslumbramento diante do cenário tão diferente, monumental e rico. Havia soluções mecânicas engenhosas para o acesso aos vários semicírculos da cidade. Anões subiam e desciam, passavam, embaixo, por vagonetes em trilhos, ou mesmo no ar, em vagonetes suspensos por cabos que cruzavam a cidade. Os barulhos ecoavam pela caverna e davam a impressão de que Fnyar-Holl era uma grande criatura subterrânea. O cavaleiro da Faixa de Hurangar, o guerreiro de Blakenheim e o chaveiro de Tolgar-e-Kol nunca tinham visto algo assim na vida.

Em dado momento, quando o som dos vagonetes chacoalhando abafou a conversa, Od-lanor falou à boca pequena com Baldur e indicou com a mão que o amigo mantivesse o tom baixo.

— Você voltou a ver o Kalannar?

— Não — respondeu o cavaleiro. — Só o Kyle viu, na verdade. Eu tentei, mas não consegui. Com certeza ele está nos seguindo.

Baldur olhou ao redor, mas o vagonete descia rápido uma ladeira em direção às forjas, o próximo ponto na visita guiada à cidade. Foi instintivo: obviamente ele não localizaria o svaltar assim.

— Disso eu não duvido — comentou Od-lanor. — O que me intriga é: por que o Torok evacuou o castelo? Será que o Kalannar coagiu o usurpador à ponta de faca? Será que ele envenenou o falso dawar e prometeu entregar um antídoto depois, caso o anão despachasse a guarda palaciana?

— Seja como for, ele conseguiu que a gente colocasse o Bramok de volta no trono sem sequer sacarmos as espadas. — O tom de Baldur era de desgosto. — Que frustrante.

— Ora, vamos, Baldur. Nós fizemos várias falcatruas desde que nos conhecemos. Pode deixar que, na minha versão da história, haverá um grande combate contra as tropas do Torok no Abismo de Kozolos, e você terá lutado ao lado do Dawar Bramok. — O bardo fez uma pausa. — Além disso, você mal se aguentava em pé na sala do trono. Como está agora?

— Esses unguentos dos anões fedem demais, a gororoba que eles servem é horrível, mas eu estou me sentindo outra pessoa. O braço do escudo voltou a se mexer, e já parei de sentir tudo solto aqui dentro. — Baldur tocou na área das costelas. — A tontura passou também. Acho que estou pronto para outra, pela graça do Deus-Rei Krispinus.

— Pela graça do Midok também — corrigiu Od-Ianor. — Não se esqueça de agradecer ao deus dos anões quando estiver com eles.

Após a visitação da cidade, foi a vez de conhecer o interior do palácio do dawar que era reservado aos convidados da superfície e de outros reinos subterrâneos. Estátuas de anões lendários perfilavam os corredores; Od-Ianor sabia o nome da maioria e contava suas histórias. Quando não reconhecia alguma figura do passado, ele se virava para Trolok, o guia providenciado pela Câmara de Comércio e Relações Exteriores de Fnyar-Holl, um anão que começara o passeio todo esfuziante, mas que já estava de mau humor diante do falatório do bardo adamar. Trolok e Agnor seguiam o grupo e murmuravam um para o outro.

Entre os ambientes que mais impressionaram o grupo estava uma sala com dois painéis nas paredes laterais e um no teto. Uma das obras de parede mostrava uma figura que, a esta altura, todos ali já sabiam reconhecer como Midok Mão-de-Ouro, de tanto que o lendário anão que virou deus era representado de todas as formas possíveis em Fnyar-Holl; o outro painel era uma pintura de uma cidade muito estranha sob ataque de um aríete colossal que soltava fumaça, uma monstruosidade de ferro que imitava um verme gigante. Baldur sentiu um calafrio, recuou o passo e olhou para o painel do teto, que representava um castelo voando. Od-Ianor já se preparava para a palestra.

— Ah! *O Resgate da Princesa Menoke!* — falou o bardo ao apontar para o painel do aríete. — Uma prova da vocação para picuinha dos anões. Vejam só: na época do Dawar Marok, os svaltares invadiram e destruíram meia Fnyar-Holl com o maior *korvejak*, verme gigante em anão, já registrado.

Baldur novamente desviou o olho da pintura e preferiu prestar atenção no castelo voador, no teto.

— Os svaltares saíram de Fnyar-Holl — continuou Od-lanor — com a princesa anã como prisioneira e exigiram um resgate fabuloso. Os anões decidiram pagá-lo, mas colocaram o tesouro dentro de um aríete no formato de um verme gigante, uma máquina de guerra colossal que devastou metade de Zenibar, a cidade svaltar que vocês podem ver ali no quadro. Observem que há um anão no comando do aríete: o Dawar Marok em pessoa, indo ao resgate da filha, Menoke.

— E esse painel aqui em cima? — perguntou Baldur, ansioso para mudar de assunto.

— Esse aí é *O Voo do Palácio dos Ventos* — explicou Od-lanor. — Há muito tempo, os senhores dos elementais do ar e da terra entraram em guerra aqui mesmo, na Cordilheira dos Vizeus. O conflito resultou na abertura de um vale e no surgimento de muitos desfiladeiros e ravinas; Fnyar-Holl quase foi colhida pela onda de destruição. O dawar da época, Bokok, conseguiu mediar a paz entre os elementais antes que a cidade fosse afetada, e eles criaram uma imensa rocha flutuante como símbolo do fim do conflito. Seu nome original é impronunciável, mistura assopros e sons guturais. Quando ocorreu a Grande Guerra dos Dragões, há 430 anos, o Dawar Tukok teve a ideia de aproveitar a pedra e construiu um castelo no topo, a fim de criar uma arma. Vejam ali as balistas instaladas nos dois torreões, feitas para matar dragões.

Ninguém conseguiu prestar muita atenção à obra no teto pelo incômodo no pescoço. Quando notou que a plateia de amigos já dirigia o olhar para o painel que faltava, o bardo continuou falando:

— E este aqui, obviamente, é *A Descida de Midok Mão-de-Ouro*. Eu já contei essa história enquanto subíamos a encosta seguindo o kobold, à procura da entrada nos Vizeus, vocês se lembram? — Como ninguém deu sinal de que se recordava, Od-lanor deu de ombros e prosseguiu: — Depois de ganhar o poder de transformar objetos em ouro com um mero toque, Midok resolveu procurar Eldor-Holl, a lendária cidade de vero-ouro nas profundezas de Zândia. Os anões acreditam que foi de lá que eles surgiram, e que, um dia, Midok retornará com o caminho desvendado para guiá-los de volta. Enquanto isso, ele vela por todos os anões. Notem ali no fundo que este é o único quadro a retratar como seria Eldor-Holl; qualquer outra tentativa de representá-la é considerada uma heresia, segundo o Oitavo Apontamento de Midok. Vá entender...

— Uma cidade... feita... de ouro — murmurou Derek, com os olhos arregalados.

Sim, ele, por acaso, se lembrava da lenda contada por Od-lanor na subida da montanha, mas não ficara impressionado. Na voz do bardo, tudo parecia balela e impossível de imaginar. Porém, com o auxílio visual do painel, a ideia certamente ganhou vida na mente. Kyle, ao lado dele, sorria de orelha a orelha, hipnotizado pela imagem.

Enquanto eles observavam os detalhes das três obras, uma anã com roupas da criadagem do castelo chegou para avisar Trolok de que as festividades estavam prontas para começar. O guia fez uma expressão de alívio e passou o recado aos Enviados de Midok, falando no idioma comum; em seguida, ele tomou a frente e conduziu o grupo para o Grande Salão.

O local fazia jus ao nome: parecia ocupar metade da Fortaleza de Kromag. Um palanque metálico fora montado e decorado para o grande evento, voltado para dezenas de mesas de ferro fundido redondas, vazadas no meio, com outra mesa circular menor no centro, o que formava um corredor entre elas para que escravos e criadas circulassem, servindo os convivas com o que estava posto na mesa central. Em cima da estrutura, havia um trono para o dawar, baús e uma complexa geringonça que a distância impediu que o grupo da superfície identificasse. Bramok os aguardava sentado lá em cima, cercado por outros anões.

Assim que eles entraram, trompas soaram e começou uma efusiva comemoração, uma salva ensurdecedora de palmas e gritos. Baldur, Derek, Od-lanor, Agnor e Kyle — com Na'bun'dak a tiracolo — desfilaram por uma multidão de anões, basicamente toda a nobreza de Fnyar-Holl, tanto a distinta quanto a ordinária. Ninguém havia passado nada para eles, nenhum protocolo ou dica de como seria o cerimonial — ou talvez essa tivesse sido a tarefa de Trolok, que deixou de cumpri-la por ter perdido a paciência com Od-lanor. Seja como for, os seis estavam sendo conduzidos ao palanque sem saber o que aconteceria.

Quando eles chegaram lá, meio perdidos e parecendo ridículos nas roupas adaptadas de anões — só Od-lanor e Agnor insistiram muito em manter as próprias vestes, mesmo puídas pela jornada dentro da montanha —, Bramok ergueu a manopla de vero-ouro para calar o Grande Salão. O silêncio demorou, mas veio.

O dawar começou um longo discurso diante de um tubo metálico que brotava do chão, e a voz retumbou pelos quatro cantos do Grande Salão. Ele não se importou em falar no idioma comum, pois sabia que havia um tradutor entre os homenageados e que os integrantes da Corte raramente dominavam duas línguas. Bramok agradeceu a eles, fez louvações a Midok Mão-de-Ouro e contou novamente a história de sua traição, da justiça divina e do heroísmo dos enviados da superfície. O dawar fez um gesto para aceitar a participação da plateia, que irrompeu outra vez em comemoração. Com novo aceno da manopla, o silêncio voltou finalmente. Ele então fez um anúncio espalhafatoso e apontou para a estrutura estranha atrás dos cinco estrangeiros com o kobold de estimação.

— Agora — traduziu Od-lanor com um sorrisão resplandecente no rosto bronzeado — nós receberemos o nosso peso em ouro como recompensa.

Todos se entreolharam, surpresos e animados, e se voltaram para a geringonça, que consistia em uma cadeira suspensa, presa a um complexo sistema de polias, pesos e medidores. Só Kyle ficou com uma expressão desolada no rosto.

— Podiam esperar o fim do banquete para fazer a pesagem, pelo menos — falou o rapazote ao puxar a túnica frouxa sobre o corpo magricelo.

Eles foram conduzidos para a balança gigante por um anão, apresentado como sendo o eldoru, o equivalente anão a um tesoureiro real ou guarda-livros. O sujeito veio acompanhado por assistentes com pergaminhos e escravos kobolds. Na'bun'dak lançou um olhar de desprezo para eles e virou o focinho.

Um a um, Baldur, Derek, Kyle, Agnor e Od-lanor foram pesados. O eldoru e seus homens ignoraram sumariamente Na'bun'dak, o que rendeu risadinhas e provocações dos escravos kobolds. Cada herói da superfície recebeu o equivalente em ouro ao peso, a não ser Kyle, que ganhou uma pataca que ele julgava ser de prata. Seu sorriso amarelo foi de dar dó. Em termos de recompensa, Baldur levou uma vantagem impressionante em relação aos demais; Derek olhou com cobiça o baú de ouro que o cavaleiro recebeu dos kobolds, enquanto Od-lanor agradeceu ao assistente do eldoru o que lhe foi dado. Indignado com seu prêmio, o mago korangariano chegou a conversar à boca pequena com o tesoureiro real e argumentar que, sem ele, o resgate do dawar teria sido impossível; porém, o eldoru fez um gesto negativo com a cabeça enquanto consultava a papelada com os assistentes. Agnor fechou a cara de vez e soltou impropérios na língua de Korangar.

Em seguida, o dawar voltou a se pronunciar, e Od-lanor traduziu para os demais:

— E agora nós receberemos o título de... *grão-anão*. — O bardo conteve o riso.

— Como é que é? — perguntou Baldur.

— Foi a melhor tradução que encontrei — falou Od-lanor, ainda segurando o riso.

Bramok em pessoa se aproximou de cada um de seus salvadores. Um menestrel anão se destacou da comitiva em cima do palanque e seguiu o dawar, cantando. Od-lanor se apressou a explicar que aquele era um trecho da ópera *Ranok e Parek*, que celebrava a amizade entre um dawar anão e o Rei Parek de Blakenheim. Baldur, Derek e Kyle mal ouviram o adamar, tamanho o volume da cantoria; o Grande Salão em peso acompanhava o menestrel enquanto o dawar entregava em mãos, um por um, um cinturão de couro com uma imensa fivela de vero-ouro, que representava a imagem do cumprimento entre uma mão aparentemente humana e uma manopla de ouro. Na'bun'dak ficou sem o presente, mas ganhou uma coleirinha com o símbolo de escravo alforriado, um cadeado aberto — justamente das mãos do integrante da Brigada de Pedra, que sugeriu usá-lo para chamar ajuda da superfície. O soldado não cabia em si de tanto orgulho pela ideia brilhante que resultara no resgate do dawar.

Com o título de grão-anão devidamente concedido aos Enviados de Midok, a ópera parou e Bramok anunciou a leva final de homenagens.

De outros baús saíram armas de vero-aço, também entregues pessoalmente pelo dawar: espada, espadão de cavaleiro e escudo para Baldur; dois gládios para Derek de Blakenheim; uma espada com lâmina curva, ao estilo de uma khopisa adamar, para Od-lanor; adagas cerimoniais para Agnor e Kyle. Mais uma vez o monarca anão sequer registrou a presença do kobold. Para Derek e Baldur, Bramok prometeu novas armaduras, de placas ou cota de malha, à escolha, que foram impossíveis de forjar a tempo para a cerimônia. Os dois agradeceram, ainda fascinados com as armas — a fundição de vero-aço era um conhecimento exclusivo dos anões, e espadas do gênero valiam fortunas, do tipo que só reis ou grandes lordes podiam ter e bancar. Derek Blak sabia que o líder da câmara de comércio de Tolgar-e-Kol possuía uma, de tanto que Dom Mirren comentava com inveja. Aqueles gládios representavam mais uma ruptura com a vida que ele deixara para trás.

Terminadas as honrarias e a entrega de recompensas, Bramok foi para a borda do palanque, seguido pelo menestrel da Corte. Todos os anões presentes se levantaram e juntaram as vozes ao canto de "A Estrada Amarela para Eldor-Holl", puxado pelos dois. Od-lanor também participou da cantoria, e para surpresa maior de Baldur, Derek e Kyle — perdidos ali sem entender patavina da canção —, Agnor estava acompanhando a música, ainda que em volume baixo e com cara de poucos amigos. Eles jamais teriam como saber que "A Estrada Amarela para Eldor-Holl" era usada para ensinar anão em Korangar.

Assim que a música parou, uma multidão de criadas e escravos kobolds irrompeu no Grande Salão e ficou a postos ao lado das mesas. O dawar e sua comitiva desceram do palanque, seguidos pelos Enviados de Midok, e tomaram os respectivos lugares lá embaixo. Só então, sob um barulho agudo e vibrante de pratos, bandejas, copos e talheres de metal, a comida e a bebida começaram a ser servidas. A maioria dos pratos incluía enguias e peixes de formato esquisito, pescados nos lagos subterrâneos em volta de Fnyar-Holl pelos escravos kobolds; Baldur jurou que aqueles eram pedaços de verme gigante e se recusou a comer, por mais que a decisão lhe doesse. Derek e Kyle atacaram a comida vorazmente, enquanto Od-lanor e Agnor mantiveram uma postura que não era vista no ambiente praticamente selvagem de anões, comendo em clima festivo e ruidoso.

Finalmente, foram servidos os pratos compostos por animais montanheses, criados nos vales da Cordilheira dos Vizeus, preparados em assados ou guisados com cogumelos. Para Baldur, não importava se os bichos eram cabras, javalis, kobolds ou dragões — eles tinham pernas, e, portanto, não seriam vermes gigantes. Após a gororoba medicinal que fora obrigado a engolir pelos curandeiros anões, aquilo ainda parecia mais delicioso do que realmente era. Para compensar a míngua da primeira parte do banquete, Baldur atacou a comida como se fosse uma parede de escudos inimiga. A sanha faminta foi tanta que até o dawar — ele próprio atracado com um naco de carne que tinha duas vezes o tamanho de sua grande cabeça — notou e comentou, no idioma comum:

— O jovem cavaleiro humano tem uma fornalha no estômago! Come que nem nós! A honra de grão-anão lhe cai bem... Baldur, o Fornalha!

Em seguida, Bramok repetiu o gracejo para os anões à mesa e deu um tapa vigoroso no ombro de Baldur, que retribuiu instintivamente o gesto, sorrindo. Aquilo provocou uma nova onda de celebração.

— Então eu acertei — comentou Od-lanor ao ouvir o dawar. — O termo de fato é grão-anão.

— Mal posso esperar para me apresentar por aí desse jeito — ironizou Derek Blak.

Após a onda de pratos suculentos, veio o que os anões entendiam como sobremesa: imensas rodelas de queijo, com a mesma capa escura daquele trazido por Kyle, só que muito maiores. Eles pareciam hipnotizados pelo desfile da iguaria e vibravam e aplaudiam com mais entusiasmo do que nunca. Baldur, Derek e Kyle se entreolharam; Agnor pareceu finalmente demonstrar grande interesse no banquete; Od-lanor apenas cochichou para os demais:

— Não exagerem no queijo.

— Por quê? — perguntou Baldur. — É apenas *queijo*.

— O adamar sabichão tem sempre um conselho para dar — falou Derek, já recebendo um naco de queijo e passando outro para Kyle.

— Nisso eu concordo. Ele fala demais — disse Agnor, enquanto pegava uma porção três vezes maior do que a de Derek.

Od-lanor ergueu os braços e afastou o corpo da mesa.

— Não está mais aqui quem falou! Comam à vontade.
Não foi preciso dizer duas vezes.

Muitas horas depois, o único som que se ouvia no Grande Salão era a sinfonia de roncos dos nobres anões. Havia uma multidão de corpos espalhados e caídos; parecia que tinha acontecido um massacre — mas fora mesmo um massacre gastronômico, por assim dizer. Também havia sinais de confusão, mas nada grave; era apenas a impressão de que uma turma de amigos resolvera brincar de brigar. Só se viam uns hematomas e, no máximo, alguns narizes sangrando e dentes quebrados. Muita coisa estava revirada, e ninguém no ambiente aparentava estar consciente. Havia várias anãs sem roupa, desmaiadas em cima dos homens, kobolds amarrados nas colunas — esses, sim, mortos pelo descontrole das brincadeiras —, e até uns anões lá em cima, no palanque, sobre a balança gigante.

O estado dos Enviados de Midok — que, à exceção de Od-lanor e Agnor, não sabiam da capacidade embriagante do queijo dos anões — era lamentável. Em algum momento, Baldur cismara que era capaz de mostrar, já completamente inebriado, como um cavaleiro realizava uma carga a cavalo. Na falta do animal, o dawar em pessoa se prontificou a levá-lo nos ombros e avançar contra um grupo de nobres entusiasmados, que rapidamente formaram uma parede de escudos — ou, no caso, de bandejas. Agora, Bramok e Baldur ressonavam em cima de uma pilha de anões derrubados.

Kyle resolvera proteger Na'bun'dak das brincadeiras assassinas e, para isso, fantasiou o kobold de anão, usando peças e itens dos primeiros cortesãos que desmaiaram de tanto comer queijo. Os dois terminaram dormindo dentro de um caldeirão vazio que escolheram como esconderijo, vestidos como anões.

Sempre preocupado com a aparência e a elegância, Derek era a imagem da derrota. O guerreiro de Blakenheim estava sentado no chão, apoiado em uma coluna do Grande Salão, com vômito e pedaços de queijo sobre a ridícula túnica anã — pequena demais para ele, por mais baixo que fosse — e de calça arriada. Uma criada dormia com a cabeça apoiada sobre sua coxa nua; esperma e baba brilhavam no buço da anã e na perna de Derek.

Já o caso de Agnor era o pior de todos. Ele estava nu e de bruços em cima de algumas anãs igualmente peladas, juntamente com Trolok, o guia da excursão, que também estava despido, só que com o corpo virado para cima. Espalhados por vários cantos estavam o robe mágico e vários apetrechos de feitiçaria, como se fossem as coisas menos importantes do mundo para o geomante de Korangar.

Observando tudo aquilo com uma expressão de reprovação, no meio do Grande Salão, e plenamente à vista de todos, estava Kalannar.

O svaltar se sentiu como se andasse em um campo de batalha. Foi até a mesa de Od-lanor, o único do grupo que apenas ressonava com a cabeça apoiada nos braços, sem aparentemente ter dado nenhum vexame — o que parecia inacreditável para um sujeito seminu, de saiote e maquiagem no meio daquela turba.

— Um... um sval... *o quê?*

Kalannar notou um anão recuperar a consciência e se agitar ali perto, quase ao lado do bardo adamar. Antes que a criatura barbuda se certificasse do que estava vendo e provocasse um escarcéu, o svaltar levou um tubinho metálico à boca, soprou com força e viu o anão desmoronar. Kalannar olhou ao redor, percebeu que mais dois cortesãos estavam reagindo e gemendo e deu cabo deles da mesma forma. Após recolher as setas para não provocar suspeitas, ele se aproximou de Od-lanor.

— Bardo, acorde.

O adamar pestanejou e pareceu recuperar a sobriedade ao ver o svaltar ali, às claras, em pleno Grande Salão. Antes que o bardo desandasse a falar, a mão branca de Kalannar cobriu sua boca.

— Acorde e recolha os demais. Rápido. Os anões estão despertando. Leve todo mundo para o Salão do Esplendor, na ala norte. Tome aquele elevador. — Ele apontou para uma saída que conduzia a um corredor e a um saguão de elevadores mais ao fundo.

— Mas por quê? — perguntou Od-lanor bem baixinho, quando o svaltar recolheu a mão.

— Porque o Ambrosius está aqui.

CAPÍTULO 21

SALÃO DO ESPLENDOR, FORTALEZA DE KRO-MAG

Mesmo no ambiente féerico do Salão do Esplendor, com todo aquele ouro e gemas resplandecentes e ofuscantes, havia um canto muito específico onde o brilho morria, no qual as luzes cintilantes pareciam ter medo de incidir.

O ponto onde Ambrosius se encontrava, como uma mancha negra naquele sol entre quatro paredes.

Ao lado do vulto de capa preta, Kalannar se apoiava com o cotovelo em um aparador, enquanto a outra mão levava à boca um pedaço de queijo enfiado em um punhal.

— Alguém quer uma mordida? — perguntou o svaltar.

Gemidos foram a resposta que ele recebeu. Baldur e Agnor viraram a cara, e o mago tentou ajeitar a capa vestida às pressas. Sentindo um engulho, Derek tapou a boca e considerou vomitar no vaso próximo a ele. Od-lanor esfregou tanto o rosto que manchou a maquiagem. Apenas Kyle e Na'bun'dak permaneceram de cabeça baixa, ridículos nas roupas improvisadas de anões.

— Esse não é o momento, Kalannar — ralhou Ambrosius, que depois se voltou para os demais. — Vejo que vocês tiveram a merecida comemoração por recolocar o Dawar Bramok no trono de Fnyar-Holl. Meus parabéns. O reino anão está a salvo e novamente nas mãos de um aliado de Krispínia, mas infelizmente o grande reino humano corre risco iminente de destruição. Uma poderosa força inimiga invadiu o Fortim do Pentáculo e abriu os Portões do Inferno.

Ele esperou pelo efeito dramático daquela notícia terrível, mas todos continuaram com a cara amarela de indigestão. O silêncio se arrastou, e Kalannar e Ambrosius se entreolharam. O homem de preto aumentou o tom da voz cacarejante:

— Eu disse que o Fortim do Pentáculo foi *invadido* e os Portões do Inferno foram *abertos*.

A repetição pareceu curar a ressaca de Derek e Baldur, que ficaram agitados apesar da dor de cabeça lancinante e do embrulho no estômago.

— Isso é impossível! — exclamou Baldur. — Os Portões do Inferno foram fechados pelo Deus-Rei Krispinus!

— Eles devastaram Blakenheim há décadas... — disse Derek, sem acreditar no que ouviu. — Só pode ser brincadeira...

— Eu não tenho vocação para bobo da corte, rapaz — respondeu Ambrosius rispidamente. — Sim, o Grande Rei fechou os Portões do Inferno há trinta anos, mas agora eles estão abertos novamente, prontos para espalhar as trevas e a devastação por toda Krispínia. Neste exato momento, o Deus-Rei está do lado de fora do Fortim do Pentáculo, acompanhado por uma pequena guarda pessoal e sendo acossado por hordas de demônios. A essa altura, é possível que esteja morto.

Se ainda houvesse alguém no recinto que estivesse afetado pela ressaca, agora o efeito passara completamente. Nada como uma catástrofe de proporções épicas para curar azia e má digestão. Finalmente alerta, Od-lanor sentiu a mente girar ao considerar as possíveis repercussões de tudo aquilo. Derek Blak ficou apenas chocado, ainda abalado ao lembrar que teve a vida destruída pela primeira abertura dos Portões do Inferno, quando a invasão demoníaca em Blakenheim expulsou a mãe com ele no colo e matou seu pai. Kyle, sem entender muita coisa, e Agnor, aparentemente indiferente à notícia, ficaram calados observando o desenrolar da conversa. Apenas Baldur se manifestou, incapaz de se conter ao ouvir que o monarca de Krispínia poderia estar morto.

— O Grande Rei Krispinus é um deus, ele não pode morrer! — explodiu o cavaleiro.

— Você *realmente* acredita nisso? — resmungou Agnor, quase sem voz. — Então é mais simplório do que eu pensei.

Baldur cresceu para cima do korangariano.

— Não venha duvidar do Deus-Rei aqui na minha...

— Vocês, humanos, só fazem discutir! — A voz de Kalannar tinha um tom de urgência. — Estamos perdendo tempo!

O svaltar saiu do lado de Ambrosius e ficou entre Baldur e Agnor para conter o cavaleiro.

— Certo — concordou Baldur, mais calmo. — Nós precisamos ajudar o Grande Rei Krispinus o quanto antes.

Embaixo do capuz, Ambrosius revirou os olhos, ainda que nenhum dos presentes pudesse enxergá-los.

— Nós temos que ajudar *Krispínia*, rapaz — corrigiu o vulto sombrio. — E é isso que vim convocá-los para fazer, mas não esperava encontrá-los nesse estado lastimável.

— Eu posso preparar uns chás assim que pegar minhas coisas — sugeriu Od-lanor, surpreso ao perceber que não sabia dizer ao certo onde estavam seus pertences, ali na fortaleza anã.

Derek levou a mão à boca ao pensar em ingerir mais alguma coisa. Passado o susto, a ressaca estava voltando. Entre os dedos, ele conseguiu falar:

— Que força inimiga foi essa que abriu os Portões do Inferno?

— Finalmente uma intervenção sensata — ironizou Ambrosius. — O Fortim do Pentáculo foi invadido por svaltares.

À exceção de Ambrosius, todos os rostos no Salão do Esplendor se voltaram para Kalannar. Até o kobold parecia interessado na reação do svaltar, que apertou os olhos totalmente negros e contorceu o rosto branco em uma expressão de incredulidade.

— O que foi? — perguntou ele. — Algum problema?

Ambrosius não deixou que outra discussão começasse entre eles e continuou falando:

— Os svaltares abriram os Portões do Inferno, e o Ermo de Bral-tor está sendo tomado pelas trevas. Em breve, a escuridão cobrirá Krispínia, e o reino será dominado por demônios.

— Mas não foi o rei que fechou esses portões da última vez? — perguntou Kyle, que ficou tímido ao receber a atenção de todos os presentes. — Quer dizer... é o que as canções dos bardos dizem, não é? Por que chamar a gente?

— Porque há um demonologista de Korangar entre vocês — respondeu Ambrosius.

Agora todos olharam para Agnor, que fez uma expressão cheia de si. O feiticeiro pareceu crescer dentro da capa suja e lançou um olhar de menosprezo para os demais.

— Ele? — Baldur riu, mesmo sem ter entendido muito bem o que era um demonologista. — Ele só sabe fazer feitiço com pedras.

— Todos nós somos demonologistas em Korangar — retrucou Agnor com desdém. — *Geomancia* é a minha especialização, seu ignorante. Quando a conversa chegar ao estábulo, eu peço sua opinião.

Baldur fez que ia avançar contra o feiticeiro, e Agnor tentou trazer à mente o feitiço petrificante, mas sentiu uma súbita vertigem. Kalannar colocou-se novamente na frente do cavaleiro.

Ambrosius estava prestes a explodir.

— O destino de Krispínia nas mãos de *crianças*! Eu vou despachar apenas o chaveiro e o kobold, que têm mais bom senso que vocês.

A ofensa pareceu surtir o efeito desejado e fez com que todo mundo se ajeitasse e se voltasse para o vulto negro no esplendor dourado do ambiente.

— Da última vez, foi um feitiço da Suma Mageia que fechou os Portões do Inferno — comentou Od-lanor. — Por que não chama a Rainha Danyanna agora, Ambrosius? Ela não estava com o Grande Rei?

— Não, ela está longe demais, ainda na Morada dos Reis — explicou o homem de preto. — E, além disso...

— Além disso — interrompeu Agnor —, aquela mulher não serviria para preparar chá em Korangar. Ela usou um pergaminho adamar naquela ocasião, que não se aplica agora, por vários motivos que vocês não entenderiam.

— Eu não sabia disso — falou Od-lanor, encarando Agnor. — Pensei que o feitiço tivesse partido dela. Você sabe *demais* sobre um fato histórico de Krispínia, korangariano.

— E você sabe *menos* do que imagina, adamar. Vou explicar de uma forma que todos vocês compreendam: a abertura e o fechamento de um portal dimensional daquela magnitude dependem das condições de momento e de outros fatores. O feitiço que sua "rainha" usou caducou. Ela não conseguiria fechar nem o próprio baú de vestidos com aquilo. *Eu* sou plenamente capaz de fechar os Portões do Inferno, assim que fizer os cálculos.

— Esperem aí — interrompeu Derek Blak. — Não adianta nada o Agnor saber ou não fechar os Portões. Assim como a Rainha Danyanna, nós também estamos longe do Fortim do Pentáculo.

— Não daria para chegar lá com cavalos rápidos? — perguntou Baldur.

O cavaleiro nunca havia saído da Faixa de Hurangar, e mapas de Krispínia eram uma raridade naquelas paragens. Ainda assim, ele acreditava que uma boa montaria era a solução para qualquer deslocamento no mundo. Ao ouvir aquilo, Kalannar levou a mão ao rosto.

— Baldur — disse o svaltar em tom condescendente —, há um motivo para o lugar se chamar *Ermo* de Bral-tor na língua de vocês, humanos. Aquela é uma terra inóspita, de difícil navegação e travessia lenta. É por isso que não podemos ficar aqui perdendo tempo discutindo.

— Por que tanta pressa em salvar o reino *humano* de um ataque *svaltar*, Kalannar? — perguntou Od-lanor, cruzando os braços sobre o torso nu.

Novamente, os demais se voltaram para Kalannar. A desconfiança estava estampada no rosto de Baldur, Derek, Od-lanor, Agnor e Kyle — e até do kobold. Ambrosius, no entanto, permanecia impassível como uma mancha negra naquele brilho todo.

— Porque se ficarmos aqui discutindo — respondeu o svaltar —, que me parece ser o passatempo preferido de vocês, vamos perder uma polpuda recompensa. Eu não pretendo correr para salvar o reino dos humanos, como você disse, Od-lanor, sem ser muito bem pago para isso. Não vivo de boas ações. Já basta ter ficado sem meu peso em ouro, por menor que seja, por tirar o monarca anão do buraco.

Pelo menos uma vez na vida, Derek Blak concordou com Kalannar. Ele se voltou para Ambrosius.

— É verdade. Não falamos de recompensa, e é bom que desta vez não seja essa história furada de "peso em ouro". — Derek arriscou uma olhadela de lado para Baldur, que parecia estarrecido com o rumo ganancioso da conversa.

Ambrosius tomou as rédeas da discussão outra vez:

— É bom lembrar que as últimas pessoas que fecharam os Portões do Inferno se tornaram *rei e rainha*. Eu não lhes prometo o Trono Eterno, mesmo que o Grande Rei Krispinus esteja morto, mas quem quer que comande o reino será muito generoso por vocês terem salvado Krispínia. Agora, voltando ao problema mais premente, sim, é preciso chegar ao Fortim do Pentáculo primeiro. E eu tenho uma ideia para isso...

Se um verme gigante irrompesse na sala, não teria causado o mesmo impacto que as palavras do homem de preto.

TÚNEL NA CORDILHEIRA DOS VIZEUS

O deslocamento dentro de vagonetes levou muito tempo pelas entranhas dos Vizeus. Finalmente, o longo passeio que começara na Fortaleza de Kro-mag terminou, e, a partir daquele ponto, todos teriam que seguir a pé. Tantas curvas e o sacolejo não fizeram muito bem para quem ainda se recuperava do consumo desbragado de queijo anão. A ressaca contra-atacou. Baldur vomitou uma vez para fora do vagonete; Derek e Agnor, duas. De cabeça baixa, ainda latejando, Od-lanor não fixou a atenção no circuito, enquanto Kyle e Na'bun'dak aproveitaram a viagem com grande curiosidade. Naquele espaço confinado, Kalannar observou Tomok o tempo todo; o embaixador anão, por sua vez, fez o possível para ignorar a presença do svaltar.

Tomok chegara de Tolgar-e-Kol com Ambrosius, um pouco atrasado para a comemoração da volta de Bramok ao trono e para a cerimônia de homenagem ao grupo. O embaixador ficou magoado ao descobrir que eles estavam sendo chamados de Enviados de Midok; a seu ver, os salvadores da superfície deveriam ser os *Enviados de Tomok*, e ele também merecia ter recebido o peso em ouro pela participação vital no resgate de Bramok, mas saiu de mãos abanando feito o svaltar. Talvez fosse possível pleitear uma recompensa na próxima audiência com o dawar. Infelizmente, a última tinha sido um pesadelo.

Ali, com o balanço dos vagonetes, o embaixador suspirou ao pensar na reunião tensa que teve com Ambrosius e o Dawar Bramok. O sujeito de preto era um negociador arrogante, mas habilidoso, e soube aproveitar que o monarca ainda estava grogue de tanto queijo, durante o encontro. Mediar a audiência foi difícil, especialmente porque o embaixador concordava com os argumentos de Ambrosius, ainda que achasse sua exigência absurda. Mas Bramok acabou cedendo quando o homem, sabiamente, apelou para o senso de lealdade de um anão. Não faltaram citações à ópera *Ranok e Parek*, e Ambrosius não teve pudores em comparar Bramok ao Dawar Ranok, e Krispinus ao Rei Parek. O Grande Rei dos humanos só estava enfrentando uma invasão svaltar — que resultara na abertura dos Portões do Inferno, ainda por cima — porque Bramok havia perdido o trono para Torok. Pelo argumento de Ambrosius, a responsabilidade do problema de Krispínia pertencia à confusão política de Fnyar-Holl. E o pior era que Tomok tinha a mesma opinião. O principal ponto da questão era que o reino anão deixara de honrar o acordo de defender os Portões do Inferno juntamente com os Quatro Protetorados.

Era o momento de Fnyar-Holl pagar o preço por ter falhado, não importava o valor.

Finalmente, após uma negociação complicada na Sala de Pedra, o Dawar Bramok, sofrendo de ressaca, concordou com o pedido absurdo de Ambrosius. O homem de preto teria o que exigia como compensação pelo descumprimento do acordo assinado com o Grande Rei Krispinus, porém não receberia o apoio de tropas anãs para salvar o Fortim do Pentáculo da ameaça svaltar. Os Enviados de Midok estariam por conta própria.

E, no fim do acordo, Ambrosius teve que prometer que, não importava o que houvesse, os svaltares *não* ficariam com aquilo que ele pediu. Caso isso ocorresse, a relação de Fnyar-Holl com Krispínia seria *realmente* posta à prova, e a culpa seria de Ambrosius. Tomok considerou a exigência final do dawar uma imensa ironia, considerando que havia um svaltar dentro do vagonete. Aquele era um detalhe que Bramok jamais poderia saber.

Após deixar os trilhos para trás, enquanto percorria o túnel a pé com os demais, o embaixador anão tocou novamente na chave pendurada no pescoço, oculta pela longa barba ruiva entremeada de penduricalhos. Ele teve que descer ao Salão das Relíquias para pegá-la, o repositório dos tesouros lendários de Fnyar-Holl. O local era gigante e guardava preciosidades impressionantes, como o Okol, o aríete mecânico que o Dawar Marok usou para atacar Zenibar; o Rubi Vidente de Ianok; o abáculo do primeiro eldoru do reino; as verdadeiras Tábuas dos Apontamentos de Midok; no entanto, o Salão das Relíquias também abrigava uma chave que, quando comparada a qualquer outro tesouro, parecia irrisória. Ainda assim, Tomok sentiu um arrepio ao retirá-la daquela câmara tão sagrada.

A sensação se repetiu quando ele chegou ao fim do túnel, diante de um portão incrustado na pedra. Tomok olhava fixamente para a chave na mão, enquanto os demais discutiam alguma coisa entre si, atrás dele. O embaixador se concentrou em abrir o portão magicamente reforçado, cuja fechadura só responderia àquela chave em especial. Ao ouvir o clique, ele protegeu os olhos com o braço, firmou os pés no chão e puxou o portão.

O túnel foi varrido por uma forte rajada de vento, o primeiro ar da superfície que os Enviados de Midok respiraram há muito tempo. Uma claridade cegante também pegou todo mundo de surpresa; a luz do dia foi intensa demais para os humanos, após a longa permanência no interior das montanhas. Para o svaltar, porém, o incômodo foi pior — Kalannar conteve um grito de agonia.

— Anão desgraçado — reclamou o svaltar, com o rosto escondido sob o capuz. — Podia ter avisado antes.

— Eu não queria interromper a discussão de vocês — respondeu Tomok.

O embaixador anão se voltou para os demais, especialmente para Agnor e Od-lanor, que em sua opinião eram os únicos seres pensantes ali.

— Pronto, é todo de vocês. Vão salvar seu reino. — Tomok fez uma pausa quando percebeu que Krispínia *não* era o reino do adamar, muito menos do korangariano, e logo se despediu com a típica bênção dos anões: — Que Midok os conduza a Eldor-Holl.

Ele teve vontade de ficar ali e ver a relíquia com os próprios olhos, mas resistiu. Tomok corria o risco de ser convencido a ajudá-los, e, sinceramente, lutar contra hordas de demônios e um exército svaltar ia muito além de suas obrigações — e remuneração — como embaixador. Uma vida de luxo, conforto e paz o esperava em Tolgar-e-Kol.

Ele deu espaço para o grupo se aproximar do portão aberto no túnel, que dava para o exterior da cordilheira. Do paredão da montanha brotava uma longa ponte de pedra. Na outra extremidade, desafiando o impossível, flutuava uma gigantesca rocha com um fortim em cima.

O Palácio dos Ventos, o castelo voador de Tukok.

CAPÍTULO 22

FORTIM DO PENTÁCULO, ERMO DE BRAL-TOR

Dolonar sempre se considerou um sujeito imperturbável, avesso a se impressionar com acontecimentos fantásticos. Para quem vivia em uma sociedade altamente mágica e cruel como a svaltar, ser indiferente era uma qualidade útil, especialmente quando tantos se deixavam levar pelo próprio poder e realizações pessoais — certamente o primeiro passo para a derrocada, e, muitas vezes, o único que bastava. Ainda assim, naquele momento, o eternamente impassível Dolonar, tido como um observador cínico por quem o conhecia, teve que admitir que aquela visão era espetacular: o céu acima da fortaleza humana estava cada vez mais agitado, com nuvens que castigavam o solo com raios negro-arroxeados, devastando um terreno já completamente em ruínas como quem submete um cadáver a torturas. De vez em quando, o espetáculo fabuloso ganhava a adição de criaturas aladas que saíam do Brasseitan nas entranhas da fortificação e irrompiam da grande torre em formato de espada. Elas saíam voando do mesmo Brasseitan que Dolonar ajudara a romper.

Ele possuía serenidade suficiente para não deixar o feito subir à cabeça, ainda que, de fato, admitisse para si mesmo que aquilo era *realmente* impressionante. Tanto que se viu observando — boquiaberto, para sua vergonha — uma nova leva de demônios que ganhava os céus negros e turbulentos. Dali, Dolonar sabia, eles espalhariam o caos pelo reino humano de Krispínia, mas não sem antes acossar o próprio monarca daquelas terras da superfície. Segundo os batedores, o tal Krispinus se encontrava em algum ponto lá fora.

A proximidade do humano responsável por ter fechado o Brasseitan da última vez deveria ser motivo suficiente para preocupar Regnar, mas Dolonar temia que o sardar tivesse deixado o êxito da missão subir à cabeça. Se fosse o caso, poderia ser o começo do fim. Era hora de saber como Regnar reagiu à notícia e qual seriam suas ordens. Dolonar avistou o Sarderi Jasnar cruzando o pátio da fortaleza humana, com certeza ciente das mesmas informações dadas pelos batedores e a caminho de informar o sardar. Como era seu dever estar presente à reunião entre os dois, Dolonar se admoestou por ter perdido tempo, deslumbrado com o cenário ao redor, e apressou o passo.

Ao seguir Jasnar, o ajudante de ordens reparou nos vários corpos de humanos espalhados aleatoriamente — aqueles que morreram por causa do cruel feitiço de afogamento de Vragnar — e na concentração maior perto do portão que dava acesso à torre, onde os chamados "pentáculos" fizeram uma barricada e quase derrotaram as forças svaltares. E era justamente nesses cadáveres que um assistente de Devenar trabalhava, retirando seus olhos — algo que Regnar proibira que fosse feito. Dolonar interrompeu o passo, acompanhou Jasnar com o olhar — o sarderi flutuava até as ameias, onde Regnar observava o espetáculo demoníaco em cima da muralha — e foi na direção de um dos homens do imar.

— O que você está fazendo? — indagou ele ao parar diante do sujeito debruçado sobre o corpo de um soldado humano.

— Estou coletando os olhos para a poção, senhor.

— Eu *sei* o que você está fazendo. Eu quero saber *por que* você está fazendo isso, quando eu repassei ordens para o imar de que a coleta de olhos não seria mais necessária.

— Não recebi essas ordens, senhor. Apenas me disseram que eu deveria coletar olhos humanos.

Dolonar pensou em açoitar aquele imbecil ali mesmo, mas o momento não era adequado. Ele teria que averiguar com Devenar. Sem dizer mais nada, o ajudante de ordens simplesmente deu meia-volta e foi para a enfermaria da fortaleza, onde o imar e sua equipe se instalaram.

Lá dentro, os svaltares feridos estavam sendo cuidados com bandagens, infusões e poções. Dolonar passou por todo mundo, localizou Devenar diante de um pequeno caldeirão de mesa e catou o imar pelo braço, até um espaço mais reservado.

— Eu vi um de seus homens coletando olhos dos humanos, contrariando as ordens que repassei — falou o ajudante de ordens à boca pequena.

— Eu sei, Dolonar. Eu dei outras ordens porque o estoque da poção chegou ao fim. Estamos diante de uma oportunidade excelente. Há uma guarnição inteira de humanos mortos!

— Acho que você não entendeu — sibilou Dolonar. — Não precisaremos mais da poção. As trevas estão se espalhando pela superfície. Não haverá mais sol. A não ser que você esteja querendo me dizer que não confia no plano do sardar...

Devenar lançou um rápido olhar ao redor. Felizmente, todos os assistentes estavam ocupados cuidando dos feridos. Ele se sentiu à vontade para responder, em voz baixa:

— Não é isso, mas você tem que compreender o meu lado, Dolonar. Não é que eu não acredite: eu *vi* o que está acontecendo lá fora, e é um feito assombroso. Mas tudo depende daquele sujeito... o místico... A situação e a nossa segurança não estão mais nas mãos do Regnar. Se algo der errado, o sardar vai precisar dessas poções... e vai me agradecer por ter descumprido as ordens. Além disso, com um estoque do produto, podemos distribuí-las a outras cidades svaltares que as trevas ainda não tenham beneficiado. Seremos capazes de arregimentar tropas mais rápido, se necessário.

Dolonar ponderou os argumentos do sujeito. O ajudante de ordens jamais gostou que a campanha de invasão dependesse da beberagem mágica do imar; ainda assim Devenar era mais suportável que Vragnar e, mal ou bem, a poção trouxera as tropas até ali sãs e salvas. Com o rei humano lá fora — uma ameaça que poderia fechar o Brasseitan e deixá-los isolados naquele ermo em breve potencialmente ensolarado —, não seria de todo mal ter um plano de contingência, especialmente conhecendo o destempero do sardar, caso se visse diante de uma derrota.

— Muito bem — disse Dolonar também em voz baixa e olhando ao redor. — Você me convenceu, Devenar. Mas seja discreto com essa operação; eu cuidarei para que o sardar não saiba o que está acontecendo. Na pior das hipóteses, você mandou coletar outras partes dos humanos para fazer beberagens para os feridos, combinado?

Assim que o imar concordou com a cabeça, Dolonar saiu às pressas da enfermaria, com a intenção de ainda estar presente ao encontro de Jasnar com Regnar. Mas foi em vão: ao surgir no pátio, o ajudante de ordens avistou o sarderi na outra ponta. Ele foi rápido na direção do sujeito. Quando o interpelou, percebeu a expressão contrariada na face branca de Jasnar:

— Sarderi, o sardar já está ciente das informações dos batedores? Qual será nosso curso de ação?

Jasnar mal interrompeu o passo, caminhou mais um pouco em silêncio, e aí, como se tivesse desistido de conter uma reação, virou-se para Dolonar e explodiu:

— O sardar disse para não fazermos *nada*. Ele alega que... — Jasnar baixou o tom de voz nesse instante — ... que aquele demônio lá embaixo não quer que ataquemos o rei humano. Que é tudo um pedido do zavar.

O sarderi apertou os cabos das roperas e olhou em volta. Dois oficiais subalternos — o comandante da infantaria convencional e o líder dos noguiris e raguiris — se aproximavam para receber ordens. Jasnar apertou o braço de Dolonar.

— Tente convencer nosso primo de que esse curso de ação está *errado*. Estamos vulneráveis aqui. Temos apenas uns poucos punhados de homens e dependemos demais do que o místico está prometendo. Eu não confio no sujeito... e nem naquela criatura. — Ele lançou um olhar rápido para a grande torre no meio da fortaleza.

Dito isso, o sarderi soltou Dolonar e foi na direção dos subalternos para dar justamente as ordens que não gostaria de transmitir: de que eles deixariam o rei humano em paz.

Dolonar ficou ali parado durante um instante, absorvendo os acontecimentos e ponderando as consequências. O plano original de incursão no Ermo de Bral-tor não previa a aparição do monarca Krispinus, pelo menos não *imediatamente* após a abertura do Brasseitan, quando o sucesso svaltar ainda era frágil e reversível. Por outro lado, pensou Dolonar enquanto avistava o sardar lá em cima nas ameias, ironicamente o plano original *também* não previa que Regnar fosse o líder de toda a campanha. Comandante de tropas, sim, mas não o sujeito a dar a palavra final. Agora eles estavam improvisando — e o sardar não era bom nisso. Regnar era como uma ropera de qualidade, uma ótima arma para ser empunhada, mas totalmente dependente da habilidade do espadachim. Agindo por conta própria, ele podia ser manipulável por quem conhecesse seus humores. Dolonar era o skalki da Casa Alunnar há muito tempo e julgava ser capaz de influenciar o sardar. Só ele seria capaz de quebrar o encanto — ou, mais provavelmente, o receio — que o poder místico de Vragnar despertava no sardar nesse momento.

O ajudante de ordens flutuou até a muralha e parou ao lado de Regnar, que olhava na direção dos Vizeus, em algum ponto indefinido do horizonte perdido na escuridão.

— Saudades de casa, sardar?

Regnar voltou-se para Dolonar com um sorriso cruel no rosto branco, que se destacava nas trevas.

— Zenibar já não é mais a nossa casa, Dolonar. A superfície é o nosso lar agora. Em breve, a vida dentro da montanha será apenas uma nota triste na longa e gloriosa história dos svaltares. E isto tudo aqui — ele ergueu os braços, olhou para o turbilhão negro nos céus, gesticulou como se abraçasse as ocasionais revoadas de demônios e os raios que castigavam o solo — é exemplo de nosso triunfo como povo. *Eu* sou o exemplo desse triunfo. Eu liderei nossa incursão, abri o Brasseitan e nos libertei. Assim que as trevas chegarem aos Vizeus e se espalharem para o Oriente, nós conquistaremos uma cidade alfar como nosso primeiro lugar de direito na superfície, como nosso *verdadeiro* lar... e dali partiremos para exterminá-los.

Ele fez uma pausa para trazer à mente o mapa das terras conhecidas fora dos Vizeus e calcular onde seria possível direcionar o primeiro ataque frontal de uma tropa svaltar contra um povoado alfar em muito, muito tempo. Dolonar pensou em interromper o devaneio, prestes a abordar o assunto espinhoso do rei humano ali fora, quando Regnar se voltou para o ajudante de ordens.

— Você já avisou meu filho sobre nosso triunfo aqui?

— Sim, sardar.

— Eu posso imaginá-lo em um pico nos Vizeus, olhando para cá, ansioso por participar da campanha, esperando as trevas chegarem a Zenibar para que finalmente marchemos juntos. Que tempo glorioso para a Casa Alunnar!

A mão de Regnar foi ao broche que prendia a capa, com a lua, que era o símbolo ancestral de sua família, bem acima da sovoga, pendurada em um pingente. Ele fez novo silêncio, que Dolonar aproveitou.

— Sardar, o rei humano está lá fora.

— Sim, eu sei, o Jasnar me trouxe o informe dos batedores. — Regnar limitou-se a dizer isso e continuou com o olhar perdido no horizonte.

— Sardar, o rei humano *fechou* o Brasseitan da última vez. Seria aconselhável atacá-lo. Devo transmitir a ordem?

— Você não fará nada disso, Dolonar. Não há ordem a ser dada. — Regnar voltou-se para o ajudante de ordens. — O monarca humano não deve ser importunado.

Dolonar sabia que pisaria em carvão em brasa agora.

— Sardar, a presença dele não estava no plano original...

Como esperado, a reação foi intempestiva:

— O plano original não existe mais — vociferou Regnar. — É o *meu* plano agora. A presença do rei humano é irrelevante. O zavar me garante que ele não tem como fechar o Brasseitan novamente. Aquilo foi um golpe de sorte, um ato fortuito de uma raça cuja magia é pífia.

— Mas nós podíamos matá-lo apenas por precaução. Segundo os batedores, ele está com uma força pequena...

— O zavar disse que o líder dos demônios quer manter o tal Krispinus vivo. Ele pretende se vingar por ter sido banido de Zândia da primeira vez. E você sabe como nós, svaltares, respeitamos a vingança, especialmente a de um aliado. Precisamos da cooperação dos demônios para dar trabalho às tropas dos reinos humanos enquanto nos concentramos em exterminar os alfares. É bem melhor evitar uma guerra em dois fronts. Para tanto, é necessário que consolidemos a aliança com os demônios. Logo, faremos a vontade de seu líder. *Este* é o meu plano.

Dolonar pensou em argumentar que já foi suficiente ter libertado os demônios ao abrir o Brasseitan, mas viu que não conseguiria demover Regnar daquela decisão. Ademais, vingança era, de fato, uma questão de honra na sociedade svaltar, uma dívida capaz de ser herdada pelos sucessores das partes envolvidas mesmo após gerações. Negar a alguém o direito à vingança era algo inconcebível, mesmo que esse alguém — como o líder dos demônios, no caso — fosse de outra raça. Era o único traço digno de respeito que os svaltares enxergavam em outros povos. A vingança era um prato que até um kobold tinha direito a comer, já dizia o provérbio svaltar.

— Como queira, sardar — respondeu um resignado Dolonar.

Ao perceber que Regnar retomara a observação do espetáculo místico em volta, o ajudante de ordens se retirou de mansinho, sem esperar para ser dispensado. Talvez não houvesse mesmo com que se preocupar: os humanos realmente eram inferiores; a magia deles raramente afetava os svaltares; e, pelo que se sabia, fora um feitiço da rainha humana que fechara o Brasseitan, e não o rei, que era um mero guerreiro. Ademais, o plano original, mesmo que modificado por ter sido levado a cabo por Regnar, *dera* certo.

Até agora.

Dolonar pensou na leva de poções mágicas sendo feita de forma clandestina neste exato momento e deu um sorrisinho ao descer, flutuando, das ameias.

EXTERIOR DO FORTIM DO PENTÁCULO, ERMO DE BRAL-TOR

Não houve paz para o Grande Rei desde que a situação no Fortim do Pentáculo foi, literal e figurativamente, para o inferno. Era a irônica repetição de um de seus maiores desafios, só que desta vez Krispinus se via completamente despreparado e pego de surpresa para enfrentá-lo. Há trinta anos, Malek de Reddenheim convocou o então "grande salvador", o "maior herói do povo" — as alcunhas que o Deus-Rei recebera ao liderar o êxodo dos humanos perseguidos pelos elfos — para ajudá-lo com os Portões do Inferno, e Krispinus veio com a tropa que mantinha na Morada dos Reis, juntamente com a esposa feiticeira, o amigo meio-elfo caçador e um jovem bardo no auge da saúde e habilidades. Obviamente, aquele primeiro combate nos Portões do Inferno não tinha sido fácil, mas na ocasião Krispinus sabia o que iria encontrar, contava com o poderio mágico de Danyanna para fechar a passagem dimensional e tinha homens suficientes para enfrentar a horda de demônios.

Daquela vitória, Krispinus saiu com poder e influência suficientes para unir os pequenos reinos vizinhos sob seu comando. Daquela vitória, obtida naquele mesmíssimo lugar, saiu o Grande Rei de Krispínia.

E agora, naquele mesmíssimo lugar, seu reinado estava prestes a chegar ao fim.

Dava pena ver Dalgor, com mais de 70 anos e uma saúde debilitada, entoando canções de apoio moral, engajado em combate, lançando um encantamento modesto aqui e ali. Dava pena ver a pequena escolta dos Irmãos de Escudo lutar sem descanso e sofrer baixa após baixa. Ainda assim, o bardo não esmorecia, e os homens não deixavam de dar o máximo de si, sempre acreditando no poder do Deus-Rei.

Em sua mão, Caliburnus matava demônios a torto e a direito. As criaturas vinham em ondas, a intervalos regulares, e nunca se concentravam em um ataque direto contra eles. Não, a intenção do inimigo parecia ser acossá-los, cansá-los, diminuir seu número aos poucos. Os demônios estavam brincando com a presa. Krispinus, Dalgor e os Irmãos de Escudo não conseguiam encontrar abrigo definitivo; mesmo naquela escuridão, cada esconderijo acabava sendo descoberto pelo adversário, que nunca vinha em força máxima. O número de criaturas era sempre suficiente para deixar alguns mortos e feridos, causar danos, mas nunca massacrá-los de vez.

Naquele ermo sem vida não havia sequer algo que Krispinus pudesse improvisar para transpor as muralhas do Fortim do Pentáculo e levar a luta ao inimigo. O próprio caráter inexpugnável da fortaleza que *ele* mandou erigir estava trabalhando contra o Grande Rei. Krispinus torcia para sobreviver e, um dia, quem sabe, rir daquela ironia. Agora ele se mantinha apenas em constante fuga, mas sem se afastar muito do Fortim do Pentáculo; tinha que ganhar tempo — e sobreviver — até que a ajuda chegasse.

— Eu preciso entrar lá de alguma maneira — disse o Grande Rei, tomado pela irritação.

— Você já tentou isso antes, Krispinus — respondeu Dalgor, quase sem fôlego. — E nós sofremos a pior onda de ataque assim que você se afastou. Mal deu tempo de voltar. A não ser que você queira nos sacrificar, vá em frente.

— Não, nem pensar — respondeu Krispinus, frustrado. — Eu não pediria isso a vocês... mas *tenho* que arrumar um jeito de entrar no fortim. Por que eu não mandei fazer uma entrada secreta, como qualquer monarca sensato?

— Porque você sempre disse que essa era a vulnerabilidade mais óbvia de qualquer fortaleza. Passamos uma vida inteira nos valendo da "entrada secreta" de alguém para invadir castelos e afins. Agora, se você não tivesse sido tão turrão, se tivesse aceitado uma égua trovejante da Danyanna como o Caramir fez, passaria por cima das muralhas, em vez de ficar parado nesse cavalo de pedra idiota.

Krispinus lançou um olhar indignado para o velho bardo.

— Eu não acredito que agora, neste exato momento, enfiados nesta *merda* sem tamanho, você vem jogar isso na minha cara. E por que *você* não aceitou uma égua trovejante, quando ela estava oferecendo para todos os amiguinhos?

— Eu mal sei andar a cavalo, quanto mais num que voa — respondeu Dalgor. — Além do mais, tenho medo de altura, e você sabe disso.

A discussão foi interrompida pela chegada do comandante dos Irmãos de Escudo. Sir Bramman apontava para um ponto no céu turbulento. Um raio negro-arroxeado caiu perto e iluminou o trio com uma luz lúgubre.

— Deus-Rei, Duque Dalgor, uma nova revoada de criaturas se aproxima.

Krispinus ergueu os olhos para o céu tenebroso, igual ao céu de trinta anos atrás. Lá do alto, vinham os guinchos perturbadores de demônios, praticamente invisíveis naquele breu, exceto pelo brilho maligno no olhar. Alguns chifres, garras e espinhos também emitiam uma luminescência cruel — pelo menos isso tornava as criaturas mais visíveis, pois havia poucas tochas remanescentes para clarear as trevas.

O Grande Rei tratou de fazer sua melhor expressão de confiança em mais uma vitória, ainda que soubesse que acabaria perdendo mais um homem ou dois.

— É bom que o inimigo se apresente. Isso me dá novamente o privilégio de lutar ao lado de todos vocês. — Ele sacou Caliburnus e apontou-a para uma ondulação no terreno, quase imperceptível no limite da luz das tochas. — Faremos nossa resistência ali. Reúna os homens. Que nada de mau nos aconteça.

Ao ver o Deus-Rei empolgado com o combate, Sir Bramman abriu um largo sorriso, aquiesceu e partiu para levar a cabo as ordens. Sozinho de novo com Dalgor, porém, Krispinus voltou-se para o amigo com uma expressão preocupada e perguntou:

— E quanto a Danyanna e ao Ambrosius?

— Eu mandei as mensagens mágicas, Krispinus, mas não sou feiticeiro. Não há como saber se chegaram. Eu tenho meus limites... e nessa confusão mística aqui, não sei se receberei a resposta da Danyanna.

Krispinus bufou, ergueu o rosto para o céu novamente e ficou de olho na horda alada que avançava.

— Então o jeito é resistir até a ajuda de algum deles chegar.

Dito isso, o Grande Rei e o velho bardo foram até os soldados para tentar sobreviver mais uma vez.

CAPÍTULO 23

PALÁCIO DOS VENTOS, CORDILHEIRA DOS VIZEUS

Eles já sabiam o que encontrariam durante todo o passeio de vagonetes para sair de Fnyar-Holl. Lá atrás, no Salão do Esplendor, a ideia de tomar posse do antigo Palácio dos Ventos do Dawar Tukok para voar até os Portões do Inferno pareceu absurda quando proposta por Ambrosius. E apesar de já terem visto uma representação artística do castelo voador durante a visita à Fortaleza de Kro-mag, nenhum deles estava preparado para aquela visão monumental e impossível.

Desde que Ambrosius anunciara o plano e saíra para negociar com o Dawar Bramok, eles começaram os preparativos individuais. Agnor, Baldur e Derek ainda estavam arrasados pela ressaca e retornaram aos aposentos para tentar se recuperar, mal sabendo que a viagem de vagonetes de Fnyar-Holl até ali faria o enjoo voltar. O feiticeiro ainda tentou estudar como fechar os Portões do Inferno, mas o mal-estar não permitiu. Decidiu fazer os cálculos durante a viagem pelo Ermo de Bral-tor. Od-lanor preparou uns chás e lutou com a dor de cabeça para tentar aprender tudo sobre o antigo castelo voador do Dawar Tukok. Ele pesquisou na biblioteca real com o auxílio de escribas e sábios, e procurou por descendentes dos anões que usaram o Palácio dos Ventos na Grande Guerra dos Dragões, há mais de quatrocentos anos. Felizmente, anões têm vida longa, e Od-lanor pôde conversar com muitas fontes. O que leu e ouviu era fascinante e em grande parte difícil de compreender, e isso apenas fez com que a dor de cabeça permanecesse implacável. O bardo adamar saiu carregado de óstracos e pergaminhos de pele de bode-das-escarpas.

Kalannar, obviamente, foi embora assim que Ambrosius saiu. Ele não podia ser visto em Fnyar-Holl, nem associado aos demais. O svaltar sabia como percorrer a Fortaleza de Kro-mag discretamente e surgiu das sombras justamente quando o grupo inteiro, mais o Embaixador Tomok, estava prestes a embarcar nos vagonetes. O anão diplomático torceu a cara barbuda, mas não havia nada que pudesse fazer, além de agradecer a Midok Mão-de-Ouro que Kalannar estivesse saindo de Fnyar-Holl.

Já Kyle, que gozava de plena saúde por não ter comido o queijo dos anões, recebeu uma missão importante de Baldur: aproveitar aquele meio-tempo para retornar ao ponto ao pé dos Vizeus onde eles abandonaram as carroças e recuperar a armadura de placas que o cavaleiro deixara para trás. Como não foram incluídas armaduras nos presentes do dawar, ele não pretendia invadir um fortim cheio de svaltares e demônios — e se apresentar diante do Deus-Rei, se tudo corresse bem — protegido por um simples gibão. Quando souberam que Kyle (e Na'bun'dak, inevitavelmente) voltaria às carroças, todos os outros pediram uma coisa ou outra que havia sido descartada. Em pouco tempo, Kyle, como grão-anão e um Enviado de Midok, estava saindo de Fnyar-Holl pelos portões principais em grande estilo: com uma escolta de honra de anões. O chaveiro estava feliz por não precisar mais se embrenhar por túneis apertados. Aquela foi uma jornada quase tão fascinante quanto seria o passeio de vagonetes até o castelo voador. Kyle pôde ver a grandiosidade dos famosos portões de Fnyar-Holl, embutidos no paredão dos Vizeus, e tentou divertir a pequena tropa do mesmo jeito que Od-lanor fazia, falando com seu anão bem rudimentar aprendido nas ruas de Tolgar-e-Kol. Ele não soube dizer se os anões riram das peripécias do grupo, do uso canhestro da língua ou se simplesmente respeitaram seu cinturão de grão-anão e foram educados.

Quando terminou o trajeto para sair de Fnyar-Holl, Baldur, Od-lanor, Derek Blak, Kyle, Agnor, Kalannar e Na'bun'dak se despediram do Embaixador Tomok e começaram a percorrer a longa ponte de pedra que brotava do paredão da Cordilheira dos Vizeus, mais um exemplo da prodigiosa engenharia dos anões. A ponte de pedra parava no meio do caminho, na imensidão do vale, e se encontrava com outra ponte — essa de madeira, levadiça

— instalada na borda da gigantesca pedra flutuante. Unidas, as duas pontes formavam um caminho retilíneo entre Fnyar-Holl e o Palácio dos Ventos.

— Esse é o único acesso a esse castelo... rocha ... sei lá o quê? — perguntou Baldur ao entrar na ponte de pedra com os demais. — Vai ser difícil invadir algo no solo assim.

Od-lanor lançou o olhar na direção da parte inferior da rocha, que flutuava acima do solo no fundo do vale.

— Existe um daqueles elevadores que descem por um duto dentro da rocha, igual aos que usamos em Fnyar-Holl. Ele sai *bem* lá embaixo — respondeu o bardo, indicando a extremidade inferior da pedra flutuante. — Também li que há cordas, roldanas e outros aparatos para subir e descer, como medida de emergência. Pelo menos é o que dizem os registros e os anões que consultei.

Os sete finalmente saíram da ponte de pedra e passaram a andar sobre a ponte levadiça. Continuaram observando os detalhes, sem conseguir acreditar na mistura de elementos: havia adiante um típico fortim anão, diferente das fortificações humanas na questão da arquitetura, mas ainda assim plausível, só que em cima de uma implausível rocha gigante pendurada no ar. O que seria o pátio convencional de um castelete era o topo aplainado da pedra, basicamente nu, a não ser pela grande estrutura da ponte levadiça e diversos aparatos estranhos com ganchos e roldanas. Como Od-lanor lera a respeito daquilo tudo, as provisões de viagem pedidas aos anões incluíram cordas sobressalentes para substituir as destruídas pelo tempo. Afinal, o Palácio dos Ventos não era usado há 430 anos.

Assim como o painel pintado em Fnyar-Holl mostrava, lá estavam os dois torreões com as balistas que viram tanto serviço na Grande Guerra dos Dragões. Protegido atrás das torres curtas, havia algo que Od-lanor tentara descrever no caminho até ali, mas apenas o testemunho ocular ajudou a assimilar: duas grandes estruturas circulares ligadas a tubos de metal e compostas por pás presas a um núcleo. As pás se pareciam com remos gigantes, e o conjunto era tão esquisito quanto todas as engenhocas incompreensíveis dos anões. Antes de chegar ao castelo voador, durante a viagem nos vagonetes, Od-lanor havia comparado a estrutura que eles veriam aos "moinhos de

Santária", mas como ninguém ali havia estado em Santária, o exemplo não serviu para nada.

— Aquilo ali faz o castelo voar — apontou o bardo.

— Ué, mas a pedra já não voa? — perguntou Baldur.

— Eu expliquei isso na vinda para cá. — Od-lanor revirou os olhos. — A pedra apenas *flutua*; ela é um composto entre os elementais do ar e da terra para simbolizar o fim de uma guerra ancestral entre eles.

— Eu estava vomitando, não prestei atenção — justificou o cavaleiro.

— A pedra é como um barco, seu ignorante — disse Agnor. — Ela boia na água, mas precisa de remos ou velas para se locomover.

— Falou o sujeito que só entende mesmo de pedra — resmungou Baldur.

Antes que a situação descambasse para outra discussão, Derek Blak apontou uma estrutura reluzente e abobadada no topo do fortim, feita de vidro e metal, entre os torreões, e perguntou:

— O que é aquela coisa esquisita?

— Aquela coisa esquisita — explicou Od-lanor — seria, para continuar com o bom exemplo naval dado pelo Agnor, o "leme". O termo em anão é complexo e seria algo como "câmara que faz voar". Pelo que pesquisei, é onde o voo do castelo é controlado. Eu chamaria de "Sala de Voo".

— Se isso aqui é uma espécie de navio, então onde ficam as galés? Alguém tem que "remar" para o castelo voar, correto? — continuou Derek.

Od-lanor coçou a cabeça raspada, antes de responder:

— Essa é a parte mais complicada. Há uma câmara lá dentro que contém um forno, como os que vemos nas ferrarias, cuja fumaça move aqueles "moinhos" lá atrás. Foi a melhor maneira que eu encontrei para explicar, pois o processo também envolve água fervente e outros detalhes. Não há equivalentes no idioma comum para os termos que os anões usam. Sinto muito; acho que só vendo para compreender.

À exceção de Agnor, todos se entreolharam, meio confusos.

— Como a fumaça pode mover alguma coisa? — perguntou Kyle.

— Da mesma forma que o ar move a vela de um navio. — Agnor revirou os olhos miúdos e cruéis. — Vocês, idiotas, passaram por várias instalações que funcionam sob o mesmo princípio em Fnyar-Holl e, obviamente, só tiveram olhos para o ouro.

— Dizem que você só teve olhos para as anãs na festa, isso sim — respondeu Baldur.

Todos riram — exceto Agnor, obviamente — e continuaram a caminho da entrada do castelete. No interior, havia uma grande câmara ao estilo dos vários salões da Fortaleza de Kro-mag, com duas escadas nas paredes laterais que levavam a um mezanino e a uma série de portas no segundo andar. O salão comunal era dominado por uma mesa circular de ferro fundido, vazada no meio, igual às da comemoração em Fnyar-Holl. Ao fundo, passando por baixo do mezanino, havia um corredor que conduzia a mais portas; da beirada do próprio mezanino pendia uma grande tapeçaria com a imagem do lendário Dawar Tukok, responsável por construir o castelo e transformá-lo em arma contra os dragões. Ele era uma figura singular entre os anões: tinha cabelos ralos, não ostentava barba comprida e, ao contrário do nariz bulboso comum à raça, possuía um enorme nariz adunco, extremamente pronunciado. Tudo isso era iluminado por janelões que deixavam o sol e o vento entrarem, mas havia archotes espalhados em nichos para clarear o ambiente à noite. Entre os nichos, mais quadros sobre o reinado de Tukok e painéis que mostravam o Palácio dos Ventos em combate na Grande Guerra dos Dragões. O ambiente todo não era realmente novidade para quem tinha acabado de sair da Fortaleza de Kro-mag, até que os sete terminaram de observar o salão e olharam para a parede atrás, onde estavam os portões por onde haviam acabado de entrar.

Acima da passagem, de uma ponta a outra da parede, estavam cabeças imensas de dragões abatidos pelo castelo, todas perfeitamente conservadas pela estranha alquimia dos anões. Os monstros, que ostentavam chifres e presas cruéis, olhavam diretamente para a mesa e para o painel do Dawar logo atrás dela, como se fossem obrigados a encarar seu algoz pela eternidade. Quem se sentasse ali teria plena visão dos feitos do Palácio dos Ventos e se sentiria observado pelo dawar e pelas criaturas.

— Agora eu entendo por que Fnyar-Holl ficou ilesa durante a Grande Guerra dos Dragões — comentou Od-lanor boquiaberto, ao pensar que o conflito provocou a destruição de parte da Morada dos Reis.

Kalannar estalou a língua.

— Anões e sua velha tática de impressionar os tolos expondo façanhas e glórias passadas.

— Bem — comentou Baldur, tocando no peito com o polegar —, considere *este* tolo aqui realmente impressionado.

Kyle, com os olhos tão esbugalhados que pareciam que saltariam do rosto, conseguiu se dirigir a Od-lanor sem gaguejar:

— Isso tudo é nosso?

O bardo adamar colocou a mão sobre o ombro do rapazote, ainda sem conseguir parar de admirar os dragões.

— Foi o que o Ambrosius disse. Ele conseguiu que o Dawar Bramok nos passasse o castelo porque os anões não cumpriram a parte deles em defender os Portões do Inferno. Agora a tarefa cabe a nós.

Derek finalmente tirou os olhos dos dragões e encarou o bardo.

— Devo lembrá-lo de que há uma tropa que *já* tomou os Portões do Inferno? Não vai adiantar muito ter um castelo que só dispara dardos gigantes para matar dragões. Eles serão inúteis contra aquelas muralhas e os svaltares aquartelados lá dentro.

Antes que Od-lanor respondesse, Kalannar se intrometeu:

— É por isso que já tenho um plano em mente — disse ele com um sorriso cruel no rosto.

Derek olhou feio para o svaltar, mas Od-lanor passou entre os dois e levou os fardos pesados, cheios de óstracas e pergaminhos, até a mesa no centro do salão.

— Eu não sei quanto a vocês, mas tudo que trouxemos está extremamente pesado. Vamos deixar os equipamentos aqui e descobrir como fazer o castelo voar. Se não conseguirmos isso, nem adianta discutir plano algum.

Subitamente, os sete sentiram o peso das tralhas e provisões que carregavam e perceberam a sensatez da sugestão do bardo. Eles repetiram seu gesto e seguiram Od-lanor para o interior do castelo.

Em raro momento de consenso, todos decidiram que queriam explorar primeiro o andar superior; afinal, a tal "câmara que faz voar" — visível do lado de fora entre os torreões — parecia mais interessante do que um forno de ferreiro instalado no interior do castelete. Lá em cima, no mezanino, o grupo encontrou acomodações: quartos com típicas camas anãs. Um corredor levava a uma escada que subia para a Sala de Voo, como Od-lanor sugeriu chamá-la para facilitar, onde novamente o queixo de todos foi ao chão.

A câmara era enorme e tinha como teto a abóbada de vidro e metal que eles avistaram ao se aproximar do castelete. Um grande objeto subia até ela: uma estrutura metálica elevada que terminava em duas gaiolas circulares, acessíveis por escadas de quebra-peito. Dentro das gaiolas, havia um assento em cada uma, várias alavancas, apoios para os pés e objetos dispostos no interior, difíceis de discernir lá de baixo. Ao lado dos assentos, brotavam tubos como os que os anões usavam para se comunicar em Fnyar-Holl.

Assim que Od-lanor explicou que aquele era o artefato que direcionava o castelo, o bardo e Kalannar, sendo os mais leves entre os adultos, galgaram as escadas de quebra-peito até as gaiolas, de mão em mão. Os dois meteram a cabeça no interior apertado e tentaram se instalar nos assentos, mas não couberam no espaço exíguo, claramente projetado para anões. Ali dentro havia as tais alavancas e outros controles diferentes, cujas funções estavam indicadas por placas de metal rebitadas na gaiola de ferro e escritas em anão. Od-lanor e Kalannar, fluentes naquele idioma, levaram um tempo lendo e assimilando as instruções, enquanto os demais finalmente exploravam o resto do ambiente.

Havia grandes mapas detalhados de regiões específicas de Zândia nas paredes; um pouco abaixo do nível do chão, Baldur, Derek, Agnor, Kyle e o kobold admiraram um mapa gigante com marcadores e réguas deslizantes que brotavam das laterais, para indicar coordenadas. As marcações seguiam o sistema de distância dos anões, e os territórios ainda representavam o Império Adamar, que ruiria de vez ao fim da Grande Guerra dos Dragões. Não havia nenhuma divisão do que seriam Blakenheim e Reddenheim, os primeiros reinos humanos independentes — exatamente para onde eles teriam que voar, a região do Ermo de Bral-tor. Com Od-lanor ocupado lá em cima, os quatro humanos acharam tudo aquilo incompreensível, ainda que Derek de Blakenheim tenha conseguido identificar onde ficava sua terra natal em relação à representação da Morada dos Reis e da Cordilheira dos Vizeus.

— Acho que essa região toda seria o Ermo de Bral-tor — Derek apontou o mapa no chão —, mas está difícil localizar onde estaria o Fortim do Pentáculo *hoje*.

Agnor se aproximou do guerreiro e apertou os olhos, que já eram miúdos.

— Eu vi algumas fortalezas adamares representadas no mapa — disse o korangariano. — Bral-tor era o forte que fechava os Portões do Inferno até virar uma ruína. Na época da Grande Guerra dos Dragões, o Império Adamar estava decadente, mas é capaz de Bral-tor estar representado, se os anões tiverem voado sobre ele. Comecem a procurar onde o Derek apontou.

Enquanto isso, lá do alto das gaiolas, Od-lanor e Kalannar tinham uma visão impressionante do céu, do exterior do castelo e também do próprio interior da sala onde a estrutura estava instalada. Ambos, porém, desceram desanimados.

— Aquilo é muito pequeno e apertado — comentou Od-lanor ao pisar de novo no salão.

— Talvez o Derek caiba... — sugeriu Kalannar.

O svaltar nem teve tempo de cruzar o ambiente e levar a sugestão a Derek, que examinava a região da extinta Blakenheim — Kyle e Na'bun'dak imediatamente subiram a escada de quebra-peito na disputa para ver quem chegava primeiro (o kobold levou a melhor) e, antes que o bardo mandasse que não mexessem nos controles, os dois estavam instalados nos assentos dos anões, aos risos e guinchos, passando as mãos e as patas pelos controles no interior das gaiolas redondas.

— Ei, não toquem em nada! — berrou o bardo finalmente.

Baldur parou de tentar achar o antigo forte de Bral-tor e se aproximou.

— Que bagunça é essa? — vociferou.

Agnor, que se abaixara para ler e converter as distâncias em anão, respondeu:

— Acho que encontramos nossos timoneiros.

CAPÍTULO 24

PALÁCIO DOS VENTOS, CORDILHEIRA DOS VIZEUS

Após o deslumbramento com as cabeças dos dragões na entrada e com a Sala de Voo no segundo andar, o restante do Palácio dos Ventos foi um pouco decepcionante, pois era composto por elementos comuns em qualquer castelo, humano ou anão: cozinha, armazéns, arsenal, oficinas e salas vazias diversas. Com aposentos minúsculos, os dois pequenos torreões levavam às balistas, que claramente precisavam de reformas após quatro séculos sem uso e à mercê das intempéries. Elas seriam inúteis no combate vindouro, mesmo que o grupo considerasse disparar contra as muralhas ou a torre do Fortim do Pentáculo.

Ao terminar a exploração do térreo, eles encontraram uma capela em homenagem a Midok Mão-de-Ouro e, ao lado dela, o tal elevador que descia até o fim da rocha, como forma de entrar e sair sem depender da ponte levadiça lateral, no exterior do castelete. O elevador era uma jaula bem mais ampla do que aquelas que eles usaram para se deslocar pelos andares da Fortaleza de Kro-mag — como a subida e a descida eram longas, quem projetou a engenhoca quis diminuir o número de viagens para transporte de pessoal e carga. Como medida de segurança, o elevador ficava em uma câmara protegida por uma sólida grade de ferro e buracos no teto, usados para derramar óleo quente; em caso de uma improvável invasão pelo elevador, os inimigos seriam contidos e aniquilados ali mesmo.

No fundo, havia uma escada que descia para um grande salão, parecido com uma gruta. Ali, novamente, os sete ficaram impressionados com o que viram. Um tonel metálico gigantesco dominava o ambiente, apoiado sobre uma versão um pouco diferente das fornalhas encontradas nas forjas de ferreiro das cidades humanas. Do objeto colossal brotavam tubos que entravam na parede de pedra da câmara. Havia outro emaranhado de tubos mais finos na lateral, com mais controles e placas com marcações em anão. Pilhas de carvão e pás ocupavam o outro lado do ambiente cavernoso.

Como se soubessem que o bardo adamar abriria a boca, todos se voltaram para Od-lanor. Ele hesitou um pouco e depois desandou a falar:

— Bem, chegamos ao que os anões chamam de "caldeirão". Ali no tonel fica a água que será fervida pela fornalha, e o que eles chamam de "vapor" vai seguir pelos tubos com tanta força que moverá aqueles moinhos lá atrás, impulsionando a rocha e o castelo. Resumindo, é isso.

— Vapor sob pressão, igual ao expelido pelas fumarolas a oeste de Karmangar — comentou Agnor como se todos ali fossem entender a referência à capital de Korangar.

Na verdade, os demais se entreolharam e voltaram o rosto para Od-lanor, que deu um sorriso amarelo.

— Eu nunca estive em Korangar, mas já vi uma fumarola pelas minhas andanças. É um jato de fumaça quente que sai do solo com uma força impressionante. Se esse aparato reproduz isso e aproveita essa mesma força da fumaça para girar os moinhos, então o que os anões me explicaram faz sentido. Eles usaram essa mesma palavra: *pressão*. Então, o que precisamos — ele foi até a tubulação lateral — é controlar essa "pressão" do vapor, essa força com que a fumaça sai da caldeira, através desses mecanismos aqui.

Mesmo sem parecer ter entendido muito, Baldur e Derek se aproximaram de todo o aparato para ver os detalhes de perto. Ao lado do kobold, que mordiscava um pássaro que havia encontrado morto fora do castelo, Kyle parecia nitidamente interessado em voltar para a Sala de Voo lá em cima, já entediado com todas aquelas explicações complexas e sem sentido. Kalannar juntou-se ao bardo e começou a ler as marcações anãs, extremamente curioso. Como se já tivesse noção de como o sistema funcionava, Agnor pegou um pedaço de carvão e começou a entoar um cântico mágico, baixinho.

Baldur subiu no forno e deu um soco no tonel acima, que respondeu com um som sólido.

— Bem, pelo menos o tonel não está vazio. Temos água para ferver — disse ele.

Agnor continuou voltado para a pilha de carvão, examinando um pedaço e outro, e se dirigiu aos demais:

— O carvão dos anões é de excelente qualidade e tem propriedades mágicas. Vai queimar intensamente.

Eles continuaram observando tudo com mais atenção e exploraram a câmara imensa em volta do tonel, mas não havia muito mais a ser visto. A cada pergunta e explicação, a teoria absurda parecia fazer mais sentido; faltava agora testá-la na prática e ver se o castelo realmente voaria ou ficaria apenas pendurado no ar, naquele vale nos Vizeus.

Kalannar terminou de trocar algumas ideias com Od-lanor a respeito dos controles da tubulação, foi para a entrada da câmara e chamou a atenção de todos:

— Muito bem, vamos às divisões de tarefas. Como esta é uma câmara subterrânea, eu fico mais à vontade aqui. Lá em cima é muito claro. Ademais, é necessária a presença de alguém que leia anão. Aquelas pás e pilhas de carvão exigem força bruta — o svaltar voltou-se para Baldur e Derek —, coisa que nossos dois bravos guerreiros têm de sobra. Agnor, você...

— Eu não faço trabalho braçal — interrompeu o feiticeiro secamente e bateu as mãos para limpá-las do carvão. — Preciso preparar o feitiço para fechar os Portões do Inferno ou toda essa jornada será em vão. Eu já escolhi meu aposento em uma das torres.

— Era o que eu ia dizer — continuou Kalannar para as costas do mago, que passou por ele, subindo a escada.

— Eu fico lá em cima com o Kyle e o Na'bun'dak — sugeriu Od-lanor. — Os controles e os mapas estão em anão, eu posso ajudá-los.

O svaltar concordou com a cabeça. Não seria sensato deixar uma criança humana e um kobold no controle de voo, sem supervisão. Kyle e Na'bun'dak também passaram correndo por Kalannar, fazendo uma algazarra.

— Não concordo — contestou Derek. — Eu prefiro ficar lá em cima com o Kyle.

— E deixar o Baldur fazer o trabalho pesado sozinho? — retrucou o svaltar. — Ou você espera que *eu* pegue em uma pá no seu lugar? E quem vai ler os controles em anão? Você? Aliás, você *sequer* sabe ler?

Derek fechou a cara e fez menção de crescer para cima de Kalannar. Baldur ficou entre os dois e falou grosso:

— Já chega disso de novo. Se recomeçar essa implicância, o primeiro que abrir a boca vai parar dentro da fornalha.

Kalannar deu um sorriso cruel para Derek e respondeu sem tirar os olhos do humano:

— Eu gostaria de vê-lo tentar.

— Calma, gente. — O tom de voz de Od-lanor era calmante e acolhedor. — A divisão de tarefas está sensata. Quando houver oportunidade e necessidade, podemos fazer um rodízio. O importante agora é voarmos para o Ermo de Bral-tor, concordam? Salvar o reino e ganhar outra gorda *recompensa*.

O som melodioso do bardo fez com que todos acenassem com a cabeça. Baldur tirou o gibão e a túnica, ficou de torso nu e foi pegar uma pá. Derek repetiu o gesto, dobrou a roupa e procurou um local menos sujo para pousá-la. Kalannar dirigiu-se para a tubulação e as placas com as marcações em anão.

Com um suspiro de alívio, Od-lanor saiu do caldeirão para seguir Kyle e Na'bun'dak.

Os preparativos levaram um certo tempo. Com a cabeça enfiada dentro da gaiola circular, entre os pés de Kyle, Od-lanor ajudou o rapazote a entender o conjunto de alavancas que, efetivamente, controlava os aparatos que os anões chamavam de "espirais" — os moinhos do lado de fora dos torreões. Com os ajustes corretos, o castelo tornava-se navegável no ar assim que a caldeira cuspisse vapor para girar as espirais. Lá de cima, era possível ver através da abóbada as pás obedecerem aos comandos de Kyle. Ao descer para o piso, o bardo começou a decifrar o sistema de coordenadas do mapa gigante. O mundo estava representado como era há 430 anos, mas felizmente Od-lanor *era* um adamar à procura de uma ruína adamar, e ele já havia visitado praticamente todos os resquícios da antiga civilização em busca de suas raízes. O bardo lembrava uma breve passagem por Bral-tor há muitas décadas, quando o avô de Malek, Wollek de Reddenheim, era o lorde da região. Ainda que o reino humano não estivesse representado como tal,

Od-lanor conseguiu identificar onde ficavam os Portões do Inferno, justapondo na mente o mapa antigo no chão e o atual, que ele tinha na cabeça.

Lá embaixo, na câmara do caldeirão, Derek e Baldur penavam para acender fornos frios há séculos. Em pouco tempo, os dois estavam imundos; quando o fogo vingou, eles ficaram praticamente assados. Kalannar foi o que mais sofreu; mesmo afastado da boca da fornalha, ele havia se recusado a tirar a loriga negra de couro cheia de adagas e agora estava sentindo a vista turva e a cabeça latejando. Finalmente, o svaltar conseguiu ler o instrumento que autorizava o voo quando a pressão estivesse suficientemente forte e foi, meio zonzo, até o tubo de comunicação.

— Od-lanor! — chamou Kalannar. — Podemos voar!

Mesmo do interior do caldeirão foi possível ouvir o estrondo da rocha flutuante entrando em movimento após tantos anos de repouso. Era como se um gigante despertasse e sentisse as juntas estalando ao se espreguiçar. O castelo tremeu, a poeira acumulada caiu do teto e juntou-se à fuligem que já cobria Derek, Baldur e Kalannar. Do aposento que escolhera em um torreão, Agnor foi à janela testemunhar o voo — e ficou horrorizado ao ver que ninguém havia pensado em recolher a ponte levadiça na lateral da pedra. A ponta da longa passagem de madeira foi destruída ao se chocar de leve com a extremidade da ponte de pedra que brotava dos Vizeus. No baque entre as duas passarelas, a mais fraca saiu perdendo, e voaram tábuas. O feiticeiro praguejou e achou melhor ver o que os idiotas estavam fazendo na câmara dos mapas. Ele se admoestou por ter deixado um menestrel, uma criança e um kobold no comando da operação de voo.

Pois a criança, justamente, estava vivendo o melhor momento de sua vida. Os braços franzinos de Kyle tremiam agarrados às alavancas, mas ele não parava de sorrir ao notar que as nuvens começavam a se mexer um pouco, vistas através da abóbada de vidro e metal.

— Estamos voando, Od-lanor! Estamos voando!

Até o kobold, que repetia os movimentos de Kyle na gaiola ao lado, guinchava alegremente, contagiado pelo momento. O adamar, ao lado do mapa no piso, viu a reação levemente sutil dos indicadores, em resposta ao deslocamento do castelo e ao acionamento das alavancas.

Enquanto isso, lá embaixo, dois humanos e um svaltar sofriam com um calor literalmente efervescente. Esbaforidos, suados e imundos de carvão,

Baldur e Derek alimentavam sem parar a fornalha, enquanto Kalannar tentava entender o que diziam os instrumentos na tubulação. O svaltar tinha aparência de que ia desmaiar a qualquer momento; pouco se via da brancura fantasmagórica no rosto agora sujo como o de um carvoeiro.

— É por isso que eu gosto de cavalos — ofegou Baldur entre uma pazada e outra. — Quem se cansa para me transportar é o animal, não *eu*. Castelo voador... ideia imbecil.

— Culpe o Ambrosius... — falou Derek ao fazer uma pausa. — Eu espero que o Grande Rei Krispinus me dê um título de nobreza e terras depois disso.

— Então é bom que a gente chegue lá a tempo de ajudá-lo — respondeu Baldur. — Nada de moleza. Força nessa pá aí.

Quanto mais carvão era jogado, mais a fornalha irradiava um calor vermelho, intenso e cegante. Prestes a desfalecer, Kalannar rumou para a saída e nem pensou em avisar os dois humanos que eles deveriam parar de alimentar o forno gigante. Jatos de vapor irromperam da tubulação, praticamente escaldando Baldur e Derek, que pouco ouviam diante dos assobios e do estrondo geral da câmara do caldeirão. Em pouco tempo, nem eles aguentaram ficar ali, e foi quando perceberam que o svaltar já havia abandonado o posto.

Aquele superaquecimento provocou consequências ao longo do sistema inteiro. Ali dentro do caldeirão, a tubulação começou a tremer, prestes a se romper; do lado de fora do Palácio dos Ventos, um conjunto de pás que impulsionava o castelo girou mais do que o outro e causou um desequilíbrio no empuxo. E na Sala de Voo, nas gaiolas de Kyle e Na'bun'dak, as alavancas fugiram ao controle e soltaram fumaça, fazendo o castelo arremeter para o solo do vale.

O rapazote e o kobold guincharam em desespero, mas não tinham forças para puxar as alavancas para a posição anterior. Faltavam anões adultos ali para isso. Od-lanor pensou em subir a escada de quebra-peito, mas não havia espaço para ele dentro de uma das gaiolas, nem posição em que pudesse ajudar a recuperar o controle. Pela abóbada, via-se o rastro de vapor que a estrutura lá fora soltava. O bardo foi a um tubo de comunicação e começou a berrar:

— Apaguem a fornalha! Apaguem a fornalha! O castelo está caindo!

A mensagem ecoou em uma câmara vazia, pois Kalannar, Derek e Baldur se recuperavam na escada do lado de fora do caldeirão, ainda sem ar e agora desequilibrados pela rocha em queda.

— Eu não consigo puxar essa coisa! — choramingava Kyle.

Um baque fortíssimo, seguido de um estrondo ensurdecedor, marcou o choque da base da rocha flutuante com o solo. Tudo girou. O bardo abraçou o tubo de comunicação para não cair; na escada, Baldur e Derek perderam o equilíbrio de vez e rolaram pelos degraus até a entrada do caldeirão. Kalannar saltou e caiu ao lado deles, ainda zonzo, apenas reagindo por instinto.

Foi aí que Agnor irrompeu na Sala de Voo:

— Vocês querem me matar, seus apedeutas?

O feiticeiro interrompeu a bronca ao ver a situação, especialmente a luta do menino e do kobold para puxar as alavancas. Ele fechou os olhos e começou a se concentrar enquanto espalmava as mãos na direção das duas gaiolas de controle. As mãos brilharam e ganharam duas aparentes luvas de luz, que imediatamente saltaram na direção de Kyle e Na'bun'dak. Agnor abriu os olhos quando as mãos espectrais cruzaram o grande salão e agarraram as alavancas. Ele completou o feitiço a plenos pulmões e puxou as próprias mãos para trás com um gesto brusco e forte; lá no alto, as mãos amarelas e luminosas acionaram as alavancas.

O castelo sofreu outro grande solavanco, mas parou de rasgar o solo e cair.

— Mande aqueles idiotas apagarem o caldeirão! — gritou o mago para Od-lanor.

— Eu já mandei, mas não me ouviram — respondeu o adamar.

— Então vá lá, bardo inútil, ou eu tenho que fazer *tudo* aqui?

Od-lanor nem se importou com a ofensa, apenas passou correndo por Agnor, que continuava a controlar as alavancas remotamente, lá do piso. Ele disparou para o térreo, ignorou as escadas laterais e se projetou pelo mezanino. Usando a tapeçaria de Tukok, que cedeu um pouco com seu peso, Od-lanor aparou a queda e deu um novo salto para o meio do corredor interno. Dali, seguiu a toda velocidade para o caldeirão no fim.

— Apaguem a fornalha! — berrou o bardo novamente, desta vez imbuindo as palavras de poder mágico.

Elas atingiram Kalannar como um tapa na cara. Subitamente, o mal-estar passou, e a mente do svaltar trabalhou para assimilar a situação e resolvê-la racionalmente. Ele ignorou Derek e Baldur, que começavam a se levantar da queda da escada, e retornou ao interior da câmara do caldeirão. Não era necessário apagar a fornalha; havia um mecanismo cuja plaquinha dizia algo como "liberar a pressão", em tradução livre do anão. O svaltar tinha visto aquilo ao lado dos outros instrumentos estranhos. O calor da fornalha o atingiu com um impacto ainda maior que antes; Kalannar hesitou, reuniu forças ouvindo a voz de Od-lanor ao longe e agarrou o bizarro instrumento circular. O objeto estava fervendo; o svaltar soltou um grito de dor, mas pensou rápido: sacou uma adaga, enfiou no eixo da rodinha de metal e girou, usando o cabo da arma. Ouviu Derek, Baldur e Od-lanor entrando naquele pequeno vulcão, mas depois todos os sons — inclusive as vozes dos três — foram abafados pelo assovio do sistema, que começava a parar de tremer como se fosse explodir.

Tudo ficou calmo no que antes era um caos efervescente. Kalannar olhou para a palma da mão queimada e sentiu o impacto do calor novamente, mas foi amparado por Od-lanor.

— Eu dou um jeito nisso — falou o bardo em tom acolhedor. — Vamos sair daqui.

O castelo ficou parado por um bom tempo, apenas flutuando ali no vale, com a ponte de pedra que brotava do paredão dos Vizeus distante ao fundo. Os sete fizeram uma inspeção para verificar os estragos; aparentemente, a manufatura anã era bem resistente, e não havia danos visíveis no sistema das espirais ou no caldeirão. A extremidade da ponte levadiça estava irremediavelmente destruída, e toda a estrutura pareceu bastante abalada ao ser finalmente recolhida. Seriam necessários marceneiros para executar reparos. Na Sala de Voo, as alavancas responderam bem ao acionamento de Kyle e Na'bun'dak, ainda que elas tivessem precisado novamente do feitiço de Agnor para voltar ao lugar. Agora que tudo parecia ter retornado à estaca zero, o grupo inteiro reuniu-se à mesa redonda do salão comunal — após recolocá-la no lugar —, sob os olhares dos dragões e do Dawar Tukok, para discutir o próximo voo enquanto comiam um pouco das provisões. Meio que sem perceber, eles se posicionaram como naquele primeiro encontro na Taverna da Lança Quebrada: Agnor e Kalannar de um lado, Derek e Kyle de outro, e Od-lanor e Baldur voltados para os outros quatro. O kobold percorria o interior da mesa de ferro fundido, servindo os demais e beliscando as provisões dispostas na mesa central.

— A gente devia ter trazido um anão qualquer que entendesse dessas coisas — resmungou Derek.

— Não seria possível, não com o Kalannar aqui — explicou Od-lanor. — Nenhum anão pode saber que os "Enviados de Midok" trabalham com um svaltar, a não ser o Tomok. E precisamos do Kalannar, pois vamos enfrentar svaltares.

Como Derek não parecia muito satisfeito com o argumento, o bardo resolveu contemporizar.

— Além disso, não acho que um anão seja necessário — continuou ele. — Eu falei com o descendente do sujeito que operou todo esse sistema aqui durante a Grande Guerra dos Dragões. Ele me indicou boa parte do material que li sobre o funcionamento do castelo.

— Então *você* deveria ter ficado no caldeirão, não o Kalannar — acusou Derek.

O bardo deu de ombros, pensou em continuar argumentando que só ele teria localizado Bral-tor nos mapas, mas foi Kalannar quem se manifestou:

— Eu não imaginava que passaria mal.

— Não adianta chorar pelo cavalo que quebrou a pata — disse Baldur. — Od-lanor, seu posto será lá embaixo conosco. Você já anda quase pelado mesmo, o calor não vai afetá-lo tanto assim.

Ele e Kyle riram, o bardo sorriu, mas o clima não ficou mais leve. Derek continuava de braços cruzados, furioso.

— E quem vai cuidar dos mapas? — perguntou o guerreiro de Blakenheim. — O Kalannar? Vamos cair de novo, se for assim.

O svaltar quis responder à provocação do humano, mas desta vez estava cansado demais para entrar naquela dança. Em vez de ofendê-lo, ele simplesmente respondeu:

— Eu *sei* ler mapas. E sei ler anão. Posso trocar de lugar com o Od-lanor então. — Ele tirou os olhos da mão enfaixada com um bálsamo preparado pelo bardo, voltou-se para o adamar e provocou espanto na mesa com a próxima palavra. — Obrigado.

Agnor tirou os olhos de um dos pergaminhos sobre o Palácio dos Ventos que pedira para o bardo e finalmente se manifestou, apontando para Baldur e Derek.

— E vocês dois, carvoeiros, *não* alimentem demais a fornalha. A água tem que ferver, não explodir. E ninguém abandona o posto, mesmo que a situação fuja ao controle. Ajam como os soldados que são.

A refeição teve o gosto ruim da bronca merecida e custou a ser digerida. Resignados — e com pouco tempo a perder —, todos se levantaram e foram assumir as tarefas para o Palácio dos Ventos voltar a voar.

Desta vez, esperava-se, sem sustos.

CAPÍTULO 25

PALÁCIO DOS VENTOS, ERMO DE BRAL-TOR

O segundo voo do Palácio dos Ventos foi relativamente tranquilo, especialmente se comparado à primeira tentativa desastrosa. Eles levaram um bom tempo se ajustando ao ritmo da operação e às pequenas dificuldades que foram surgindo. Em duas ocasiões, houve uma grande discussão sobre o ponto certo para sair dos Vizeus; em outro momento, o sistema ameaçou superaquecer de novo; e ainda houve uma quase colisão com um pico que, como Kyle disse, "surgiu do nada", mas felizmente o rapazote não chegou a precisar do feitiço de Agnor — bastou puxar a alavanca certa (que não estava emperrada) e a rocha voadora evitou a batida com certa folga.

Od-lanor passou bom tempo no caldeirão com o material que trouxera de Fnyar-Holl e fez as próprias anotações e traduções. Baldur e Derek Blak começaram a se revezar na alimentação da fornalha, para que não estivessem esgotados no momento do combate. Quando não estava lá embaixo, Derek rendia Kalannar na Sala de Voo e supervisionava o trabalho de Kyle e do kobold, enquanto se familiarizava mais com os mapas e o sistema de navegação. Uma vez rendido, o svaltar visitava o bardo no caldeirão (muito menos quente agora) e aprendia mais sobre os instrumentos que regulavam a pressão. Baldur se recuperava do desgaste na fornalha atacando as provisões e cochilando.

Dos sete, só Agnor era pouquíssimo visto. Ele passava o tempo todo trancafiado no que considerava sua "torre de alta magia" — um óbvio delírio de grandeza, visto que o simples torreão não lembrava em nada as famosas Torres de Korangar. O feiticeiro só saía do cubículo apertado para aparecer de vez em quando nas ameias ou na Sala de Voo, onde entoava umas palavras mágicas, dava um muxoxo e ia embora. Quando foi indagado por Kalannar, Agnor respondeu rispidamente que o feitiço para fechar os Portões do Inferno estava concluído e que trabalhava com "encantamentos de contingência". A conversa ficou feia entre os dois quando ele sugeriu testar a resistência mágica dos svaltares em Kalannar, e o assassino retrucou que alguns venenos estavam perdendo a validade e seria conveniente testar sua eficácia em algum humano. A partir daí, o feiticeiro passou a andar com as próprias provisões a tiracolo e fazer as refeições no cubículo do torreão.

Rapidamente todos aprenderam por que os anões batizaram a construção de Palácio dos Ventos. Juntamente com o voo, o excesso de janelões produzia várias correntes de ar, mas os archotes permaneciam protegidos do vento nos nichos, e, à noite, as chamas apenas tremulavam sem serem apagadas. Havia poucos pontos de luz, entretanto; como os anões enxergavam no escuro, a iluminação discreta apenas auxiliava a raça subterrânea a perceber profundidade e detalhes. Já os humanos precisavam de mais tochas e lanternas para cruzar os ambientes, e as chamas invariavelmente se apagavam com as lufadas bruscas de ar.

Quando o castelo voador finalmente saiu da Cordilheira dos Vizeus e entrou no Ermo de Bral-tor, houve uma sensação geral de realização — e também o consenso de que era inevitável traçar um plano de ação. Resolvido o problema de fazer o Palácio dos Ventos voar novamente, agora era hora de retomar o Fortim do Pentáculo das mãos dos svaltares e demônios, e a seguir fechar os Portões do Inferno. Eles estavam relativamente longe, ainda não era possível ver a área de trevas supostamente provocada pela abertura da passagem dimensional, mas seria suicídio adiar o planejamento estratégico.

Aproveitando a pausa de descanso de Kyle, quando o castelo apenas ficava parado, flutuando, todos se reuniram novamente à mesa no salão comunal. As cabeças de dragões e o retrato do Dawar Tukok observavam como testemunhas silenciosas do passado, curiosas em saber se haveria um futuro para Zândia, pois tudo agora dependia do que aquele improvável grupo de salvadores pretendia fazer.

Na'bun'dak outra vez ficou confinado ao corredor circular no meio da mesa, servindo os demais, que também mantiveram a mesma disposição inconsciente de assentos, no que já era natural para os seis: Derek e Kyle, de um lado, Kalannar e Agnor, de outro, e por fim Od-Ianor e Baldur, mais próximos.

Todos comeram pensando de alguma maneira no que seria planejado; desta vez, não havia a figura polarizadora de Ambrosius na cabeceira, ditando os rumos da missão. Apesar do verniz de frieza, Kalannar mal tocou na comida e se remexeu várias vezes na cadeira, como se o corpo lutasse com as palavras que queria dizer. Desde que teve a discussão com o svaltar, Agnor não aceitava alimento que não tivesse estado sob sua observação e rejeitou os pratos. Enquanto Baldur se atracava com nacos de carne-seca das provisões, Od-Ianor observava o ambiente ao redor e a inquietação de Kalannar; já Derek Blak, pelo visto, não aparentava ansiedade, pois ouvia Kyle contar as últimas manobras e descobertas do castelo, representado por meio pedaço de pão na mão do rapazote, com gestos animados.

— Bem — disse Od-Ianor após um pigarro claramente forçado —, nós temos que combinar o que faremos a partir daqui. Em breve, chegaremos ao Fortim do Pentáculo.

Baldur concordou com a cabeça ao lado do bardo e falou com a boca cheia:

— Se vamos invadir um lugar, é bom saber como ele é. Eu conheço a descrição pelas histórias. O Deus-Rei Krispinus mandou construir um forte de cinco pontas...

— Um pentagrama — interrompeu Agnor.

— Isso — continuou Baldur —, um forte em formato de pentagrama em cima dos Portões do Inferno.

Derek pegou o pão da mão de Kyle, arrancou um pedaço e usou para limpar os restos de comida no prato.

— Um forte que está cheio de svaltares e demônios. Matar um svaltar, eu sei — Derek lançou um olhar de provocação para Kalannar —, mas a questão é: como se mata um demônio?

Antes que Od-Ianor se pronunciasse, Agnor impôs a voz em tom professoral, como se falasse com crianças:

— Apenas feitiços ou armas encantadas conseguem romper a couraça de um demônio, não importa a procedência ou poderes da criatura. Porém, o vero-aço dos anões, de que são feitas as armas que vocês ganharam, tem propriedades místicas na composição que são suficientes para tanto. Os demônios morrerão... quer dizer, serão banidos de volta. Eles só morreriam de verdade na dimensão original de onde vêm, mas isso é outra história, além da compreensão de vocês.

Mesmo contente com a informação, Baldur ficou apreensivo pelo svaltar.

— Mas o Kalannar não recebeu espadas de vero-aço em Fnyar-Holl — disse o cavaleiro.

— Não se preocupe, Baldur — respondeu Kalannar enquanto fazia brotar as roperas nas mãos, em um gesto impossível de acompanhar. — A metalurgia anã das armas de vocês parece feita por kobolds. O aço svaltar mata qualquer criatura, deste ou de outros mundos.

Ele embainhou as armas de novo, mais confiante agora, e continuou falando:

— E quanto ao Fortim do Pentáculo, pouco importam as muralhas, pois passaremos por cima. Eu tenho tudo planejado.

Od-lanor abriu um risinho irônico, pois esperava ouvir isso desde o início, mas Derek Blak levantou a voz em tom de discussão:

— Como assim "tudo planejado"? Nas cavernas dos Vizeus, isso até foi compreensível, aquilo lá era o seu elemento, mas o Ambrosius me colocou na liderança dessa expedição quando partimos de Tolgar-e-Kol.

— Então, *lidere* — vociferou Kalannar. — Como é o Fortim do Pentáculo? Por onde entramos?

Enquanto Derek buscava uma resposta com a cara fechada, Od-lanor se intrometeu:

— E *você* sabe como é o Fortim do Pentáculo, Kalannar?

O svaltar fez uma pausa para encarar o bardo e os demais, que tinham expressões intrigadas e desconfiadas. Até o kobold parou de comer e se voltou para ele.

— Ao contrário de vocês, *eu* usei bem meu tempo em Fnyar-Holl — respondeu Kalannar. — Em vez de ficar me recuperando de uma ressaca, fui escondido à mesma biblioteca que você, Od-lanor. O Fortim do Pentáculo foi erigido por anões, a pedido do rei humano, e projetado pela esposa, a rainha feiticeira. Há farto material, com registros da operação e desenhos da construção. Além das muralhas em forma de pentagrama que protegem um pátio interno, há uma torre alta, bem no meio, no formato da espada mágica do Krispinus. Sob a base ficam os Portões do Inferno. É *justamente* essa torre que devemos invadir. Vamos passar voando com o castelo por cima das muralhas e usar a ponte levadiça lá fora para entrar pelo que seria o guarda-mão da espada gigante. Depois basta descer a torre e chegar ao portal dimensional para o Agnor fechá-lo. Sairemos pelo mesmo caminho.

O svaltar cruzou os braços e escondeu, sob uma máscara de arrogância, a ansiedade que sentia por ter proposto sua ideia. Ele devolveu o olhar de todos que o encaravam com a expressão cruel de sempre.

— É um plano ousado, mas sólido — comentou Od-lanor. — E usa bem as capacidades do castelo.

— E nos poupa de enfrentar os svaltares no pátio e ameias — admitiu Derek a contragosto.

Baldur, porém, sacudiu a cabeça veementemente. Até então pouco participativo e apenas comendo, o cavaleiro resolveu se intrometer:

— Não está bom. E quanto ao Grande Rei Krispinus?

— O que tem ele? — perguntou Kalannar.

— O Deus-Rei está lá fora no Ermo de Bral-tor, precisamos ajudá-lo.

— Meu plano não inclui o rei humano, Baldur.

— Eu vim aqui para ajudar o Grande Rei Krispinus — disse o cavaleiro categoricamente.

— Baldur — falou Od-lanor ao colocar a mão no antebraço do amigo —, vai ser impossível localizar o Grande Rei aqui de cima, especialmente com a região do Fortim do Pentáculo mergulhada nas trevas. Não temos como vê-lo lá embaixo.

— Então devemos descer e procurar — teimou Baldur.

— E aí perdemos a vantagem da aproximação aérea e da invasão surpresa — insistiu Kalannar. — *Ninguém* espera que um castelo chegue voando e cruze as muralhas.

Antes que Baldur repetisse o discurso pró-Krispinus, Derek resolveu botar defeito no plano do svaltar.

— Não pense que vai ser fácil assim não. Os svaltares podem armar uma defesa forte na torre e impedir que desçamos. Além disso, você não considerou os demônios...

— Por isso precisamos do Deus-Rei e de Caliburnus! — explodiu Baldur, quase se levantando da cadeira.

— Dos demônios, cuido eu — retrucou Agnor, sem dar a mínima importância ao rompante do cavaleiro.

Kalannar revirou os olhos negros e continuou a falar:

— É por isso que *eu* pretendo descer pelo elevador dos anões e criar uma distração no pátio. Uma arruaça do tipo que vocês gostam. Os svaltares terão que concentrar a ação em dois pontos, e haverá menos resistência na torre e dentro da câmara subterrânea dos Portões do Inferno.

Derek fez cara de quem não gostou da ideia, mas Baldur aproveitou o gancho:

— Então eu vou com você.

— Não, Baldur. Você, o Derek e o Od-lanor protegem a descida do Agnor pela *torre* — frisou Kalannar. — Ele tem que chegar aos Portões do Inferno para fechá-los.

— Eu *vou* com você. — O cavaleiro foi taxativo. — Isso não está em discussão. Uma vez no pátio, eu abro os portões do Fortim do Pentáculo; se o Grande Rei estiver isolado lá fora, ele pelo menos terá como entrar e nos ajudar.

— Baldur — Od-lanor encarou o amigo e pôs novamente a mão em seu antebraço —, quanto mais gente defender o feiticeiro, melhor.

Baldur retirou o braço com irritação enquanto Derek dava sua opinião:

— Eu gosto disso. Alguém fica de olho no Kalannar. Eu cuido da segurança do Agnor.

— Seus idiotas — rosnou Kalannar. — Eu consigo criar uma distração, me embrenhar na escuridão e me misturar aos svaltares sem problemas. Como vou fazer isso com esse grandalhão enlatado ao meu lado?

— Eu não quero saber — falou Baldur, já de pé. — Vai ser assim: eu desço com o Kalannar, ele distrai os svaltares e eu abro os portões para o Grande Rei, enquanto vocês invadem a tal torre e o Agnor faz o que tiver que fazer lá embaixo. Fim de papo.

O tom imperioso na voz, a atitude de se levantar e a encarada geral não deixaram dúvida sobre quem, bem ou mal, liderava aquele grupo de aliados improváveis, apesar das bravatas de Derek Blak e da fixação por controle de

Kalannar. Quando havia alguma discordância, quando a discussão emperrava a ação, geralmente a última palavra era de Baldur.

Od-lanor concordou com a cabeça, contendo uma pontada de admiração pelo cavaleiro, e Derek deu um risinho irônico diante da expressão de contrariedade no rosto branco de Kalannar, sem perceber que lideraria uma invasão sem ter contribuído em nada com o planejamento. Agnor apenas deu de ombros; ele confiava na própria feitiçaria, apesar de, por dentro, preferir que houvesse o maior número de guerreiros entre ele e o perigo. Baldur faria falta, mas se o cavaleiro brutamontes atraísse os inimigos para fora junto com o svaltar, tanto melhor.

Quem tinha sido esquecido na reunião inteira foi Kyle. O rapazote só observou a acalorada troca de ideias e finalmente se manifestou:

— E eu? O que eu faço?

— Você leva e tira a gente de lá. O castelo é seu — respondeu Baldur.

Cercado pelas expressões carrancudas dos presentes e pelas sinistras cabeças de dragão, o sorriso rasgado de Kyle iluminou o ambiente sombrio.

Encerrada a reunião, todos retomaram seus postos para o castelo voltar a voar na direção do Fortim do Pentáculo. No caldeirão, Kalannar rendeu Od-lanor, que foi ajudar Kyle com a partida e a navegação no mapa; de cara amarrada, nitidamente contrariado, o svaltar trabalhou em silêncio com Baldur e Derek, cujo esforço em conjunto era necessário na fornalha durante um novo voo. Mais uma vez não houve incidentes no que já começava a ser uma operação de rotina, por mais que aquela estranha invenção dos anões fosse muito fora da realidade para todos os envolvidos. Quando a fornalha atingiu a temperatura correta, Baldur saiu para descansar e chamar Od-lanor, que assumiria o posto de Kalannar.

Justamente no topo de um torreão, aonde foi para ver o voo e se refrescar após o calor do caldeirão, o cavaleiro encontrou o bardo adamar escrevendo em papiros que o vento teimava em enrolar.

— O que você está fazendo? — perguntou Baldur.

— Criando um poema... ou uma canção — respondeu Od-lanor enquanto recolhia o material. — Ainda não sei bem. É fácil contar os feitos dos outros, tempos depois... mas participar de um acontecimento histórico é outra coisa. Esse castelo não voa há mais de quatro séculos... e cá estou eu nele. Parece que foi em outra vida que encontrei você ferido naquela trilha em Hurangar. Depois disso, nós já resgatamos e devolvemos um monarca anão ao seu trono, e agora estamos em um castelo voador, a caminho de tentar fechar os Portões do Inferno. Estou sem palavras... e isso é um evento tão raro quanto o que estamos vivendo.

— Ora, vamos. — Baldur fez uma expressão zombeteira de incredulidade. — Eu pensei que você fosse um aventureiro experiente.

— Eu sou um andarilho, Baldur. Um sujeito com vasto conhecimento em um mundo quase sem nenhum. É nesse ponto que eu realmente me sinto em extinção, não por ser um adamar que não vê outro semelhante há anos, mas sim por não ter em volta pessoas que saibam tanto quanto eu.

— Bem, eu sou apenas um cavaleiro simplório...

O bardo deu uma risada e tocou Baldur no ombro.

— Você é um ótimo amigo e uma boa pessoa, Baldur. Espero que não tenha se ofendido. Acho que ando convivendo muito com o Agnor e peguei um pouco de sua arrogância.

Baldur abriu um sorriso para demonstrar que não se incomodou, que estava apenas brincando, e foi se debruçar nas ameias para descansar e pegar mais vento. Após uma pausa observando o voo, ele comentou:

— Se você sente falta de conversas inteligentes, eu sinto falta de estar a cavalo.

— É um simplório realmente! — Od-lanor riu de novo. — Agora você tem mais ouro do que jamais juntou na vida inteira, é um herói entre os anões, um *grão-anão* ainda por cima, e possui um lendário castelo voador. E mesmo assim você diz sentir saudades de estar a cavalo?

— Dá para trocar o título de "grão-anão" por um cavalo? — reclamou Baldur. — Que merda trabalhosa para fazer voar.

Desta vez, o bardo falou muito seriamente:

— Baldur, esse castelo é uma fusão dos quatro elementos em algo único. O fogo queima na fornalha e aquece a água no caldeirão, que move uma mistura de terra e ar na forma de uma rocha flutuante. E foi dado para nós...

— Para nós — veio a voz de Kalannar por trás dos dois. — Um bando de derrotados, expatriados e párias... e agora nós temos a arma mais poderosa do reino. O Od-lanor está certo, Baldur. Esse castelo voador é mais do que um meio de transporte; os anões sabiam disso ao usá-lo contra os dragões, mas sabe-se lá por que decidiram guardá-lo sem uso. Nunca vou entender a cabeça dura de um anão, e nem pretendo. Falando em cabeça dura... você não avisou o bardo de que é a vez dele no caldeirão. Estou assando lá embaixo.

— Eu já ia... — Baldur interrompeu a fala ao ouvir algo estranho no horizonte mais escuro do que o normal naquele início de noite. — Que barulho é aquele ao longe? Parecem guinchos...

Od-lanor apertou a vista, mas não conseguiu discernir o que era. Kalannar, porém, levou as mãos às roperas ao identificar o problema pelo som.

— Demônios.

CAPÍTULO 26

PALÁCIO DOS VENTOS,
ERMO DE BRAL-TOR

— Sim, são demônios da espécie orotushai — confirmou Agnor, que surgiu de surpresa no topo do torreão enquanto Od-lanor e Baldur observavam o céu escuro.

— Como...? — começou a perguntar Kalannar.

— Meus feitiços me avisaram. Eu já esperava algo assim — respondeu o feiticeiro ao caminhar tranquilamente para o limite das ameias, ao lado de Baldur, para quem se dirigiu. — Preciso que você reúna sua aljava e a do Derek para que eu faça um encantamento ligeiro nas flechas.

O cavaleiro pareceu meio perdido:

— Que aljavas? Eu jamais uso arco, e acho que o Derek também não.

— O Ambrosius escolhe dois guerreiros e *nenhum* de vocês é arqueiro? — explodiu Agnor, indignado. — Estou cercado por incompetentes!

— É desonroso matar um inimigo de longe — respondeu Baldur, estufando o peito.

— É desonroso *deixar* de matar um inimigo por ser um guerreiro limitado — vociferou o mago.

— E por que você não lança... sei lá, umas bolas de fogo?

— Eu sou um *geo*mante, não um *piro*mante — falou Agnor, praticamente cuspindo.

— Depois o "limitado" sou eu — resmungou Baldur, que resolveu interromper a discussão inútil quando foi cutucado por Kalannar. — Muito bem. Kalannar, avise o Derek lá no caldeirão. Od-lanor, mande o Kyle parar o castelo e se abrigar em algum cômodo. Sem ele, essa merda não voa. Eu vou pegar minhas armas. Não vai dar tempo de colocar a armadura.

— Onde nos reunimos? — perguntou o svaltar, sem tirar os olhos negros da massa de criaturas aladas que se aproximava, ao longe.

— Lá embaixo no pátio, do lado de fora do portão. Temos que atrair os demônios para dentro do castelo, onde vão perder a vantagem de voo...

— ... pois não temos arqueiros — retrucou Agnor.

— Nem bolas de fogo — respondeu Baldur ao disparar para o interior do Palácio dos Ventos, seguido por Kalannar e Od-lanor.

Agnor permaneceu parado nas ameias, com a cara fechada. O combate tomaria outro rumo, pelo visto. Ele controlou a irritação e começou a pensar no repertório de feitiços de que precisaria, enquanto tentava identificar as criaturas no céu. Realizou alguns encantamentos em língua infernal e, quando o castelo parou de voar — sinal de que a criança irritante já tinha sido avisada pelo menestrel falastrão —, Agnor finalmente saiu dali, não sem antes xingar Ambrosius.

Com a interrupção do voo, eles deixaram de ir na direção do perigo e ganharam um pouco mais de tempo, mas não o suficiente para Baldur colocar a pesada armadura de placas, como ele já havia previsto. O cavaleiro surgiu no salão comunal de torso nu, ainda sujo de carvão, empunhando o espadão e o escudo de vero-aço. Kalannar já estava lá, observando o céu de dentro do portão, encolhido em uma sombra. Longe dos janelões, caso alguma criatura entrasse por lá, Agnor terminava de encantar um pentagrama que havia entalhado no chão de pedra com o auxílio de um feitiço simples; agora era o momento do sortilégio mais poderoso. Por último apareceu Od-lanor, que acabara de voltar de seus aposentos com a reprodução praticamente fiel de uma khopisa forjada pelos anões.

— Onde está o Derek? — perguntou Baldur para ninguém em particular, enquanto vasculhava o salão com o olhar à procura do guerreiro de Blakenheim.

Do corredor que saía do salão comunal, por baixo da tapeçaria de Tukok, surgiu Derek Blak, acompanhado por Kyle e Na'bun'dak, que o ajudavam com as presilhas da loriga de couro.

— Eu mandei que o Kyle se abrigasse — disse Baldur ao ver o rapazote.

— Ele insiste em participar — respondeu Derek, ainda se aprontando.

— Eu quero defender meu castelo — teimou o chaveiro. — Se vocês morrerem, eu morro também.

Kalannar resolveu argumentar de dentro da sombra:

— Mas se *só* você morrer, o castelo não voa — falou o svaltar. — O Baldur está certo. Volte e se esconda lá dentro, mas deixe o kobold; ele é um bom alvo.

A discussão ia recomeçar, mas foi interrompida pelo som inumano de guinchos e urros abomináveis que vinham do lado de fora.

— Vamos sair! — berrou Baldur. — Temos que atraí-los para esse salão! Não podemos deixar que eles tomem o castelo pelas janelas!

O cavaleiro partiu aos gritos para o pátio, juntamente com Od-lanor e Agnor. O mago chamou à mente as palavras arcanas que usaria para combater os demônios.

Quando Kyle e Na'bun'dak fecharam a última presilha, Derek foi ríspido com o rapazote:

— Fique longe do combate — disse ele enquanto sacava e brandia os novos gládios de vero-aço. — Eu tenho que proteger o Agnor ou não conseguiremos fechar os Portões do Inferno. Vai ser difícil proteger *duas* pessoas, entendido?

Derek não esperou pela resposta de Kyle, pois a agitação no pátio aumentou. Ele partiu correndo para ficar ao lado de Agnor e sentiu uma tontura intensa quando chegou lá fora. Os guinchos perturbadores das criaturas deixaram Derek Blak trocando as pernas, vendo o mundo girar, até que ele ouviu o cântico melodioso que Od-lanor entoava. De repente, tudo ficou mais claro, as pernas recuperaram o controle, o chão ficou imóvel novamente. O guerreiro pestanejou e também escutou Agnor ao lado, cuja voz empostada dizia palavras incompreensíveis enquanto ele gesticulava e apertava alguma coisa na mão. No céu, uma criatura sentiu o impacto do feitiço e desapareceu em pleno ar, em uma explosão de fumaça e luz arroxeada.

Derek então percebeu Baldur mais adiantado no pátio em relação ao portão do castelo, gesticulando e gritando para chamar a atenção dos demônios. Embalado pelo cântico agradável e, ao mesmo tempo, empolgante do bardo adamar, ele finalmente fixou a atenção nas criaturas horripilantes no céu, que se aproximavam em alta velocidade. Foi impossível captar os detalhes, mas os demônios tinham corpo peludo avermelhado, longos braços com garras e um rosto pelado, branco, com um maxilar projetado e cheio de presas. O elemento mais perturbador dos orotushaii eram os olhos tão brancos quanto o rosto, redondos, pequenos e cruéis, que brilhavam em uma expressão de ódio acima da boca. Um par de asas membranosas fazia aquele pesadelo voar.

A visão quase perturbou os sentidos de Derek Blak novamente, mas a canção de Od-lanor funcionou como uma âncora no turbilhão de imagens e sons horríveis. No meio do caos, surgiu a voz de Baldur, que vinha correndo em sua direção:

— Vamos entrar! Eles já estão vindo atrás de nós!

No céu, mais um demônio desapareceu como resultado de um feitiço de Agnor, que esfacelou alguma coisa feita de argila na mão ao entoar as palavras de poder. O feiticeiro entrou no castelo e gesticulou para que Derek fizesse o mesmo. Od-lanor passou pelos dois.

Lá dentro, Baldur estava com os pés firmes no chão, praticamente com o corpo inteiro atrás do escudo, e o espadão pronto para golpear por cima. Ainda cantando, Od-lanor colocou-se ligeiramente atrás dele, com duas cadeiras de ferro estrategicamente posicionadas para atrapalhar a aproximação dos orotushaii. Agnor havia entrado no pentagrama e continuava a entoar palavras arcanas. De Kalannar, não havia sinal nas sombras do salão comunal. Derek se postou, então, entre o mago e a vindoura onda de ataque e copiou o subterfúgio do bardo. Assim que ele terminou de puxar uma cadeira pesada e colocar no meio do caminho, a horda de demônios irrompeu voando pelos portões.

O pé-direito era alto, mas não havia tanto espaço assim para manobras, nem para entrar a revoada inteira de orotushaii pelos portões. Três demônios tentaram ganhar altura, mas colidiram com as cabeças de dragões logo acima da entrada; dois orotushaii perderam controle do voo com a batida e um se empalou nas presas de um dragão, onde ficou agonizando. Od-lanor percebeu a oportunidade e agiu rápido; enquanto sua canção ainda ecoava, ele falou uma palavra de poder para convocar o vento onipresente no castelo e jogou os demônios desequilibrados contra as presas e os chifres de outros dragões. Agora havia três criaturas cravadas acima dos portões, e logo os orotushaii se desfizeram em fumaça, banidas pelas propriedades ainda mágicas das cabeças conservadas dos dragões.

Porém o grosso da onda inimiga avançou pelo solo mesmo. Naquela confusão, em meio às garras estendidas, às presas expostas e aos guinchos perturbadores, foi impossível contabilizar o número de criaturas. As que avançaram contra Agnor foram repelidas pelo pentagrama, e na segurança do interior do símbolo arcano o feiticeiro korangariano baniu quantas foi capaz sem desmaiar de exaustão. Ele destruía pequenas figuras de argila e vociferava comandos mágicos sem parar, enquanto apontava para os demônios.

Assim tão de perto, Derek Blak percebeu que os braços longos dos orotushaii seriam um problema; eles tinham mais alcance do que seus gládios curtos. O jeito seria tratar os demônios como lanceiros — atacar as armas para então chegar ao oponente. Não seria fácil. Derek se esquivou atrás da cadeira para impedir o avanço de um orotushai e aparou os golpes de outro com violência, usando a defesa como ataque. Ele arrancou as garras cruéis e conseguiu cortar o pescoço do orotushai enquanto o primeiro demônio zunia longe a cadeira de ferro que atrapalhou o ataque. Eles eram magros, porém fortes. Subitamente, a criatura ganhou a companhia de mais uma, e Derek começou a se ver cercado.

Sem armadura, Baldur teve que contar mais com o escudo do que nunca. O vero-aço mal vibrava com os golpes dos demônios, e o espadão do cavaleiro desceu com força e arrancou braços e cabeças. Posicionado em seu flanco, Od-lanor fustigou os orotushaii com a espada curva, mas ele era menos competente em combate do que Baldur e Derek, e em pouco tempo se tornou mais um problema do que um reforço. Seu repertório de truques era limitado em uma luta fora do normal como aquela, e o bardo não ousava parar por muito tempo a canção que abafava o efeito hipnótico e perturbador dos guinchos das criaturas. Baldur se desdobrava em protegê-lo e combater os inimigos, que se multiplicavam.

Quando o caos do conflito pareceu adquirir certa ordem, Kalannar surgiu das sombras e aproveitou para atacar os demônios pelas costas e flancos, agindo como elemento-surpresa. Ele rolou pelo chão, passou por baixo de asas, pulou por cima dos companheiros e matou com precisão os orotushaii que cercavam Derek, Baldur e Od-lanor, distribuindo morte e estocadas aqui e ali. O svaltar parecia estar em todos os lugares no salão comunal. Sua liberdade de movimentos não durou muito tempo, porém; uma nova massa de demônios irrompeu pelo portão e avançou contra o único alvo que não estava sob ataque no momento: Kalannar. Ele executou uma pirueta no ar, caiu em cima da mesa e correu em direção à grande tapeçaria do Dawar Tukok, com a intenção de usá-la para retardar ou conter a onda de criaturas.

Agnor começou a sentir a exaustão do uso contínuo e desgastante de forças arcanas poderosíssimas — banir demônios para o plano de existência natal não era um feitiço simples. O pentagrama, porém, mantinha-se firme como muralha mística. Ali perto, Derek Blak perdia terreno para a selvageria do ataque dos orotushaii; sem o escudo, o alcance e a força física de Baldur, ele tinha dificuldades em conter a onda. Do outro lado do salão, o cavaleiro usava justamente essas vantagens para sobrepujar as criaturas, mas também se expunha pouco por estar sem armadura. Baldur sabia que uma patada dos demônios seria fatal no torso nu. Derek considerou tentar se juntar a ele, mas não ousaria deixar Agnor ali sozinho. Quando o guerreiro de Blakenheim pensou ter visto uma brecha ao matar mais um orotushai, a garra de outro demônio entrou na defesa aberta e rasgou sua loriga de couro. O impacto o derrubou, mas também tirou sua cabeça do caminho do resto do golpe. Derek teve a presença de espírito de erguer as pernas e conter o avanço da criatura, mas o braço comprido do orotushai chegou a acertar o piso de pedra ao lado do rosto e arrancar lascas. Ele aparou o golpe seguinte, mas sabia que seria dilacerado pelo próximo, estando tão vulnerável. Ali no chão, sangrando, naquela posição degradante, Derek apertou os gládios de vero-aço com força, seu último tesouro em vida. O demônio resolveu mordê-lo, a boca cheia de dentes mergulhou no pescoço desprotegido.

E se fechou na imensa fivela de vero-ouro de um cinturão de grão-anão.

Os olhos arregalados de Derek viram a imagem reluzente do cumprimento entre uma mão humana e uma manopla de ouro na fivela e depois notaram Kyle montado em cima do demônio, puxando o cinturão como se controlasse um cavalo arredio. A criatura arqueou o corpo e abriu as asas para se livrar do novo inimigo, que foi arremessado longe, na direção de

Agnor. Infelizmente para o feiticeiro, o pentagrama que o protegia dos orotushaii não oferecia a mesma proteção contra chaveiros voadores. Kyle chocou-se contra o mago de Korangar, que caiu fora do símbolo arcano.

Derek Blak, porém, mal prestou atenção ao incidente entre o jovem amigo e Agnor. Ele aproveitou a distração para cravar um gládio na barriga peluda do demônio e dar um rolamento para sair dali e finalmente se levantar. Agora com uma arma só, Derek viu o mago e Kyle embolados no chão e mais orotushaii se aproximando. Ele rapidamente vasculhou o ambiente para averiguar como estavam os outros companheiros.

Kalannar correu por cima da grande mesa com os demônios em seu encalço, batendo asas no ar. O svaltar pulou para agarrar a tapeçaria e usá-la para prendê-los, mas, quando meteu as mãos na imagem do rosto do Dawar Tukok, a decoração, que já estava meio solta por causa da acrobacia anterior de Od-lanor, veio abaixo com ele. Kalannar caiu embolado na pesada tapeçaria e atingiu o piso de pedra embaixo do mezanino com força. Os orotushaii pousaram guinchando, em puro delírio, ao ver a presa tão indefesa, e começaram a atacá-lo barbaramente. As camadas de tecido grosso absorveram os primeiros golpes e protegeram o svaltar, mas era questão de pouquíssimo tempo até que ele fosse dilacerado.

Baldur tinha acabado de matar um demônio que passou por ele na direção de Od-lanor e notou a enrascada de Kalannar. Ele olhou rapidamente, viu que o bardo estava prestes a enfrentar um par de criaturas, mas não pensou duas vezes — o cavaleiro disparou para o outro lado do grande salão, onde o svaltar estava prestes a ser fatiado aos pés dos inimigos.

— Baldur, não! O mago é mais importante! — berrou Derek da outra ponta, ao notar o curso de ação do cavaleiro.

Mas Baldur não ouviu, talvez pelo alto volume dos guinchos dos demônios e da canção de Od-lanor, ou talvez porque não quisesse. Apesar da execução desastrosa, a ideia de Kalannar tinha sido boa: o cavaleiro pulou em cima da mesa e usou o móvel para ganhar impulso em um pulo, não na direção da tapeçaria que esteve pendurada no mezanino, mas em cima dos três orotushaii que rasgavam o rolo de tecido com o svaltar dentro, no chão.

Baldur atingiu o trio como uma pedra lançada por uma catapulta. Ele caiu golpeando ao mesmo tempo com o escudo e o espadão, e uma das criaturas morreu instantaneamente com a cabeça repulsiva esmagada. O demônio ferido de raspão pelo espadão chocou-se com o terceiro, que terminou de matar o companheiro por raiva e voltou-se guinchando para Baldur, agora caído sobre a tapeçaria.

— Saia daí, Kalannar! — gritou o cavaleiro.

— Estou tentando — veio a resposta abafada de dentro da tapeçaria, impossível de ouvir.

Sozinho perto dos portões do castelete, Od-lanor aproveitou que um dos dois demônios abriu as asas antes de avançar contra ele e invocou o poder do vento novamente. A lufada de ar inflou as asas e colocou a criatura no caminho da outra; antes que o orotushai pudesse recuperar o equilíbrio, Od-lanor passou por seus braços compridos e deu um golpe violento na testa. Ele aproveitou o ímpeto, agarrou o demônio atingido antes que o corpo se desmanchasse ao ser banido e usou-o como escudo contra o segundo inimigo. Quando o orotushai abatido finalmente desapareceu, Od-lanor estava em seu lugar, dentro da defesa do outro demônio, e usou a surpresa para golpeá-lo mortalmente também.

Derek Blak não tinha esses recursos; na verdade, nem estava com o segundo gládio, agora caído no chão, pois o orotushai que ele havia matado desaparecera. Três criaturas avançaram, e Agnor ainda estava se levantando e xingando Kyle. O insulto deu-lhe uma inspiração. O feiticeiro tinha permanecido intocado dentro do símbolo no piso de pedra; aquilo parecia ser o motivo lógico.

— Kyle, empurre o Agnor para o desenho no chão!

Mal tinha acabado de ficar de pé, o mago korangariano levou um safanão do rapazote e foi parar novamente no pentagrama, como se fosse um saco de batatas. O demônio, que pretendia atacá-lo imediatamente, mudou de ideia, repelido pelo poder do abrigo mágico, e guinchou diante de Agnor, tomado pelo ódio.

Derek Blak mergulhou para pegar o outro gládio e passou por baixo de uma garra que teria arrancado sua cabeça. Aproveitou o ímpeto e cravou a arma na lateral do corpo do demônio. Na confusão, não notou que Kyle sacou a adaga cerimonial de vero-aço que ganhou dos anões — e também a adaga que esteve no cinturão de Agnor, afanada quando empurrou o feiticeiro — e partiu para cima da criatura que ameaçava o mago em volta do pentagrama. Ele tentou copiar o estilo acrobático de Kalannar, girou o corpo para entrar na guarda do orotushai como tinha visto o svaltar fazer e deu duas estocadas ligeiras no pescoço, onde não havia couro peludo tão rígido. A criatura interrompeu os guinchos e morreu na hora.

Só havia um demônio agora com os três. Cansado e irritado com aquilo tudo, sem material e energia para banir mais uma criatura transdimensional, Agnor simplesmente trouxe à mente seu feitiço mais confiável, com a variação certa de tom e palavras de poder para afetar um demônio inferior como um orotushai, e lançou. A criatura virou pedra ali mesmo, quando começava a se lançar contra o guerreiro de Blakenheim.

Lá no fundo do salão comunal, atrás da mesa e praticamente embaixo do mezanino, Baldur finalmente deu cabo da criatura que sobrou, após se defender com o escudo de um ataque desesperado. O cavaleiro então vasculhou o ambiente, viu Agnor transformar o último demônio em pedra e Od-lanor correr para auxiliar Derek. Baldur se voltou para o chão, onde a tapeçaria embolada se mexia como uma cobra tendo convulsões.

— Está difícil aí? — perguntou ele ao se abaixar para desembolar a tapeçaria. — Calma que eu vou ajudar. O combate acabou.

Do rolo de tecido grosso saiu um svaltar com o rosto branco praticamente azul de raiva, xingando e praguejando na língua natal. Num acesso de fúria, Kalannar usou a adaga na mão para golpear e rasgar a tapeçaria. Impressionado com o piti, Baldur recolheu o escudo e a espada e foi até os demais.

Od-lanor tentava parar o sangramento da ferida de Derek Blak, que começou a ficar negra em volta. Agnor observava e indicava o que deveria ser feito para o bardo, uma vez que se tratava de um golpe de garra de demônio. Quando se aproximou, Baldur foi recebido com raiva pelo guerreiro caído no chão.

— Você não deveria ter abandonado o combate — rosnou Derek.

— Havia um companheiro em apuros enquanto todos nós estávamos de pé — respondeu o cavaleiro.

— Ele não é um "companheiro", ele é um *svaltar*. Nós temos que nos proteger e... — Derek fez uma careta de dor quando Od-lanor aplicou um bálsamo que Agnor enfeitiçou — ... proteger o mago.

— Eu não escolho quem é importante ou quem merece ajuda ou não. Eu socorro quem precisa. — Baldur então olhou para o svaltar, que voltava após ter descarregado a raiva na tapeçaria, e falou em tom firme: — E o Kalannar é nosso companheiro, *sim*.

Derek cuspiu no chão e ironizou:

— Então você faz bem em ir sozinho com ele para os Portões do Inferno.

— Pelo visto, vou mais bem acompanhado do que com você — retrucou Baldur.

Ele deixou Derek sendo atendido e foi para os portões do castelo, a fim de ver se havia mais inimigos. A revoada dos demônios havia sido contida, e o grupo reunido por Ambrosius tinha escapado relativamente ileso, mas talvez o dano infligido tivesse sido mais fundo e imperceptível do que meros ferimentos de combate. Kalannar juntou-se a Baldur e disse "obrigado" pela segunda vez. Os dois, então, olharam para algum ponto no horizonte escuro, onde os Portões do Inferno esperavam por eles.

CAPÍTULO 27

EXTERIOR DO FORTIM DO PENTÁCULO, ERMO DE BRAL-TOR

Caliburnus, a Fúria do Rei, executou um arco no ar e desceu em um golpe selvagem sobre o demônio. A criatura horrenda e peluda foi cortada praticamente ao meio e soltou um guincho agudo de agonia que rivalizou com o grito de guerra de Krispinus ao arrancar a espada mágica de seu corpo.

A maioria das armas encantadas apenas destruía a manifestação terrena de qualquer demônio, mas não chegava a matá-los, e sim bani-los para o plano de origem. Caliburnus, não: a criatura que a espada do Deus-Rei matava morria de vez, mesmo que o inimigo estivesse em outro plano de existência. Era uma dura lição que os demônios, que se lançavam ao ataque com tanto abandono, confiantes na virtual imortalidade no plano de Zândia, aprendiam a um custo bem alto.

Enquanto o monstro infernal derretia em espasmos grotescos, em vez de desaparecer em fumaça, Krispinus olhou ao redor para avaliar a situação. A área do último combate com os demônios estava praticamente mergulhada nas trevas — só havia restado uma tocha, caída no chão, quase se apagando. Em breve não haveria mais nem aquela pouca luz, e todos eles morreriam no escuro. Dos Irmãos de Escudo, sobraram agora apenas dois homens: Sir Kerrigan e Sir Rorius, que mal se aguentavam em pé perto do corpo do comandante, Sir Bramman. Ele acabara de morrer na última leva de inimigos. Dalgor estava no chão, ensanguentado e esgotado, tentando passar nas feridas o que restara de um bálsamo. Assim que os soldados acenaram que estavam bem, o Grande Rei foi ao socorro do bardo, para ajudá-lo a se recuperar.

— Vá ajudar os outros, eu estou bem — disse Dalgor.

— Mesmo nessa escuridão, dá para ver que você está péssimo. — Krispinus tirou o bálsamo das mãos dele e começou a aplicá-lo nos ferimentos do amigo. — Perdemos o Sir Bramman.

— E pelo visto — Dalgor diminuiu o tom de voz — os dois que sobraram também não vão durar muito tempo. Assim como eu.

O Grande Rei rasgou mais um pedaço da túnica do bardo para fazer os curativos.

— Você costumava ter mais fé em mim.

— Não me confunda com seus fiéis, Krispinus. Eu não sou seu seguidor, sou seu *amigo*. E, como bom amigo, meu dever é abrir seus olhos para a realidade. Estamos mais fodidos do que aquelas putas velhas que o Caramir nos arrumou em Sarmira, você se lembra?

Dalgor interrompeu a piadinha para gemer de dor com o apertão vigoroso da bandagem improvisada.

— Ótimo — retrucou o bardo. — Você quer acabar com meu sofrimento de vez.

— Não me lembre daquelas putas velhas. Nem a Danyanna sabe daquilo. E você virou um velho reclamão — brincou Krispinus.

— Para você, todo mundo reclama de tudo. Eu, a Danyanna, o Caramir... já parou para pensar que *você* dá motivos para isso?

O Grande Rei ajudou o amigo a ficar de pé enquanto Sir Kerrigan e Sir Rorius se aproximavam. Um deles recolheu a tocha, o outro trouxe os cavalos de guerra que restaram do combate.

— Você está sendo implicante e fazendo gracinhas — falou Krispinus. — É sinal de que está melhor. Recebeu alguma resposta de alguém?

Dalgor gemeu um pouco antes de responder e vasculhou o céu como se procurasse por algo.

— Eu não sou feiticeiro, e a influência demoníaca é muito forte aqui. — O bardo repetiu a desculpa que já dera. — Mas eu senti... alguma coisa. Alguém tentando se comunicar, mas acho que o feitiço não vingou. Pode ter sido a Danyanna... ou mesmo o Ambrosius. Aliás, também pode ter sido um truque dos demônios para nos dar alguma falsa esperança. É bem típico. Eles querem nos desesperar... e estão conseguindo.

Krispinus não queria acreditar, mas a situação parecia fadada à derrocada. Os Irmãos de Escudo que restavam ainda exibiam um olhar de fé inabalável no Deus-Rei, mas os corpos estavam exaustos e feridos — toda aquela força de vontade e crença não seriam suficientes para resistir ao próximo ataque. Dalgor, o eterno cínico realista, já dava a justa como perdida e talvez nem sobrevivesse quando os demônios voltassem, como certamente fariam. Aí só restaria ele, que provavelmente morreria sozinho, sem a ajuda de Danyanna ou de Ambrosius. E Krispínia perderia seu protetor, seria devastada como Blakenheim e Reddenheim foram.

O Grande Rei sacudiu a cabeça. Não, ele não cederia ao desespero. Ali perto, naquela escuridão, estava o Fortim do Pentáculo, que o próprio Krispinus mandou erigir para impedir que uma invasão de demônios voltasse a acontecer. E que *estava* acontecendo diante de seus olhos. Ele apertou com força o cabo de Caliburnus. Estava se virando para Sir Kerrigan e Sir Rorius, a fim de erguer a espada em triunfo e levantar o moral dos dois, quando uma tempestade de raios negro-arroxeados caiu nas proximidades. Os relâmpagos atingiram o solo com uma fúria ensurdecedora e afastaram momentaneamente as trevas. Eles iluminaram o céu e revelaram uma visão surpreendente, uma silhueta inacreditável banhada pela luz, que sumiu tão rapidamente quanto surgiu.

— Aquilo era... uma montanha voando? Uma nuvem? — perguntou um incrédulo Sir Rorius. — Devo estar delirando, Grande Rei!

Dalgor também tinha visto aquela coisa e custou a encontrar palavras, enquanto desfazia o nó no cérebro. Ele tocou o ombro de Krispinus e apontou para o ponto no céu negro onde a visão desaparecera. Com muita dificuldade, foi possível identificar uma massa escura em movimento.

— Aquilo não era uma nuvem, Sir Rorius — falou o bardo. — Parecia um quadro que vi em Fnyar-Holl... *O Voo do Palácio dos Ventos*. Mas isso é impossível! O castelo voador dos anões não é visto há séculos!

Krispinus apenas sorriu e falou baixinho, para si mesmo:

— Ambrosius, seu grande filho da puta.

PALÁCIO DOS VENTOS, EXTERIOR DO FORTIM DO PENTÁCULO

Após o ataque dos demônios, a rotina de voo no Palácio dos Ventos mudou. Mesmo socorrido a tempo, Derek Blak teve febre alta e foi confinado aos aposentos, se recuperando sob a orientação de Od-lanor e os cuidados de Na'bun'dak, que virou seu enfermeiro, trazendo água, comida e aplicando novos bálsamos. O bardo não podia ficar ali o tempo todo, pois assumira o posto do guerreiro de Blakenheim na fornalha — que também não contava mais com Baldur, uma vez que o cavaleiro decidiu ficar de armadura e patrulhar as ameias, à espera de novo ataque. Sem Derek, no momento, eles precisavam de Baldur devidamente descansado e blindado. Kyle ficou sozinho no comando do voo, ocasionalmente auxiliado por Kalannar, que se desdobrava em cuidar dos mapas e da aferição dos instrumentos na câmara do caldeirão, lá embaixo com Od-lanor.

Agnor, claramente exaurido após o ataque, havia se trancado no cubículo no pequeno torreão e desde então não tinha saído de lá. Quando Baldur decidiu verificar se o mago estava vivo, ouviu um passa-fora e respondeu na mesma moeda, com uma grosseria. Resolveu não voltar mais ali.

O ambiente era de tensão e ansiedade. Eles esperavam por um próximo ataque, agora com um homem a menos e o feiticeiro possivelmente ainda esgotado. A mente de Kalannar fervilhava com estratégias e possibilidades, mas ele se martirizava demais pela trapalhada na tapeçaria e não conseguia elaborar uma saída tática para uma nova investida. Também se remoía de preocupação por ter que descer ao pátio do Fortim do Pentáculo juntamente com Baldur — uma receita certa para o fracasso da missão. Na gaiola de controle, Kyle mal acreditava que não fora repreendido por ter desobedecido à ordem e se envolvido no combate, mas estava tão preocupado com a condição de Derek que agora só se concentrava em acionar os comandos de voo do castelo, a fim de esquecer o problema com o amigo. Escondida dentro da roupa, estava a adaga de Agnor, que ele não se lembrou de devolver. Od-lanor andava cansado pelo esforço físico na fornalha e por cuidar de Derek; de vez em quando, ao passar por um janelão ou pelas ameias, o bardo olhava para o horizonte escuro à procura de sinais de um ataque.

Mas o tempo foi passando, o Palácio dos Ventos progrediu pelo Ermo de Bral-tor, e não ocorreu mais nenhuma investida. Não havia como eles saberem, mas apenas interceptaram a única revoada de demônios que se perdera ao procurar o Grande Rei no solo. Sem querer, ajudaram Krispinus. O castelo continuou voando e chegou à área onde a tempestade de relâmpagos sobrenaturais, por vezes, iluminava o terreno e castigava o solo em um espetáculo ao mesmo tempo deslumbrante e amedrontador. No interior da gaiola de controle, Kyle passava justamente por esse conflito de emoções toda vez que um raio caía perto do castelo. Foi durante a queda de um desses relâmpagos que Od-lanor surgiu no alto de um dos torreões para falar com Baldur. O cavaleiro, iluminado pela assombrosa luz, parecia um golem de metal que observava o horizonte, ao lado de pratos de comida vazios pousados nas ameias.

— Tenho duas boas notícias — falou o bardo. — O Kalannar avisa que estamos muito perto do Fortim do Pentáculo. Eu passei lá na Sala de Voo e confirmei pelos mapas. E o Derek já está plenamente recuperado. Terminou de vencer a febre assim que contei que Sir Malek de Reddenheim também levou uma garrada de demônio.

— O grão-mestre do Fortim do Pentáculo? — indagou Baldur. — Aquele que chamou o Deus-Rei para fechar os Portões do Inferno?

— Ele mesmo. O Derek sabia quem era, mas não conhecia esse detalhe da história, e eu contei de maneira a encorajá-lo a se recuperar.

Baldur abriu um sorriso para o amigo.

— Você sempre nos enche de coragem.

— Pois é, Baldur, o problema é que você tem coragem até demais. Agora que estamos chegando, não seria melhor reconsiderar a ideia de descer com o Kalannar? Pense bem: já vai ser difícil parar essa rocha gigante em um ponto que dê para um sujeito ágil como o svaltar pular; imagine você com essa armadura toda.

O cavaleiro fechou a cara.

— Eu não vou deixar de abrir a fortaleza para o Grande Rei entrar. E não me venha falar de agilidade depois que o Kalannar se enroscou na tapeçaria. Nem eu faria um vexame daqueles.

Od-lanor pensou em argumentar que talvez tivesse sido ele quem deixou a tapeçaria frouxa, mas notou, pelo tom firme da voz e pela expressão teimosa na cara de Baldur, que o cavaleiro estava decidido a seguir com aquela ideia arriscada. Talvez, considerou o bardo, se modulasse a voz e usasse as palavras certas, ainda que agir dessa maneira fosse covardia com o amigo...

Foi então que outro raio iluminou o horizonte e revelou a silhueta de uma espada gigante, ao longe. Baldur e Od-lanor se entreolharam e dispararam para o interior do castelete. Dentro da Sala de Voo, Kyle soltou um berro de empolgação, mas o estrondo do raio abafou a comemoração por eles finalmente terem chegado ao Fortim do Pentáculo.

A primeira parte da missão, o voo considerado impossível, estava terminada. Agora bastava tomar uma fortaleza cheia de inimigos e realizar um feito mágico que só a maior feiticeira do reino havia conseguido há três décadas. Como a mente ainda infantil de Kyle não considerou tudo isso, ele apenas continuou festejando dentro da gaiola de controle.

FORTIM DO PENTÁCULO, ERMO DE BRAL-TOR

Desde que passara a comer as provisões humanas — primeiro, as capturadas da última tropa que os svaltares enfrentaram no Ermo de Bral-tor, e agora a comida estocada na fortaleza conquistada —, Regnar vinha se sentindo enjoado. Os víveres humanos eram intragáveis, piores até do que aquelas rações de campanha do comboio de suprimentos enviado pelos anões. Somente uma poção preparada por Devenar evitava que o sardar vomitasse o que ingeria. Por precaução, e para não demonstrar fraqueza perante os subalternos, ele decidiu fazer as refeições sozinho no aposento que escolhera para si, sempre com a beberagem à mão. Sua arrogância de líder podia ser usada para mascarar um ponto fraco.

Talvez a ansiedade fosse culpada pela indigestão. O sardar estava aflito para que as trevas cobrissem logo todo o Ermo de Bral-tor. Só assim ele poderia sair dali com o pouco que sobrou de suas forças e se encontrar com as tropas de Zenibar; depois, começaria a conquista dos povoados alfares da superfície. Por enquanto, a pausa na fortaleza serviria para que seus homens descansassem enquanto os demônios espalhavam terror pela região — o que manteria ocupada qualquer resistência que os humanos arregimentassem. Seria fácil retornar para Zenibar sem serem incomodados.

Regnar ainda divagava sobre o curso de ação na superfície e o encontro com os reforços de Zenibar (e refeições decentes) quando Dolonar irrompeu pela porta, sem se anunciar antes. Atitudes como essa levavam o sardar a considerar se devia esfolar seu ajudante de ordens, por mais que o sujeito fosse eficiente. Uma decisão a ser tomada mais para frente, por enquanto.

— Dolonar, eu estou jantando...

— Sardar, as sentinelas nas ameias avistaram uma rocha flutuante vindo em nossa direção — informou o ajudante de ordens.

— *Rocha flutuante?* Como assim? Que coisa ridícula. Não é uma nuvem?

— Não, senhor, sardar. Os homens afirmam que viram uma pedra gigantesca, a caminho daqui, no céu.

Regnar revirou os olhos. Talvez a comida dos humanos estivesse provocando alucinações nos outros svaltares.

— Dolonar, eles ainda não se acostumaram com os truques de vista que o céu pode provocar. As nuvens...

— Sardar — insistiu o ajudante de ordens —, eu vim aqui avisá-lo porque o Sarderi Jasnar pediu. *Ele* está nas ameias e confirmou o que as sentinelas viram.

A expressão irônica e impaciente de Regnar sumiu. Jasnar era o ayfar da Casa Alunnar, o mestre de assassinos da família — um ótimo soldado, não um recruta impressionável. O próprio sardar havia escolhido o primo entre vários familiares para ser o sarderi de sua tropa. Por mais absurda que a notícia parecesse, aquilo agora merecia sua atenção. Regnar levantou-se da cadeira e passou por Dolonar, em direção à porta.

— Caso seja mesmo uma "rocha flutuante", só pode ser algo mágico... O místico já foi alertado?

— Sim, senhor, o sarderi já está com ele nas muralhas.

Regnar apressou o passo. Deixado sozinho, Vragnar podia ultrapassar os limites de seu posto de zavar e se considerar mais importante do que era.

Quando o sardar e o ajudante de ordens chegaram às ameias, encontraram Jasnar ao lado de Vragnar, que gesticulava para o horizonte com o cajado ossudo e entoava um cântico baixo. O sarderi imediatamente saudou Regnar com o gesto em xis e relatou a informação que Dolonar já havia passado. Lá no horizonte realmente havia uma estranha massa avançando no céu. *Parecia* uma rocha, mas o sardar não tinha a visão aguçada de uma sentinela treinada; poderia ser um truque da vista. Por outro lado, a silhueta era consistente demais para ser uma nuvem. A contragosto, ele decidiu consultar Vragnar; o sujeito estava na companhia para isso, afinal de contas.

— Então, zavar, o que é aquilo?

Vragnar custou a responder, ainda em transe, ou talvez para testar a paciência do sardar. Como sempre, ele não ofereceu uma saudação ao superior.

— Uma espécie híbrida de elemental — disse o místico svaltar. — Algo que existe entre a pedra e o ar, não sendo nem um, nem outro. A essa distância, sem poder tocar no objeto, é o máximo que minha magia informa. Porém, saibam que é uma coisa *impressionante* e muito poderosa em sua essência.

— E a origem? — perguntou Regnar. — Pode ser algo dos humanos?

O zavar deu um muxoxo de desdém.

— Nem quando nossos bisnetos governarem Zenibar os humanos serão capazes de algo assim. Mas eu senti um leve traço de magia anã.

— Anã? — indagou Jasnar. — Será que o Dawar Torok está enviando suprimentos e reforços para nossa campanha? Ou está nos *traindo*? Ele atraiçoou o próprio soberano, afinal de contas.

Regnar olhou para o horizonte como se tentasse decifrar o enigma da tal "rocha flutuante" e respondeu:

— O Torok não nos trairia *agora*. Ele ainda espera que entreguemos uma manopla encantada para reinar absoluto em Fnyar-Holl. O dawar quer se sentir como o salvador da religião estúpida deles. Talvez aquele sujeitinho ganancioso esteja vindo em pessoa nos cobrar, e acha que esse pedregulho voador vai me impressionar. É o que parece mais provável. Ainda assim, sarderi, mantenha os homens em alerta enquanto aquilo se aproxima. — Ele então se voltou para Vragnar. — Diga o mesmo para nossos demônios aliados. Se os anões pretendem nos intimidar lá do céu, nós temos criaturas que voam do nosso lado. Vamos deixar a rocha flutuante chegar mais perto.

Com as ordens dadas, Regnar ignorou a saída dos subalternos e continuou olhando para o horizonte, nitidamente intrigado. Parecia haver algo em cima da pedra, mas a silhueta ainda estava longe demais para discernir ao certo. Ele não conseguiu conter um sorriso. O tédio da espera naquela fortaleza dos humanos estava prestes a acabar.

CAPÍTULO 28

PALÁCIO DOS VENTOS, EXTERIOR DO FORTIM DO PENTÁCULO

A empolgação que Kyle sentira ao avistar o Fortim do Pentáculo passou rapidamente. Não demorou muito para o castelo voador entrar na área de trevas sobrenaturais que emanava e se expandia a partir dos Portões do Inferno; quando isso aconteceu, a animação do chaveiro deu lugar à ansiedade. Com o objetivo à frente, Kyle sabia que tudo dependia de sua capacidade de guiar aquela rocha gigante para entrar no pátio em formato de pentagrama. Uma coisa — que já não tinha sido fácil — foi conduzir o castelo voador na direção certa; outra era realizar uma manobra precisa para uma invasão rápida. E sem enxergar nada. A ansiedade virou puro nervosismo em pouquíssimo tempo.

Assim que notou o problema, Kyle informou a Od-lanor. Talvez tivesse sido melhor falar com Agnor, mas o feiticeiro de Korangar era muito antipático e grosseiro; Derek tinha acabado de se recuperar do ferimento e não precisaria ganhar mais uma preocupação, e Baldur provavelmente teria mandado que ele falasse com o adamar, de qualquer forma. Enquanto os adultos resolviam a questão, o chaveiro contava com a ajuda de Na'bun'dak para guiá-lo, pois o kobold conseguia enxergar no escuro. O problema era a comunicação entre os dois; por duas vezes, o rapazote tirou o Palácio dos Ventos da reta do Fortim do Pentáculo, sem entender o que Na'bun'dak estava guinchando. Se isso acontecesse quando ele precisasse alinhar a ponte levadiça com a torre em formato de espada, a invasão de Derek, Agnor e Od-lanor estaria condenada ao fracasso.

Kyle não era o único a se preocupar com aquela escuridão sobrenatural e intransponível que cobria a região como um manto negro, ocasionalmente quebrada pelos raios que caíam do céu, tão belos quanto ameaçadores; desde que avistaram o Fortim do Pentáculo, Od-lanor e Baldur debatiam o problema de ter que conduzir tochas em plena invasão surpresa, o que não só denunciaria sua presença, como limitaria a tática de combate. Baldur, que pretendia seguir com Kalannar às escondidas pelo pátio e abrir os portões para o Grande Rei, seria visto a léguas de distância; o mesmo aconteceria com o trio que invadiria por cima, pela ponte levadiça. Isso sem falar na impossibilidade de guiar o castelo voador até lá.

Eles sentiram um nó na garganta de frustração. Chegar tão perto e encontrar um obstáculo que colocaria tudo a perder...

Foi então que Agnor saiu do confinamento no torreão e convocou a presença de todos no salão comunal. Disse que o aguardassem lá dentro e que já voltaria com algo importante. Aos poucos, eles foram surgindo: Baldur e Od-lanor, ainda discutindo alguma solução para a invasão no escuro; Derek Blak, um pouco pálido, mas tentando imprimir confiança aos passos hesitantes; Kyle e Na'bun'dak, que interromperam o voo do castelo; e, finalmente, Kalannar com uma expressão descontente.

— Por que paramos? — perguntou o svaltar.

— Eu não consigo ver para onde vamos — respondeu Kyle, meio sem graça.

Kalannar revirou os olhos negros.

— Então eu fico na Sala de Voo com você e ajudo a entrar no fortim até o momento de eu descer. Estamos perdendo tempo.

— Kalannar — ponderou Od-lanor —, todos nós temos o problema dessa escuridão total lá fora. As histórias falavam das trevas que cobriram Blakenheim e Reddenheim, mas eu não esperava algo tão intenso. Teremos que usar tochas, mas elas vão nos denunciar...

O svaltar interrompeu o bardo:

— Mais um motivo para eu descer *sozinho* e criar uma confusão, enquanto vocês seguem por cima, na ponte, com tochas. Ninguém...

Agora foi a vez de Kalannar ser interrompido por Baldur, que fechou a cara e aumentou o tom de voz:

— Eu já disse que isso não está em discussão.

— Os demônios voadores vão nos ver de qualquer maneira — comentou Derek, antes que Kalannar, visivelmente irritado, respondesse.

A discussão estava prestes a pegar fogo quando uma voz retumbou do alto do mezanino, bem em cima de onde esteve pendurada a tapeçaria com a imagem do Dawar Tukok.

— Foi exatamente por isso que convoquei todos vocês aqui.

As atenções se voltaram para Agnor, que era dado a entradas dramáticas, mas raramente tinha a oportunidade. Ele veio descendo calmamente, seguido por mãos amarelas espectrais que carregavam um saco de aniagem, ciente de que tinha a atenção de todos, no mínimo pela curiosidade, uma vez que o korangariano pouco se manisfestava além de resmungos e reclamações. De alguma forma instintiva, talvez todos ali soubessem que, se houvesse uma solução para o problema das trevas místicas, ela sairia da mente do mago.

Agnor ocupou seu assento de sempre, enquanto os demais permaneceram em pé. As mãos amarelas depositaram o saco de aniagem sobre a mesa com um baque pesado e um tilintar de metal antes de desaparecerem. A boca do saco revelou cinturões de couro com fivelas de vero-ouro, os presentes dados pelos anões para sagrar cada um deles como grão-anão.

— Eu tomei a liberdade de pegar esses cintos nos seus aposentos para encantá-los. Agora, quem usar será capaz de enxergar no escuro e não ser visto por demônios... ao menos pelos integrantes das castas inferiores, como aqueles orotushaii que enfrentamos. Demônios mais poderosos, porém, conseguirão enxergá-los.

A surpresa fez com que todos se esquecessem de questionar o mago pela invasão de privacidade. Eles olharam perplexos para o saco com os cinturões dentro; Derek foi o primeiro a recuperar o dele. Enquanto ajustava o cinturão no corpo, o guerreiro perguntou:

— Não dá para fazer um encantamento mais poderoso, que envolva todo tipo de demônio?

— Claro que sim! — respondeu Agnor em tom irônico. — Mas nós temos tempo para os rituais individuais? Vocês se deixariam sangrando à minha mercê? Sabem os nomes dos demônios específicos que vamos enfrentar? Acho que não. Então isso é o melhor que temos. Aliás, falando em ritual, eu preciso que vocês derramem um pouco de sangue e lágrimas em cada fivela, para que depois eu complete o feitiço específico para cada um.

O mago praticamente saboreou a cara de espanto e revolta dos demais. Ele tentou se recostar na dura cadeira de ferro feita pelos anões; não conseguiu, mas continuou mantendo a expressão de vitória e o sorriso debochado. Derek parou de ajustar o cinturão. Ainda incrédulos, Od-lanor, Baldur e Kyle pegaram os respectivos pertences dentro do saco de aniagem. O chaveiro parou ao lado de Kalannar.

— Você não ganhou um desses...

— Eu enxergo no escuro e sei me esconder — respondeu o svaltar, sem tirar os olhos negros do korangariano.

— Agnor — falou Baldur —, a parte do sangue é fácil, mas quanto às lágrimas...

— Pouco me importo — disse o mago rispidamente. — As fivelas precisam de lágrimas para o feitiço de enxergar no escuro ser individualmente afinado, assim como o sangue servirá para mascará-los aos sentidos dos demônios.

Ainda olhando para o próprio cinturão, intrigado com o que o mago tinha feito ali, Od-lanor dirigiu-se aos demais:

— Vocês já ouviram "A Balada dos Dois Filhos do Lavrador"?

Diante da negativa do grupo, o bardo adamar começou a cantar a triste canção sobre o lavrador à beira da morte que despachou os dois filhos mais velhos pelo mundo para que sustentassem a mãe e os irmãos menores. Enquanto ganhavam a vida se apresentando como trovadores nas tavernas das estradas, as duas crianças sofreram todo tipo de provação, roubo e abuso, até conseguirem retornar para a casa com um pouco de prata, mas já era tarde demais: o casebre e o pequeno lote de terra foram saqueados e queimados por escravagistas, que também levaram a mãe e os irmãos dos dois pequenos bardos, agora órfãos e sozinhos no mundo. Eles cantaram a última canção diante dos restos mortais do pai e morreram de tristeza ali mesmo. Cada verso esmiuçava a dolorosa sina das crianças, a melodia era um lamento desolador, e Od-lanor modulou a voz para obter maior efeito dramático; entoou cada verso buscando apelar às emoções. No fim da canção, ele, Baldur, Derek Blak e Kyle estavam em prantos, observados pelos impassíveis Agnor e Kalannar. O bardo levou o cinturão ao rosto moreno e passou a fivela de vero-ouro nas lágrimas que desciam, depois sacou uma adaga, fez um corte pequeno na palma da mão e esfregou na superfície dourada. Os demais copiaram os gestos de Od-lanor enquanto encaravam, com curiosidade e olhos inchados de lágrimas, o svaltar e o feiticeiro.

— Dramas de humanos não me comovem — disse Kalannar.

— Eu odeio crianças — falou Agnor.

Assim que as fivelas foram devidamente banhadas em sangue e lágrimas, o mago se levantou, tocou nos cinturões de um em um e finalizou o encantamento entoando palavras arcanas na língua infernal.

— Pronto, o demônio nas fivelas está devidamente saciado e em sintonia com cada um de vocês.

— Como é que é? — perguntou um indignado Derek. — Você colocou um *demônio* nisso aqui?

— Um diabrete inferior e desprezível, na verdade. — Agnor deu de ombros. — Com as forças infernais libertadas nesta região, eles são relativamente abundantes e fáceis de capturar e ser comandados. Ainda assim, tudo tem seu preço. Ao colocar os cinturões, vocês conseguirão enxergar nas trevas e ter limitada invisibilidade contra demônios; porém, basta atacá-los que perderão essa pequena vantagem. Todo esse efeito dura pouco; só coloquem os cinturões quando formos invadir o Fortim do Pentáculo.

— E quanto ao *seu* cinturão? — indagou Baldur, igualmente revoltado com toda aquela feitiçaria infernal.

— Previamente encantado na privacidade dos meus aposentos na torre de alta magia — respondeu o feiticeiro. — Há outras maneiras de verter uma lágrima além de passar por essa vergonha.

Agnor lançou um olhar de desprezo para o bardo e retirou-se novamente, a fim de se preparar para a vindoura invasão, ao som dos risos de Kalannar, que se divertiu ao ver a cara de choro dos companheiros humanos.

O svaltar ajudou Kyle a conduzir o castelo naquela aproximação final, para que o chaveiro não gastasse o efeito mágico do cinturão antes do tempo. Ele precisaria enxergar na escuridão para retirá-los dali e não ser visto por demônios, caso as criaturas invadissem o Palácio dos Ventos. Se tudo desse errado, Kyle seria fundamental para uma fuga. Desta vez todos foram bem incisivos que ele *não* deveria abandonar o posto na Sala de Voo, muito menos se arriscar a ajudá-los no Fortim do Pentáculo — Kyle e Na'bun'dak deveriam manter tudo pronto para retirá-los dali ao menor sinal de problemas. Kalannar garantiu pessoalmente que voltaria dos mortos para esfolar o rapazote, caso ele saísse da gaiola de controle.

    Lá fora, Agnor, Od-lanor e Derek Blak examinavam a ponte levadiça que usariam para invadir a Torre de Caliburnus. A extremidade da ponte fora esmagada quando o Palácio dos Ventos zarpou de Fnyar-Holl, e o restante da estrutura parecia bastante abalado. Seria uma travessia mais perigosa do que eles imaginavam. Agnor usou o feitiço das mãos espectrais para reforçar algumas tábuas com cordas, enquanto Od-lanor e Derek davam pitacos, nem sempre concordando no que fazer. Os três se entreolharam ao fim do serviço, um pouco desconfiados do resultado.

    Como não enxergava quase nada por causa do ângulo do alto dos torreões, Baldur foi para a borda da área externa da rocha flutuante. Eles estavam quase no Fortim do Pentáculo, e a cada raio que caía e iluminava a área com aquela luz terrível e cegante o cavaleiro tentava avaliar a situação nas ameias do fortim e nas proximidades, onde provavelmente o Grande Rei estaria. Frustrado, ele viu apenas uma movimentação de figuras nas muralhas em forma de pentagrama, mas ninguém do lado de fora.

    O tempo dos últimos preparativos passou num piscar de olhos. Finalmente, chegou o momento de invadir a fortaleza erigida no meio daquela desolação. Todos tinham ciência de que, a esta altura, os svaltares já tinham visto a imensa rocha flutuante e estavam fazendo os próprios preparativos para rechaçar um possível ataque, mesmo que não soubessem as intenções da estranha aparição no céu. Os cinco colocaram os cinturões de grão-anão, e Kalannar deixou Kyle sozinho para levar a cabo sua parte no plano da tomada da fortaleza. Para quem não estava acostumado, a experiência de enxergar magicamente no escuro foi, a princípio, desconcertante. Não era um mundo exatamente sem cor, pois surgiam tons azulados que teimavam em quebrar a monotonia do preto e branco. Não havia sombras na escuridão; tudo parecia iluminado por um sinistro sol negro de meio-dia. Os objetos ganhavam novas texturas, e a sensação de profundidade era um pouco diferente. Imediatamente, Kyle temeu pelo controle do castelo, assim como Baldur e Derek ficaram preocupados com o combate — mas não havia muito o que fazer: era se valer daquela solução um pouco incômoda ou carregar tochas que dariam tremenda vantagem ao inimigo.

À exceção do chaveiro e do kobold, todos se reuniram no salão comunal pela última vez, tendo como testemunhas as cabeças de dragões. Eles estavam prontos para a batalha, da melhor maneira possível, dentro das circunstâncias. Kalannar ostentava mais adagas na loriga negra de couro do que nunca, sob a mesma capa encapuzada que usara nas profundezas dos Vizeus; Baldur parecia pronto para liderar uma carga de cavalaria, a não ser pela ausência de um cavalo e uma lança. Era um gigante blindado — e nada discreto — ao lado da figura esguia e negra do svaltar de rosto branco e fantasmagórico. Sob a insistência de Kalannar, depois de uma discussão em altos brados que ecoou pelo Palácio dos Ventos, Baldur aceitou passar carvão no escudo de vero-aço e na armadura de placas para deixar os equipamentos menos reluzentes.

Derek Blak estava frustrado. A loriga de couro fervido e reforçado fora inutilizada pelo golpe do demônio, e ele teria que ir para o combate com a mísera proteção de um gibão de couro leve. Kalannar sugeriu esfolar o kobold para refazer a loriga de Derek, mas o guerreiro apenas devolveu o gracejo com um olhar fulminante. Para piorar a situação, Od-lanor, seu companheiro na defesa do mago — o elemento essencial para o cumprimento da missão —, iria com o costumeiro saiote... e mais nada. Não houve argumento que convencesse o bardo adamar de que torso nu não era uma opção segura para uma batalha, mas também não havia como improvisar uma proteção para ele.

Quando a voz de Kyle irrompeu de um dos tubos de comunicação avisando que estavam finalmente chegando, todos trocaram acenos silenciosos de cabeça e saíram do salão comunal. Kalannar e Baldur foram para o interior do castelo, na direção do elevador, enquanto Od-lanor, Agnor e Derek Blak partiram rumo à ponte levadiça, na lateral externa da rocha flutuante.

Ao chegar à câmara anterior ao elevador, trancada com grade e cheia de buracos no teto, Kalannar tentou demover Baldur da decisão de descer com ele, pela última vez.

— Você não pensou sobre a execução dessa ideia imbecil de saltar para dentro do fortim, não é? — perguntou o svaltar.

— Não — respondeu o cavaleiro ao fechar a grade de ferro quando os dois entraram. — Assim como você não pensou ao pular naquela tapeçaria.

Kalannar torceu a cara e continuou falando quando os dois pararam diante do elevador:

— Felizmente, *eu* pensei por nós dois. O Agnor não é o único que pega coisas nos aposentos dos outros sem pedir autorização. — Ele apontou para a cadeirinha dobrável de metal feita pelos anões, que o mago de Korangar havia utilizado dentro das cavernas dos Vizeus. — Eu já prendi esse troço na borda do elevador. Eu salto primeiro e depois você desce nisso aí. O pulo da cadeira para o chão *ainda* deve ser um pouco alto, mas será mais baixo do que se você saltasse diretamente do elevador.

Baldur olhou intrigado para o improviso e pensou na diferença de uma situação para outra. Dentro dos Vizeus, sua descida lenta fora controlada por Derek. Aqui, seria um salto brusco, contido apenas por cordas. Parecia arriscado.

— Isso tem cara de que não vai dar certo...

— Tem uma ideia melhor? — retrucou o svaltar. — Você consegue flutuar e pousar nas ameias ou no pátio?

— Por quê? Você consegue?

Kalannar apertou os olhos e abriu um sorriso cruel, mas não respondeu. Ele entrou no elevador, esperou que Baldur repetisse o gesto e acionou as alavancas que faziam a grande jaula descer pelo duto aberto pelos anões naquela estranha mistura elemental de pedra e ar. O cavaleiro ocupou um canto do elevador; ele não se sentia à vontade dentro daquelas invenções estranhas, especialmente agora que conseguia enxergar sem fonte de luz, ainda que tudo estivesse preto e branco, e estranhamente delineado.

— Estamos descendo — falou Kalannar em um duto de comunicação que levaria a voz para Kyle, lá na Sala de Voo, e depois se voltou para Baldur. — Você nunca enfrentou um svaltar em combate, não é?

O cavaleiro ficou surpreso com a pergunta e considerou se Kalannar tentaria alguma surpresa agora. Ele não acreditava na paranoia de Derek, porém o svaltar sempre deixou claro que era contra sua presença nessa parte do plano. Ali, isolados no elevador, seria o momento propício para se livrar do estorvo e depois culpar o combate com os svaltares pela morte de Baldur.

O cavaleiro pensou em levar a mão discretamente ao espadão, mas resolveu seguir os instintos. Kalannar até agora tinha sido um integrante confiável do grupo e — para seu espanto — um bom amigo.

— Não, nunca — respondeu Baldur.

— Pois então, quando você for enfrentar svaltares, lembre-se de que nossas espadas são curtas. Nós atacamos com estocadas rápidas em pontos vulneráveis. Use o alcance maior do seu espadão. Nossos braços ficam expostos, só protegidos por braceleiras. Elas servem contra estocadas de outras roperas, mas não contra cortes brutais de uma espada de cavaleiro, de lâmina larga e pesada como a sua. Proteja o pescoço e não ofereça uma perna à frente. Eu já te vi lutando e você *sempre* faz isso. Eu atacaria a junção da greva com a placa da coxa, se visse um alvo assim todo blindado, depois iria para o pescoço no momento em que o sujeito acusasse o golpe e abaixasse o escudo. Nós damos sempre *dois* golpes, um para incapacitar, outro para finalizar. — Kalannar abriu um sorriso cruel, fez uma pausa e completou: — Você percebeu que eu acabo de lhe ensinar como lutar comigo.

Baldur ficou ligeiramente envergonhado e sentido por ter duvidado do svaltar. Preferiu superar o incômodo com uma provocação:

— Ainda prefiro usar uma tapeçaria.

O cavaleiro abriu um sorriso e começou a rir. Kalannar fez cara de quem não gostou, mas cedeu e riu também. Eles — ou pelo menos Baldur, na cabeça do svaltar — estavam prestes a morrer. Era melhor que os últimos momentos fossem divertidos.

No chacoalhar do elevador, entre os rangidos metálicos que ecoavam nas entranhas daquela rocha flutuante, um humano e um svaltar gargalhavam a caminho da morte.

CAPÍTULO 29

FORTIM DO PENTÁCULO,
ERMO DE BRAL-TOR

A visão era surpreendente. No meio daquela desolação, daquela terra batida sem vida, surgia uma fortaleza branca com muralhas dispostas em pentagrama e uma espada gigante fincada no meio. A estrutura avultava-se cada vez mais, à medida que o Palácio dos Ventos ia em sua direção, agora manobrando para que a ponte levadiça tocasse nas laterais projetadas da grande torre cruciforme, que imitavam o guarda-mão de uma Caliburnus estilizada. No meio do "cabo" da arma ficava a porta por onde eles pretendiam invadir. Por si só, a imagem já seria impressionante, mas a experiência de vê-la delineada pela visão mágica dada pelo encantamento nos cinturões deixou Agnor, Derek Blak e Od-lanor ligeiramente abalados.

— Que torre espetacular — balbuciou o feiticeiro de Korangar.

Um raio sobrenatural atingiu o solo com um estrondo e acabou com a contemplação. Eles estavam quase no Fortim do Pentáculo e precisavam agir rápido.

Derek Blak e Od-lanor começaram a operar o controle da ponte levadiça. Com o tranco da descida, a estrutura — previamente abalada pelo incidente da partida do castelo voador — tremeu e estalou. Quando a ponte terminou de ser baixada com um baque forte, algumas tábuas despencaram e as cordas dos remendos feitos anteriormente ficaram frouxas. A extremidade parecia completamente instável. Os três se entreolharam com expressões nada animadoras.

— Vamos ter que correr bastante — disse Derek.

O trio avançou um pouco sobre a ponte e saiu efetivamente da área da rocha flutuante. Daquele ponto de observação, era possível enxergar as muralhas que se aproximavam rapidamente. Àquela altura, com a visível descida da passarela, os svaltares que observavam das ameias entraram em polvorosa. Derek Blak tinha sugerido baixar a ponte só no último instante para garantir o efeito surpresa, que agora estava perdido. Ele acenou com a cabeça para Od-lanor, que tapou a boca com a mão e cochichou como se revelasse um segredo, enquanto a outra mão segurava uma gazua dada por Kyle. Lá dentro da Sala de Voo, o rapazote ouviu uma mensagem breve como se o adamar estivesse falando ao pé do ouvido. Mesmo já tendo ensaiado aquilo e à espera do recado, Kyle não deixou de levar um pequeno susto. Recebido o sinal, ele sabia que era o momento de passar por cima da muralha, manobrar a pedra para a abordagem e avisar Baldur e Kalannar pelo tubo de comunicação.

— Agora é a nossa parte do plano — falou Od-lanor para Agnor e Derek.

A torre crescia diante deles conforme o Palácio dos Ventos ultrapassava as muralhas. Lá embaixo, o svaltar e o cavaleiro já deveriam estar invadindo; Derek Blak, Agnor e Od-lanor correram pela ponte e viram as sentinelas svaltares que protegiam o guarda-mão da espada gigante, paralisadas pela visão do trio de invasores saindo de uma rocha flutuante.

— Temos que agir rápido, antes que... — berrou Derek, mas foi interrompido por guinchos familiares que embaralharam a mente.

O guerreiro de Blakenheim tropeçou em plena correria e quase caiu da ponte, mas foi socorrido por um igualmente atordoado Od-lanor, que puxou Derek pelo braço enquanto também cambaleava.

— Orotushaii no céu! — disse Agnor, inabalado pelo som. — Não façam nada!

A revoada de demônios passou bem em cima dos três como se eles não estivessem lá e continuou na direção do castelo voador, soltando aqueles terríveis guinchos perturbadores. Lá, as criaturas sobrevoaram a estrutura abobadada e também não viram Kyle na gaiola de controle; o kobold já tinha saído correndo da Sala de Voo assim que ouviu o som característico dos orotushaii ao longe.

Claramente abalado pelos guinchos e pela visão dos demônios alados, o rapazote demonstrou sangue-frio, coragem e concentração ao conseguir manter o controle do castelo sem o auxílio de Na'bun'dak. A visão deu voltas, a mente imaginou o pior, o frio na barriga ameaçou consumi-lo, as mãos tremeram nas alavancas — mas o efeito maligno passou tão rápido quanto chegou, pois os orotushaii prosseguiram à caça de presas e deixaram a abóbada metálica da Sala de Voo para trás.

— Na'bun'dak! — gritou Kyle. — Volte aqui para me ajudar!

O apelo era realmente urgente, pois faltavam poucos passos para a ponte levadiça tocar na Torre de Caliburnus. Od-lanor e Derek estavam quase recuperados da confusão mental e da perda de equilíbrio causadas pela passagem dos demônios, mas aqueles momentos em que ficaram empacados no meio do caminho lhes custaram a ofensiva — os quatro svaltares nas ameias resolveram pular na ponte assim que ela se aproximou, enquanto o trio de invasores ainda permanecia longe da extremidade. Dois soldados dispararam pelo longo corredor do guarda-mão e pularam para a ponte, enquanto a dupla que sobrou estava prestes a fazer o mesmo... até ver os colegas despencarem no vazio quando as tábuas da extremidade cederam.

Agnor, Od-lanor e Derek Blak se entreolharam, ao mesmo tempo assustados e aliviados, e aproveitaram a deixa para continuar a correr na direção da torre. O castelo finalmente havia parado com a ponte levadiça devidamente alinhada com o guarda-mão da Caliburnus gigante, ainda que houvesse um pequeno vão por conta das tábuas que quebraram. Os dois svaltares que sobraram resolveram aguardar a abordagem dos invasores, na esperança de que os três também caíssem. Quanto mais o trio avançava, mais a passarela tremia; lá na frente, outra tábua cedeu e despencou, o que provocou um sorriso ansioso no rosto branco dos dois guardas, que esperavam com as roperas sacadas como lanceiros diante de uma carga de cavalaria.

Derek decidiu improvisar. Ele notou que uma das tábuas compridas acabara de se soltar lá na ponta e ficara pendurada pelas cordas que as mãos amarelas de Agnor ajudaram a amarrar. Assim que eles chegassem lá, a extremidade inteira despencaria, e os svaltares sequer teriam o trabalho de matá-los.

— Agnor! — berrou Derek Blak. — Pegue aquela tábua e aponte para a torre!

O mago entendeu a ideia. Ele parou de correr, deixou os dois companheiros continuarem à frente e invocou rapidamente as mãos espectrais.

Elas dispararam, passaram por Derek e Od-lanor e agarraram com firmeza a tábua; Agnor então gesticulou como se erguesse o longo pedaço de madeira, ainda preso pelas cordas, e o posicionou sobre o vão entre a ponte e a torre. Em seguida, repetiu as palavras do feitiço, agora com mais empenho e esforço, como se dobrasse a força das mãos mágicas; elas reagiram e emitiram um brilho amarelado ainda mais intenso.

Naquele momento, os dois svaltares perceberam que estavam em apuros. Por causa da surpresa e da distância, eles não identificaram pelos trajes que um dos invasores era um feiticeiro humano; na verdade, com exceção do primeiro sujeito armado que vinha em direção à torre, os outros dois eram estranhos demais. E esse primeiro invasor estava justamente cruzando o vão pela tábua sustentada magicamente.

Derek Blak manteve os olhos nos adversários. Se pensasse no que estava fazendo ou olhasse para baixo, provavelmente perderia o equilíbrio e despencaria para a morte. Um svaltar se posicionou bem no ponto das ameias em frente à tábua, para impedi-lo de pular ou derrubá-lo de uma vez. Foi então que a sentinela sofreu o baque de uma palavra de poder proferida por Od-lanor em adamar erudito. No espaço que o svaltar vagou ao ser derrubado sobre o piso do guarda-mão, Derek caiu ao pular da tábua e imediatamente se defendeu dos golpes rápidos do segundo guarda. Od-lanor saltou logo em seguida ao lado do companheiro e deu um golpe mortal no pescoço do svaltar que tentava se levantar.

Derek Blak então percebeu que essa era a primeira vez que enfrentava um svaltar pra valer; lá atrás, nas cavernas dos Vizeus, aqueles tinham sido jovens mimados, que queriam brincar e desmoralizar o que consideravam ser uma presa fácil. Agora ele estava diante de um soldado treinado, que não estava ali para brincadeira — até porque o svaltar perdera três companheiros e ficara em desvantagem numérica. A sentinela lançou golpes curtos e precisos, sem firulas, sem tempo a perder, com o intuito de matar o invasor o mais rápido possível. Derek aparou freneticamente, mas o svaltar era, com certeza, melhor do que aqueles oponentes anteriores. À procura de espaço, pois mal tinha entrado nas ameias e já estava sob ataque, o guerreiro humano deu um passo para trás — e tropeçou no svaltar derrubado e degolado por Od-lanor. Ele só sentiu a estocada de uma ropera que varou a frente do gibão de couro, sem pegar na carne, mas sabia que o segundo golpe seria letal. Derek começou a erguer um gládio para se defender...

E viu o rosto do svaltar explodir em sangue ao ser acertado por um pedaço de madeira.

Atrás de Od-lanor surgiu Agnor. O feiticeiro gesticulou e dispensou as mãos espectrais no controle da tábua, que despencou do alto da Torre de Caliburnus. Ele ajeitou a capa cheia de símbolos arcanos e verificou se todos os pertences mágicos estavam nos devidos lugares.

— Vamos descer logo, antes que as tropas subam — falou o mago com rispidez e azedume. — Eu tenho um portal dimensional para fechar.

— Podem invadir! Podem invadir!

A voz esganiçada de Kyle ecoou no elevador através do tubo de comunicação. Kalannar, que havia interrompido a descida da jaula de metal, acionou a alavanca outra vez. O elevador deu novo solavanco e projetou-se para fora da parte de baixo da imensa rocha flutuante. O interior abafado da jaula foi tomado subitamente pelo vento, e o svaltar e o humano enxergaram a muralha que surgia velozmente lá embaixo.

Baldur arregalou os olhos ao ver o pulo que os dois teriam que dar. Pela primeira vez, ele questionou, de fato, sua participação no plano de Kalannar. Aquilo terminaria mal, pensou ao ajeitar a cadeirinha no traseiro. O escudo estava nas costas, mas o espadão na cintura atrapalhava bastante a manobra.

— Kalannar, agora que nós vamos morrer, como você fez aquilo tudo no palácio do dawar?

O svaltar foi pego de surpresa. Ele realmente não esperava por uma pergunta daquelas. Tirou os olhos negros das ameias que se aproximavam e voltou-se para Baldur, rindo.

— Eu menti, Baldur. Usei mentiras para derrubar um monarca e conquistar um palácio. Com o tempo, você aprende que mentiras são mais letais do que adagas, venenos e feitiços. Assim que uma pessoa acredita em uma mentira, ela está à mercê do mentiroso. É uma forma sutil e bem mais eficiente de escravidão. Ou assassinato. A mentira é o assassino da mente, já disse o sábio.

Dito isso, Kalannar voltou a olhar para fora do elevador, esperou o momento certo e lançou-se no vazio. Baldur ficou espantado ao ver que o svaltar não despencou, e sim apenas... *flutuou?*

O filho da puta *realmente* conseguia flutuar.

Baldur lembrou o momento na chaminé da caverna em que Kalannar usou a cadeirinha de Agnor para descer, quando, na verdade, podia muito bem ter flutuado. Mais uma mentira? Antes que a mente se perdesse nesses questionamentos paranoicos, a lembrança da cadeira dobrável do mago, que agora estava instalada no próprio traseiro, fez o cavaleiro perceber que também tinha que pular naquele instante. As ameias já estavam terminando de passar lá embaixo.

Baldur saltou para fora do elevador, com as pernas blindadas esticadas para tentar pegar a ponta das ameias, e as mãos firmes nas cordas que serpenteavam acima da cabeça para conter a queda. Ele estava caindo rápido demais, girando a cabeça de um lado para outro à procura de um apoio, em busca de Kalannar. Não viu uma coisa, nem outra. A bota roçou a borda do interior da muralha, arrancou cascalhos, e a queda foi interrompida subitamente, com um tranco violento no ar. A cadeirinha cedeu ao peso de Baldur e ao impacto da parada, as cordas foram retesadas e chegaram ao limite.

O cavaleiro viu o teto de uma estrutura logo abaixo e decidiu largar as cordas, agora que a cadeirinha havia quebrado. Era isso ou continuar pendurado, sendo arrastado pelo castelo voador, e ter que cair no pátio ainda mais lá embaixo. Baldur se soltou, não sem antes girar o corpo para cair de costas, onde estava o escudo. Levou as mãos à nuca, atrás do elmo, bem no momento em que o corpanzil blindado rompia tábuas de madeira. A queda continuou, mas o corpo não sentiu o impacto certamente letal da terra batida. Não, pelo contrário: ele foi recebido de braços abertos por algo macio, caiu no aconchego de uma coisa com que cresceu a vida inteira.

Feno.

Baldur estava praticamente soterrado em uma pilha de feno, cercado pelas tábuas do telhado que rompera. O elmo havia saído da cabeça, e ele tinha feno nas orelhas, no nariz, na boca, na barba. O cavaleiro rolou o corpo, que parecia ter sido novamente mastigado por um verme gigante, e saiu da pilha para o chão. Subitamente, o olfato e a audição foram tomados por estímulos mais do que familiares: cheiros e sons que Baldur não sentia há muito tempo. Quando ele finalmente abriu os olhos e reparou nos arredores, o rosto iluminou a escuridão com tamanha felicidade.

Baldur viu os cavalos dos pentáculos.

— Aquilo não me parece ser uma comitiva de anões, sardar — falou Dolonar enquanto observava a rocha flutuante se aproximar das muralhas. — No mínimo, eles deveriam ter parado e hasteado estandartes. Ou soado alguma trompa.

Ele, Regnar, Jasnar e Vragnar estavam nas ameias de uma das pontas do pentagrama gigante, vendo a chegada do Palácio dos Ventos. Para quem passou a vida no interior cavernoso de uma montanha, aquela era uma visão inacreditável, e os svaltares tinham dificuldade em assimilar e compreender a cena.

— Sardar, olhe — disse uma das sentinelas ao lado do alto-comando svaltar. — Uma ponte está sendo abaixada.

O sujeito apontou uma estrutura de madeira que descia na lateral da rocha flutuante. Àquela distância, bem lá embaixo, era difícil discernir as silhuetas que operavam a ponte. De repente, três vultos começaram a correr por cima da passarela.

— Sardar, ali na ponte, veja! — alertou Jasnar. — Eles são altos e compridos demais para serem anões...

— São *humanos* — rosnou Regnar enquanto o rosto branco ganhava uma tonalidade azulada de raiva.

Ao lado do sardar, Vragnar ergueu o cajado de osso, balbuciou palavras na língua infernal e passou a mão branca sobre os olhos negros. Eles ficaram azuis, brancos e finalmente voltaram a escurecer completamente.

— E eles têm um *feiticeiro* — sibilou o zavar. — Não é muito poderoso, mas a rainha humana deve estar por trás disso. Ela provavelmente está protegida no interior daquele castelete anão no alto da pedra, camuflada por feitiços.

Regnar mal deu ouvidos à teoria, pois estava mais interessado no que os olhos negros captaram de relance naquele exato momento: um humano parecia estar balançando por cordas penduradas em uma estrutura na parte inferior da pedra voadora. O sardar ergueu o rosto e notou a ponte estendida e apontada para a torre no meio da fortaleza.

— É uma invasão em duas frentes — disse ele em tom urgente ao se voltar para o sarderi. — Jasnar, mande um contingente de homens torre acima e fique com uma reserva protegendo o Brasseitan. Eu cuidarei da ameaça no pátio.

Enquanto o sarderi fazia o gesto em xis e se retirava correndo, Vragnar ficou diante de Regnar e falou:

— Se a rainha humana estiver presente, o líder dos demônios deve ser avisado. Ele quer vingança.

Dito isso, o zavar simplesmente desceu flutuando da muralha, sem prestar saudação ao sardar. Desta vez, Regnar sequer registrou a insolência. O ataque em duas frentes da parte do inimigo foi ousado e surpreendente — quase svaltar em sua natureza. Não importava. Ele tinha a vantagem marcial e mística, além dos aliados demoníacos. Nenhuma força humana conseguiu detê-lo, e não seria agora, em seu momento de triunfo, prestes a libertar sua raça, que eles conseguiriam. Pelo contrário, os humanos trouxeram até ele algo que poderia ser usado para percorrer e dominar o mundo da superfície bem mais rápido. Zenibar estaria a um pulo de distância com aquele castelo voador, assim como todos os povoados alfares. Com um último olhar para a rocha flutuante, Regnar sorriu e saltou das ameias.

CAPÍTULO 30

PÁTIO DO FORTIM DO PENTÁCULO, ERMO DE BRAL-TOR

Ao contrário da acrobacia na tapeçaria, desta vez o pulo de Kalannar ocorreu como ele planejara. O svaltar estava pendurado em uma ameia pelo lado de fora da muralha, justamente para evitar ser visto flutuando em pleno pátio. Ao erguer a cabeça sobre o anteparo de pedra, ele notou uma sentinela de costas, observando boquiaberto a passagem da rocha flutuante bem acima. Naquele trecho, só havia aquele soldado. Kalannar tomou impulso, caiu atrás do homem sem fazer barulho, cravou uma adaga na goela dele e aproveitou o movimento para abraçá-lo e impedir que desmoronasse no piso. A seguir, girou o próprio corpo, deixou o morto cair para fora do fortim e imediatamente assumiu seu posto. Ao longe, outra sentinela mal registrou o ocorrido; os olhos negros, também voltados para a pedra voadora que invadia o fortim, apenas perceberam de relance outro svaltar indefinido ali nas ameias.

Enquanto executava o vigia, Kalannar ouviu um estrondo em um ponto próximo. Só podia ser Baldur. Ele torceu para que o humano estivesse vivo, mas se fosse ajudá-lo agora, corria o risco de se revelar. Ao menos, aquilo parecia ter atraído a atenção dos homens lá embaixo no pátio. Para não ser confundido com alguém do comando, Kalannar desceu pelos degraus e viu um contingente correndo na direção do barulho; ele aproveitou para andar de costas, pelas sombras, e sumir na confusão de soldados em avanço. O assassino teve que admitir — a contragosto — que talvez Baldur tivesse criado uma distração melhor do que aquela em seus planos. Ao pensar nisso, ele levou a mão a um bolso secreto no interior da loriga de couro: lá estavam as duas gemas-de-fogo que Kalannar pegou dos alfares que matara em Tolgar-e-Kol, muito antes de partir com os humanos para Fnyar-Holl. Gemas-de-fogo eram itens raros, pois os alfares não mexiam com piromancia para evitar incêndios em suas preciosas florestas, mas recentemente, na guerra contra os humanos, eles romperam a tradição e passaram a usar as joias encantadas como arma de terror e sabotagem. As gemas-de-fogo possuíam um grande poder de destruição. Kalannar tinha considerado usá-las como última alternativa contra o *si-halad* nas cavernas dos Vizeus, mas sabia que teria trazido o túnel abaixo junto com o verme gigante. Naquele ambiente confinado, a poucos passos do monstro, teria sido suicídio usá-las. Porém, ali, no espaço aberto do pátio...

Encolhido na sombra da muralha, Kalannar viu um pequeno destacamento de noguiris e raguiris a caminho da Torre de Caliburnus. A tropa de elite de assassinos svaltares seria a morte certa para Od-lanor, Agnor e Derek. Se os noguiris e raguiris guarnecessem o Brasseitan, o mago jamais conseguiria fechá-lo. Kalannar sussurrou a palavra mágica de ativação da gema-de-fogo em sua mão e lançou a pedra em uma parábola perfeita, bem no meio do avanço do pelotão. A explosão jogou terra batida, cascalhos e corpos dilacerados para o alto; quase todos os svaltares estavam mortos ou desacordados no chão, enquanto outros se espalhavam e tentavam descobrir a origem do ataque, feridos e atordoados. Kalannar já estava prontamente deitado ao lado de dois noguiris que foram arremessados em sua direção — ele era apenas mais uma vítima naquela confusão de gritos e poeira. O pátio agora era um caos, e os svaltares teriam que se preocupar com mais um inimigo não identificado, além da óbvia ameaça que veio no castelo voador.

TORRE DE CALIBURNUS, FORTIM DO PENTÁCULO

O alto da torre estava vazio, mas Od-lanor, Agnor e Derek Blak sabiam que a situação não continuaria assim por muito tempo. Os svaltares, com certeza, estariam subindo e montando alguma defesa em torno dos Portões do Inferno; cabia a Baldur e Kalannar contê-los ou distraí-los, ou aquela seria a invasão mais curta da história das invasões. Apesar da pressa em descer, o feiticeiro korangariano não pôde deixar de admirar a majestade da construção, ainda que fosse uma simples torre de observação. Daria uma bela torre de alta magia, com as devidas adaptações.

O devaneio foi interrompido pelo som de passos. De repente, de onde não havia resistência alguma, surgiu um bando de svaltares na escada apertada, um número muito maior do que o trio daria conta, especialmente tendo Derek Blak como único guerreiro de ofício. Ao menos eles tinham a vantagem da altura e do desenho da escada — torres foram feitas para beneficiar o defensor nos níveis superiores que, no caso, era justamente o *invasor*, algo que os svaltares jamais esperaram que acontecesse. Os elfos das profundezas eram como fantasmas naquele mundo cinzento com tons de azul, afunilados contra os gládios de vero-aço de Derek. O guerreiro de Blakenheim finalmente conseguiu enfrentar os svaltares com o cenário a seu favor. O bardo lutava ao lado de Derek, brandindo a khopisa, cuja lâmina de meia-lua era difícil de ser aparada pelas roperas dos inimigos. Atrás, abaixado com a mão na escada de pedra, Agnor sutilmente controlava a disposição dos degraus ocupados pelos svaltares, que agora tinham o agravante do terreno traiçoeiro, além da desvantagem da altura. Os adversários morriam aos montes, e cada svaltar morto caía sobre os companheiros, o que dificultava o avanço e dava um respiro para o trio.

A onda de inimigos finalmente cessou, e o guerreiro e o bardo só tinham alguns ferimentos incômodos para contar a história; em outro ambiente e sem a sabotagem do feiticeiro, o fim teria sido outro. Eles retomaram a descida, mas pararam assim que as paredes reverberaram um urro grotesco, um som de fúria incontida. O som veio acompanhado da aparição de um demônio que subia pela torre apoiado em várias patas, que brotavam do corpo encouraçado em forma de barril e tocavam as paredes e os degraus da escadaria. A forma grotesca da criatura e sua locomoção eram inconcebíveis, e toda a atenção do trio de invasores concentrou-se na bocarra com apêndices segmentados que levavam a uma cavidade cheia de dentes. Acima daquele pesadelo, vários olhos em antenas vasculhavam o terreno, enquanto embaixo da bocarra, outro apêndice — este, transparente e ligado a uma bolsa que pulsava embaixo do corpo — pingava um líquido viscoso e brilhante. O apêndice se contraiu como se fosse expelir o conteúdo repulsivo.

Instintivamente, Agnor ergueu a mão, e com ela subiu uma parede formada pelos degraus entre os três e o demônio. Não havia tempo para bani-lo. O jato de líquido corrosivo bateu na proteção improvisada e corroeu a magia apressada que a mantinha coesa. Os degraus caíram sobre a escada, e da poeira surgiu Derek Blak saltando na direção da criatura. Ele inverteu a pegada nos gládios e cravou as lâminas em cima dos olhos repugnantes; o vero-aço rompeu a carapaça dura com a ajuda do ímpeto do pulo e o peso do guerreiro. Derek e o demônio rolaram alguns degraus abaixo, mas as patas e o corpanzil da criatura interromperam logo a queda.

— Derek, você está bem? — berrou Od-lanor.

O silêncio deixou o bardo e o feiticeiro apreensivos. Agnor já tocava na escada para reformar os degraus destruídos e facilitar a descida. Quando Od-lanor chegou ao ponto onde Derek estava caído, não havia mais demônio, devidamente banido. O guerreiro começou a se mexer e levou a mão à cabeça, onde havia um talho na têmpora, não muito fundo.

— Achei... que essas coisas... não podiam nos *ver* — reclamou Derek ao se levantar e recuperar os gládios caídos.

— Eu disse que só seríamos invisíveis para os demônios mais reles — retrucou Agnor. — Esse era um bobushai, um tipo de demônio que rompe proteções mágicas como a que estamos usando.

— Espero que esse seja o último que encontremos — disse Od-lanor sem muita convicção, enquanto aplicava um unguento de coroa-de-princesa no ferimento de Derek. — Estamos quase chegando à base da torre.

Eles recomeçaram a descer e, pouco tempo depois, firmaram os pés quando ouviram mais movimentação lá embaixo. Outro som reverberou na torre, não as botas de soldados ou o urro de uma criatura sobrenatural, mas o eco grave e longo de trompas, um sopro infernal ainda pior que os guinchos dos demônios voadores. Derek levou as mãos aos ouvidos e imediatamente se viu tomado por um desespero cuja única saída parecia ser a janela da torre. Só o suicídio o livraria do sofrimento sem fim. Ao lado do guerreiro, Od-lanor perdeu a vontade de cantar algo que anulasse aquele som. Simplesmente não havia música ou história que pudesse combater tamanha angústia; a única forma de se libertar daquela dor que desafiava a existência era deixar de existir. Ele considerou pular da escada, torcendo para que quebrasse o pescoço.

Impassível atrás dos dois, Agnor começou a compreender o que acontecia. Após uma infância e juventude estudando demonologia em Korangar, ele simplesmente era imune ao som infernal das orlosas — as trompas do desespero — que ouvira a vida inteira. Era apenas um ruído irritante, como tinham sido os guinchos das criaturas aladas. Os imbecis diante dele, no entanto, pareciam prestes a cometer algum desatino. Bem que os dois mereciam, mas Agnor ainda precisava do guerreiro e do bardo. Antes que a fonte do som chegasse — com certeza, mais soldados svaltares munidos de orlosas —, ele novamente se abaixou para tocar nos degraus. Desta vez, o feitiço cobraria um preço mais alto, mas o efeito seria bem mais devastador.

À frente de Derek e Od-lanor, antes que os dois cedessem aos impulsos suicidas, os degraus da torre ganharam vida e se achataram, subitamente formando uma grande rampa. Após a curva, o som das trompas do desespero foi substituído pelo ruído de corpos em queda e pelos gritos dos svaltares. Quando o silêncio finalmente se impôs, só então Agnor ordenou que as pedras refizessem os degraus. O mago de Korangar endireitou o corpo, visivelmente exausto, mas com uma aparência ainda melhor que a de Derek Blak e Od-lanor, que literalmente tinham considerado tirar a própria vida para escapar do tormento. As orelhas de ambos sangravam um pouco.

Agnor olhou pela janela por onde o guerreiro de Blakenheim pensara em se jogar e viu o pátio do Fortim do Pentáculo em polvorosa.

— Vamos, temos svaltares feridos à frente para matar — disse ele secamente.

PÁTIO DO FORTIM DO PENTÁCULO, ERMO DE BRAL-TOR

A alegria de Baldur em ver os cavalos foi substituída por um aperto no coração ao notar o pobre estado dos animais, sem cuidados desde que os svaltares invadiram o Fortim do Pentáculo e massacraram seus defensores. Eram belos cavalos de guerra largados sem troca de comida e água; pelo menos, foi bom ver que quase todo o estoque de feno nas baias individuais parecia ter sido devorado. Baldur dera sorte de cair na última pilha que sobrevivera ao abandono. Os animais estavam ariscos e sem arreamento; ele teria que cavalgar um deles no pelo. Felizmente, desde os tempos de aprendiz de Sir Darius, o Cavalgante, Baldur teve aulas de como cavalgar naquela situação de emergência. Seria praticamente impossível executar manobras de combate sem estribos, mas se a montaria cooperasse...

Ele chegou perto do cavalo que parecia em melhores condições. Era preciso agir rápido — pela porta do estábulo já era possível ver os vultos de soldados correndo em sua direção. Baldur rogou em nome do Deus-Rei Krispinus e estendeu a mão para o animal, que, mesmo há tanto tempo sem contato humano, reagiu bem à aproximação. O corpo todo doeu ao tentar montá-lo, e ele só conseguiu na segunda vez. Enquanto tirava o escudo das costas e colocava no braço esquerdo, Baldur se permitiu um instante para apreciar a sensação de estar novamente montado; ele não cavalgava desde que abandonara a montaria do lado de fora da Cordilheira dos Vizeus.

Baldur então pegou a longa crina do cavalo com a mão direita e entrou em ação. Ele surgiu no pátio e notou que a massa de svaltares já estava quase no estábulo. Agradeceu ao Grande Rei por nenhum deles usar arco e flecha e disparou na direção contrária, levantando poeira. Sentiu o assobio de uma adaga passar perigosamente perto da cabeça e praguejou por ter esquecido o elmo lá no feno. O cavaleiro vasculhou o pátio rapidamente e percebeu que teria que circundar a Torre de Caliburnus para chegar aos portões do fortim e abri-los. Tanto melhor. Isso atrairia mais inimigos em seu encalço, e seria menos gente para impedir a missão de Od-lanor, Derek e Agnor. Atrás, ao longe, surgiu um estrondo que Baldur sentiu mesmo a cavalo. Seria o mago colocando o interior da torre abaixo? Ou a distração de Kalannar?

Adiante, os svaltares finalmente armaram uma espécie de resistência. Estava claro que não sabiam enfrentar uma carga de cavalaria, ainda que fosse apenas um homem a cavalo. Não tinham as armas adequadas, nem sabiam as manobras certas. Só tentaram se posicionar para impedir sua passagem e atacar o cavaleiro e a montaria com as frágeis roperas. Agora vinha a parte difícil: controlar o cavalo de guerra sem estribos. Baldur largou a crina do animal, sacou o espadão e apertou os flancos da montaria com as pernas. Os svaltares também colaboraram, por conta de sua inexperiência:

eles se aproximaram para tentar atacar, mas morreram antes disso, graças ao ímpeto e ao maior alcance da arma do humano. Baldur não conteve o sorriso: ficou fácil demais. Certamente a bênção do Deus-Rei Krispinus estava com ele. O cavaleiro deixou os mortos para trás e viu o objetivo se aproximar. Os portões do Fortim do Pentáculo estavam logo adiante no pátio vazio.

Imediatamente, Baldur percebeu o tamanho do problema: ele era um homem só para acionar o cabrestante que erguia a grade levadiça e levantar a trava de madeira dos portões. E provavelmente teria que fazer tudo isso sob ataque do inimigo, que chegaria em algum momento. Não tinha sido um plano muito bem pensado, afinal de contas. Kalannar tinha razão, aquilo seria suicídio. Bem, ele já estava ali mesmo, não havia como retroceder. Baldur apeou do cavalo, abriu a porta que conduzia à cabine no alto da muralha, onde ficava o cabrestante, e subiu correndo os degraus. Felizmente não havia um guarda svaltar ali. Ele acionou o mecanismo e ouviu a resposta metálica e estridente da grade de ferro sendo erguida lá fora. A lenta subida pareceu levar uma eternidade. Quando terminou, Baldur arriscou uma olhadela cheia de esperança pela janela com vista para o exterior do Fortim do Pentáculo. O coração quase veio à boca: *havia* uma nuvem de poeira não muito longe. Era possível ver a silhueta de quatro cavaleiros vindo em velocidade. Só podia ser o Grande Rei, atraído pela chegada do castelo. Ele esteve certo o tempo todo. Agora era mais urgente ainda que os portões fossem abertos lá embaixo. Baldur então olhou pela janela voltada para o pátio interno: um trio de svaltares se aproximava. Ele voltou correndo para a outra janela e berrou para fora do Fortim do Pentáculo:

— Grande Rei! Grande Rei! Eu estou abrindo os portões!

Baldur queria ter pensado em algo mais eloquente ou respeitoso ao se dirigir pela primeira ver ao Deus-Rei Krispinus, mas nada melhor lhe veio à mente naquele desespero. Ele desceu correndo a escada da cabine e surgiu no pátio, já acossado pelos svaltares. Eles teriam que ser despachados rapidamente para que os portões fossem abertos. Agora a pé, Baldur não tinha a mobilidade do cavalo e não podia se deixar flanquear pelos espadachins inimigos. A solução era levar o ataque até eles. O cavaleiro avançou contra o primeiro adversário em uma carga humana, mas o lépido svaltar pulou para a esquerda e estocou com as roperas, que bateram no escudo. O segundo soldado não conseguiu desviar, nem aparar com as espadas finas, e tombou sem metade do rosto. Ciente do terceiro inimigo que se aproximava, Baldur girou rapidamente o corpo, novamente posicionando o escudo para neutralizar as incessantes estocadas do primeiro svaltar. Um dos golpes pegou logo acima da placa da perna, quase no ponto fraco da divisa com a greva — ele estava oferecendo a perna *exatamente* como Kalannar apontara. Baldur corrigiu a postura, aproveitou o ímpeto para empurrar as duas roperas com o escudo e abriu um talho cruel no abdome do oponente, que caiu junto com as tripas na terra batida.

O terceiro inimigo parou diante de Baldur com as roperas sacadas e falou algo em svaltar. O cavaleiro não estava a fim de conversa, especialmente em uma língua que não conhecia, e avançou como um aríete contra o novo oponente. O sujeito aparou o golpe violento com uma aparentemente frágil ropera, girou o corpo enquanto Baldur passava e estocou as costas, por reflexo. O golpe parou na blindagem da armadura de placas, mas teria matado um oponente menos protegido. O svaltar praguejou e assumiu a ofensiva feroz, mas o escudo de vero-aço protegeu Baldur da saraivada de golpes rápidos como botes de cobra. Em dado momento, ele quase pôs a perna à frente para firmar a defesa, mas se lembrou da lição de Kalannar e viu nos olhos do adversário que o svaltar procurava freneticamente uma abertura. Aquilo estava levando tempo demais — o guerreiro era bom, e, em breve, chegariam reforços. As roperas do inimigo também aparavam os ataques vigorosos de Baldur como se fossem um escudo.

Os dois chegaram a um impasse; nem o svaltar rompia a defesa blindada de Baldur, nem Baldur superava a esgrima do svaltar. Ambos sabiam que o primeiro que cedesse morreria, tamanhas a selvageria e a rapidez da troca de ataques. O cansaço da correria e do combate desde o pulo do castelo finalmente abalou Baldur, mas o cavaleiro notou que o oponente também não tinha mais tanta força para aparar o espadão. O svaltar recomeçou a praguejar, e o cavaleiro devolveu com impropérios tipicamente humanos que envolviam as orelhas, a mãe e o orifício anal do inimigo.

Finalmente, um golpe de Baldur entrou de raspão no flanco do adversário, justamente quando ele executou um salto mais ousado para tentar atingir o cavaleiro por cima do escudo invulnerável. Naquele mesmo instante, os dois ouviram outro svaltar chegar falando alguma coisa, em um tom estranhamente calmo. Baldur assumiu uma postura defensiva, esperando a aproximação do novo inimigo pelo flanco, mas o sujeito só continuou falando. O espadachim fechou a cara, aparentemente mais incomodado pelo que ouviu do que pelo ferimento que recebeu. Como nenhum dos dois svaltares atacou, Baldur decidiu avançar novamente.

E sentiu uma agonia intensa.

Imediatamente ele levou as mãos ao peito, como se tivesse sofrido uma estocada cruel. Nada podia ser tão doloroso e fulminante; a mente girou e a visão sumiu, apenas para retornar embaçada. Baldur estranhou a volta da visão, pois deveria estar morto. Ao sentir que continuava vivo, ele desceu o braço por reflexo, a fim de devolver o ataque, mas notou que não havia espada na mão. Só podia ter sido desarmado, mas aí os olhos notaram o braço nu e, mais estranho ainda, o próprio corpo de armadura, caído na terra batida do pátio, caprichosamente perto dos portões que ele deixou de abrir para o Grande Rei.

Tomado pelo desespero, sem entender o que acontecia, Baldur avançou e foi contido por uma barreira invisível. Ele notou o corpo nu — o seu corpo de verdade, não *aquilo* derrubado no chão — preso em um casulo apertado, muito frio, com uma transparência leitosa que tornava o mundo lá fora surreal. O cavaleiro gritou, rogou em nome do Deus-Rei, mas não ouviu a própria voz, por mais que soubesse que estava berrando.

— O que você disse, Dolonar? — perguntou Regnar. — Eu estava um pouco ocupado para ouvir.

— Eu percebi que o humano estava dando trabalho, sardar. Por isso hesitei em incomodar, mas o senhor estava levando tempo demais.

Regnar voltou-se para o ajudante de ordens com uma expressão de ódio e conteve o gesto instintivo de tocar no ferimento na lateral do corpo. Não queria dar mais motivos para provocações irônicas.

— *Agora* não é o momento, Dolonar. Repita o que disse.

— Os invasores romperam as defesas da torre e estão se dirigindo para o Brasseitan. O mago que está com eles, ao contrário da avaliação do místico, parece poderoso. Perdemos o destacamento de orlosas. E também perdemos os noguiris e raguiris, sardar.

— *Como assim?* — vociferou Regnar.

— Pelo relato de um sobrevivente, o Sarderi Jasnar acredita ter sido uma gema-de-fogo.

— Uma arma de *alfares*? Os humanos têm aliados entre eles? Impossível.

— Um mestiço, talvez. Ou a gema-de-fogo foi confiscada na guerra. — Dolonar arqueou as sobrancelhas. — Não é improvável, sardar.

Regnar assentiu com a cabeça. O argumento era mais lógico do que os humanos contarem com ajuda de alfares. Já bastava o apoio claramente anão que o castelo voador representava.

Sem mais soldados ali para fazer o serviço, o sardar foi até a porta da cabine do cabrestante, abriu e começou a subir a escada. Lá dentro, acionou o mecanismo para abaixar novamente a grade de ferro. Quando desceu, disse:

— Vamos, Dolonar, temos uma invasão para conter.

Preocupado com o que acontecia dentro do Fortim do Pentáculo, Regnar nem se lembrou de olhar para o exterior da fortaleza, quando esteve dentro da cabine do cabrestante. Se tivesse observado, teria visto os quatro cavaleiros que se aproximavam dos portões.

CAPÍTULO 31

TORRE DE CALIBURNUS, FORTIM DO PENTÁCULO

Agnor, Derek Blak e Od-lanor sobreviveram graças a uma combinação de sorte e feitiçaria. Depois de executar os svaltares que sobreviveram à queda da escada, o trio chegou ao fim dos degraus e viu-se diante de uma horda de demônios inferiores que, graças ao encantamento nos cinturões, não conseguiu enxergá-los. As criaturas — brutamontes de corpo inchado, braços que se arrastavam pelo chão e uma corcunda com esfíncteres que exalavam um fedor nauseabundo — deixaram os três passarem incólumes. Não havia svaltares patrulhando a base da Torre de Caliburnus. Baldur e Kalannar deviam ter sido os responsáveis por isso, mas também não havia sinal dos dois. O combinado era que o cavaleiro e o svaltar tentariam se encontrar com eles ali, após criar uma distração. Ao menos, o caminho que levava à grande escada para os Portões do Inferno estava livre.

— E agora? — perguntou Od-lanor. — Esperamos por eles?

Derek fez que não com a cabeça.

— É melhor aproveitar que não há svaltares aqui.

— Eles devem ter mais soldados e demônios lá embaixo — argumentou o bardo. — Se os svaltares estiverem entrincheirados, precisaremos de mais gente para romper as defesas. Pelo menos o Baldur.

Od-lanor não quis pensar se o amigo tinha ou não sobrevivido à ideia estúpida de pular de um castelo voador em movimento. Mas a ausência de tropas ali dentro indicava que sim... ou talvez aquilo fosse serviço de Kalannar, que já conseguira deixar uma fortaleza anã desguarnecida antes. Arrependido por não ter pensado em uma forma de se comunicar com Baldur, ele coçou a cabeça raspada e olhou angustiado para Derek, que ia continuar argumentando, quando foi interrompido por um estrondo ao lado.

Do piso do salão, emergiu um gigante formado por lajotas de mármore, terra e rocha. Alheio à discussão entre os dois, Agnor decidiu resolver o problema ao seu modo, evocando um elemental. Ciente de que tinha ido além do limite, o feiticeiro fez um esforço para se empertigar em meio à nuvem de poeira levantada pela criatura imensa. Ele sentiu que ainda tinha forças para fechar os Portões do Inferno e lançar alguns encantamentos de defesa, mas havia pouca margem para improvisos e emergências agora.

— *Isso* vai romper qualquer defesa — disse Agnor ao indicar o elemental com a cabeça.

Diante da presença do aliado que eles ganharam, Derek não deixou que a discussão com Od-lanor continuasse e simplesmente liderou a descida para os Portões do Inferno. A contragosto, após lançar um olhar para o fundo do salão, na esperança de localizar Baldur e Kalannar, o adamar seguiu o guerreiro de Blakenheim alguns degraus acima, e lá atrás Agnor e o guarda-costas elemental fecharam a retaguarda. O gigante de pedra nem precisou se abaixar muito, pois a escada tinha um pé-direito alto. Os degraus desembocaram no Salão da Vitória, a câmara retangular comprida que antecedia a rotunda com os Portões do Inferno.

Não houve tempo para admirar a arquitetura anã, as colunas imponentes, o Sangue de Bernikan na parede, os murais agora descascados com as cenas da lendária vitória anterior naquele mesmo lugar — toda a atenção de Agnor, Od-lanor e Derek Blak foi para o pequeno grupo de svaltares e demônios reunidos ali, barrando o caminho entre eles e o objetivo final. Não eram muitos, no entanto sua superioridade numérica era bem expressiva.

Um guerreiro svaltar, ao lado de outro inimigo de torso nu, deu ordens para que os soldados avançassem. O sujeito era obviamente o comandante. Os demônios permaneceram no lugar, contidos pelo cajado ossudo empunhado pelo svaltar seminu.

— O mago é meu — falou Agnor enquanto mandava o elemental avançar com um gesto.

O gigante de pedra correu em direção à onda de espadachins que vinha na direção do trio. Ele esmagou alguns soldados que tentaram se desviar, mas se manteve em linha reta, na direção do alvo que recebera mentalmente de Agnor: os demônios ao lado do feiticeiro svaltar.

A reação inicial de Vragnar foi tentar banir o elemental; geomancia, porém, não era seu forte, suas especialidades eram demonologia e fisiomancia. O elemental não era nem demônio, nem ser vivo, e sim um espírito da terra que controlava sua manifestação física rochosa. O zavar apelou para a modificação do sortilégio original, mas já era tarde: o gigante estava em plena briga acirrada com os bobushaii. Jatos de ácido abriam rombos no ser de pedra, mas não eram suficientes para destruí-lo, como fizeram com a improvisada barreira de degraus erguida por Agnor na escada da torre. O elemental era dos mais poderosos que o korangariano já invocara, e cada murro seu destruía um bobushai. Vragnar saiu de perto daquele combate perdido e resolveu se concentrar na verdadeira fonte de seus problemas: o zavar humano.

Quando o gigante de pedra avançou, Derek fez menção de segui-lo para aproveitar a carga, mas foi detido pelo toque de Od-lanor. O adamar retirou da bolsa a tiracolo um instrumento de sopro e levou à boca — era uma das orlosas que ele pegara de um svaltar morto na escada da torre. O bardo sabia que os inimigos eram imunes ao som infernal — ou não teriam usado a trompa, obviamente —, mas talvez se ele tentasse uma variação do tom original...

Od-lanor executou as breves notas de uma melodia adamar feita para induzir ao sono. Alfares dormiam pouquíssimo, e talvez svaltares sequer fizessem isso — curiosamente, ele não se lembrou se já tinha visto Kalannar efetivamente dormindo —, mas valia a pena dar uma chance à música mágica com a potência daquele instrumento infernal. Assim que o elemental passou pela massa de soldados svaltares, deixando alguns mortos para trás, os sobreviventes ouviram a melodia da orlosa, bem diferente do lamento que levava os humanos ao desespero. Os svaltares sentiram as forças abandonarem as pernas, os olhos pesarem, a mente anuviar. Roperas caíram no chão enquanto mãos trêmulas buscavam apoios uns nos outros; aos poucos, os inimigos foram caindo de joelhos e finalmente se deitaram no chão do Salão da Vitória.

Ao lado do bardo, Derek voltou-se para Od-lanor com uma expressão sorridente, que desapareceu assim que ele viu o que a trompa mágica estava fazendo com o adamar. Os lábios ficaram negros, os olhos perderam as pupilas, o rosto bronzeado estava cadavérico e tomado por uma teia roxa de veias pulsantes. Por impulso, Derek deu um golpe com o pomo do gládio na orlosa e arrancou o instrumento da mão do bardo, que continuou de pé como se ainda estivesse soprando a trompa, até que finalmente desfaleceu ao pé da escada. O guerreiro de Blakenheim pensou em acudir Od-lanor, mas ao ver o líder e o feiticeiro dos svaltares vindo na direção dele e de Agnor, resolveu interceptar os dois inimigos.

PÁTIO DO FORTIM DO PENTÁCULO, ERMO DE BRAL-TOR

Das sombras da muralha, Kalannar viu o combate de Baldur contra dois svaltares. O humano grandalhão — lento, pesado e previsível — deu um golpe de sorte que arrancou metade do rosto de um soldado, mas ofereceu a perna para o segundo oponente exatamente como ele alertara. Felizmente para Baldur, o sujeito era ruim; Kalannar não teria errado aquele golpe no ponto fraco da perna. A análise da luta quase fez com que o assassino svaltar não percebesse a chegada de um novo oponente: o sardar das forças inimigas.

Regnar.

As mãos de Kalannar foram instintivamente para as roperas; Baldur não duraria nada contra o experiente espadachim svaltar. Quando o cavaleiro avançou contra Regnar, o sardar contra-atacou por força do hábito, como se estivesse enfrentando outro svaltar, e a estocada parou na blindagem da armadura de Baldur. Regnar praguejou, e Kalannar não conseguiu evitar um sorriso. Talvez não fosse tão fácil assim, e realmente não foi. Eles trocaram golpes — o svaltar dava botes ligeiros, o humano parecia um lenhador com o espadão, o svaltar defendia com as roperas encantadas em xis, o humano usava o escudo — e não saíram daquilo, até que passaram a se ofender para esconder o cansaço. Nitidamente impaciente e irritado com o escudo do oponente, Regnar tentou sobrepujá-lo com um salto e levou um golpe de raspão. Kalannar ficou dividido entre prestar atenção à reação do sardar e em ouvir o que outro svaltar que acabara de chegar estava dizendo: Dolonar, o skalki da Casa Alunnar. Aparentemente, Dolonar fora designado ajudante de ordens do sardar durante a campanha e viera dar um relatório do combate. O sujeito não parava de falar, mas informou que os noguiris e raguiris foram dizimados (Kalannar abriu um sorriso cruel), bem como o destacamento de orlosas — trompas mágicas importadas de Korangar. Vendo que os dois adversários não atacavam, Baldur investiu. Foi então que Regnar levou a mão a um pingente no pescoço. O cavaleiro desmoronou no chão, enquanto um facho etéreo abandonava seu corpo e era sugado pela gema nos dedos do sardar.

Regnar tinha uma sovoga!

Aquela informação fez Kalannar se recolher ainda mais nas sombras e ponderar, enquanto Regnar abandonava o corpo de Baldur e entrava na cabine acima dos portões do Fortim do Pentáculo. Aquela espécie de joia era rara até mesmo em Korangar, mas, segundo o que o skalki dissera sobre as orlosas, fazia sentido que Regnar possuísse uma sovoga: pelo visto, a tropa do sardar tinha se reforçado na Nação-Demônio para a invasão ao Ermo de Bral-tor. Eles estavam *bem* mais poderosos do que Kalannar imaginara, especialmente Regnar. Aquilo era uma surpresa, e ele odiava surpresas. Desvios de rota não eram seu forte.

De repente, o som da grade de ferro descendo tirou Kalannar do devaneio. A seguir, Regnar saiu da cabine do cabrestante e cruzou o pátio juntamente com Dolonar, a caminho da torre em formato de espada. Kalannar não conseguiu ouvir a conversa entre os dois porque a cabeça estava girando novamente, alterando planos, pensando num improviso. Ele olhou para o corpo caído de Baldur e os portões de madeira. Considerou uma ideia, desistiu... e voltou atrás. O assassino correu rente à muralha e foi até a cabine. Entrou e, lá de cima, olhou pela janela externa e viu quatro homens a cavalo já quase chegando ao fortim. Foi inevitável o sorriso. Baldur, aquele humano turrão, esteve certo o tempo todo: o Grande Rei Krispinus *estava* presente e vivo, afinal de contas. Não havia como não identificá-lo, montado em um cavalo de pedra, com uma armadura que só faltava ter "vero-aço" e "sou o rei" inscritos nas placas. Humanos e sua ridícula pompa e ostentação. Com ele vinham dois cavaleiros com armaduras iguais — guardas pessoais, obviamente — e um sujeito bem velho, em trajes de corte, agora surrados e ensanguentados. Um nobre? O bardo, senhor das terras ao sul dos Vizeus... o Duque Dalgor? Kalannar nem quis imaginar dois bardos juntos no mesmo ambiente — Od-lanor já falava por uns três. Bem, pelo aspecto do homem, aquele bardo lá embaixo não duraria o primeiro combate.

Kalannar acionou o cabrestante para erguer a grade de ferro, ciente de que seria perfeitamente audível do lado de fora. Era bom que aqueles humanos imbecis entendessem seu plano. Ele desceu da cabine e parou diante dos portões. Levantar a trava de madeira maciça era tarefa para quatro homens. Que Baldur tivesse pensado que seria capaz de fazer aquilo sozinho era mais uma prova cabal da teimosia do sujeito. Kalannar fez uma pausa e olhou para o cavaleiro caído. Agora era pra valer. O svaltar pegou a última gema-de-fogo e olhou para a joia mágica com carinho e decepção. Ele tinha planejado usos tão melhores para aquela preciosidade... Antes que mudasse de ideia, Kalannar sacou uma adaga, abriu uma cavidade na trava e enfiou a gema-de-fogo ali. Ele falou a palavra mágica de ativação, recuou bastante, passou pelo corpo de Baldur e lançou a arma com precisão na joia cravada na madeira.

A explosão reduziu a lascas a trava e os portões de madeira da entrada. Kalannar aproveitou a nuvem de poeira para sumir de vista.

O Fortim do Pentáculo estava aberto para o Grande Rei Krispinus.

SALÃO DA VITÓRIA, PORTÕES DO INFERNO

Quando viu o tamanho e a resistência do elemental, Vragnar teve que admitir para si mesmo que o humano não era um mago qualquer. A criatura de pedra dava cabo de um demônio por vez e não dava sinal de que pereceria tão cedo. O feiticeiro inimigo tinha que ser eliminado rapidamente. De repente, o zavar ouviu notas místicas no ar, um som que emanava justamente de uma orlosa, uma melodia nada infernal, como era de esperar... Vragnar sentiu vontade de fechar os olhos, de descansar; o corpo começou a amolecer. Ele sacudiu a cabeça vigorosamente e conteve Jasnar, que começara a cambalear. Lá no meio da grande câmara retangular, onde o som era mais forte, os soldados plebeus estavam desmoronando no chão. O zavar notou a fonte do problema: um adamar ao pé da escada tocava uma orlosa até ter o instrumento arrancado da boca por um guerreiro humano. Subitamente a melodia insidiosa e sonífera parou. Vragnar sacudiu novamente a cabeça, viu Jasnar igualmente se recuperar ao lado, e ambos avançaram contra os inimigos. Agora eram só dois: o adamar estava caído, vítima da orlosa, com certeza.

Ao se aproximar, os olhos negros de Vragnar se arregalaram nas feições brancas. O humano usava uma capa de arquimago de Korangar! Ele só podia ter ocultado o próprio poder com feitiços para passar incólume. A mente do zavar deu voltas ao procurar um motivo que unisse um cidadão da Nação-Demônio, um guerreiro humano e um adamar em um castelo voador de anões, mas o braço agiu por instinto e apontou o cajado para o feiticeiro. Um raio negro-arroxeado brotou da ponta e saltou em direção ao korangariano, mas a energia demoníaca passou pelas proteções bordadas e encantadas na roupa do inimigo como se fosse uma brisa.

— Você realmente achou que eu estaria vulnerável a *isso*? — provocou o arquimago de Korangar, na mesma língua infernal que Vragnar usava para evocar seus feitiços.

O svaltar enfiou a mão em uma das várias bolsas penduradas no cinturão ao lançar uma olhadela para trás. Dois bobushaii que vinham em seu auxílio foram interceptados e destruídos pelo elemental, que já estava bastante avariado. Outro demônio pulou em cima do humanoide de pedra. Quando achou o que queria, Vragnar começou a retirar a mão da bolsa, mas sentiu um arrepio pelo corpo inteiro, um enrijecimento das juntas e dos músculos. O braço ganhou uma cor levemente acinzentada e ficou imobilizado por instantes, até que conseguiu realizar o movimento e recuperar a brancura original.

Vragnar tinha conseguido resistir ao feitiço de petrificação do mago korangariano. Ele precisava ser detido o mais rápido possível. O humano dava claros sinais de cansaço, provavelmente por ter tentado alterar o sortilégio, mas já gesticulava novamente. Vragnar poderia não ter a mesma sorte de novo. Ele então segurou diante de si um coração, retirado de um dos pentáculos e guardado na bolsa, e com a outra mão fez surgir uma pequena chama infernal. O zavar levou o coração ao fogo e proferiu palavras de poder em altos brados.

Lá adiante, ao pé da escada, o arquimago de Korangar sentiu o sangue ferver. Ele berrou de dor, interrompeu o feitiço e caiu de joelhos, para depois finalmente tombar.

Jasnar correu por entre os corpos caídos de seus homens enquanto ouvia os urros dos demônios e sentia o piso da câmara tremer com os golpes desferidos pela criatura de pedra convocada pelo feiticeiro humano. À direita, um clarão espocou quando Vragnar lançou um relâmpago na direção do mago inimigo, mas o sujeito nem se abalou. O sarderi considerou enfrentá-lo, mas o guerreiro humano já se posicionara para interceptá-lo, caso isso ocorresse. Era um guarda-costas; Jasnar teria que passar por ele então. O adversário parecia inofensivo: era atarracado e nem estava de armadura. Os gládios eram pesados e lentos. Mas, como ayfar da Casa Alunnar, treinador dos noguiris e raguiris da tropa, ele sabia que aparências enganavam em combate. O humano certamente não tinha chegado até aqui sem ser competente. Jasnar decidiu não cair na armadilha. Na verdade, decidiu dar a *impressão* de ter sido enganado. Como se estivesse autoconfiante, ele tomou a iniciativa da luta com golpes rápidos, mas perfeitamente defensáveis. O guarda-costas do mago aparou com mais força do que deveria; um gládio desceu pela ropera e teria arrancado a mão de Jasnar se não fosse pela braceleira encantada. Mas o sarderi acusou o golpe. Foi uma defesa agressiva, e as armas eram *claramente* de vero-aço anão. Jasnar rodopiou e agora estava sob ataque. O humano decidira ditar o ritmo de combate e não dar espaço para manobras; o chão atrás estava cheio de soldados caídos, e o sarderi poderia tropeçar ou cair mal se executasse uma pirueta. Era para lá que o guerreiro queria forçá-lo a ir. Inteligente. Jasnar decidiu parar com os golpes defensáveis — o sujeito estava sem armadura, bastava um golpe só para eliminá-lo, nem seria necessário o segundo.

O sarderi atacou com a ropera direita, recolheu a arma assim que sentiu a defesa violenta e girou o corpo para passar pelo humano e estocá-lo na lateral, embaixo da guarda alta do inimigo. Só que a ropera varou um espaço vazio, porque o guerreiro rolara no chão e abandonara o combate. O sujeito agora se encontrava diante de Vragnar, que estava distraído com um encantamento. Quando o zavar percebeu, já tinha perdido ambas as mãos com um ataque cruel de um gládio. A segunda arma varou o abdome desnudo de Vragnar, na bela execução de uma manobra tipicamente svaltar. Um golpe para ferir e outro para matar. Jasnar fora enganado completamente pelo guarda-costas; Vragnar estava morto e não ameaçava mais o mago humano. Ao menos o feiticeiro dos invasores tinha tombado. O guerreiro humano teria o desgosto de morrer sabendo que, na verdade, falhara em protegê-lo. E ele morreria lentamente. Jasnar fazia questão disso.

Com esse pensamento em mente, o sarderi avançou contra o humano insolente.

PÁTIO DO FORTIM DO PENTÁCULO, ERMO DE BRAL-TOR

A explosão pegou de surpresa os quatro cavaleiros do lado de fora do Fortim do Pentáculo. Eles esperaram que um demônio irrompesse dos portões; Krispinus já sacara Caliburnus e estava preparado para avançar contra a criatura quando a poeira simplesmente assentou e revelou a passagem escura, aparentemente desobstruída. Sir Kerrigan e Sir Rorius apenas se entreolharam; único com uma tocha na mão, Dalgor forçou a vista e perguntou:

— Estão vendo alguma coisa?

Os dois Irmãos de Escudo fizeram que não. Montado em Roncinus, o Grande Rei foi um pouco à frente e parou.

— Absolutamente nada — respondeu Krispinus. — Temos que entrar para ver. Se for uma armadilha, foda-se, já cansei de esperar. Homens, flanqueiem o Duque Dalgor e protejam nossa única fonte de luz.

— Obrigado por se preocupar com a segurança da tocha, Deus-Rei — disse o bardo com ironia.

Sir Rorius deu um risinho nervoso e os demais sorriram, mas não havia como esconder a apreensão. Depois de tanto tempo sendo caçados pelo

Ermo de Bral-tor, eles finalmente tinham uma oportunidade de entrar no Fortim do Pentáculo, que estava tomado por uma tropa de svaltares e demônios. Ao passar pelos portões, contudo, o quarteto viu um pátio sem vida. O brilho de um raio que caiu ali perto fez aparecer a silhueta inacreditável de uma rocha gigante flutuando ao lado da Torre de Caliburnus.

— Aquilo lá em cima era uma ponte levadiça? — perguntou Sir Kerrigan.

— Grande Rei — chamou Sir Rorius. — Tem um cavaleiro caído aqui, mas sem a armadura dos pentáculos.

Krispinus tirou o olhar da pedra e da torre, que sumiram novamente na escuridão, e olhou para um jovem barbudo no chão, revelado pelo brilho da tocha de Dalgor. Ele estava coberto de terra e lascas de madeira da explosão dos portões. Perto do rapaz havia corpos de svaltares — um sem metade do rosto, o outro estripado. De alguma maneira, aquele cavaleiro tinha destruído o portão enquanto enfrentava resistência inimiga. Sem dúvida era um enviado de Ambrosius. Provavelmente não era flor que se cheirasse, mas morreu como um herói. Ao ver o rapaz, o Deus-Rei lembrou do próprio início de carreira. Ele ergueu os olhos para Sir Rorius.

— Deve ter sido o sujeito que berrou da janela. Provavelmente parte do grupo que veio naquilo ali para nos ajudar. — Krispinus apontou para o alto, onde o castelo voador fora revelado pelo raio. — O cavaleiro morreu ao abrir o portão para nós. Quando tudo isso acabar, ele será devidamente homenageado, assim como cada pentáculo que pereceu aqui.

Os Irmãos de Escudo abaixaram a cabeça em respeito ao jovem caído, juntamente com o Grande Rei. Enquanto isso, Dalgor levou a tocha de um lado para outro, para vasculhar a quietude do pátio. Nada acontecia ao redor. Adiante, em algum ponto na escuridão, estava a entrada para a Torre de Caliburnus.

— Vamos aproveitar para pegar tochas das muralhas e acendê-las — sugeriu o bardo.

Pouco tempo depois, os quatro portavam fontes de luz e entraram montados dentro do grande saguão da base da torre, após passar pelo cenário terrível da resistência final dos pentáculos. Eles acenderam cada archote que encontraram nas paredes. Um cheiro nauseabundo revelou a presença de uma patrulha de seis demônios que se lançaram selvagemente contra os invasores humanos. Os brutamontes eram lentos, mas muito fortes; Sir Rorius foi arrancado do cavalo com violência por um demônio e caiu diante de outros dois, que o esmagaram com punhos pesados como bigornas. Após dar cabo de três criaturas sozinho, Krispinus só chegou a tempo de eliminar os demônios fedorentos que mataram o pobre Irmão de Escudo, enquanto Sir Kerrigan cuidava da primeira criatura, aquela que derrubara Sir Rorius e agora avançava contra Dalgor. O bardo recuou e, afetado pelo mau cheiro sobrenatural das criaturas, chegou a desfalecer. Sir Kerrigan também não estava em estado muito melhor quando terminou de eliminar o demônio.

Acordado após vários safanões de Krispinus, Dalgor olhou para o amigo com a cara esverdeada de quem estava prestes a passar mal. Assim que vomitou, ele disse:

— Krispinus... isso não vai dar certo. Mal entramos... e já perdemos um homem. Eu estou acabado. O Sir Kerrigan mal se aguenta em pé...

O Irmão de Escudo se empertigou, na tentativa de esconder o que todos ali sabiam, sem a necessidade da dura verdade dita por Dalgor. Sir Kerrigan e o bardo estavam combatendo na base do sacrifício desde o Ermo de Bral-tor, e agora pareciam mais mortos do que vivos. O primeiro embate com demônios provocara uma baixa e derrubara o moral do grupo; eles ainda tinham um longo caminho infestado de inimigos até os Portões do Inferno, o qual não tinham a menor ideia de como fechar.

De repente, uma lufada forte de vento fresco, vindo lá de fora da torre, levou embora os resquícios do cheiro repugnante dos demônios e quase apagou as tochas que eles acenderam e deixaram no chão durante o combate.

— Bem que me disseram que você tinha virado um velho reclamão, Dalgor.

Aquele tom de intimidade com o Duque de Dalgória, a provocação típica de velhos amigos, e a voz feminina só podiam ter saído de uma pessoa.

Rainha Danyanna, Suma Mageia de Krispínia.

CAPÍTULO 32

TORRE DE CALIBURNUS, FORTIM DO PENTÁCULO

Assim que explodiu os portões, Kalannar disparou para o interior da Torre de Caliburnus. Era preciso se apressar; Regnar já estaria com boa vantagem lá dentro, mas ele considerou que o sardar talvez perdesse tempo mobilizando homens após o relatório de baixas feito por Dolonar — se ainda houvesse soldados à disposição, obviamente. Lá dentro, um cheiro nauseabundo denunciou a presença de demônios. Kalannar desviou do caminho o máximo possível apenas para evitar o fedor sobrenatural, pois as criaturas não estavam caçando svaltares. Os demônios patrulhavam a esmo e rumavam para a entrada da torre.

O assassino finalmente avistou Regnar diante da escada que descia para o subterrâneo do Fortim do Pentáculo, examinando o chão ao lado de Dolonar. Parte do piso estava em escombros, como se um pedaço dele tivesse sido arrancado — ou então tivesse ganhado vida e saído andando. Kalannar deu um sorriso cruel na sombra. A assinatura de Agnor era inconfundível. Lá de baixo vinha a cacofonia de um combate que envolvia estrondos, urros e uma estranha melodia, bem suave.

— Acho que o místico errou na avaliação do feiticeiro humano, sardar — disse Dolonar ao observar a cratera no chão.

Antes que Regnar pudesse responder ou mesmo tomar a atitude de descer, Kalannar decidiu intervir e sair das sombras atrás deles.

— O Vragnar sempre foi muito cheio de si, caro skalki — disse ele ao se aproximar da dupla. — Um defeito inerente a todos os zavares, infelizmente. Mas o poder deles é inegável.

Mesmo que tivesse tentado, Regnar não teria conseguido conter a surpresa. Ao som de perigo, as mãos foram para as roperas por puro instinto, mas de alguma forma o susto impediu que ele sacasse as armas. Os olhos negros pareciam ocupar todo o rosto magro e anguloso.

— O zavar humano, aliás, sabe como fechar o Brasseitan — continuou Kalannar. — Precisamos detê-lo.

— *Kalannar?* — O rosto do sardar era uma máscara de ódio; as roperas agora foram sacadas.

Sabiamente, Dolonar deu alguns passos para trás. O olhar cínico e impassível do skalki da Casa Alunnar não traiu emoção alguma ao ver Kalannar, que manteve as armas embainhadas e os braços afastados do corpo ao se aproximar mais.

— Acho que devemos colocar de lado essa surpresa e as nossas diferenças, Regnar — disse Kalannar. — Meu plano... *nosso* plano corre perigo. O mago veio de Korangar com um grupo especializado para selar o Brasseitan.

— Como você sabe disso? — rosnou Regnar. — Como veio parar aqui? E como...

— Como eu sobrevivi à tentativa de assassinato, irmão? Essa é uma história para outro dia. Nós acertaremos essa dívida, acredite em mim. Para resumir, eu escapei de Zenibar, vaguei escondido por Fnyar-Holl e soube que esse bando de humanos tirou o meu... o nosso... aliado do trono dos anões e conseguiu aquele castelo voador para trazer o mago de Korangar sob escolta. Eu me infiltrei na pedra flutuante e corri aqui para avisá-lo em segredo, Regnar. Apesar de tudo que ocorreu entre nós, não quero ver o plano sabotado. Eu lhe disse muitas vezes: o que importa é nossa vingança contra os alfares. O plano *sempre* veio em primeiro lugar, apesar de nossas inúmeras diferenças. Se o Brasseitan for fechado, perderemos a noite eterna sobre a superfície. E isso vai ocorrer em breve se não detivermos o feiticeiro lá embaixo.

O som intenso de combate pontuou a pausa de Kalannar. Regnar ergueu a ponta de uma ropera a poucos dedos do peito do irmão.

— Por que você não matou o tal mago de Korangar em Fnyar-Holl ou no trajeto até aqui?

— Eu sempre fui realista diante de minhas limitações. Sou apenas um ayfar, mesmo que seja o melhor de Zenibar. O feiticeiro é *extremamente* poderoso e estava cercado por guerreiros de elite. Veja o que eles fizeram. Eu vi os corpos dos noguiris e raguiris lá fora, vi o que o cavaleiro deles fez. E agora *todos* os humanos estão lá embaixo. Se continuarmos com esse interrogatório, corremos o risco de perder o Vragnar. Ele também está lá embaixo, não é? Se nosso zavar morrer e o korangariano fechar o Brasseitan, não teremos como abri-lo de novo. Pense nisso.

Como se fosse combinado, o grito de um svaltar subiu pela escadaria. Podia ter sido de qualquer soldado lá embaixo... ou de Vragnar. Na ropera, a mão de Regnar hesitou, mas os olhos negros não abandonaram o rosto do irmão que ele julgara bem morto até instantes atrás.

— Eu estou do seu lado, Regnar — Kalannar deu o melhor sorriso fraterno de que foi capaz. — Do lado do sonho que tivemos juntos, de conquistar a superfície e exterminar os alfares. Eu podia ter deixado o plano fracassar apenas para vê-lo derrotado e me vingar, sem jamais me revelar, mas estou aqui me arriscando por você. *Eu estou do seu lado.*

O sardar não guardou as armas e continuou congelado diante do irmão. O rosto traía um turbilhão de sentimentos e uma confusão de ideias.

— Ao menos nós deveríamos verificar a situação lá embaixo, senhor — sugeriu Dolonar, rompendo o silêncio incômodo. — O combate parece estar no fim. É melhor que tenhamos vencido.

O pequeno talho aberto pelo humano na lateral de Regnar deu uma fisgada, agora que o calor da luta havia passado. O incômodo e o argumento do ajudante de ordens pareceram tirá-lo do impasse. Regnar gesticulou com o rosto, sem abaixar a ropera erguida.

— Você na frente, Kalannar.

De costas para o irmão que o traiu e mandou matá-lo, Kalannar começou a descer a majestosa escada para o Salão da Vitória. Havia um rastro de degraus arruinados pela passagem de uma criatura imensamente pesada. Dentro da grande câmara retangular ladeada por colunas, apenas um único combate ainda ocorria, em meio a vários corpos caídos. Foi difícil absorver tudo em um único instante, mas Derek Blak e um svaltar — Jasnar, agora o ayfar da família, com certeza; o primo sempre teve talento para matar — trocavam golpes perto de Vragnar, que estava no chão. Ao pé da escada, Od-lanor e Agnor também haviam tombado. Vários svaltares estavam estranhamente aninhados no chão, enquanto alguns demônios esmagavam uma pilha de pedras com violência e ódio.

— Os humanos não parecem tão poderosos assim, Kalannar — comentou Regnar ao observar e avaliar a mesma cena que o irmão.

— Perdemos o místico, sardar — falou Dolonar, que, mesmo com Vragnar certamente morto, não ousava dizer seu nome em voz alta.

— E o feiticeiro de Korangar — respondeu Regnar ao apontar para um humano caído com trajes típicos dos magos da Nação-Demônio. — Com isso, o Brasseitan permanece aberto e nós nos livramos de um problema...

O sardar foi interrompido pelo berro ininteligível do único humano ainda de pé. O guerreiro abandonara o combate com Jasnar e corria na direção de Regnar e de Kalannar.

— Traidor filho da puta! — gritou Derek no idioma comum, sem ser compreendido pelo sardar.

Mais preocupado com a situação ali, Regnar nem esboçou defesa. Enquanto se dirigia para Jasnar, ele pegou e virou a sovoga para o humano, cujo corpo agora sem alma tombou vários passos depois, levado pelo ímpeto da carga.

— O que aconteceu aqui? — indagou o sardar.

Tomado de surpresa pela evasiva do adversário que combatia, Jasnar voltou-se para Regnar no pé da escada — e ficou mais espantado ainda ao perceber Kalannar ao lado do sardar. Aquela cena não fazia sentido algum. O primogênito da Casa Alunnar fora traído e assassinado a mando do irmão mais novo, Regnar, para que o plano de invadir o Ermo de Bral-tor e abrir o Brasseitan fosse finalmente posto em prática, depois de tanta demora por parte de Kalannar. Jasnar em pessoa havia escolhido os homens para a missão, embora eles não tivessem voltado com vida, assim como Kalannar também não. Aquela prática era comum em Zenibar — assassinatos e vingança moviam a sociedade svaltar como forma legítima de ascensão social e solução de conflitos —, e o próprio Jasnar já havia considerado eliminar Regnar, caso o sardar em algum momento colocasse em risco o plano de conquista da superfície. Mas o sarderi jamais imaginara ver Kalannar vivo outra vez, muito menos naquela situação, ali entre todos os lugares do mundo, e justamente ao lado do irmão que encomendara sua morte.

Jasnar ainda buscava palavras para responder à pergunta, quando o raciocínio foi interrompido por um urro gutural que estremeceu o Salão da Vitória. O som veio da rotunda e foi tão forte que fez chover poeira do teto. Todos se voltaram para a câmara onde a luz roxa do Brasseitan pulsava ainda mais forte agora. Do meio da luminosidade sobrenatural surgiu o vulto gigantesco de Bernikan, acompanhado por figuras demoníacas menores. Os bobushaii presentes no Salão da Vitória, que acabaram de derrotar o elemental de pedra de Agnor, deliraram e correram para o lado de seu senhor.

A massa grotesca, encouraçada e escamosa saiu plenamente do Brasseitan. Após outro urro que estremeceu as estruturas das duas câmaras subterrâneas, ela falou em svaltar:

— O casal humano está aqui. A rainha rampeira é *minha*. Mantenham o rei vivo para que ele a veja sofrer.

Em seguida, Bernikan repetiu as ordens na língua infernal, e os demônios que saíram da passagem dimensional com ele avançaram pelo Salão da Vitória em direção à escadaria.

Diante da onda de criaturas, os svaltares se entreolharam, e Kalannar deu um sorriso cruel para o irmão.

NAS PROXIMIDADES DO FORTIM DO PENTÁCULO, ERMO DE BRAL-TOR

Fora um voo urgente, uma viagem sem pausa, sem descanso, desde que Danyanna recebera o chamado de Dalgor, com a pior das notícias: os Portões do Inferno tinham sido abertos novamente. E, desta vez, ela não fazia a menor ideia de como fechá-los. Não que esse detalhe tivesse impedido a Suma Mageia de Krispínia de montar em Kianlyma e disparar na direção do Ermo de Bral-tor, após avisar o Colégio de Arquimagos e o comando das tropas reais. Danyanna deixou o Trono Eterno vazio e a Corte da Morada dos Reis em polvorosa, mas não havia tempo a perder. Krispinus e Dalgor precisavam dela — como sempre, no fim das contas.

Na verdade, a Suma Mageia havia sentido quando os Portões do Inferno foram abertos. O inconsciente não quis acreditar, mas o recado mágico de

Dalgor logo confirmou o que a mente optara por ignorar. "A verdade é um feitiço inquebrável", costumava dizer Beroldus, Rei-Mago de Ragúsia e segundo em comando do Colégio de Arquimagos. Ainda assim, uma parte dela torcia para que tudo tivesse sido um engano.

A visão da área em torno do Fortim do Pentáculo esmagou aquela pequena esperança como um tropel de cavalos. As mesmas trevas absolutas, os mesmos relâmpagos negro-arroxeados que castigavam o solo do Ermo de Bral-tor — o mesmíssimo cenário de trinta anos atrás, a não ser pela majestosa construção do Fortim do Pentáculo e sua imponente torre...

... tendo ao lado um castelete anão em cima de uma imensa rocha flutuante.

O Palácio dos Ventos!

Então o grupo de Ambrosius realmente tinha conseguido o apoio dos anões. Danyanna sempre fora uma mulher prática, mas a mente custou a acreditar na ideia absurda de que eles deram aquela relíquia para simples mercenários. Por outro lado, as soluções de Ambrosius sempre iam *além* do absurdo. Mesmo com a urgência da missão, ela decidiu sobrevoar o castelo, que só conhecia de algumas ilustrações sobre a Grande Guerra dos Dragões e do famoso painel em Fnyar-Holl. Ao passar por cima da estranha estrutura abobadada de metal que se projetava do topo do castelete, a Suma Mageia arregalou os olhos e considerou refazer o feitiço que lhe permitia enxergar nas trevas.

Havia um menino e um kobold sentados no interior de gaiolas redondas, com toda a aparência de que estavam no controle da estrutura. O rapazote se encolheu no assento, enquanto a criatura reptiliana saiu correndo dali. Danyanna aproximou-se da estrutura metálica e gritou lá para dentro:

— Não se assuste! Eu sou Danyanna, a Rainha de Krispínia, e vim ajudá-lo! — Ela teve uma intuição e resolveu segui-la. — O Ambrosius me chamou.

O menino ficou radiante, e, de repente, pareceu se dar conta da figura majestosa montada em uma égua trovejante que ele encarava sem parar, boquiaberto.

— Eu pensei que a senhora fosse um demônio, desculpe.

A partir dali, a criança desandou a falar sobre um grupo de guerreiros que foi por cima, outro que foi por baixo, que alguém ia fechar os Portões do Inferno, que outra pessoa desceu para ajudar o Grande Rei. Danyanna não guardou os nomes de ninguém, mas fixou as informações — alguém ali aparentemente sabia fechar a passagem dimensional, e outro fora ajudar Krispinus. Sem tempo a perder, a rainha despediu-se com a promessa de voltar, ainda custando a acreditar na cena inusitada, e sobrevoou os arredores do Fortim do Pentáculo. Do lado de fora, não havia sinal do marido, mas ela notou os portões destruídos. Era típico de Krispinus entrar com tamanha falta de sutileza. Danyanna viu os corpos de dois svaltares e um cavaleiro humano do lado de dentro, diante dos destroços, e ouviu sons de combate vindo lá da entrada da Torre de Caliburnus. Talvez fosse o marido, talvez fossem os enviados de Ambrosius. A Suma Mageia decidiu entrar montada em Kianlyma no amplo saguão e foi recebida pelo cheiro pestilento de demônios. Com um simples gesto, uma forte lufada de ar surgiu diante da mão e varreu o ambiente do fedor insuportável. Adiante, ela ouviu a característica voz lamuriosa de Dalgor dizendo para Krispinus que eles não sobreviveriam.

— Bem que me disseram que você tinha virado um velho reclamão, Dalgor — disse Danyanna ao apear da égua trovejante, antes de notar o bardo amparado pelo marido, ao lado de um Irmão de Escudo.

A rainha se arrependeu do tom jocoso ao ver o estado de Dalgor e do cavaleiro, bem como de outro homem da guarda real caído no chão, com a cabeça e o tronco blindados esmagados de maneira repugnante. Apenas Krispinus estava inteiro como sempre, ainda que imundo. Talvez se ela não tivesse demorado tanto conversando com o menino do grupo de Ambrosius...

O arrependimento foi interrompido pelo abraço do marido. Havia anos que o rosto de Krispinus não ficava tão radiante ao vê-la. Ele balbuciava tolices românticas, sem se importar com a presença dos demais ou a urgência da situação. Danyanna considerou tirá-lo do trono mais vezes para enfrentar os perigos de Krispínia, se ao menos sobrevivessem *àquele* perigo de agora. Por cima do ombro do Grande Rei, ela notou a expressão de alegria de Dalgor e do cavaleiro — seria Sir Kerrigan ou Sir Talbus? Era difícil dizer.

Krispinus sempre escolhia uns brutamontes barbudos iguais a ele como Irmãos de Escudo; pareciam todos saídos do mesmo molde. "Homem franzino é homem frouxo" era mais uma das pérolas da sabedoria do marido.

Danyanna afastou-se dos braços de Krispinus.

— Senhor meu marido, temos que ir — disse ela em tom de urgência. — O Ambrosius enviou alguém que sabe fechar os Portões do Inferno. Precisamos ajudar essa pessoa, seja quem for.

Krispinus pareceu ficar confuso.

— Como você sabe disso? O Ambrosius mandou alguma...?

— A história é longa — interrompeu ela. — Vocês encontraram...?

Desta vez foi a rainha a ser interrompida. Do interior da torre veio uma balbúrdia infelizmente familiar aos ouvidos reais. Os quatro olharam na direção da confusão que surgira repentinamente e viram uma massa de demônios de todos os tipos e formas avançando na direção deles. Era certamente um número muito superior ao quarteto, mas o Grande Rei Krispinus e Sir Kerrigan instintivamente ergueram as armas e ficaram diante de Dalgor e Danyanna.

A rainha abriu caminho entre os dois grandalhões à frente.

— Atrás de mim! — berrou, já com os braços erguidos no complexo gestual de um encantamento.

Das mãos da Suma Mageia brotou a fúria de uma tempestade, um tufão fortíssimo lançado contra o tropel de demônios. Junto com o vento que impediu o avanço das criaturas, vieram raios cegantes naquela escuridão parcialmente quebrada pelas tochas acesas por Krispinus e seus companheiros. O saguão da torre virou dia e retumbou os trovões das descargas elétricas sobrenaturais que eletrocutaram os demônios a torto e a direito. Eles praticamente explodiram ao toque dos relâmpagos que aumentavam de intensidade conforme Danyanna gesticulava e contorcia o rosto. Ela começou a levitar, tamanha a força da ventania, e em pouco tempo até Krispinus, Dalgor e Sir Kerrigan saíram alguns dedos do chão. A surra tempestuosa continuou até que não houvesse nenhuma criatura sobrando.

Quando veio a calmaria, Danyanna quase caiu, mas recusou os braços oferecidos pelo marido e o cavaleiro, e se manteve de pé ao tocar no chão.

— Eu estou bem — disse a Suma Mageia, nitidamente nada bem e muito esgotada. — Havia anos... que eu não usava esse feitiço. Esqueci... seu preço.

— Você me dá um tesão quando faz essas coisas — falou Krispinus, baixinho.

— A gente resolve isso... depois. — Danyanna tomou fôlego e apontou para o interior da torre. — Creio que teremos algo bem pior pela frente. Vamos.

Os quatro avançaram até a escada que descia para o Salão da Vitória. Danyanna ainda sentia uma vertigem provocada pelo esgotamento do feitiço, o que agravou o cansaço causado pela viagem; talvez ela tivesse se desgastado demais antes do tempo, mas eles não teriam sobrevivido à carga de tantos inimigos — especialmente Dalgor e o Irmão de Escudo, praticamente moribundos — se não fosse por aquela medida drástica. Mas a Suma Mageia tinha uma boa noção do que os aguardava. Havia uma presença insidiosa na mente, um encosto que ela sentia desde que a manada de demônios irrompera no saguão, uma coisa que lhe sussurrava obscenidades repugnantes na cabeça.

A imagem de um pesadelo que passara há três décadas e retornara agora.

SALÃO DA VITÓRIA, FORTIM DO PENTÁCULO

Mesmo tendo recuperado a consciência — ou parte da consciência, a julgar pelas cenas inacreditáveis ao redor —, Od-lanor não ousava se mexer. Ainda sobre o piso frio do Salão da Vitória, derrubado ao pé da escada, o adamar aproveitou o braço caído sobre o rosto para esconder os olhos semicerrados que observavam o ambiente surreal. Talvez ele realmente ainda estivesse desacordado. Ou preferisse estar. Mais inconcebível do que o gigantesco demônio que chamava a atenção no recinto era o fato de Kalannar estar rodeado por três svaltares, apontando para Agnor, também caído no chão. Ele explicava algo sobre os poderes do feiticeiro de Korangar, mas o intenso mal-estar impediu que Od-lanor compreendesse direito. O bardo conteve uma ânsia de vômito. Qualquer sinal de consciência significaria a morte ou, pior ainda, um interrogatório sob tortura. Ele percebeu que Derek Blak também fora derrubado. Todos haviam sido derrotados, à exceção de Baldur, que não estava presente — pelo menos não dava para vê-lo por aquele pequeno ângulo de observação —, e Kalannar, que claramente havia passado para o lado dos inimigos. O adamar olhou novamente para o corpo de Derek. Que ironia: o guerreiro de Blakenheim sempre esteve certo a respeito do assassino svaltar, afinal de contas. Od-lanor sentiu um aperto na garganta. O pobre Baldur devia ter sido eliminado ao descer do Palácio dos Ventos com Kalannar. O cavaleiro de bom coração tinha confiado demais no svaltar. Od-lanor deveria ter avisado o amigo; agora, só lhe restava torcer para que Kyle tivesse o bom senso de fugir com o castelo voador.

O grande demônio — uma criatura que mesclava partes de vários animais em uma forma escamosa, encouraçada e corpulenta — parecia irrequieto e ansioso. Od-lanor não conseguiu encará-lo por muito tempo sem que sentisse os efeitos da trompa infernal novamente. Desviou o olhar então para um dos svaltares, que se dirigia aos soldados derrubados pela melodia adamar. O sujeito tinha recebido ordens para acordá-los, pelo pouco que o bardo conseguira ouvir.

De repente, um som impressionante, vindo lá de cima da escada, ecoou pelo Salão da Vitória. Parecia uma tempestade em miniatura, confinada entre quatro paredes, pontuada por um trovejar retumbante e pelo assobio estridente de uma ventania poderosa. Guinchos e urros se juntaram à cacofonia que só aumentava de intensidade. Mesmo lá embaixo, foi possível sentir o vento carregado de eletricidade. O grande demônio reagiu com um rugido e golpeou uma coluna com a garra imensa. Dois svaltares — com Kalannar entre eles — se afastaram da linha reta que ia da escada até a gigantesca criatura infernal. O outro elfo das profundezas conseguiu acordar um dos soldados que Od-lanor tinha feito dormir e já estava pronto para despertar mais um quando se voltou para a escada, a postos para o combate. Ao perceber que todos os presentes olhavam para a entrada do Salão da Vitória, o bardo arriscou virar a cabeça para enxergar.

Od-lanor sentiu impulso de se levantar, sacar a khopisa e lutar quando viu o Grande Rei Krispinus e a Rainha Danyanna descendo os degraus, ao som de "A Canção do Mago em Chamas". Foi o que ele fez, e sua voz se juntou à do bardo atrás do casal, que cantava o lendário hino de coragem.

CAPÍTULO 33

SALÃO DA VITÓRIA, FORTIM DO PENTÁCULO

O choque da cena passou rapidamente para Krispinus, Danyanna e Dalgor. O cenário podia ser diferente, uma vez que o Fortim do Pentáculo ainda não tinha sido erigido, mas o local e o inimigo eram os mesmos de três décadas atrás. Ali estava a figura terrível e ameaçadora de Bernikan, rugindo de ódio, convocando uma horda de criaturas para sair da passagem dimensional iluminada atrás dele, na outra câmara. O trio avançou, juntamente com Sir Kerrigan, e passou por um estranho indivíduo seminu, que se juntou a Dalgor na cantoria de "A Canção do Mago em Chamas". Havia svaltares e dois humanos caídos no chão, e outros elfos das profundezas de pé querendo combate, mas o foco do casal real era o monstro demoníaco no fim do Salão da Vitória.

Assim que o quarteto passou por ele, Od-lanor foi na direção do corpo de Agnor, tomado por um vigor inesperado. O andamento do combate não era importante: era preciso saber se o feiticeiro de Korangar estava realmente morto. Sem ele, os Portões do Inferno continuariam abertos, mesmo que Krispinus e Danyanna derrotassem Bernikan — era *esse* o nome do demônio gigante, agora que a mente do bardo voltara a funcionar.

Jasnar e o soldado svaltar recém-acordado correram para interceptar os quatro novos adversários, mas uma lufada de ar da rainha impediu que avançassem. O obstáculo custou a vida do svaltar ainda desorientado pelo sono, que foi imediatamente decapitado pelo espadão de Sir Kerrigan. O Irmão de Escudo voltou as atenções para o outro inimigo. O sarderi rapidamente recuperou o equilíbrio e atacou ferozmente o já combalido cavaleiro. As placas blindadas das armaduras foram, como sempre, um problema para as roperas, mas o homem estava cansado e não tinha experiência em enfrentar svaltares; enquanto rodopiava e se esquivava do mortífero espadão, Jasnar não levou muito tempo para encontrar a brecha de que precisava. Uma ropera entrou na junção da ombreira com a placa dorsal, e a outra varou o pescoço desprotegido de Sir Kerrigan, que já perdera o elmo há muito tempo. O corpo do último remanescente da guarda real de Krispinus nem havia tombado no chão, e o assassino svaltar já corria atrás da rainha.

Mesmo cantando para incentivar os demais, Dalgor se sentia um inútil em combate. O bardo já não tinha mais idade para aquilo, muito menos no atual estado. Ele viu Sir Kerrigan ser rapidamente despachado por um svaltar e notou que, perto dali, no chão, dois inimigos começavam a dar sinais de consciência. A situação já era péssima; se eles ficassem em grande desvantagem numérica, a derrota seria garantida. Ciente de que aquilo que ele estava prestes a fazer não entraria para a história como um ato nobre de bravura, Dalgor sacou uma adaga e tratou de matar os svaltares que estavam acordando. Aproveitou o embalo e foi passar a lâmina na garganta de outros que continuavam dormindo, enquanto entoava "A Canção do Mago em Chamas". Ao menos uma voz se juntara à dele — um adamar que se levantara do chão assim que eles entraram. Dalgor se perguntou se o sujeito era o tal enviado de Ambrosius que sabia como fechar os Portões do Inferno. Era bem provável.

Ao ver o avanço dos quatro humanos que chegaram, Regnar, Kalannar e Dolonar recuaram para perto das colunas, a fim de dar passagem aos demônios que Bernikan despachou à frente, berrando. Ele alertou novamente que o rei e a rainha deveriam apenas ser capturados. O sardar ficou com pena de não poder alimentar a sovoga com suas almas. Ao lado do irmão, Kalannar percebeu que Od-lanor correra na direção do corpo de Agnor lá no início da câmara, perto da escada.

— O casal real é assunto para o demônio — disse ele para Regnar. — Mas temos que impedir que o feiticeiro de Korangar receba auxílio.

— Mas o sujeito está morto! — retrucou o sardar.

— Não tivemos tempo de verificar isso, senhor — disse Dolonar.

Sem confiar muito em Kalannar para perdê-lo de vista, e também com receio de cruzar aquele ambiente de combate caótico, com a rainha humana lançando feitiços perigosamente perto, Regnar decidiu ficar ali mesmo e não despachar o irmão para ver o estado do mago. Havia uma escolha mais lógica.

— Então vá *você* verificar, Dolonar.

Contrariado, o ajudante de ordens sacou as roperas e correu por trás das colunas laterais, rente aos murais descascados na parede, na direção do mago caído e do sujeito que chegara perto dele.

No meio do Salão da Vitória, a nova leva de demônios foi contida por outro feitiço de Danyanna. Desta vez, porém, ela não conseguiu convocar uma tempestade tão poderosa; era preciso dosar forças para enfrentar Bernikan, que dava a impressão de estar ainda maior do que da última vez que foi combatido. O monstro ria enquanto seus sequazes avançavam — criaturas com um corpo alto e delgado, um crânio descarnado parecido com o de um cavalo e tentáculos finos e compridos no lugar dos braços, que tentavam vencer a ventania e agarrar o casal real. Os relâmpagos da Suma Mageia destruíam e baniam alguns demônios, enquanto os que escapavam caíam para Caliburnus na mão de Krispinus. A cada golpe selvagem da espada mágica nas mãos do Deus-Rei, as criaturas eram divididas ao meio enquanto os tentáculos pendiam inertes, sem conseguir tocá-lo. Juntos, Danyanna e o marido estavam contendo a onda de inimigos, mas os dois não conseguiam se aproximar muito do líder dos demônios, que começou a rir.

— Não se cansem demais — zombou Bernikan no idioma comum. — Espero que você tenha forças para que eu possa estuprá-la enquanto seu marido assiste, *Danyanna*. Você será a mãe da minha próxima prole e terá a eternidade para me satisfazer. E o *Krispinus* assistirá a tudo, até o fim dos tempos, em lenta agonia.

Mas nem a provocação, a forma repugnante como o demônio disse seus nomes, nem as imagens obscenas que sua mente transmitiu afetaram o casal real. Enquanto "A Canção do Mago em Chamas" ecoasse pela câmara, agora em duas vozes, o Grande Rei e a Suma Mageia estariam imbuídos de uma coragem sobrenatural que não seria afetada por aquele tipo de coisa. No entanto, a trovoada mantida por Danyanna não parecia ter forças para conter os últimos demônios da massa que brotara dos Portões do Inferno. Subitamente, o vento morreu e os raios cessaram; Krispinus se voltou para a mulher, que caiu no chão após um golpe na cabeça dado por um svaltar.

Seguindo as ordens de Bernikan, Jasnar acertara a rainha humana com o cabo da ropera e já se preparava para se defender do ataque do rei... que não aconteceu. O encerramento do feitiço e a distração fizeram com que o monarca humano fosse contido por vários tentáculos dos demônios, agora livres para avançar.

Ao pé da escada, ajoelhado ao lado de Agnor, Od-lanor percebeu que o feiticeiro ainda vivia, mas não por muito tempo. Ele parou de entoar a canção, retirou da bolsa a tiracolo um pequeno frasco, arrancou a rolha e colocou embaixo do nariz do korangariano, que teve um espasmo e recuperou um pouco da consciência e da cor.

— Agnor, vamos, você precisa fechar os Portões do Inferno! — disse o bardo enquanto tentava erguê-lo.

— Eu estou *morrendo*, seu bardo estúpido. — Agnor teve um acesso de tosse e babou sangue. — Veja se... serve para alguma coisa... e repita... o feitiço que vou... dizer.

— Espere!

Od-lanor não gostou de ter que abandonar o feiticeiro daquela maneira, mas precisou se defender da aproximação de um svaltar armado. O bardo tinha conhecimentos apenas rudimentares de aeromancia, porém, como o ar estava extremamente carregado pela feitiçaria da rainha, foi possível roubar, com poucas palavras de poder, um dos relâmpagos lançados pela tempestade da Suma Mageia e direcioná-lo para o svaltar que se aproximava. Encoberto por uma coluna, Dolonar escapou do raio e avançou contra o estranho invasor seminu. Antes que a mente registrasse que o sujeito era um adamar, um segundo relâmpago roubado veio em sua direção. Agora sem proteção, o ajudante de ordens levou o raio pelas costas e foi arremessado contra os primeiros degraus da escada, onde ficou caído.

Od-lanor sentiu um puxão na barra do saiote. Agnor, com sangue nos dentes, começou a falar uma longa sequência de palavras arcanas em uma voz praticamente inaudível. Foi difícil compreendê-las com o estrondo dos trovões e os urros dos demônios. O bardo abaixou-se novamente, e o feiticeiro, quase desmaiado, repetiu tudo a contragosto.

— Diga isso... tocando na pedra... que sela a passagem.

Nesse momento, Agnor desfaleceu. Od-lanor pensou em verificar se ele estava vivo para reanimá-lo, mas, de repente, sentiu uma diferença de pressão no ambiente. O ar ficara imóvel, os trovões pararam — o feitiço da rainha havia acabado e, pior ainda, ela estava caída lá no meio da câmara retangular, nos braços de um svaltar, enquanto demônios prendiam o Grande Rei em tentáculos. Ao fundo, bem diante da passagem que Od-lanor teria que cruzar para fechar os Portões do Inferno, Bernikan soltou uma risada que retumbou pelo Salão da Vitória. Pelo visto aquele nome teria que mudar, pensou o bardo adamar, tomado por uma ironia fatalista.

Ao ver tudo aquilo acontecer, abaixado entre os svaltares adormecidos que vinha assassinando a sangue-frio antes que acordassem do sono mágico, Dalgor engasgou e parou de entoar "A Canção do Mago em Chamas"; Krispinus estava imobilizado, se debatendo para se soltar enquanto encarava a rainha nos braços do svaltar que matara Sir Kerrigan; Bernikan se aproximava rindo, com os olhos cruéis fixos em Danyanna. O velho bardo correu para trás de uma coluna e pensou no que poderia fazer para salvar o dia. No fundo, perto da escada, viu o adamar seminu como único aliado ainda de pé, mas duvidou que ambos pudessem mudar o rumo do combate.

Do outro lado do salão, na fileira oposta de colunas, praticamente equidistante de Dalgor, Regnar assistia à mesma cena com uma reação naturalmente contrária à do bardo. As duas ameaças ao plano de conquista da superfície estavam devidamente capturadas e prestes a sofrer nas mãos do líder dos demônios. Já o tal "feiticeiro de Korangar" — também um perigo, segundo a história mal contada de Kalannar — permanecia caído no chão, ainda que Dolonar não tivesse feito nada para garantir isso. O fato era que o Brasseitan continuaria aberto, e a propagação das trevas por aquela terra estava assegurada. Agora era apenas questão de prender Kalannar para descobrir como ele escapara do assassinato e então esclarecer a verdade por trás de sua aparição aqui. Aquela história realmente não fazia sentido — como um mago de Korangar estaria trabalhando com agentes da Coroa de Krispínia? O raciocínio foi interrompido por uma nova fisgada de dor na ferida aberta pelo cavaleiro humano. Regnar sentiu um espasmo pelo corpo, baixou o olhar...

... e viu uma adaga enfiada no buraco do gibão encantado de cota de malha. O cabo estava na mão de Kalannar, que torceu a lâmina e fez pressão para ir mais fundo.

— Eu espero que o veneno ainda esteja na validade, irmão. Guardei especialmente para você.

O rosto de Regnar começou a ficar azulado. Com muito esforço, ele ergueu a mão até a sovoga, mas não chegou a pegá-la. Kalannar já tinha arrancado o pingente com a outra mão, enquanto torcia novamente a adaga e sentia o sangue do irmão escorrer pelo pulso.

— Eu me sinto dividido — disse Kalannar com uma expressão sinceramente aborrecida. — Por um lado, queria que esse momento durasse muito, mas tenho pressa. Preciso correr para arruinar o *meu* plano e ver você morrer em desgraça. Zenibar inteira saberá quem, entre nós dois, falhou de verdade. Eu estou morto, afinal de contas.

— Seu plano? — Regnar cuspiu sangue na segunda palavra. — *Meu* plano!

— Não, o plano foi meu, mas a execução foi *sua*. — Kalannar deu um sorriso cruel. — Boa morte, irmão. Testemunhe tudo que fiz para você.

Dito isso, Kalannar torceu a adaga mais uma vez, deixou a sovoga cair no chão e pisou com toda força na gema. Um clarão cegante espocou entre as colunas. Ele e o irmão foram jogados para trás e desabaram com a violenta e súbita liberação de magia — e de almas. A grande maioria não tinha mais um corpo intacto para voltar, pois eram vítimas de longa data de Regnar, e sem aquela âncora terrena foram consumidas pelos Portões do Inferno. Duas almas recentemente aprisionadas, porém, retornaram de imediato aos corpos originais, ainda sob o torpor da animação suspensa, assim que o encanto foi quebrado junto com a gema.

Caído próximo à escada, para onde tinha corrido a fim de matar Kalannar, o corpo de Derek sofreu um espasmo e prontamente se levantou. Com as pernas um pouco bambas e a visão ainda meio turva, o guerreiro de Blakenheim recolheu os gládios no chão. Ali perto, Od-lanor berrou para ele, surpreso:

— Derek! Eu sei como fechar os Portões do Inferno, mas preciso chegar até lá! — disse o bardo, apontando para o fundo do Salão da Vitória.

— Venha comigo! — gritou Derek de volta, assimilando a situação que tinha testemunhado dentro da gema.

Ele sabia que precisava distrair o grande demônio. No impulso, as pernas recuperaram a firmeza, a visão clareou novamente, os gládios de vero-aço estavam firmes na mão. E já tinham alvo certo.

O espadachim svaltar com a rainha no colo.

No entanto, o clarão de luz da destruição da sovoga já havia chamado a atenção de Jasnar. Ele percebeu Regnar e Kalannar caídos perto de uma coluna e ouviu os passos da corrida do guarda-costas humano, vindo por trás. O sarderi decidiu ignorar Bernikan, que se aproximava para recolher o casal real, e largou a rainha no chão para sacar as roperas. Foi o tempo suficiente para aparar os golpes violentos do adversário. Pego no contrapé, Jasnar sofreu um ataque acima da braceleira encantada que por pouco não cortou fora o antebraço. Sem área de manobra, ele decidiu por uma pirueta lateral, mas o inimigo antecipou o movimento e desferiu outro golpe forte, que arrancou uma das roperas da mão.

Por trás de Derek, Od-lanor surgiu correndo e foi direto para os demônios que mantinham o Grande Rei imobilizado nos tentáculos. A khopisa atacou com fúria os apêndices e soltou Krispinus, que pôde usar Caliburnus contra as duas criaturas que o prendiam. Elas morreram com um único golpe em arco da arma lendária. Vendo seu inimigo solto diante de si, Bernikan entrou na briga, passou por cima de outros demônios e desceu a garra gigante no Deus-Rei.

— Salvem a rainha — vociferou Krispinus para Od-lanor e Derek, enquanto aparava o golpe de Bernikan com uma defesa ofensiva.

Voaram escamas da pata encouraçada de Bernikan, que urrou de dor e retomou o ataque selvagem contra o Grande Rei, no meio do salão. Agora solto, Krispinus buscava uma abertura para o golpe letal, enquanto aparava com violência os ataques do antigo inimigo; Bernikan crescia em fúria, mas também não ousava avançar com o perigo de Caliburnus nas mãos do Deus-Rei. Od-lanor aproveitou o ímpeto do grande demônio para passar por ele e disparar na direção dos Portões do Inferno, atrás de Bernikan. O bardo odiou não ter parado para ajudar a Suma Mageia, mas fechar a passagem dimensional era prioridade máxima. Derek, porém, postou-se diante do corpo caído de Danyanna e deu combate a Jasnar. Pelo rabo de olho, ele viu um demônio lançar tentáculos para agarrá-lo, mas a criatura simplesmente foi abalroada pela asa de Bernikan, envolvido na luta ferrenha com o Grande Rei de Krispínia. Derek escapou de uma estocada e sentiu outra presença se aproximar: um velho nobre, com finos trajes de Corte, ainda que sujos e esfarrapados. O homem fez um esforço para erguer Danyanna e disse algo em seu ouvido que parecia uma canção; o guerreiro de Blakenheim se posicionou para melhor protegê-los, enquanto mantinha o maldito svaltar saltitante longe. Cada vez mais, ele odiava aquela raça.

— Tire a rainha daqui! — gritou Derek para o velho.

— *Não!* — respondeu Danyanna, já desperta. — Eu cuido disso. Mate logo esse svaltar.

Ela aproveitou a cobertura do guerreiro para começar um feitiço. Bernikan estava perdendo a paciência e parecia inclinado a desistir de capturá-los com vida para torturá-los depois. A bocarra brilhou e lançou um raio negro-arroxeado de pura energia demoníaca contra Krispinus, mas Caliburnus aparou o ataque e salvou o Grande Rei. Aquilo aumentou ainda mais a fúria da criatura, que repetiu a dose com maior intensidade. Desta vez, o raio infernal foi interceptado por um relâmpago que brotou das mãos da Suma Mageia. Danyanna contorceu o rosto, repetiu as palavras arcanas mais alto, tirou forças de onde quase não havia mais, a fim de defletir a nova investida. O feitiço da rainha pegou Bernikan de surpresa, e Krispinus, recuperado do impacto de ter aparado o primeiro raio com a espada mágica, aproveitou a brecha para cravar Caliburnus com toda força na barriga exposta do demônio, distraído com o embate com Danyanna. Surpreso e ferido, Bernikan reagiu instintivamente com uma patada que pegou o Grande Rei desarmado e só não rasgou o homem de cima a baixo por causa da armadura encantada de vero-aço. Ainda assim, Krispinus tombou com a violência do golpe. A Suma Mageia cedeu ao esgotamento; felizmente o ataque do marido tinha interrompido a descarga de energia demoníaca de Bernikan, mas a rainha precisaria de um tempo para se recuperar. Tempo que talvez ela não tivesse. Os dois estavam perdidos.

Ao lado de Danyanna, Derek Blak aproveitou o clarão provocado pelo embate entre ela e o grande demônio para liquidar o svaltar de vez. O inimigo ficou confuso com o brilho intenso das rajadas místicas, errou uma defesa fácil e, sem a outra ropera para compensar, foi varado pelo gládio do guerreiro de Blakenheim.

— Dá seus pulinhos agora, filho da puta — vociferou Derek, que, em seguida, postou-se novamente diante da rainha, visivelmente abalada.

Ao ver o Grande Rei cair e certo de que a rainha tinha a proteção do guerreiro, Dalgor voltou a entoar "A Canção do Mago em Chamas" e aproximou-se de Krispinus. Bernikan, ainda abalado pela dor de ter Caliburnus enfiada na barriga, não matara o Deus-Rei de vez, mas o bardo sabia que o fim do amigo seria questão de meros instantes. Era preciso erguê-lo e retirá-lo dali, por mais que isso parecesse impossível. Porém, o monstro atacou antes que o bardo desse mais um passo e golpeou o Grande Rei no chão, mas a música de Dalgor foi o suficiente para Krispinus recuperar parte do fôlego e girar o corpo a tempo. Ainda assim, a perna foi atingida de raspão, e o Deus-Rei gritou de agonia. Krispinus acenou para o bardo não se aproximar e lançou um olhar para Danyanna, que retomava um feitiço. Ao menos o mercenário de Ambrosius a protegia. Tomara que o sujeito conseguisse tirar Danyanna dali; a mulher era mais teimosa do que um cavalo chucro.

A sombra da pata de Bernikan encobriu Krispinus. O corpo do monarca não conseguiria girar a tempo por causa da perna machucada. Ele olhou para Danyanna pela última vez.

E por isso não viu o escudo de vero-aço que surgiu para interceptar o golpe.

O estrondo da defesa chamou a atenção de Krispinus. Havia um cavaleiro em cima dele, com o escudo erguido. Sir Kerrigan? *Não!* Era o rapaz que esteve caído no pátio lá fora, diante dos portões destruídos, aparentemente morto. O Grande Rei sentiu que era puxado por Dalgor e viu o jovem cavaleiro partir para cima de Bernikan como se estivesse a cavalo, louvando seu nome. O pobre coitado era um devoto corajoso, um bravo herói, mas não duraria muito tempo assim.

— Krispinus! — berrou Baldur ao investir contra o líder dos demônios por puro instinto.

A mente do cavaleiro reviu a cena do verme gigante, lá nas profundezas dos Vizeus. Outra carga contra uma criatura várias vezes maior e mais poderosa do que ele — e novamente sem cavalo. Mas agora era tarde demais para recuar. Baldur vinha mantendo o mesmo ímpeto desde que despertara no pátio do Fortim do Pentáculo. Felizmente, assim como Derek, ele tinha visto todo o combate enquanto esteve preso naquele estranho casulo frio e leitoso e sabia o que precisava fazer. Assim que se recobrou de ter a alma devolvida ao corpo inerte, o cavaleiro correu o máximo possível para ajudar o Grande Rei e salvar os amigos — e agora continuou correndo para cima do monstro. Baldur aproveitou que o inimigo ainda estava desequilibrado por causa do golpe aparado pelo escudo e cravou o espadão logo embaixo de Caliburnus, mas não conseguiu arrancá-lo da barriga, pois o demônio cambaleou para trás e o cabo da arma fugiu de sua mão. Por entre as pernas da criatura gigantesca, o cavaleiro vislumbrou Od-lanor diante dos Portões do Inferno, executando um gestual dentro da rotunda. Depois perdeu a cena de vista, quando posicionou o escudo para aguentar uma nova garrada.

Nitidamente combalido pelas duas espadas cravadas no corpo, e sentindo o contato com a passagem dimensional enfraquecer, Bernikan mandou uma mensagem desesperada pelo elo mental que mantinha com os demônios para que uma nova leva de criaturas brotasse dos Portões do Inferno urgentemente. Em seguida, reuniu todas as forças para cuspir um novo raio em Krispinus — ele ainda tinha esperanças de abusar da rainha, mas o desgraçado morreria *agora*. O intruso recém-chegado pulou na frente de Krispinus com o escudo novamente erguido, mas Bernikan sabia que o sujeito, o rei e o bardo ao lado seriam volatizados pela rajada. A feiticeira não tinha mais forças para um encantamento de defesa que protegesse os três.

Mas Danyanna alterara o feitiço para *ataque*.

Das mãos da Suma Mageia pularam relâmpagos que atingiram o grande demônio como um aríete. Bernikan ainda chegou a cuspir o raio infernal, mas a rajada atingiu o teto do Salão da Vitória logo acima dele e provocou uma avalanche de destroços sobre a própria criatura.

— Lance o feitiço em Caliburnus! — gritou Krispinus para a esposa.

A ideia era ótima. A espada lendária potencializaria a energia mágica e levaria a eletricidade sobrenatural para dentro do corpanzil resistente de Bernikan. Danyanna disparou o encantamento mais forte de sua vida e transformou o ambiente subterrâneo em dia claro. Ela descarregou suas últimas forças nos relâmpagos que acertaram o cabo de Caliburnus e eletrocutaram Bernikan. Sua massa gigantesca foi arremessada para o fundo da Salão da Vitória, e quando ele se chocou contra a passagem para a rotunda dos Portões do Inferno, já estava praticamente morto. Ainda assim, com Derek Blak ao lado, de prontidão, a rainha caminhou na direção de Bernikan, aumentando a potência dos relâmpagos, fulminando o demônio até que ele derretesse de maneira repugnante, e somente restassem Caliburnus e o espadão de Baldur, lado a lado no chão, fumegando.

Ignorando a dor na perna, Krispinus correu para se juntar a Danyanna, seguido por Dalgor e o jovem cavaleiro. Mas o mercenário e ela já estavam entrando na rotunda ao ver um sujeito seminu gesticulando diante da passagem dimensional. Parecia ser... um feiticeiro *adamar*?

— Você quer ajuda? — perguntou a rainha, quase sem fôlego e forças para se manter de pé.

Od-lanor, que repetia o encantamento soprado por Agnor, mal registrou a presença da Suma Mageia, tamanho o esforço para concluir o ritual. Ele apenas indicou os Portões do Inferno, de onde surgiam uma algazarra estridente e uma massa de silhuetas demoníacas, e continuou bradando as palavras na língua infernal. A entonação precisava estar certa, especialmente em outro idioma.

Quando dois demônios surgiram para atacar o adamar, Danyanna ergueu as mãos, e uma parede de vento jogou os seres de volta para a passagem dimensional. Ela, enfim, sentiu que esse seria seu último feitiço e viu com horror mais inimigos surgirem.

Felizmente, Krispinus e o cavaleiro, já com as armas recuperadas, passaram pela rainha e ficaram ao lado do adamar para protegê-lo, enquanto Derek Blak permanecia guardando Danyanna. Lado a lado, o Grande Rei e o rapaz grandalhão e barbudo, tão parecido com aqueles homens que Krispinus convocava como Irmãos de Escudo, deram combate à última leva de demônios. O jovem se postou no flanco da perna machucada do Deus-Rei, que dava golpes violentos com Caliburnus e não deixava criatura alguma ameaçar o mago adamar. "A Canção do Mago em Chamas" voltou ser entoada por Dalgor, que apoiava a quase desfalecida Danyanna.

— Ele está... conseguindo — balbuciou ela, com a visão turva.

Praticamente em transe, com a voz em uma potência que jamais alcançara antes, Od-lanor precisou se aproximar para tocar no portal dimensional e fechá-lo. Naquele último momento, ao sair da proteção de Baldur e Krispinus, ele se expôs ao ataque surpresa de um demônio alado que escapou pela fenda luminosa cada vez menor dos Portões do Inferno. A criatura executou um rodopio no ar, fugiu de Caliburnus e apontou as longas garras para o bardo indefeso.

Uma violenta escudada de Baldur devolveu o demônio para a passagem dimensional, e Od-Ianor tocou nos Portões do Inferno para descarregar a energia final do encantamento de Agnor. Com um sopro violento de ar que quase tirou todo mundo do chão e um grito de agonia que reverberou na rotunda, o portal para a dimensão demoníaca foi novamente selado.

EPÍLOGO

FORTIM DO PENTÁCULO, ERMO DE BRAL-TOR

A pior parte nunca foi derrotar o inimigo, e sim limpar a sujeira depois. Apenas nas fábulas a vitória era seguida imediatamente por uma grande festa. Talvez essa tenha sido a lição mais dura aprendida por Krispinus, Danyanna e Dalgor após tantos anos de aventuras. E pior ainda era o momento de sepultar amigos e aliados. O Grande Rei, juntamente com Baldur e Derek Blak, deu enterro digno aos cadáveres dos pentáculos espalhados pelo Fortim do Pentáculo, e também aos Irmãos de Escudo que morreram ali dentro e nas proximidades. Sob ordens de Krispinus, o ainda inconsciente Kalannar fora acorrentado no estábulo para futuro interrogatório e posterior execução em praça pública na Morada dos Reis; Baldur chegou a pensar em interceder em nome do amigo, mas Od-lanor sugeriu que ele esperasse a fúria do rei diminuir. Krispinus não se conformava com o massacre dos pentáculos praticado pelos svaltares, e levaria tempo até que conseguissem argumentar com o monarca.

Enquanto isso, a Rainha Danyanna explorou o Palácio dos Ventos ao lado de Od-lanor e Kyle. O rapazote ficou muito empolgado por revê-la e contente por saber que todos estavam bem — ou quase todos, tirando a situação incerta de Kalannar e de Agnor. O feiticeiro de Korangar sobrevivera, mas permanecia desacordado e com poucos sinais de vida, por mais que o bardo adamar e Dalgor tenham tentado revivê-lo. O consenso dos dois era de que ele morreria em breve; Agnor fora deixado sob os cuidados de Kyle e Na'bun'dak no cubículo que o mago assumira como seu aposento no pequeno torreão.

Após ter saciado a curiosidade sobre o Palácio dos Ventos — e ter se encantado com as histórias que Od-lanor contou sobre seu uso como arma na Grande Guerra dos Dragões —, Danyanna foi refazer algumas proteções mágicas em torno dos Portões do Inferno. A Suma Mageia ainda necessitava de muitos itens deixados para trás no Aerum da Morada dos Reis para concluir os rituais, mas o bardo ajudou a monarca com seus conhecimentos. Aquilo sacramentou uma decisão que a própria Danyanna considerou ousada: convidar o adamar para integrar seu Colégio de Arquimagos. Ela bem sabia que precisava de alguém que a ajudasse com o imenso material em adamar erudito da biblioteca do palácio. Od-lanor prontamente aceitou o convite.

Em pouco tempo, Caramir e sua Garra Vermelha chegaram montados em éguas trovejantes. Ele abandonara o front no Oriente com alguns homens para ajudar Krispinus e Danyanna, mas havia chegado tarde demais para a grande batalha. O pequeno contingente da Garra Vermelha guarneceria o Fortim do Pentáculo enquanto não chegassem tropas dos Quatro Protetorados; Caramir e quatro garranos fariam a escolta alada do Palácio dos Ventos até a Morada dos Reis.

A presença de Krispinus, Danyanna, Dalgor e Caramir ali, naquele mesmo espaço, deixou Baldur, Od-lanor, Derek e Kyle obviamente impressionados. Pouca gente desconhecia os nomes e os feitos do quarteto de heróis. Da mesma forma, o Grande Rei e seus amigos tinham noção de que aqueles quatro, e mais o korangariano e o svaltar, tinham sido convocados por Ambrosius — justamente o responsável por ter unido Krispinus, Danyanna, Dalgor e Caramir em primeiro lugar, há tantas décadas. Foi munido deste argumento que Baldur, auxiliado por Od-lanor, foi pedir pela vida de Kalannar quando o Grande Rei finalmente decidiu interrogá-lo, antes do voo para a capital do reino.

Diante do Deus-Rei, nos aposentos do Grão-Mestre Malek de Reddenheim que o monarca tomara para si, Baldur contou como Kalannar ajudara a recolocar o Dawar Bramok — *aliado* de Krispínia — no trono de Fnyar-Holl, o que permitiu que eles recebessem o Palácio dos Ventos e ajudassem Krispinus a salvar o Fortim do Pentáculo. Sem o castelo voador, eles jamais teriam chegado a tempo. O cavaleiro confessou que, ao contrário do que o Grande Rei imaginava, não tinha sido ele quem abriu os portões para a entrada de Krispinus, e sim Kalannar, o único companheiro do grupo que esteve presente no pátio. Os demais não tinham como ter feito aquilo. Por fim, Baldur disse que testemunhou Kalannar matar o líder svaltar e que devia a vida ao amigo.

— Eu só apareci para ajudá-lo contra o demônio, Real Grandeza, porque o Kalannar me libertou da gema, como me explicou o Od-lanor — disse Baldur, sem ousar dizer que salvou a vida do Grande Rei, ainda que soubesse que Krispinus entenderia a consequência do gesto do svaltar.

O bardo adamar concordou com a cabeça. Krispinus olhou para Dalgor ao seu lado, e o velho amigo repetiu o gesto de Od-lanor.

— O líder svaltar usou uma sovoga para roubar a alma do Baldur, mas ele manteve a consciência e os sentidos lá dentro — explicou Dalgor. — Mas, diga-me, como seu amigo svaltar foi tão bem aceito pelo comandante inimigo a ponto de ele se deixar atraiçoar da maneira que você descreveu, rapaz? Se o Kalannar veio com vocês o tempo todo, como teria tido contato com esses svaltares?

Baldur ficou sem jeito, olhou para Od-lanor e pensou um pouco antes de responder:

— Bem, Excelência, Real Grandeza, eu não entendo svaltar e, mesmo assim, o som era abafado dentro da tal gema. Mas eu *vi* o Kalannar matar o comandante inimigo e destruir essa tal sovoga para me libertar. E, certa vez, ele me disse que mentiu para entrar no castelo dos anões e matar o dawar que usurpou o trono. Com certeza, o Kalannar fez o mesmo com o líder svaltar.

— Se me permite, Real Grandeza — disse Od-lanor. — É bom lembrar que cada um de nós foi chamado pelo Ambrosius para cumprir um papel específico nessa missão...

— Até aquele mago de Korangar? — interrompeu Krispinus.

— Até ele — respondeu Baldur a contragosto.

O Grande Rei olhou feio para os dois.

— Nós não podemos deixar que o reino saiba do envolvimento de um korangariano e de um svaltar na solução dessa merda toda — disse ele, depois se voltou para Dalgor.

— Não, Real Grandeza — concordou o bardo. — Todos saberão de sua aparição no momento exato para salvar o dia, auxiliado pelo bravo *Lorde* Baldur.

Baldur e Od-lanor se entreolharam.

— *Lorde*, Real Grandeza? — balbuciou o cavaleiro.

— Bem, o Duque Dalgor está se adiantando um pouco, mas o Duque Caramir me falou de um problema no sudeste do reino. Aparentemente, há um povoado cujo administrador local não está dando conta da presença de elfos na região, apesar dos recursos e homens que já enviei para aquele incompetente. No momento, o Duque Caramir está ocupado demais com a guerra no nordeste, caçando o Salim Arel, para cuidar de um assunto menor como esse. Então, eu tive a ideia de despachar *você*, seus companheiros e o castelo voador para resolver a questão. O deslocamento de tropas até lá seria demorado demais, e especialmente complicado agora que precisamos reguarnecer o Fortim do Pentáculo e repor as baixas provocadas por essa incursão svaltar no Ermo de Bral-tor. Além disso — Krispinus fez uma pausa e sorriu —, assim como o Ambrosius, eu acredito que um pequeno grupo de especialistas pode realizar muito mais do que mundos e fundos em recursos e homens. Veja o que nós, em pequeno número, conseguimos realizar aqui. Se você, rapaz, resolver esse problema no sudeste para mim, pode se tornar o novo administrador e lorde local. *Barão* Baldur lhe soa bem?

Se a queda de um queixo provocasse barulho, todos ali teriam ficado surdos. Baldur ficou estupefato um instante e depois encontrou sua voz:

— Cla-claro, Deus-Rei. Creio que falo por mim e por Od-lanor, que partiremos assim que Vossa Real Grandeza permitir, mas não sei dos demais...

— Eu pretendo convidar o tal Derek de Blakenheim para fazer parte da guarda real. Não dos Irmãos de Escudo, é claro; eu só confio em cavaleiros, mas ele defendeu a rainha com tanta determinação que merece fazer parte da guarda pessoal da Suma Mageia. *Você*, por outro lado, Baldur, será sagrado Sir e meu Irmão de Escudo, ainda que não vá me servir como guarda-costas na Morada dos Reis.

Baldur agora havia perdido a voz de vez. Aproveitando a hesitação, Od-lanor levou sua situação ao conhecimento de Krispinus.

— Falando na Rainha Danyanna, Real Grandeza, ela me convidou para integrar o Colégio de Arquimagos. Eu já aceitei o convite, mas creio que possa pedir uma licença para acompanhar o Baldur nessa missão...

Krispinus ergueu a mão enquanto lançou um olhar irônico para Dalgor.

— Você vai ter que se entender com a rainha quanto a isso. Boa sorte.

— E já que vamos enfrentar alfares — continuou Od-lanor —, seria ótimo ter o Kalannar conosco, Real Grandeza. Não há criatura que odeie mais um alfar do que um svaltar. Se ele nos ajudou ao se voltar contra a *própria* raça, imagine o que fará contra seu maior inimigo.

O Grande Rei fechou a cara, mas Dalgor ponderou o argumento.

— Isso faz sentido, Real Grandeza — falou o bardo. — O senhor mesmo usa o ódio do Duque Caramir contra os alfares... Esse svaltar pode ser um grande trunfo. E ele estaria bem distante do reino.

— Muito bem, muito bem — bufou Krispinus, já sem paciência para essa história. — Mas, Baldur, cuide para que ninguém saiba da existência desse sujeito. Faça o que for necessário, só não quero que a Morada dos Reis ouça que autorizei a soltura e ainda dei função a um svaltar. Já basta o Duque Caramir ser meio-elfo e eu ter que ouvir críticas aqui e ali.

— Claro, Real Grandeza.

Quando tudo parecia acertado e Krispinus estava prestes a dispensá-los, Baldur foi tomado por uma súbita lembrança.

— Perdoe-me, mas e quanto ao Agnor, Real Grandeza?

— Quem?

— O feiticeiro de Korangar — informou Dalgor.

— Ele não morreu? — perguntou Krispinus.

— Está quase lá, Real Grandeza — respondeu Od-lanor. — Acho difícil que sobreviva ao feitiço svaltar, mas... se durou até agora, pode até ser que se recupere.

— Tanto faz, só levem-no com vocês. Pode ser vivo ou morto. Também não preciso que o Conselho Real saiba que um cidadão da Nação-Demônio esteve envolvido nessa confusão aqui.

Assim que Od-lanor e Baldur fizeram as devidas mesuras e se retiraram, Krispinus se voltou para Dalgor.

— Um svaltar e um korangariano. O Ambrosius arruma cada criatura...

Dalgor não respondeu nada, apenas deu de ombros e conteve uma resposta irônica sobre a ocasião, há tantos anos, em que Ambrosius reuniu um cavaleiro, um pária meio-elfo, uma estudiosa de magia e um menestrel para salvar o reino.

PALÁCIO DOS VENTOS, FORTIM DO PENTÁCULO

Após ter procurado Kyle na Sala de Voo, Derek Blak finalmente encontrou o rapazote no cubículo de Agnor. Era difícil conceber que alguém tivesse escolhido um espaço tão exíguo para habitar, quando o castelo voador tinha suntuosos aposentos no primeiro piso. Ali mal cabia uma mesinha e o catre onde o mago de Korangar estava deitado, quanto mais o jovem chaveiro que cuidava dele, seu inseparável kobold e agora o próprio Derek. Após pedir permissão ao Grande Rei, o guerreiro de Blakenheim voltara do Fortim do Pentáculo vestindo os trajes extras de um dos paladinos. Depois de tanto tempo desde a entrada nos Vizeus, era bom ter uma muda de roupa limpa que não fosse algo improvisado pelos anos ou os poucos trajes que conseguira trazer de Tolgar-e-Kol.

Assim que viu o amigo entrando, Kyle logo notou o brasão do pentagrama bordado na túnica.

— Uau, você virou um pentáculo! — exclamou o chaveiro.

— Não exatamente, mas era sobre isso que eu vim falar. O Grande Rei me convidou para ser o guarda-costas da Rainha Danyanna. Vou ficar definitivamente na Morada dos Reis assim que levarmos o casal real para lá. Eu queria saber... se você quer ficar comigo na capital.

Kyle não encontrou palavras por um instante; não que não soubesse o que responder, mas sim pela surpresa do convite. Aquilo foi totalmente inesperado.

— Bem, é... é que o Od-lanor passou aqui para ver como o Agnor está e disse que a gente vai para o Oriente matar elfos, a pedido do Deus-Rei. Vamos voando no castelo. E como só eu sei fazer o castelo voar, então topei, é claro.

— Kyle, o Oriente todo está em guerra. E guerra não é lugar para um chaveiro.

— Nem os Portões do Inferno — retrucou o rapazote. — E eu me saí bem contra demônios, como você viu. Não serão elfos que me darão medinho. Além disso, na Morada dos Reis eu acabaria... me metendo em alguma confusão. *Aqui* eu tenho algo para fazer. Sou importante. Aqui eu voo, e não tem coisa melhor do que isso no mundo.

— Kyle, eu não vou poder proteger você...

— Rá! Fui eu que te salvei do demônio, lembra? E agora você tem a Rainha Danyanna para proteger... Ela é linda. Uau. — Kyle pareceu se perder em algum devaneio, mas voltou a falar: — E *eu* vou proteger as terras da rainha, no comando do castelo voador.

Derek Blak ergueu as sobrancelhas em sinal de derrota. Não havia como demover Kyle, já quase um homem feito, mas com sonhos de menino ainda. E talvez ele *realmente* fosse arrumar confusão na Corte, quem sabe, com o kobold de estimação a tiracolo. Qualquer problema refletiria mal sobre Derek, que finalmente tirara a falange premiada do saco de ossos. Ele estava prestes a circular nos altos escalões de Krispínia como defensor da Suma Mageia, que certamente estaria cercada por belas princesas, ricas nobres ou ainda, vá lá, aias dadivosas. Nada poderia ameaçar um futuro promissor como aquele.

— Então nós nos despedimos na Morada dos Reis — disse Derek com um sorriso. — Até lá, faça um bom voo para nós, "Capitão" Kyle.

Sem conter a emoção, o rapazote saiu da cadeira e deu um abraço de surpresa em Derek, que retribuiu, meio desajeitado, ainda sorrindo. Até o kobold soltou uns guinchos de alegria, ao lado do catre do feiticeiro.

— Quando vocês vão parar com esse espetáculo *ridículo* e deixar um homem morrer em paz?

A voz de Agnor deu um susto nos presentes naquele ambiente minúsculo.

ESTÁBULO, FORTIM
DO PENTÁCULO

Por abrigar apenas soldados em uma região devastada e isolada, o Fortim do Pentáculo não possuía uma prisão, como era comum em fortalezas militares tradicionais em terras civilizadas. Uma vez que não havia chance de os pentáculos prenderem alguém no Ermo de Bral-tor, não existiam celas, e qualquer cavaleiro indisciplinado era apenas confinado aos próprios aposentos como medida punitiva. Por esse motivo, Kalannar fora deixado acorrentado em uma coluna de madeira do estábulo, cujo teto tinha sido parcialmente quebrado pela queda de Baldur. O sol incidia sobre ele através do buraco, e talvez o rei humano tivesse achado que aquilo faria com que ele sofresse ou morresse (seja lá qual fosse o alcance da superstição e ignorância de Krispinus), mas o fato era que a claridade apenas incomodava o svaltar, imune aos efeitos nocivos do sol como qualquer outro integrante de sua raça que fosse de linhagem pura e nobre.

O pior, obviamente, era o cheiro do local, que lembrava o chiqueiro onde Kalannar se escondera para matar o Magistrado Tirius. Triste ironia. Em suas baias, os cavalos de guerra estavam ariscos com sua presença ali — não tanto quanto cavalos tradicionais, a bem da verdade —, mas as éguas trovejantes, trazidas pelo meio-elfo amigo do monarca humano e seus soldados, pareciam não se importar com Kalannar. Ele finalmente acordou quando o mestiço imundo apareceu — talvez tivesse sido o instinto assassino de querer matar aquele cruzamento nojento entre um humano e um alfar. Caramir, o "Conquistador do Oriente", o "Flagelo do Rei". Que piada. Flagelo era o que ele sentiria todo dia no lombo em Zenibar.

Kalannar se distraía odiando o ambiente e o meio-elfo para se poupar da própria raiva, mas sabia que ele mesmo era o culpado por estar naquela situação. Se não tivesse quebrado a sovoga, não teria sido arremessado longe e caído inconsciente. Poderia ter escapado e ficado escondido no Palácio dos Ventos sem que ninguém notasse a falta de um svaltar em meio a tantos mortos. Ele deveria ter seguido a ideia original: matar o irmão e sabotar o plano de abertura dos Portões do Inferno. Plano que era *seu*, para início de conversa. Claro que, pelo visto, Derek Blak e Baldur, uma vez libertados da prisão mágica no interior da gema de Regnar, contribuíram para a derrocada dos svaltares. Talvez tivesse sido absolutamente necessário destruir a sovoga para contar com os dois, porém, ainda assim, Kalannar não conseguia se decidir se havia agido movido por uma estratégia fria... ou por lealdade ao humano Baldur.

De repente, uma grande sombra tapou a luz inconveniente que o mantinha de olhos fechados, remoendo angústias e más decisões. Ele sentiu a diferença de claridade, ouviu as correntes sendo afrouxadas e decidiu fingir que continuava desacordado. Se fosse o meio-elfo, talvez conseguisse sacar uma arma do sujeito, matá-lo e escapar.

— Vamos, Kalannar, eu sei que está acordado. Você está livre.

Baldur!

O svaltar abriu os olhos e viu o cavaleiro humano desacompanhado no estábulo.

— Você podia ter me livrado dessas correntes mais cedo, Baldur. Eu não te deixei tanto tempo assim preso dentro daquela gema.

— Não reclame. Tive que esperar o momento certo para falar a seu favor com o Deus-Rei. Expliquei que você estava do nosso lado o tempo todo e que abriu o Fortim do Pentáculo para ele. Isso foi o que *eu* imaginei, pois o Grande Rei acreditava que tivesse sido eu. Foi *você* mesmo?

— É óbvio! — respondeu Kalannar. — Quem mais poderia ter sido? O kobold?

— Bem, é bom saber que eu não menti perante o Deus-Rei. E por que você fez isso?

— Porque eu enxerguei algum valor na sua ideia imbecil. — O svaltar massageou os pulsos livres dos grilhões. — Assim que vi que o rei estava vivo e se aproximava da fortaleza, concordei que seria bom tê-lo ao nosso lado... ainda que eu pudesse terminar preso. Obrigado por me libertar. Estou mesmo livre, então?

Baldur fez um gesto para Kalannar sair do estábulo e respondeu:

— Sim e não. O Deus-Rei Krispinus colocou você sob minha custódia, e nós devemos ir ao Oriente no castelo voador para ajudar na guerra contra os elfos.

Na claridade intensa do pátio, Kalannar protegeu o rosto com a mão. Ele ergueu os olhos e viu o castelo voador ainda flutuando ao lado da Torre de Caliburnus. Aquele plano absurdo dera certo afinal. Após um instante ponderando sobre tudo o que acontecera e sobre a improvável amizade forjada com o humano a seu lado, o svaltar disse:

— Agora eu fiquei contente por ter ajudado seu rei. Ele é muito generoso. Não há recompensa maior do que matar alfares.

Kalannar deu um sorriso cruel para Baldur, que revirou os olhos e riu.

PALÁCIO REAL,
MORADA DOS REIS

Os habitantes da Morada dos Reis já estavam acostumados à esquisita e imponente arquitetura adamar, com seus colossos dos monarcas do passado, jardins suspensos, enormes escadarias, sacadas e galpões projetados sobre o vazio, canais e fontes que cortavam as largas alamedas e praças. Porém, algo próximo ao Palácio Real — a grande pirâmide que se agigantava no centro da cidade — chamava a atenção do povo. As pessoas paravam e lançavam olhares estupefatos para uma imensa rocha flutuante com um castelete no topo. Pelas ruas corriam as notícias de que o Deus-Rei voltara de mais uma grande conquista dentro daquele castelo voador. Diziam que ele novamente havia fechado os Portões do Inferno e salvado o reino. Claro que também se comentava que Krispinus impedira um levante dos dragões e que trouxera a cabeça do rei elfo Arel enfiada em Caliburnus. Tudo dependia do menestrel a que se dava ouvidos pelas tavernas da cidade. Havia histórias para todos os gostos.

Na verdade, o povo só veria o Deus-Rei no dia seguinte, quando ele surgisse triunfante na sacada do palácio, acompanhado pela Suma Mageia. Por ora, o casal real ainda estava ocupado, sendo anfitriões de uma grande comemoração no salão do Trono Eterno. Finalmente chegara a hora da festa que encerrava todas as vitórias épicas. Ainda assim, Danyanna sabia que em breve teria que voltar aos Portões do Inferno — agora acompanhada por uma nova guarnição de pentáculos — para terminar os rituais de proteção. Era melhor beber e celebrar enquanto havia tempo.

Àquela celebração, compareceram o Conselho Real, o Colégio de Arquimagos e a Corte formada por nobres, convidados estrangeiros e pessoas influentes da capital. O Duque Dalgor encantou os presentes com a versão da história que ele, Krispinus, Danyanna e Caramir concordaram que seria a melhor para o esforço de guerra contra os elfos. Tudo tinha sido um plano sinistro de Arel, que usara aliados demoníacos de Korangar para tentar reabrir os Portões do Inferno — o que não acontecera graças à chegada pontual do Deus-Rei e dos defensores do reino. O castelo voador tinha sido uma doação dos anões para ajudar a proteger o Fortim do Pentáculo e estava sob o comando de Sir Baldur, o nobre cavaleiro e fiel cidadão de Krispínia que abriu os portões da fortaleza para o Grande Rei entrar, após matar dezenas de elfos e vingar os pentáculos assassinados. Não houve menção a svaltares para não confundir os nobres, apesar de o Conselho Real saber da verdade. Todos tinham noção de que a política do medo contra os elfos e korangarianos gerava grandes contribuições para as tropas reais por parte da nobreza abastada.

Houve um momento triste durante a citação e homenagem a todos os pentáculos e Irmãos de Escudo perdidos no ataque aos Portões do Inferno. Monumentos seriam inaugurados em breve para lembrá-los, e suas famílias nobres seriam compensadas pela coroa. Dalgor e os trovadores da Corte encantaram todos com uma interpretação de "O Sacrifício dos Valentes", ode que ele havia composto quando Krispinus liderara o êxodo humano até a Morada dos Reis, há quase quarenta anos.

Na hora da sagração de Baldur como Sir e Irmão de Escudo, quando ele fez os Cinco Votos e beijou Caliburnus, o tom de tristeza deu lugar a uma comemoração que fez tremer as estruturas do grande salão. Palmas um pouco menos intensas foram ouvidas quando Derek de Blakenheim foi anunciado como protetor da rainha, e houve um estranhamento no momento em que Od-lanor recebeu o Robe de Arquimago das mãos da Suma Mageia — quase todos os presentes jamais tinham visto um adamar em carne e osso, apesar das imagens, estátuas e colossos espalhados pela antiga capital do Império Adamar —, mas o salão voltou a retumbar quando os três desfilaram até os baús com recompensas em ouro, armaduras, armas e itens mágicos. A generosidade da Coroa inspirava e incentivava que o cidadão de

Krispínia sempre estivesse disposto a defender o reino contra os inimigos estrangeiros e domésticos.

Do lado de fora da festa, confinados ao Palácio dos Ventos, Kyle, Na'bun'dak, Kalannar e Agnor esperavam o momento de partir, cada um a seu modo. O rapazote e o kobold observavam a visão espetacular da cidade ao lado da ponte levadiça, que fora devidamente consertada, juntamente com as balistas, assim que o castelo voador chegou à Morada dos Reis. O svaltar retornara de uma incursão noturna à cidade, sem ter informado a ninguém do passeio secreto. Ele sabia dos riscos, mas também sabia dos benefícios. E tinha certeza de que passara pela capital de Krispínia sem ter sido visto.

Com o interior do Palácio Voador todo para si, Agnor entrou nos aposentos de Od-lanor. Como parte de seus afazeres no papel de novo arquimago do reino, o bardo já recebera dois baús com tomos e pergaminhos em adamar erudito para traduzir e estudar, antes mesmo de sua sagração. O feiticeiro de Korangar olhou tudo aquilo com um misto de ódio e cobiça. Aquele sujeito era um mero menestrel repetidor de encantamentos e histórias, um aproveitador sem caráter das glórias e conquistas dos outros. Agnor achava que tinha se livrado de gente assim ao sair de Korangar; pelo visto, Krispínia também era dominada por pessoas dessa laia. O mundo não lhe dava o devido valor. Pela janela, ele viu o Aerum da Suma Mageia, no topo da torre mais alta que brotava do Palácio Real, e pensou que ainda teria uma torre como aquela, não importava o que isso lhe custasse.

Pelo menos havia uma guerra no horizonte. O rapazote o informara de que Baldur, aquele grandalhão idiota, tinha sido convocado pelo monarca para enfrentar os alfares no Oriente. Eles precisariam — novamente — dos conhecimentos de um verdadeiro *arquimago*, e não de um bardo que se passava por um. Acabariam por reconhecer seu valor e dar o que Agnor merecia. Desta vez, por bem ou por mal.

Além disso, muita coisa ruim podia acontecer em uma guerra. Especialmente com um menestrel sem talento.

Com esse pensamento, e ainda debilitado por ter escapado da morte, Agnor voltou ao mísero cubículo que ocupava no pequeno torreão do castelo voador, sem tirar o Aerum da Rainha Danyanna da cabeça.

APÊNDICE

TERMINOLOGIA DE ZÂNDIA

Em um mundo coabitado por várias raças, o excesso de termos particulares e sua apropriação indevida por uma ou por outra cultura podem confundir qualquer um, do viajante ocasional ao erudito da Corte. Essas são definições com as quais a maioria dos bardos, magos e estudiosos concorda, ainda que haja distorções e inverdades, dependendo da fonte.

AEROMANTE
Feiticeiro que controla o elemento ar.

ALFAR
Elfo da superfície. Ver "Elfos".

AYFAR
Título conferido ao mestre dos assassinos das casas nobres de Zenibar.

APONTAMENTOS DE MIDOK ÃO-DE-OURO
Conjunto de leis que regem a sociedade e a religião anãs, deixadas por Midok antes de partir em busca de Eldor-Holl.

BLAKENHEIM E REDDENHEIM
Os primeiros reinos humanos independentes, fundados em 387 a.K., treze anos após o fim do Império Adamar. Foram regiões tão influentes, poderosas e prósperas que seus cidadãos usavam — e os sobreviventes ainda usam — "de Blakenheim" e "de Reddenheim" como forma de identificação e sinal de orgulho, o que gerou os apelidos "Blak" e "Redd", muitas vezes usados de maneira pejorativa. Os dois reinos foram destruídos pela primeira abertura dos Portões do Inferno, e a área que ocupavam tornou-se conhecida como "Ermo de Bral-tor". Ver "Bral-tor".

BOBUSHAI
Demônio rastreador-devorador, plural: "bobushaii".

BRAL-TOR
Antigo fortim adamar que selava os Portões do Inferno, localizado na região então conhecida como reino de Reddenheim. Foi abandonado por ocasião do fim do Império Adamar, em 430 a.K. Quando o jovem nobre Malek de Reddenheim herdou a ruína e tentou reformá-la, os Portões do Inferno foram abertos acidentalmente e causaram a destruição de Reddenheim e do reino vizinho, Blakenheim.

BRASSEITAN
O nome dos Portões do Inferno em svaltar. "Bra" foi herdado do adamar "bral", inferno.

BRIGADA DE PEDRA
A guarda pessoal de um dawar anão. "Sólidos como uma pedra na defesa do dawar" é o lema da tropa, em tradução livre.

BRON-TOR
A temida masmorra da Morada dos Reis, desde os tempos do Império Adamar até o Reinado de Krispinus. Algumas celas têm proteção contra magia e outras são capazes de conter seres de outros planos de existência. O Imperador-Deus Ta-lanor, o Profeta Louco (1830 a.K. – 1791 a.K.), foi o mais ilustre prisioneiro de Bron-tor, retirado do Trono Eterno e condenado à prisão perpétua após alegar ter previsto a queda do Império Adamar quando os dragões despertassem.

CALENDÁRIO
Na cultura humana, a contagem do tempo oficial toma como marco zero a sagração de Krispinus como Grande Rei. O calendário anterior seguia a contagem determinada pelos adamares, cujo império ruiu há 430 anos, antes da posse de Krispinus. Por mais de quatro séculos, a civilização humana, na forma de novos reinos e regiões, simplesmente deu continuidade à contagem adamar, ainda que, nesse ínterim, Blakenheim e Reddenheim tenham desenvolvido um calendário próprio, que foi descartado com a destruição de ambos os reinos. O atual calendário é dividido em a.K. (antes de Krispinus) e d.K. (depois de Krispinus).

CALIBURNUS
O montante de Zan-Danor, o primeiro imperador-deus adamar, e desde então a espada dos monarcas adamares. Também conhecida como Corta-Aço, Relíquia das Relíquias, Fúria do Rei, estava desaparecida desde a queda do Império Adamar junto com a Morada dos Reis.

CINCO VOTOS
O juramento da cavalaria de Krispínia que vale o título de Sir. O cavaleiro faz votos de obediência ao Trono Eterno, crença no Deus-Rei, fidelidade aos irmãos de armas, defesa do povo do reino e combate ao inimigo.

DAMAS GUERREIRAS DE DALÍNIA
Ordem marcial estritamente feminina criada pela Rainha Augusta de Dalínia. Para se manter sempre de prontidão, as guerreiras fazem voto de não gerar filhos — o que não quer dizer que sejam necessariamente castas. A maternidade é considerada alta traição e punida com a morte.

DAWAR
"Aquele que aguarda", em anão. É o título dado ao monarca dos anões, basicamente um rei em exercício que espera o retorno de Midok Mão-de-Ouro, considerado o único e verdadeiro rei dos anões.

DEMÔNIO INFERIOR
Entidades de poder menor que compõem o grosso das hostes infernais. Exigem apenas feitiços mais simples e menos custosos para serem banidos e/ou contidos.

DESMORTO
Morto-vivo.

DRAGÕES, GRANDE GUERRA DOS
O despertar dos dragões ocorrido em 430 a.K., que resultou na destruição parcial da Morada dos Reis e marcou o fim propriamente dito do Império Adamar. O evento foi previsto séculos antes pelo Imperador-Deus Ta-lanor, o Profeta Louco (1830 a.K. – 1791 a.K.). Os dragões atualmente se encontram adormecidos.

ELDORU
O tesoureiro real, ou guarda-livros, de Fnyar-Holl. O uso do termo foi corrompido no idioma comum e deu origem ao pejorativo "ourudo".

ELFO
É o termo humano que engloba, no mesmo conceito, tanto os alfares (os elfos da superfície) quanto os svaltares (os elfos das profundezas). Estudiosos humanos reconhecem as duas espécies, mas o grosso da população usa apenas "elfo" de maneira pejorativa. Curiosamente, o termo svaltar acabou virando sinônimo de assombração ou de "elfo mau", ainda que a sociedade humana considere mau qualquer tipo de elfo, seja originalmente alfar ou svaltar.

GARRA VERMELHA
A tropa de caçadores de elfos comandada por Caramir, que usam éguas trovejantes como montarias. Os integrantes são chamados de garranos. "Minha mão não vacila/ Minha mira não erra/ Enquanto houver um elfo sobre a terra" é a canção de batalha.

GARSHA
Título anão equivalente a capitão.

GEMA-DE-FOGO
Pedra preciosa imbuída de forte magia piromântica, capaz de criar uma grande explosão mediante uma palavra de comando e um choque físico. Usada como arma terrorista por alfares por ser facilmente camuflada entre joias comuns. Rubis são as pedras preferidas graças ao maior poder de destruição.

GEOMANTE
Feiticeiro que controla o elemento terra.

GRANDE SOMBRA
Região ao norte da Faixa de Hurangar, assim chamada por causa do céu eternamente nublado e da claridade crepuscular. Abriga o reino de Korangar.

IMAR
Título conferido ao mestre de alquimia das casas nobres de Zenibar.

INCENSO
Svaltares usam incensos para marcar a passagem de tempo. As marcações ("marcas") são uniformes e equivalem a quinze minutos; um incenso inteiro leva uma hora para queimar. Certas fragrâncias estão associadas a determinadas ocasiões, festividades ou mesmo atividades corriqueiras da sociedade svaltar.

IRMÃO DE ESCUDO
A guarda pessoal do Grande-Rei Krispinus, formada apenas por cavaleiros. "Somos o escudo do Deus-Rei para que suas mãos estejam livres para empunhar Caliburnus" é o lema da tropa.

KHOPISA
Espada com lâmina de meia-lua usada pelos adamares.

KIANLYMA
Égua trovejante pessoal da Rainha Danyanna.

KORANGAR
Reino fundado em 474 a.K., após o êxodo de escravos da Morada dos Reis, em 507 a.K., para o interior da região que ficou conhecida como "Grande Sombra". Korangar também é chamado de Império dos Mortos e Nação-Demônio, pela quantidade de desmortos e pelos pactos mantidos com criaturas infernais.

NESHERA
Garra de escalada com pegada especial no cabo para encaixe de roperas.

NOGUIRI
Uma das duas tropas de forças especiais dos svaltares, com ênfase em infiltração e assassinato. Os soldados usam loriga leve de couro negro e tintura, máscara, capuz ou pano preto no rosto branco para camuflagem na escuridão. Os noguiris trabalham em conjunto com os raguiris, a tropa coirmã, dentro da tática svaltar de dois golpes. O treinamento dos melhores homens fica a cargo do ayfar. Ver "Raguiri".

ORLOSA
Pequeno instrumento de sopro, produzido em Korangar, conhecido como "trompa do desespero" por induzir o ouvinte ao suicídio por meio de sons infernais. É usado para condicionamento de estudantes de demonologia contra a influência sonora de demônios. O encantamento musical pode ser modificado, sob risco de afetar o próprio usuário.

OROTUSHAI
Demônio voador-guinchador, plural: "orotushaii".

OURUDO
Anão que trabalha em banco e cuida dos depósitos em ouro; uma variação pejorativa do termo anão eldoru. Ver "Eldoru".

PENTÁCULOS
A ordem de cavaleiros-paladinos criada pelo Grande Rei Krispinus para defender os Portões do Inferno. O nome vem do formato em pentagrama do Fortim do Pentáculo. A tropa rotativa é formada por homens dos Quatro Protetorados, que servem no isolamento do Ermo de Bral-tor e são rendidos após três anos por uma nova leva de pentáculos.

PRÍNCIPE-CADETE
Filho do rei de Santária que não seja o primogênito e, portanto, sem direito de herdar o trono enquanto o(s) irmão(s) mais velho(s) esteja(m) vivo(s).

QUATRO PROTETORADOS
O termo para os reinos independentes de Dalínia, Nerônia, Ragúsia e Santária quando a questão envolve o Ermo de Bra-tor, o Fortim do Pentáculo e os Portões do Inferno.

RAGUIRI
Uma das duas tropas de forças especiais dos svaltares, com ênfase em intimidação e extermínio em massa. Os soldados usam gibanetes de cota de malha e capas esvoaçantes brancas que recebem tratamento alquímico para refletir a luz de maneira sobrenatural, além de maquiagem para distorcer as feições. Os raguiris trabalham em conjunto com os noguiris, a tropa coirmã, de acordo com a tática svaltar de dois golpes. O treinamento dos melhores homens fica a cargo do ayfar. Ver "Noguiri".

REAL GRANDEZA
Tratamento dedicado apenas ao Grande Rei de Krispínia.

REAL PRESENÇA
Tratamento dedicado aos monarcas de Krispínia, vassalos do Grande Rei.

REDDENHEIM E BLAKENHEIM
Ver "Blakenheim e Reddenheim".

ROPERA
Espada fina e curta dos svaltares, feita essencialmente para estocar nos ambientes confinados do subterrâneo.

SACO-DE-OSSOS
Jogo de azar em que ossos de dedos, pintados ou decorados com números e símbolos, são retirados às cegas de dentro de uma bolsinha de couro ou

pano pelos jogadores, mediante apostas entre eles. Cada região ou cultura favorece um tipo de regra ou combinação de dedos, mas todas as variações contêm um elemento em comum: a falange premiada, que vence todas as demais. "Tirar a falange premiada" é uma expressão que significa ter extrema sorte em uma empreitada.

SALIM
"Aquele que guia" em alfar. É o mais alto título entre os alfares, sempre conferido ao líder, e, portanto, equivale ao rei dos humanos.

SARDAR
"Aquele que lidera" em svaltar. O comandante.

SARDERI
"Ao lado de quem lidera" em svaltar. O segundo em comando, o subcomandante.

SKALKI
Título conferido ao senescal das casas nobres de Zenibar.

SVALTAR
Elfo das profundezas. Ver "Elfo".

SOVOGA
Gema necromântica de Korangar capaz de sugar almas. Usada pelos exilarcos, oficiais da justiça de Korangar que coletam as almas dos condenados ao exílio extracorpóreo; o corpo do réu é animado por necromantes e posto a serviço da família prejudicada por ele ou a serviço do Estado.

TORRES DE KORANGAR
O conjunto de torres-escola dedicadas ao estudo da magia em várias manifestações, cada uma especializada em um ramo de feitiçaria, da conjuração à necromancia.

TOSSE VERMELHA
Doença respiratória infectocontagiosa caracterizada por violentos e dolorosos acessos de tosse que levam o doente a expelir sangue e morrer por hemorragia cerebral.

TRONO ETERNO
O trono dos imperadores-deuses do Império Adamar consiste em uma grande plataforma de mármore, sustentada por estátuas que representam as raças subjugadas

pelos adamares, com um assento do mesmo material sobre elas. Desde que assumiu como Grande Rei, Krispinus mandou colocar outro assento para Danyanna e substituir as estátuas que representavam humanos pelas estátuas de elfos.

UNYAR-HOLL
Reino anão a sudeste de Fnyar-Holl, também na Cordilheira dos Vizeus.

VERO-AÇO
Liga metálica tratada com elementos alquímicos na fundição, de conhecimento exclusivo dos anões, cujo resultado é um aço mais leve e muito mais resistente, com propriedades mágicas.

VERO-OURO
Liga de ouro puro tratada com elementos alquímicos na fundição, de conhecimento exclusivo dos anões, que o tornam condutor de magia.

ZAVAR
Título conferido ao arquimago das casas nobres de Zenibar.

AGRADECIMENTOS

"O início é um momento muito delicado", já dizia a Princesa Irulan. Algumas pessoas insistiram — contra todo bom senso — para que eu começasse a escrever as histórias que eu tinha na cabeça ou que vivia nas mesas de RPG, mas demorei a criar coragem para encarar o tal "momento delicado". Quem incentivou, cobrou, colaborou e leu o manuscrito merece o devido agradecimento. Foi tudo por causa de vocês.

Apesar de eu já ter dedicado o livro a eles — e como pretendo continuar garantindo ocasionais almoços grátis —, agradeço aos meus pais pela cultura que me passaram, pelo incentivo à criatividade, por tudo que fizeram por mim. O caminho foi pavimentado pelo Seu Fernando e por Dona Neumara; eu só tive o trabalho de andar. Com pais como os meus, admito que foi fácil.

Agradeço a Zander Catta Preta pela campanha de RPG, que foi o estopim de tudo. Por ter aceitado minha ideia imbecil de fazer um *lawful evil drow* (que virou um svaltar) no meio de personagens com tendências neutras ou boas, e ainda assim ter conseguido manter um grupo homogêneo, aventurando junto por tantos anos. E obrigado pelas vezes que você deixou de mestrar em cima da hora (por ter tomado uma singela cerveja na véspera e ficado de ressaca); assim, a gente matou tempo exercendo a criatividade e dando cara e forma a Baldúria.

Agradeço à dedicação do melhor leitor-beta que um escritor poderia pedir, Oswaldo Chrispim Neto. Incansável apontador de falhas, implacável desfazedor de nós de trama, e com uma alma de escritor dentro do corpanzil de cavaleiro aposentado, foram seus conselhos e contribuições dados em vários e-mails, telefonemas e reuniões regadas a cerveja que burilaram o livro. Críticas e reclamações serão direcionadas a ele (manterei os elogios comigo, naturalmente).

Um obrigado sem tamanho e emocionado aos companheiros de mesa de RPG que viveram as primeiras aventuras de Baldúria, entre eles Nei Carames (Derek), Ronaldo Fernandes (Od-lanor), Nino Carlos, Luiz Guilherme (cujo personagem original inspirou o Regnar) e — mais uma vez — Oswaldo Chrispim (Baldur, Kyle, Krispinus) e Zander (Ambrosius). As vozes e os trejeitos de vocês estiveram comigo cada vez que eu começava um diálogo dos personagens que tomei para mim. (Por eliminação, o leitor esperto já terá percebido que eu era o Kalannar e o Agnor.)

Um abraço aos outros jogadores que vieram depois da campanha original, mas cuja participação e personagens de alguma forma inspiraram e ajudaram a compor todo o resto do mundo de Zândia. Pretendo incluí-los nos próximos volumes. Agradeço a Felipe Diniz, Ricardo Gondim, Rodrigo Zeidan, Tito Arcoverde, Laetitia Plaisant, além de Cláudio Solstice, Felipe Lima, Victor Apocalypse e Marcelo Tapajós, pela contribuição e paciência quando assumi a campanha das mãos do Zander. Marcelo Tapajós, aliás, foi dos poucos que leu o manuscrito de cabo a rabo, sempre cobrando que eu escrevesse mais e mais rápido. Valeu mesmo.

Um obrigado a Cassius Medauar, meu "irmão gêmeo do bem", de São Paulo, que, apesar de não ter lido uma única linha do que escrevi (devia estar aproveitando a praia na capital paulista...), me apresentou a Mariana Rolier, que viria a ser a editora do livro. Aquela épica Bienal do Livro de 2011 continua rendendo frutos. No pacote, veio o fiel escudeiro de Cassius, Guilherme Kroll, que leu os primeiros capítulos, ainda em formato muito cru, mas batizou meu estilo de "fantasia carioca". *I hope Baby Alice loves my book.*

Agradeço a Mariana Rolier pela mensagem via Facebook — "quero contratar seu livro; vem pra cá" —, recebida justamente quando eu escrevi a cena em que os personagens viram o castelo voador pela primeira vez. Foi uma coincidência tão mágica que tornou aquele dia ainda mais inesquecível, pois o castelo voador *sempre* foi o símbolo da história para mim. Eu era finalmente um autor contratado, e logo na primeira vez que me aventurei a escrever um romance. Você é fora de série.

Agradeço a Ana Resende, revisora e pesquisadora de mão-cheia, pelo apoio, que me incentivou a produzir um capítulo atrás do outro, e pela análise ferina dos personagens, que revelou facetas deles que nem eu mesmo conhecia.

Todo amor à namorada Barbara Dawes, que soube dividir espaço no meu coração com seis sujeitos fictícios e aguentar meu falatório sobre eles. E parabéns por ter sido a única a matar o pequeno segredo da trama entre todos que leram.

Obrigado a Aino Alex, que leu o início claudicante e bruto do manuscrito, sempre rindo de algumas expressões e cenas que mantive graças à sua reação. Aguardo as *fanfics* onde você vai "shippar" todo mundo.

Obrigado a Alessandra Carneiro pela orientação na cena em que Kalannar aprende a cavalgar. Qualquer erro na técnica de equitação é culpa do autor, que evita cavalos, assim como um svaltar.

Agradeço o carinho e o apoio de Marcos Paulo Souza e Vinícius Costa, do Cerveja Social Club, que tão bem receberam as reuniões sobre os rumos da trama nas mesas do que eu considero o melhor bar do Rio de Janeiro, e que sempre se interessaram em saber como andava o manuscrito daquele cliente meio fresco, que só toma cerveja de trigo e não encara as cervejas de macho.

E, finalmente, tenho que a agradecer a três escritores cuja obra me inspira sempre. A imodéstia quer acreditar que há algo aqui nessas páginas que, ao menos, chega perto do que eles já fizeram. Sonhar não custa nada. Obrigado, Frank Herbert, pelas lições de construção de mundo (de universo!) dadas na série Duna. Obrigado, Michael Moorcock, por provar que a alta fantasia épica não precisa ser descritiva nem maniqueísta. Obrigado, Fritz Leiber, por mostrar que humor gaiato e heróis com jeito de derrotados e perdedores têm espaço no gênero.

ENQUANTO ISSO

Caído ao pé da escada, Dolonar abriu os olhos e sentiu o corpo responder aos movimentos com uma dor lancinante. As costas ardiam terrivelmente pelo impacto do relâmpago; a mente imaginou uma massa de carne carbonizada, com restos de metal, couro e pano derretidos. Ele era um administrador, não um guerreiro, e não tinha a menor condição de retornar ao combate. O ajudante de ordens do sardar procurou por ele na grande confusão na câmara subterrânea...

... e viu Regnar ser apunhalado por Kalannar. O traidor torceu a arma, cochichou algo ao pé do ouvido do irmão, arrancou a sovoga do peito dele e deu um pisão na gema. Os dois foram arremessados para trás no momento em que um clarão cegante tomou conta do ambiente. Quando recuperou a visão, Dolonar enxergou, diante da escada, o sujeito seminu que mandara os raios contra ele chamar o guerreiro humano que perdera a alma para a sovoga, agora miraculosamente de pé. Os dois partiram para o meio do salão, de armas em riste. O ajudante de ordens procurou Jasnar, que logo passou a enfrentar o espadachim ressuscitado. Do outro lado do salão, os soldados que haviam sido derrubados agora estavam sendo sumariamente executados por outro inimigo. No momento em que ele voltou a atenção para Jasnar, o sarderi foi morto pelo guerreiro.

Eles perderam.

A mente pragmática de Dolonar formulou um plano. Era simples e de fácil execução, desde que não houvesse uma tropa humana tomando a fortaleza.

Esquecido diante dos degraus, muito longe da ação, com todos os inimigos voltados ao combate contra o grande demônio, Dolonar reuniu forças para subir a escada e fugir da torre em forma de espada. O instinto de sobrevivência mascarou a dor; a vontade de escapar moveu as pernas e a mente. Logo ele surgiu no pátio, que, assim como a torre, estava vazio. Não havia reforços humanos. Tampouco guerreiros svaltares sobreviventes. Uma pena, pois havia um lote secreto de poções à espera na enfermaria da fortaleza. No entanto, por ser um svaltar de sangue nobre, Dolonar não precisava delas para escapar pelo Ermo de Bral-tor.

O skalki da Casa Alunnar passou pelos portões destruídos, não sem antes olhar para o castelo voador que flutuava ao lado da grande torre. Se estivesse com mais alguns homens, talvez fosse possível tomá-lo e fugir para Zenibar. Infelizmente, não era o caso.

Dolonar começou a percorrer sozinho a longa distância até a cidade svaltar, naquela terra desolada. Ele precisava informar à Casa Alunnar que o motivo da derrocada tinha um nome.

Kalannar.

Impressão e Acabamento:
GRÁFICA STAMPPA LTDA.
Rua João Santana, 44 - Ramos - RJ